国家社会科学基金青年项目"新时期文学中的生态伦理精神"（07CZW032）成果

东南大学"985"二期工程 "科技·伦理与艺术"资助项目成果

新时期文学中的生态伦理精神

李玫 著

中国社会科学出版社

图书在版编目（CIP）数据

新时期文学中的生态伦理精神／李玫著．—北京：中国社会科学出版社，
2016.7

ISBN 978 – 7 – 5161 – 8241 – 3

Ⅰ.①新…　Ⅱ.①李…　Ⅲ.①中国文学—当代文学—生态伦理学—
文学研究　Ⅳ.①I206.7

中国版本图书馆 CIP 数据核字（2016）第 116785 号

出 版 人　赵剑英
责任编辑　周晓慧
责任校对　无　介
责任印制　戴　宽

出　　版　中国社会科学出版社
社　　址　北京鼓楼西大街甲 158 号
邮　　编　100720
网　　址　http://www.csspw.cn
发 行 部　010 – 84083685
门 市 部　010 – 84029450
经　　销　新华书店及其他书店

印刷装订　北京君升印刷有限公司
版　　次　2016 年 7 月第 1 版
印　　次　2016 年 7 月第 1 次印刷

开　　本　710×1000　1/16
印　　张　19.25
插　　页　2
字　　数　326 千字
定　　价　69.00 元

总　　序

东南大学自 1978 年始恢复文科，1996 年由中国文化系分化出中国语言文学系和旅游学系。由此，在东南大学浓厚的理工科背景下诞生出中文学科。一路走来，已经经历近 20 个年头。

二十年弹指一挥间。在强势的工科背景下，有一批执著于中国文学的研究者在辛勤耕耘，在播洒着东大中文的希望。中文系肇始之初，为生存计，全系教师多承担东南大学人文素质教育选修课，接着招收汉语言文学专科学生并接受韩国留学生，2000 年始招收第一届汉语言文学专业本科生。2004 年招收中国古代文学专业硕士生，2008 招收中国现当代文学专业硕士生，2010 年中国语言文学一级学科硕士点获批，2014 年汉语国际教育专业硕士点成功申请……一步一个脚印，东大中文在缓慢却又坚实有力地向前迈进。

东大中文的团队锐意进取，精益求精。无论教学还是科研，东大的中文团队走的都是高精尖的发展道路。在教学研究上，中文团队着意打造"大学语文"，带动人文素质课程群建设。2004 年大学语文获得国家精品课程立项，2005 年获得国家教学成果二等奖；他们能与时俱进，瞄准教学最新发展趋势，2014 年又集中打造大规模的网络开放课程（MOOC）的工程……；在学科建设上，东大的中文团队数量上无法与传统综合性大学师资力量相抗衡，但追求个体的学术能力开发。无论哪一位教师，在特定的学术领域都可以与全国同行对话。2005 年以来，东大中文团队承担国家以及省部级项目 20 余项，仅 2014 年度，获国家、教育部人文社会科学基金立项者即有 5 项。

东大中文学科的发展不求全面，但以高精尖为旨向，重视教师个体素质，寻求特定学科领域的优先发展。东大中文是在浓厚工科背景下诞生的，他们不满足于承担全校人文素质教育课程，而追求学科自立、特立兼行。那就是在保持传统中文特色的同时，坚持走学科交叉、集成创新的科研道路。与中文相关的东南大学艺术学科在全国排名第一，人文学院也拥有哲学一级学科博士学位授权点，哲学、社会学、心理学、中国语言文学等5个一级学科硕士学位授权点和4个专业学位授权点。因此，东大中文具有交叉研究的平台优势。近年来，中文学科团队在文学与艺术、文学与伦理、文学与社会、文学与医学的交叉研究上逐渐显示出自己的特色，如关于文学的生态伦理、文学与图像、文学的市民意识、文艺治疗等学术成果将逐渐问世。

东南大学国学研究的历史源远流长。东南大学中文系1924届毕业生王焕镳，考证出明初的南雍太学生人数达九千余人："较之意大利之普罗纳大学，虽在十三世纪时，已号称有学生万人，然实数不过五千，其余巴黎大学、牛津大学，学生最多时也不过六七千人，然则有明之国子监，当时四五世纪时，即以学生人数一端而论，已可成为世界第一大学校矣！"（《首都志》卷八）即在上世纪二三十年代，东南大学中文学科也一度大师云集，陈中凡、王伯沆、吴梅、卢冀野、胡小石等先后在中文学科任教。其间，东南大学的国学研究以吴宓创办《学衡》"论究学术，阐求真理，昌明国粹，融化新知，以中正之眼光，行批评之职事"而知名于海内外。

面对历史，我们要走的道路极为漫长，也许，我们无法超越甚至恢复前辈的盛世经典，但我们一直在努力，"一箪食，一瓢饮，在陋巷，人不堪其忧，回也不改其乐。"（《论语·雍也》）这是东大中文团队精神的写照。今人文学院从国家"985"三期工程中拨出特定经费，用于中文学科特色著作的出版资助，实即恢复东大中文传统的具体措施。中文学科团队将逐渐推出一批有分量的学术成果，他们或许还很稚嫩，但渗透着作者的心血，在研究方法、研究视野等诸多方面，足以给后来者提供某些启示，也许，由此可以打开一个新的学术领域……

2014年7月

序

　　李玫的《新时期文学中的生态伦理精神》就要出版了，这部著作是她毕其十余年精力在其博士论文的基础上反反复复修改打磨而成的，作者这种不急于求成的态度是我激赏的治学精神，虽然这个论题早已获得国家社科基金项目的资助，然而作者本着精益求精的学风，延长了结项的时间，当我看到此书的样稿时，还是被她的认真感动了。

　　20世纪60年代美国海洋生物学家莱切尔·卡逊《寂静的春天》的发表标志着"生态文化"研究的开始，而其学术的回响在中国大陆却是20多年后的事情了，李玫也正是在这一时期开始了这一研究领域的工作。毋庸置疑，近十几年来，生态文化和文学的研究在中国学界刮起了一阵旋风，其论文与论著呈现出铺天盖地的态势，仅研究生论文就不下百篇（部），但是，我个人以为是鱼龙混杂、泥沙俱下，其中有些论文居然连生态文化与文学的概念论域都没有搞清楚，真是"以其昏昏使人昭昭"。李玫这部著作的出版，无疑在文学生态伦理这个领域里廓清了许多边界含混的问题，同时，在几乎穷尽了"新时期"（虽然我不太认可对这个时段的这种命名）生态文学的基础上，作者能够独辟蹊径，发前人未发之论，洞见迭出，当然，就我个人的看法而言，其中有些论述倘若再加深入的理论梳理，这部著作的学术贡献则更大，但是，即便如此，这部著作的出版，无疑是生态文化与文学研究领域里一件不可小觑的学术事件，我不敢妄言它具有"里程碑的意义"，但我敢保证，凡是读了这部著作的学人一定是有启迪的。

　　正如作者在著作的最后所言："本文所关注的生态伦理，事实上就是在探讨人类作为生物圈中的一员，与其他生命乃至整个生物圈的合理相处方式，进而在文学叙事中建构出一种区别于既有人际伦理的新的伦理规范。这种规范与此前的人际伦理的本质的区分在于，伦理关怀对象不仅仅是人，还包括人之外的其它生命和自然。"本着这一价值判断与行文主旨，作者在各章节里所阐释的内容，以及论证过程中的举证就赋予了作者的生命体验与学术伦理。在对客体对象加以描述时，在对历史史实的尊重中，作者渗透进去的价值观阐释，那才叫"独到见解"！

对这一时段生态文学研究的全部意义就在于："生态伦理精神的出现，是新时期文学中一个全新的审美维度，这一维度已然出现，并展示了前所未有的特质。它的存在因拓展了人文精神的内涵并与科学思想衔接，而与一个世纪以来的文学话题实现了对接，它已经、正在并会持续给一个世纪以来中国文学的发展带来全新的审美视角和伦理维度。"作者的这一几乎是全称性学术判断是否过于偏激了？仔细厘定，我以为作者的判断既独到，又是切中文学要害的，此种宏观性的论断不由得使人信服。

此书 30 多万字，除序论与结语共七章，每一章节之间的逻辑关系都十分清晰，宏观、中观与微观分析并重，可谓有气象的学术论文，尤其是字里行间所流露出来的严谨学术语言之外灵动的语言表达，为此书增色不少。

李玫的学术道路还很漫长，我相信在这部著作之后，她在这一领域的研究还会更加深入，期望她能够一如既往地踏实前行。

是为序。

丁帆

2014 年 7 月 26 日于瘦蠹斋

目　　录

绪论　概念释义、论域限定与研究思路

现代伦理学几乎都是人际伦理学。人际伦理学为人类文明中如何处理人与人之间的关系提供了属于不同文化形态的若干模式。但随着地球进入后进化阶段，人类依靠先进的科学技术不断提高对原始自然的改造能力，已经越来越把我们推向危机的边缘，越来越多的问题溢出了人际伦理的理论体系。面对日益复杂的自然状况和文化危机，伦理学试图探求一种能够恰如其分地尊重和处理地球上所有物种和生命的新的伦理——生态伦理。

生态维度是当下自然科学、社会科学和人文科学研究不可缺少的理论维度。

国外对生态问题的自觉关注，始于1962年美国海洋生物学家莱切尔·卡逊《寂静的春天》的发表。1970年，罗马俱乐部发表《增长的极限》，为生态文化的发展提供了理论基础。此后，在哲学、文艺学、文学等领域，对于生态问题的思考逐步深入，在生态文学创作和生态伦理学、生态美学等方面都获得极大发展。

国内自20世纪80年代中后期开始，伴随着日趋严重的环境污染和生态破坏，书写生态问题的文学作品开始出现。1992年环境文学研究会成立和《绿叶》杂志创刊，使创作界有意识地使用"环境文学""绿色写作""自然书写"等相关概念。1999年"生态与文学"国际研讨会在海南召开，国内学术界对本土创作的研究逐渐增多。在新世纪的10年里，随着生态文明概念的不断拓展，包括政治经济政策制定在内的各领域对其的关注度更是以加速度增长。与之相应，学术界对文学与生态关系关注的话题亦日趋密集。比较早的是对外国文学中生态文本的研究，如许贤绪

《当代苏联生态文学》① 《苏联当代文学中的生态平衡题材》② 等。此后,在哲学、文艺学等研究领域内,余谋昌、曾繁仁、鲁枢元等学者先后对生态思想做了系统而深入的理论探讨,使生态思想被国内学术界广泛关注,并逐渐形成如下学术格局:一是前述生态哲学、生态文艺学等领域,在反思实践美学理论的基础上,吸收生态学、存在主义及中国传统美学,探讨生态伦理学、生态美学的建构;二是以王诺等学者为代表的对欧美生态文学和生态思想理论的研究,如《欧美生态文学》等著作,在欧美生态文学的发展中探求生态思想的理论根源,并与中国传统文化作比较;三是对中国本土生态文学创作及文学中生态意识情况的关注,如张皓《20 世纪中国文学生态意识透视》,杨剑龙《论中国当代生态文学创作》,赵树勤"中国当代生态文学"课题系列研究成果,汪树东《生态意识与当代中国文学》等均对 20 世纪中国文学中的生态意识进行了研究。

伴随着生态思考的日趋深入,文学叙事中的生态意识经历了从无到有并逐步走向成熟的过程,其生态伦理问题有了提出的必要。文学叙事必须伴随着伦理思考,法国学者阿尔贝特·史怀泽在其著名的《敬畏生命》中说,"文学的叙事应该是将知识的发现与伦理态度结合在一起",以"调整人类集体意识的进化方向"③。

生态伦理区别于一般生态意识/生态思考之处在于,通过清晰的伦理模式及其理论体系的建构,实现对既有伦理指向的超越与替代,进而使生态思考从混沌走向清晰并实现理论的自觉。

但是,由于伦理学研究与文学研究之间跨学科边界融合的滞后,生态伦理学的最新研究进展未能及时、充分和有效地影响到文学研究领域。文学研究尚停留在对生态意识和生态思想的梳理阶段,对于其中至关重要的"生态伦理"问题内涵缺乏系统的关注,由此在对人与自然、人类与非人类关系等问题的判断中缺少必要的生态伦理坐标,因而在文本分析中对道德主体和道德对象,道德主体和权利主体等问题缺乏必要的界定和价值判断的分寸。此外,对于文学中生态伦理精神的逻辑起点及文学史定位等问题均未能给予足够的关注,即未能在既有的文学史、文学思潮的发展背景

---

① 《中国俄语教学》1987 年第 1 期。
② 《求是学刊》1988 年第 4 期。
③ 〔法〕阿尔贝特·史怀泽:《敬畏生命》,陈泽环译,上海社会科学院出版社 1992 年版,第 8 页。

中，寻找生态伦理精神的逻辑起点及其与启蒙思潮、科学精神的关系等。还有对生态伦理精神的审美表达关注不够。与女性写作努力在男权话语霸权之外建构女性话语一样，生态写作同样需要不断建构一种超越"人类中心"话语的生态话语，并在叙事特征上有所体现。

鉴于此，本课题在充分占有材料的基础上，重视从生态伦理内涵的阐释入手，尝试将伦理学与文学研究的有效融合，并从生态伦理与文学史进程的关系，以及生态伦理精神的话语形态等方面切入，展开深入研究。

为了清晰地说明本课题的研究情况，有必要先对其基本概念、理论视域、研究论域与具体的研究思路等方面加以界定。

第一，作为核心概念的"生态伦理"及其相关理论视阈的界定。本论题中的生态伦理精神是指文学作品中蕴涵的，在探讨人类与自然、人类和其他非人类生命关系时的道德态度和伦理规范。这种伦理精神强调对自然和其他生命的价值、权利的肯定与尊重，并通过文学的方式实现对其伦理态度的审美表达。

在伦理学研究领域，相对于人际伦理学的历史悠久与体系成熟而言，作为本课题核心概念的"生态伦理"是新兴且依然不断完善的伦理范畴。因而，本课题在研究过程中，关于基本概念的理论视阈界定，尝试从廓清以下两点入手。

其一，在对生态伦理与人际伦理差异的区分中，界定生态伦理的内涵。

与既有的人类中心哲学指引下的人际伦理观相比，生态伦理精神的研究首先强调对人际伦理与种际伦理之间差异的辨析。在生态伦理立场生成之前，文学叙事的主导伦理立场是人类中心哲学指引下的人际伦理立场。它是以人类既作为伦理主体又作为伦理关怀的对象，探讨人与人之间不同关系的伦理准则。人类中心哲学指引下的文学作品，其叙事立场以人类的利益作为核心，将自然与非人类生命视为人类的附属物，单向地强调人类对其管理权和非人类对人类的义务，因未能覆盖自然与非人类生命进而在处理与它们之间关系时存在着伦理准则的缺失。

生态伦理与传统伦理的区别在于，试图用种际伦理立场来处理物种之间的伦理关系，取代长期以来对人际伦理学的借用。把人际伦理原则用于不同的物种之间，是一种理论的误置，只涉及人对人关系的伦理学是不完整的。简单地将人际伦理挪用于处理人与自然、人类与非人类之间的关系，是不合理因而缺乏实施的有效性的。种际伦理强调，不同物种之间的伦理关系，不应按人际关系的标准确定其权利和义务，而应按不同物种在生物圈中的处境，遵循属于物种与物种之间的伦理准则。本课题在探讨生态伦理精神的有无及其生成度时，皆是在与人际伦理叙事的参照中予以比较分析的。在对新时期以来文学文本的伦理立场辨析中，能否通过对种际伦理的接受来实现对人际伦理的超越，是生态伦理立场有无的重要指标。

其二，作为伦理学与文学研究视阈融合的尝试，本课题在对文学作品的研究中，将人与自然、人类与非人类这两种关系，作为生态伦理内涵在文学叙事中的依托，从上述两种叙事模式中的不同叙事立场，区分其伦理形态。

尤其是在原有的人与自然关系的基础上，拓展出人类与非人类关系这一维度，通过将生态伦理精神具体化为两种有生命物种之间的伦理关系，以有效地衔接伦理学理论用于文学研究时的边界融合问题，完成文学中生态伦理精神的体系建构。通过文学作品中对二者关系的书写所呈现的叙事伦理变化，来判断生态伦理立场的生成度：将自然和非人类视为伦理关怀的对象且将其视为具有审美主体性和独立叙事功能的对象，只有这样，才具备生态伦理立场，否则，仍是人际伦理立场的延续。

第二，研究论域中时段的划分问题。本课题中"新时期"所对应的时段，在学术界通常有两种界定方式：一种是指从"文化大革命"结束到80年代末，其下限与"后新时期"或"转型期"相衔接，并与"新世纪"构成完整的时间序列。另一种则是模糊地将"文化大革命"结束之后的时段统称为"新时期"，不再作具体的细分，相应的创作被称为"新时期文学"。本课题的时段界定，主要采用后一种。因为在研究过程中，笔者发现，狭义上区别于"后新时期""转型期"与"新世纪"的"新时期"时段内，并未完成生态伦理精神生成的完整历程。因而，在研究过程中，并未将论域局限在"文化大革命"结束至80年代末这一范围内，而是事实上将研究时段从"文化大革命"结束后一直延伸至新世纪，以便完整地勾勒出生态伦理精神的生成过程，并以成熟之后的生态伦理叙事文本作为范文本，解读其叙事模式与话语形态，并进一步探讨其本土化的完整历史，这是此处需要特别说明的。

第三，在研究资料方面，为呈现出生态伦理精神在新时期文学中产生历程的漫长和复杂的创作特点，本课题的开展以1976—2000年文学期刊作为资料来源，以该时段中国大陆各省、自治区、直辖市的主要文学期刊公开发表的作品作为研究资料，大量汇集、展示人类与非人类、人与自然关系的文本，特别是生态伦理精神尚处于萌芽时期的作品，从中筛选出1119篇涉及人类与非人类关系的文本，并进一步选取其中80余篇具有标志性的文本作为论述支点，尽可能还原生态伦理精神在既有人际伦理体系中艰难的萌生和成长过程，勾勒出从生态伦理缺失到生态伦理逐步建构的基本脉络；并以2000—2010年全国各地文学期刊发表的作品作为研究对象，探讨生态伦理精神在新世纪写作中的主要走向。

除此之外，还结合大量长篇小说单行本或作家文集收录的作品，在解读文本本身之外，关注其二次发表的机会，进一步判断生态伦理精神在文学内部的接受状况。并运用版本学知识，比较不同版本之间叙事形态的差异，解读作家在初刊本到不同版本的单行本之间的修改过程，以及在此过程中修改行为与创作主体生态伦理精神不断增长之间的关系等重要信息。

第四，在研究思路方面，从宏观视角出发，从文学与其他学科的张力关系中进入新时期文学。生态问题是自然科学中多学科的关注对象，但文学并非仅仅对生态科学结论的演绎，而是以其审美性呈现出与其他学科的差别。

在研究过程中，坚持从原始资料积累中发现问题，以问题带动研究。如在文本搜集、整理过程中发现大量文本长期被文学史所忽略，深入研究发现"匿名登录"的缺失体现；在文本解读过程中发现大量自然科学话语的存在，于是进一步探讨这种状态何以形成，以及在何种程度上以何种策略完成对其审美性的建构；又如在发现最初的生态写作与生态现实之间出现明显的错位后，通过进一步探讨该现象的形成原因，最终发现此为生态伦理精神本土化过程中特有的现象，等等。

在文本干预和叙事模式提炼过程中，进一步将文本对人类与非人类关系的叙事中，梳理出"狩猎"与"食用"两个最直接的冲突形式。因而论题从"狩猎主题"与"食物主题"入手，抓住生态伦理精神的核心冲突，以期实现理论切入的有效性。

在对生态伦理精神的话语分析过程中，以空间、时间和身体作为三个重要的切入点，以此涵盖人类与自然、人类与其他生命之间共同拥有的话语支点，使研究结论更能接近研究对象的本质特征。

对生态伦理精神的文学史定位，则是从两个角度展开分析的：其一，从生态伦理精神与 20 世纪中国文学中的人文、科学两大核心精神命题的关系入手，展示在 20 世纪中国文学的宏观格局中，生态伦理精神不是对"人的文学"的颠覆和解构，而是对既有精神体系和理论内涵的拓展和延伸，是在"人"的建构的既有维度之外，增加生态维度。在此基础上，对生态伦理精神之于宏观文学史的意义重新予以合理和有效的定位。其二，在西方文学的参照下，探讨中国大陆文学中生态伦理精神的本土化历程。关注在全球化视野中，中国文学如何通过将世界命题与中国本土实际语境的对接，在本土资源中寻找到有效的切入点，以本土的叙事模式和话语形态，完成生态伦理的本土化转换。在纵向与横向的参照中，对研究对象予以定位，更为有效地在全球化和本土性问题上做出较为恰当的判断。

第五，在具体的研究方法方面，需要特别提及的是：本课题的展开，在文本细读、叙事学、主题学等常用的文学研究方法之外，有意识地借鉴自然科学研究中常用的数据统计与支持，以期提升人文学科研究的科学性。在研究过程中，在作家群体情况分析方面，通过同一作家具有生态意识的作品量及其创作总量的关系体现生态伦理立场最初的不稳定性；在生态写作与古典小说叙事模式的相关度研究等方面，通过对《太平广记》500 卷小说的题材分析，梳理出古典小说中的优势题材，用以解释生态写作在与本土生态现状衔接过程中的错位问题等。通过使用数据统计与支持的研究方法，提升人文科学研究中的理性气质。

另外，比较文学的研究视野和版本学的研究方法在本课题展开中也颇为重要。在研究过程中，大量阅读古典、西方文学同领域的作品，在平行研究与影响关系的探讨中寻找更为宏阔的文学史思路。版本学的研究方法，则主要用于对同一著作不同版本修改过程中叙事元素的变化，探讨此类变化对生态伦理立场的影响。

生态伦理和人文精神的契合点在于将人文精神中的自由、平等、博爱延伸到非人类生命和自然上。因而，生态伦理精神不是对人文精神的否定，而是在人文精神原有的理论框架中添加了生态维度之后的新的人文立场。将新时期文学研究从对人与人关系的关注延伸到对人与自然、人类与非人类关系的关注上，拓展了人文精神的理论内涵和文学研究的学术视野。

20 世纪初以来，中国文学以不断书写对人的价值和权利尊重的人文精神追随着"德先生"的指引。新时期具有生态伦理精神的写作则进一步把人文精神中尊重的对象拓展到人之外的自然和其他非人类生命上，实现了生态伦理与人文精神的对接。"……'生态伦理'，给一个陈旧的话题又赋予了许多新的含义，在理论家们探讨人与人、人与社会的伦理关系时，'伦理'的外延扩展得更为广泛，人与自然何尝不存在着伦理道德的约束，在我们谈论保持人类尊严的时候，人与自然的和谐、共处、发展，对动物的尊重，何尝不是保持人类尊严的一个重要部分。"①

----

① 　叶广芩：《老县城》，中国工人出版社 2004 年版，第 228 页。

第一章　生态伦理精神最初的缺失及其归因

　　对于新时期文学中的生态伦理精神这一课题的研究而言，理论视阈的开启，首先要找出相应叙事中的核心元素，即何种叙事元素的出现，标志着新时期文学中生态伦理精神的产生。"非人类"这一叙事角色作为全新的伦理关怀对象，使生态伦理区别于既有的仅处理人与人之间关系的人际伦理，非人类在叙事中是否作为伦理关怀对象存在，成为判断生态伦理立场有无的重要指征。

第一节　"非人类"概念的使用与生态伦理
精神缺失的判断

　　"非人类"这一名词最初来自非文学领域。它在不同的语境中，其修辞方式有细微的差异。

　　汤因比在《人类与大地母亲》① 中论述生物圈的诸种成分及其相互关系时，把生物圈中有生命的物质，分为植物和动物，又把动物分为"人类"和"非人类"：

　　　　生物圈具有三种成分：第一种是不具备有机物质结构因而从未获得生命的物质；第二种是活着的有机体；第三种是曾经是有生命的有机体，目前仍保留着一些有机性和有机能力的无生命的物质；在特定时刻有生命的物质中，有些是植物，有些是动物，在动物中，有些是属于非人类的，有些是人类。

---

　　① ［英］阿诺德·汤因比：《人类与大地母亲》，徐波、徐钧尧、龚晓庄译，上海人民出版社 1992 年版。

汤因比在使用这一名词时，更多的是从生物学的事实，应用到历史的事实，表明一种客观存在。与历史学领域不同的是，非人类这一名词在法学界的确立，表明动物/野生动物作为一种事实的存在进入新的视界。《野生动物保护法》有这样的表述："人类不仅要注重自身的利益和价值，也要注意自然中非人类的利益和价值""人类有义务关心非人类的生存"①。在法学名词中，"非人类"一词被约定俗成地指"动物"或是"野生动物"。非人类作为独立个体，被写在《野生动物保护法》的某些条例中，似乎是法律开始赋予了它们某些权利，人类对其从"残杀"到"保护"，以法律的形式确立其地位。

在伦理学，尤其是环境伦理学中区分"人际伦理学"与"种际伦理学"时，把人类与"非人类"并举，强调"人际伦理"不完全适用于"种际伦理"。这里的"非人类"指人类之外的一切物种，包括动物、植物乃至"环境中心论"者所指的环境。当环境伦理学把人类看作整个生物圈中唯一的道德代理者时，"非人类"这一名词的使用，主要用来探讨不同物种与人类之间的伦理关系。

本课题的展开，将"非人类"概念的界定作为切入点，还源于对话语修辞的关注。"动物"与"野生动物"属于生物学的事实，有着自然科学的意味，本书不直接称之为"动物"而是称之为"非人类"的立意在于两点：其一，是在人类与非人类的关系中，建构"生态伦理"的理论视阈，即生态伦理不同于传统人际伦理之处在于，把伦理关怀的对象从人类拓展到人类之外的其他物种上；其二，本课题的研究对象并非生态伦理理论，而是生态伦理精神的文学叙事体现，其研究的切入点和关注的重点都在于剖析文学叙事如何呈现出生态伦理精神的内涵及其叙事话语的演变，因而把研究对象置于重重话语的权力网络之中，然后，再层层剖析，重重解围。

事实上，"非人类"这一名词算不上严格意义上的命名，从逻辑学上讲，定义得以成立的一个重要参数是它的"肯定性"，而"非人类"这一命名本身是一种否定性的，它说出了"不是什么"却没有说出"是什么"。相对于命名的"肯定"，它是否定性的、排除法和利用前缀的。本

---

①　杨春洗、向泽远、刘生荣：《危害环境罪的理论与实务》，高等教育出版社1999年版，第6页。

章借用这一名词，旨在突出其中隐含的人类书写的权利——通过书写，人类获得指称自我和他者的权力，从而以对叙述和修辞策略的关注作为本章的切入点和立足点。

与"非人类"这一名词相对应，"非人类小说"文本，一方面是指以动物、野生动物等非人类作为主角的小说（在这一类文本中，类似语言学中"拟人"的修辞方式，只不过是把拟人修辞中的句子扩展到"篇"上而已）；另一方面也包括以"人类"与"非人类"的关系为主体的文本。

这里需要廓清与"动物小说"的关系问题。

首先，作为本书主要论述范围的非人类文本，与通常意义上以动物为主角的"动物小说"并不完全重合，这种差异在本质上是视角、理论切入点和最终行文思路的不同。动物小说是题材意义上的文本分类，在新时期若干对于"动物小说"的评论文章中，从未对此有过严格的界定或是作一种描述性的说明。在此类评论中，通常用来作为经典的动物小说文本代表而常被提及的有沈石溪的《狼王梦》《第七条猎狗》等。① 从外延上讲，动物小说属于非人类的文本研究应该关注并有必要对其中的种种现象给予解释的对象。仅从这个意义上讲，动物小说是且只是本课题论述范围的一部分。除此之外，还有那些在题材意义上溢出动物小说论述范围的文本——动物不再是文本的主角/主体，文本表述的主体部分是人类与非人类的关系，以及由此关系出发衍生出的种种话语修辞。对此话语修辞的清理和相应的伦理思考，是本书理应重视的主要问题。

其次，仅仅从题材等基本要素上区分，非人类小说在角色使用上很容易和童话、寓言中的一部分相混淆。二者的共同之处在于以非人类作为故事中的主人公，围绕这些主人公衍生出复杂或简单的情节。只是，除了文学体裁自身的差异外，在寓言和儿童文学领域的童话或小说中，动物更多的是以非人类的身份，发出人类的声音，"非人类"通常只是人类某种伦理品质的化身，以一种符号承担着某种伦理道德观念的传达。因而本书未将这一特殊领域的文本置于论述的视野之内。

最后，以"非人类"/动物为主体的小说，在儿童文学这一领域的发

---

① 施荣华：《新时期动物小说的嬗变》，《云南师范大学学报》（哲学社会科学版）1998年第12期。

展，动力来自该领域之外的文学、社会学、教育学和伦理学等多种因素，其自身因主体性的缺乏，在发展中常常处于从属地位，因而在情节设置上很容易滑向教诲型的套路，成为被裹挟在整个文学潮流中面目模糊的一脉。这样，长期以来这一领域因权力密集而所向无敌，缺乏一种来自接受者的反馈所产生的互动，因而儿童文学通常是单向地指向接受者，很少有来自读者的回应，因缺少互动而相对单调。对于话语修辞的考察来说，这种没有反弹的单程写作，更容易成为权力集中体现的区域进而成为一个颇有意味的例证，可以作为相关度较高的领域，成为论题进一步拓展的视野。

　　在这样的视阈之下，生态伦理立场的缺失，可以从两个角度解释：其一是文本形态意义上的缺失，在人际伦理主导下的叙事中，非人类因处于人类中心的重重话语覆盖之下，以隐喻、象征等工具性的功能存在，从未作为与人类对视的生命在文本中获得审美主体性，始终处于"被讲述"的处境而被"拘禁于话语之中"。其二是文学史意义上的缺失，即便个别文本在叙述人类与非人类的关系时，具有一定的自发的生态伦理立场，其中零星的生态伦理精神，也往往被隐匿在其他文学思潮的裹挟中，未能以独立的命名浮出历史地表，没有自己的名字，只能以一种匿名的身份存在于文学史中，因而在新时期文学开启之后的相当长时期里，在文学的叙事场域中，它们只能在一些陪衬性的场合中出现，在历史注视的死角中，它们的存在就像不存在一样。

第二节　拘禁于话语之中：缺失的文本体现

　　生态伦理精神的缺失，是指在既有的叙事传统中，对非人类的书写往往被湮没在人类中心的重重话语之中——在话语的重重围困下，"非人类"不具备叙事的能量，从而也不可能成为伦理关怀的对象。本书对这一切入视角的论述将从一篇与"非人类"有关的小说开始。

　　首先进入研究视野的是刊于 1987 年第 11 期《上海文学》上的莫言的《猫事荟萃》。对于非人类小说写作这一话题而言，《猫事荟萃》的存在，既不是最初也不是最后；既不是起点也不能作为至高点，它甚至不是某个历史转向的十字交会点，进而以新旧交替时代的某些症候启示着另一类写作的出现。作为一个在习惯性思维方式中从思想或艺术的任一视角来搜索都颇不起眼的文本，它被本书所捕捉，在很大程度上是因为其中对于猫这一生物的大量古今中外不同话语的汇聚，给阅读带来的最初震惊：一方面，众多文本展示了不同的叙事、各种话语系统之间最大限度的可能性、弹性和张力；另一方面，也展示了层层话语围困之后非人类本体面目的模糊可疑。如同以猫这一被重重话语风干了的无血无肉的标本（可以替换成狗、马、狼、虎、鸭、鱼、兔等）为圆心，以各种不同的话语为半径所做的圆周运动，每一种话语都在讲述，都试图以自以为不断接近所要表述的本体的方式努力着，圆周上的每一点，都是一种话语的可能性，而这种点是可以无限切分的，话语依不同的叙事逻辑对语词进行重组以产生出新的文本，在理论上具有无限可能性。

　　解读《猫事荟萃》可以从多种角度切入，以莫言创作系列为背景，可以看出其中对饥饿的重述，进而可以引申到隐含着的对社会的批判，甚至是对现代性的质疑。对于通过非人类叙事探讨文本生态伦理立场的研究而言，莫言应该可以算作一个特例，其若干文本都涉及非人类，但莫言的本意却始终与生态伦理无关。《猫事荟萃》作为小说这一叙事体裁，从鲁迅的《狗·猫·鼠》写起，解释"猫虎之间"的故事，由此开始了故事系列，也开始了既有人类叙事中对非人类叙述的大展示。其中，过量地容纳了与"猫"有关的形诸文字的文本 12 种，① 与猫有关的事件 8 种；② 另有"猫狗成仇"的多种话语——鲁迅所引的日耳曼童话、祖母的解释、现代生活中猫狗死斗是源于人类的挑唆等，每一种解释都有自己的走向与相应的话语系统。

　　在《猫事荟萃》中汇聚的古今中外太多的关于"猫"的不同叙事中，文本之间相互支持又相互拆解，是不同话语的交流与碰撞。猫作为一种生物学的事实，在不同的话语中漂移，时而形容猥琐，时而光彩夺目。在善变与狡诈之间，在幸运与不幸之间，在好与坏之间，在传说与现实之间，"猫"作为一种被抽象了的生物学事实，借助于不同话语的叙事力量，在互为反方向的两极之间任意往返。不同的时代、国别与民族，不同的体

---

　　① 包括鲁迅《狗·猫·鼠》、Edgar Allanpoe 的小说、日本文学中关于食人的"猫婆"、中国的猫鬼、《小猫钓鱼》《好猫咪咪》《黑猫警长》《雪球》《猫》《三侠五义》和《傍晚》。

　　② 四清队的派饭问题；猫口夺食，欺猫太甚，从此不捕鼠；八斤猫降千斤鼠；"装窑"之典；《西游记》中孙悟空降伏耗子精；猫被扔，辗转回家；中日比较：日本猫获"模范猫奖"，"我"家猫"头落黄沙"；杀猫者并未有报应，却成养猫专业户。

裁、题材的各种话语系统汇聚于同一文本中，不动声色地热闹着，悄然地展示话语力量的蓬勃与缤纷。在蓬勃缤纷中，非人类作为生命体被覆盖得异常苍白：它们不是伦理关怀的对象，甚至不是审美叙事的对象，而仅仅是人际伦理支撑下的文本中完成叙事的道具。

差不多在 5 年之后，1993 年第 1 期的《十月》刊载了于坚的诗《对于一只乌鸦的命名》：

……乌鸦的符号　黑夜修女熬制的硫酸/嘶嘶地洞穿乌群的床垫/堕落在我内心的树枝/像少年时期　在故乡的屋顶征服鸦巢/我的手再也不能触摸秋天的风景/它爬上另一棵大树　要把另一只乌鸦/从它的黑暗中掏出　乌鸦　在往昔是一种鸟肉　一堆毛和肠子/现在　是叙述的愿望　说的冲动/也许　是厄运当头的自我安慰/是对一处不祥阴影的逃脱……

……当一只乌鸦　栖留在我内心的旷野/我要说的　不是它的象征　它的隐喻或是神话/我要说的　只是一只乌鸦　正像当年/我从未在一个鸦巢中抓出过一只鸽子/从童年到今天　我的双手已长满语言的老茧/但作为诗人　我还没有说出过　一只乌鸦

深谋远虑的年纪　精通各种灵感　辞格和韵脚/像写作之初　把笔整只地浸入墨水瓶/我想　对付这只乌鸦　词素　一开始就得黑透/皮　骨头和肉　血的走向以及/披露在天空的飞行　都要黑透/乌鸦就是从黑透开始　飞向黑透的结局/就是从诞生就进入孤独和偏见/进入无所不在的迫害和追捕/它不是鸟　它是乌鸦　充满恶意的世界　每一秒钟/都有一万个借口　以光明或美的名义/朝这个代表黑暗势力的活靶　开枪/它不会因此逃到乌鸦之外　飞得高些　僭越鹰的位置/或者降得矮些　混迹于蚂蚁的海拔

把两个相距 5 年之久，从属于不同的体裁领域的原本毫不相干的文本并置在一处，如果忽略猫和乌鸦作为生物学上两种不同物种在生理特征上的差异，而仅仅关注它们作为抽象化了的非人类置身于话语叙事中的命运，则前一文本客观上从阅读的角度，收集并展示了文学叙事中话语在非人类身上的重重堆积；后一文本，则从话语主体的角度，表达了试图让非人类冲出重重既定话语樊篱的困境。前者展示话语的汇辑，后者呈现出突破的繁难——对付这只乌鸦，词素从一开始就已经黑透——那些承载着重重人际伦理指涉的象征、隐喻和神话。

作为具有生态意识的诗人于坚，在当代诗歌的发展中常与现代汉语诗歌的探索联系在一起，当诗坛试图给于坚选择用以定位的坐标点时，《0档案》或者《飞行》可以更为合适更为闪亮也更为准确地予以标示，于坚之于诗坛之于第三代诗歌的诗学立场和诗学精神的意义。而《对于一只乌鸦的命名》，即便进入评论的视野也常常仅仅是作为一个过渡很快就会一闪而过，在这些蜻蜓点水式的飞掠而过的瞬间，接触的点往往仍在于于坚与现代汉语诗歌写作的纠葛。

如果从 20 世纪 90 年代中国诗坛诗歌论争的角度看，于坚《对于一只乌鸦的命名》或许还可以带出一系列相应的话题，关于民间，关于普通话和口语的对峙，口语诗的界定，等等。甚至可以由此作为一个话题的开端，进而提及一场人数众多飞沙走石的诗歌论争。只是，本书要讨论的话题一开始就与此无关，或者说，本课题与它的相遇和此处对它将要进行的分析，只是缘于对它的一次挪用，在读取它的瞬间，走进去，然后又走出来。本书感兴趣的是，乌鸦作为一个具体的、因没有发言权而处于"被说"位置的非人类，与重重话语之间的关系。诗人的取向是试图穿越重重语言的迷障，到达一个可以以自己的话语呈现出一个具体的关于乌鸦的"点"，而本书关注的是，层层围困着一只乌鸦这个点的那些黑透的"话语"是如何遮盖住一个生命身上的生命特质的。

很显然，对于诗人的写作而言，是一个诗人面对一只乌鸦。而通常的研究，则是着力于一个诗人置身于多种表达时的困惑。一直被忽略的问题是，当乌鸦以一个非人类的身份作为主体时，它所面对的是重重的话语以及各种既定话语秩序。诗人为走向一只乌鸦，在历史的重重话语中穿梭，上下求索、左冲右突，以寻找一种属于自己的文字。而乌鸦作为表述的对象，却一直面对着千百年来话语油彩的层层涂抹。

至此，我们已经分别看到了与非人类相关的一篇小说和一首诗歌，它们以不同的文体，各自代表了一种叙事方式。话语的力量，已在人类中心的叙事传统中积淀在各种文体间，抽象成一种气息，困扰着后来者的表述。把两个原本不相干的文本从具体的背景中剥离出来并置一处，可以分离出各种研究视角，在众多的解释视角中，本课题只关注这样的角度：人类对非人类叙事的话语史，对人类与非人类关系的叙述史。在人类的所有叙事面前，非人类实际上都是悄无声息的。不错，我们是听得到它们不断的喋喋不休，看得到冒号后面翻涌着不断生成的文字，但所有的话语都是人类书写权力对生物真实声音的一厢情愿的解读。诚然，对于非人类话语的了解作为一个遥远的生物学课题，并非本书所能驾驭的领域。本书关注的只是解读的方式以及支配这种解读方式背后的权力机制的产生及其在不同历史文化语境中的运作方式，因而研究的范围可以界定为，在人类文化的叙事传统中，对于"非人类"以及非人类与人类关系的叙事在新时期文学中的体现，及其蕴涵的深层生态伦理立场。只是事实上，不同的文本都在以各自的方式讲述着同一个话题，即便是仅在文学创作领域，各种文体之间也已是千差万别，更何况还有社会科学范围内的其他领域。进行一次详细的研究因涉及更多的社会学、伦理学的范畴而溢出文学这一话题，令人不堪重负，而从总体上描述又会过于简单。因而本课题只选择了话语的视角，在对非人类叙事的话语清理中探讨其生态伦理精神的有无。

从前述分析可以看出，在人类文化的叙事传统中，非人类的"拘禁于话语"在文本中体现在两个方面：其一，非人类处于重重话语的裹挟之中，不同的话语为我所用各取所需，各种话语之间有时候会相互支持或相互拆解。《猫事荟萃》中古今中外不同文本汇聚一堂而又各行其是，很好地体现了这一点。其二，人类倚仗自己所拥有的书写权力，在对非人类或者人类与非人类关系的叙述中，可以决定叙述的详略分配、选取被叙述的重点、组织故事的前因后果和决定所使用的叙事色彩与情感倾向、控制叙事的伦理立场；话语修辞拥有的对人自身行为的"矫饰"作用，使人类运用所拥有的书写权力对其行为加以辩护（rationalization）。一种惯常使用的方式是要把猎杀的对象命名为"害虫"，然后堂而皇之地杀之，人类通过拥有并使用叙述权力，任意矫饰自己的行为，为自身的好恶与利益、立场寻找借口；在吃掉别一物种时，要发表一通义正词严的演说，猎杀一其他非人类生命则常以"保卫人民"的名义；或者是把非人类与人类的睦邻关系称为"忠诚"，反之则斥为"凶残"，以人际伦理准则取代种际伦理应有的生态伦理立场。

对益虫/害虫的命名本身隐含着人类中心意识，"害"与"益"，皆是以人类的利益为中心所做出的判断。围绕这一"现实—指涉"，人们建构了各种概念：害虫、凶残、狡猾……人类以自身为中心，实现对各种非人类及其品质的命名，正是通过此类命名维护了人类对非人类自古以来的指责和对其生命的合法性剥夺，并在此基础上对自身行为做出合理的叙述。

　　人类中心的叙事文本通过拥有书写的权力，在对人类和非人类关系的叙述中，一再地产生和复制所谓的真相，非人类的罪行通常是由人类文字重构而获得的，是无须在场亦能做出的判决，非人类永无应答和确认之时。比如郭雪波《公狼》①和荆歌《狼来了》②都不约而同地写到人类想当然地把被村人偷吃而丢失的家畜家禽认定为被狼所窃，从而诛杀之，即便后来知道是错杀，依然执迷不悟。《公狼》中"查明最早丢失疑为狼所为的那只山羊，原来被村东二嘎子偷去换酒了，不是那对公母狼所为，是一个冤假错案"，人类以自己想当然的"疑"给非人类定制一罪名，真相大白之后不是对冤假错案的改正与纠错，而是更为残忍地诱捕以杀狼灭口。村长在捕狼前的村民动员大会上的发言，颇有意味地呈现了人类叙事传统中以文字重构非人类罪行的驾轻就熟，和接受领域习以为常之后的熟视无睹，"山狼在村里召开一次村民会议，宣布打狼计划，从狼之出现，狼之公害，狼之不可饶恕的罪恶，再说到狼入圈套时号召全体村民齐动手出来打狼，为其丢失的猪羊家畜报仇，为以后的安宁而战，保卫家园，匹夫有责，云云，说得口沫飞溅……"人类以话语的喋喋不休，重构着文本中作为非人类的狼本应昭雪的罪名，既然"已知"丢失的家畜是人类自身所为，又何以推导出"报仇"和"为安宁而战"的结论？话语之间的缝隙、内在逻辑的牵强清晰可见，而"保卫全村的安定团结""保卫家园，匹夫有责"之类的话语，更是一个时代的国家话语在人类叙事习惯中的沉积。人类在拥有书写权力之后，所有的话语都是公理——在一切需要进行辨析的逻辑中，公理是无须论证的前提。

　　对上述话语修辞的矫饰作用在文本中隐踪的捕捉与清理，是本部分的出发点和理论走向。

第三节　匿名身份：缺失的文学史体现

　　生态伦理精神的缺失，除了体现在人类中心叙事传统中非人类处于被

---

① 《雨花》1998 年第 2 期。
② 《人民文学》2000 年第 2 期。

"拘禁于话语之中"的处境之外，在新时期这一特定时段里，还体现为偶尔出现的略具生态伦理立场的非人类叙事是以一种匿名的方式存在和得以进入文学史的。

无疑，文学史应该是以重要作品为坐标，连点成线从而形成某一时段或地域的文学地形图。从这个角度讲，非人类叙事在新时期文坛的存在与走向上的飘忽不定似有还无，难以成为这一时期文学地形图中与其他题材相呼应的等高线。

"匿名"意味着不以自己的名义存在。匿名登录作为网络术语，其存在方式的特点在于可以在特定的范围内拥有存在的机会和被赋予一定的行为功能，但这一切却始终不是以自己的名义，即不具备行为的主体性。文学史对某一时段创作状况的梳理与写作，需要通过各种命名的方式以超越最初的混沌，从而完成一种井然有序的叙述。面对纷纭繁复的事实，常常需要先以合并同类项的方式予以归类，或是以思潮为旗号，如一度被频频使用的伤痕反思改革文学等概念；或者以作家性别为标志，在约定俗成的男性写作之外，另辟一片"女性文学"的疆域；抑或以作家的年龄、所处时代的共同特定、共同知识背景与思想资源做代际划分，于是有"晚生代""七〇后写作"等命名。从分类依据看，具有生态伦理立场的非人类叙事的划分，参照的是题材意义上的标准，只是这种以非人类或非人类与人类关系为叙述对象的文本，在"乡土""都市"等题材名目繁多风起云涌的时候，一直没有获得过自己的名字。因而，这种匿名意味着在特定的历史文化语境中，始终存在着一种使非人类叙事被忽视和使之被主流挤到边缘的那一种力量，使之不得入其门，或者即便进入也是一种匿名登录并终将以被误读作为存在的代价，托别一类文本的名目而得以存储于文学史中，因为没有自己的名字而一直寄居于其他思潮的名下。

事实上，匿名不仅仅是一种状态，更是主体在各种外力的阻隔下，不断远离自己名字的过程。首先，这过程是在终于经历了传统媒体发表的承认之后，很少获得以各种名义进行的"再选择"——在公开发表后被其他刊物再次或多次选用，包括《新华文摘》《小说选刊》《小说月报》《小说月刊》《中华文学选刊》《中篇小说选刊》等复选；或是被各种"选本"收录，如"逼近世纪末小说选""中国年度最佳小说选"等；或是在不同时期，被作为大学中文系学生教材的不同版本《中国当代文学史》所附带的"当代文学作品选"的入选篇目。因为没有自己的名字，它们很难以自己的身份进入文学史或者作为教科书从而被传播和认可，进而获得一种置身于历史的合理性。

其次，与上述情况相应，非人类文本也不会以自己的名义进入出版销售等流通渠道，即便偶尔被收录，也是以另一种身份而寄居他人的名下。除了近年来民间环保组织偶尔出版一些类似《为无告的大自然》《与生灵共舞》① 之类的以宣传环保为目的的各体并存、文学与非文学杂陈其间的宣传意义大于文学/学术意味的作品集之中，收录若干"敬畏生命"的文本之外，更多的选本都不予选录。即便偶尔进入出版流通渠道进而进入接受领域，也不是以自身的名义存在。金学种《寻找鸟声》② 是以地域文学的名义被收入"新时期地域文化小说丛书"中的；池莉的《以沙漠为背景的人和狼的故事》，张炜的《三想》是以作家的名义分别被收入《池莉文集》和《远行之嘱》中的；③ 而景俊的《野马野人野狼》则是从影响和反响等读者接受角度，借"新时期争鸣小说"④ 的集体名义存在的。此外尚有被纳入儿童文学中与童话、寓言为伍，作为面向儿童这一特殊受众群体的文本，参与了儿童想象力、审美或是伦理教育等系列话题，或者是如《动物庄园》（［英］乔治·奥威尔）、《猫城记》（老舍）和《一只特立独行的猪》（王小波）等因与政治寓言纠缠不清而很快被用来作为某一时期社会或政治发展的注解或是民怨沸腾的佐证。后来，终于有了"环境文学""动物小说"等专题的出现，但前者更多地等同于"人与自然"的视角，一闪而过地滑向"人与大地"的话题，后者则是从一出现就被儿童文学收归旗下。

这首先是因为"女性""都市/乡土""另类写作"等大多数视角都不适合把所有的非人类叙事招至麾下。其次，初期的非人类叙事的写作没有固定的作家群，以作者的身份划分同样无从下手，而那些偶一为之的作家在收编个人文集时也很少把"不合群"的它们收入其中。对于研究的目光而言，它们因很难成就纵向的"系列"或横向的"群"而很少有机

---

① 梁从诫、梁晓燕主编：《为无告的大自然》，百花文艺出版社2000年版；周晓枫等：《与生灵共舞》，当代世界出版社1999年版。

② 金学种：《寻找鸟声》，北京出版社1999年版。

③ 池莉：《池莉文集》，江苏文艺出版社1995年版；张炜：《远行之嘱》，长江文艺出版社1996年版。

④ 贾舍主编：《新时期争鸣小说丛书》，青岛出版社1994年版。

会被某一宏大话题在适当的语境下提及。另外，水平上的参差和忽高忽下也是重要原因，似乎很难从中寻找到一种标志性的走向，因步伐零乱而很难连点成线。这种匿名状态的长期存在，使非人类叙事文本即便被接受，也多以匿名的方式；即便入选，也是因为歪打正着地符合了另一遴选视角的审视，与生态伦理的话题无关。

事实上，以某一种名义存在并不仅仅是丛书出版策划的问题，它同时意味着将它置身其中的集体作为同一话题被现在和将来所关注，从而纳入那种话语对该话题的言说系统中。评论对某一文本的解读，很容易在既有立场的前提下，各取所需为我所用，因此很容易滑入某种断章取义的境地，文学作品常常因为碰巧地合乎某一历史进程的某些特点，或者符合某一论者笔下的某一历史进程或倾向而被引为例证。文学作品因嵌入整个历史进程而得以存在，以掩去自身特点为代价而获得一席之地甚至永生。

匿名的名分未定，使一些未能在恰当的时机以某种方式寄存的文本，很可能面临逐渐散失的命运。当非人类没有自己的名字时，很多文本都没有机会被某一话题或群体所容留。被匿名的条件之一是曾经参与或是卷入过某一重要的"事件"、思潮或是引起过某次纷争，从而借助这一事件成为历史而相应地成为一种重要或不怎么重要的"资料"。除此之外，某一作家在写别一类作品被关注后，研究界分析其创作发展或思想人格乃至成败得失时，会意外地把其中的非人类文本作为某一线索的其中一环而予以定位，即作品借重有影响力的作家而得以存在。

尚未引起关注的作家，影响力较弱的期刊加上非人类这一话题本身的一度无声无息，使另外连匿名机会都不具备的众多文本面临着"散失"的命运，散落在历史的烟尘中隐身遁形，销声匿迹。在文学史和历史，抑或是两者相纠缠的历史中，它们只是一串字符，点击之后再无下文，历史阶段没有给它们留下必要的链接，它们只是存留在一种索引的文献中。

第四节　缺失状态的归因分析

非人类叙事在 20 年里零星出现未成大势而仅仅以匿名的方式存在，原因是多方面的。

首先，这种弱势生存状态源于支撑历史语境的强势话语的影响。20世纪的后 20 年，在整个 20 世纪中是颇有意味的。文学的外部环境从未给予过"非人类"话题置身于社会注视中的机会。经济日报出版社出版的《目击：二十年中国事件记》①，把 1978—1998 年 20 年的社会注视热点叙述为如下序列：冲破禁区（1978）；八字方针（1979）；主席辞职（1980）；总结历史（1981）；中国特色（1982）；严打口号（1983）；体制改革（1984）；裁军百万（1985）；风云人物（1986）；多灾之年（1987）；龙年不祥（1988）；"政治风波"（1989）；小康水平（1990）；血浓于水（1991）；著名南巡（1992）；市场经济（1993）；复关未成（1994）；陈王大案（1995）；"中国说不"（1996）；香港回归（1997）；历史回眸（1998）。尽管，其中未必所有的概况都凝练得恰到好处，但大致上可以勾勒出一幅 20 年的中国社会经济生活地形图。而在具体详细的目录中，除了伤痕文学因参与了特定历史进程，或者说以文学的形式见证并叙述了这一进程而得以进入"目击"的文学事件之外，只有《男人的一半是女人》《亮出你的舌苔或空空荡荡》以及《废都》等极少数作品因文学之外的因素曾引起非文学的争议而被当时的社会所关注。"弱势生存"原本就是与强势话语相比较而言的，在这种外部环境的影响下，与非人类有关的话题在相当长的时间内，未能进入社会经济政治生活之中，进而在作为主流地位的强势话语中获得一席之地。

而在文学领域，同样选取 1978—1998 年作为"20 年"时间段起止的《新时期文坛风云录：1978—1998》，② 在列举这一时段文坛重要事件时，选取如下的历史关节点以组成序列：文艺界的拨乱反正；伤痕文学；胡耀邦与第四次文代会的召开；两个座谈会的回眸；"青春诗会"18 年；崛起的诗群；胡风丁玲平反始末；"科学热"与直面现实的报告文学；关于《苦恋》；人道主义和异化问题大讨论；《WM（我们）》风波；改革文学；关于文学主体性的论争；"文化热"与寻根文学；西方现代主义思潮在中国；"舌苔"事件；关于"重写文学史"的争论；"稀粥事件"；风靡一时的纪实性报告文学；风头强劲的新写实小说；陕军东征；人文精神大讨论；"现实主义冲击波"的论争。

无论来自非文学领域的总结，还是文学界的回溯，都未提及非人类的有关话题。或许环保问题的出现，只是在"全球化"视野开启后才提上

① 俞卓立、张益辉：《目击：二十年中国事件记》，经济日报出版社 1998 年版。
② 杨志今、刘新风：《新时期文坛风云录：1978—1998》，吉林人民出版社 1999 年版。

日程的，在提出生态环境保护之前与之时，与非人类相关的文本，一直在这些轰轰隆隆的大事件的间隙悄悄地生存着。

　　其次，创作者主体意识缺乏，缺少自觉进行创作的意识或者无暇顾及。20 年里，主流写作继承了五四以来"人"的文学的视野，从伤痕、反思、改革，到先锋、寻根、新写实，再到 1990 年以来的个人化写作对欲望和身体的关注，一直在这一视阈内。与对"人的文学"写作关注的热烈和持久相比，关注非人类的具有生态伦理精神的写作要寥落得多。本书在对于原始材料的整理过程中，参照新时期的《全国报刊索引·哲社版》[1] 和具体文本的实际情况，依据与生态这一话题的相关程度及其思想和艺术水平等方面的指标，初选 1119 篇。在被选中的文本中，全部参与的写作者共 899 人，其中写作 5 篇以上的作者有 5 人，占总参与人数的 0.55%；写作 4—5 篇有 12 人，占 1.33%；写作 2—3 篇的 108 人，占 12%，只写过一篇的作者 774 人，占总数的 86.1%。从以上数据可以看出，与其他题材的写作相比，生态写作，或具有一定生态意识的写作，缺少相对稳定的创作群体。创作数超过 5 篇的仅为 5 人，绝大部分的写作者只是偶一涉足（写作 1—3 篇者约占总参与人数的 98%），在缺乏一种理论乃至伦理观念有效指引的情况下，创作主体理性意识缺乏，因而更容易为某一时段的共名所同化。

　　对于涉及生态思考的写作者而言，即使是较为自觉的写作者，如郭雪波、张炜、沈石溪等亦是各自有一套写作的话语习惯，各自有自身的起点走向和关键词，各为自营。在张炜那里，与"非人类"有关的写作只是其众多题材领域的组成部分之一，《三想》《问母亲》《梦中苦辩》《怀念黑潭中的黑鱼》[2] 等文本的基本立足点是谴责人类的贪婪、自私和自以为是，呼唤"融入野地"，以实现人性的净化和世界的良性运转，让人"成了另一种人"[3]；作为环境文学重要作家的郭雪波的写作，似乎更接近"环保"的本义，"生于内蒙古库伦旗的郭雪波，生命中流淌着坚韧、勇

---

[1]　《全国报刊索引》（哲社版）（1980—2000 年），上海图书馆编辑。

[2]　张炜：《三想》，《小说家》1988 年第 4 期；张炜：《问母亲》，《青年文学》1989 年第 1 期；张炜：《梦中苦辩》，《文汇月刊》1987 年第 10 期；张炜：《怀念黑潭中的黑鱼》，《上海文学》1995 年第 7 期。

[3]　[法] 阿尔贝特·史怀泽：《敬畏生命》，陈泽环译，上海社会科学出版社 1992 年版，第 8 页。

敢、豪爽的北方人的激情和热血。他的作品大都围绕人与自然、人与环境的主题来写，从各个角度再现了内蒙古东部科尔沁沙地艰苦、复杂、惊险的生存环境，讴歌了生命的坚韧、顽强和不屈不挠①。沈石溪则是以儿童文学创作为起点，"以动物世界的各种复杂矛盾斗争和丰富的思想感情来折射人类社会"②。与新时期文坛30年间旗幡招展呼朋引伴的潮流化创作相比，此类写作者基本上是孤军奋战、散兵游勇式的写作，很容易被湮没在各种流派的熙熙攘攘之间。

在既有的具有生态伦理立场的写作中，即便是同一个作家，不同时期作品中的生态意识亦不稳定。郭雪波既有《母狼》这样的敬畏生命之作，也有《白狗》中把狗的被杀仅仅叙述为狗类对人类的尽忠的相反观点。刊发于《十月》1993年第1期上《白狗》结尾的叙述落脚点是：饲养在老家的曾经无限忠诚的白狗终于被贪婪的人偷杀，以这样的方式解决了弟弟既想要卖钱，又因"我"的儿子和爸爸对狗的感情而不得不抵制欲望的伦理困境。而"我"在狗死之后的行动是，"嘱咐爸爸不要告诉儿子"，而后在内心叹息，"我还能带他回去吗？老家那古老的地方，也正在发生着好多好多小孩子不懂的变化，人是在失去许多美好的东西之后，才弄懂好多事情的，只是小儿还太小，不要让他过早地尝到这种失落美好的滋味吧"。在价值立场上，依然停留在对现代文明扼杀美好事物的简单谴责上。既不能放弃现代文明所带来的方便、快捷，又不愿舍弃对自然和田园生活的诗意怀想。创作主体缺乏一种明晰的理性价值观念的引导，因而个体的创作总是在不同的价值系统之间摇摆。创作群体的不稳定和缺乏自觉的意识，加上不同创作主体的差异，很难形成某一方向上的共同努力。

此外，还有批评界的淡漠。从评论的影响力角度看，生态伦理精神在新时期文学中的出现和存在，始终处于鲁迅《〈呐喊〉自序》中所言"叫喊于生人中，而生人并无反应"③的境遇。即便如《野狼出没的山谷》偶获奖项，在随之而来的类似总结陈词的评论中对此依旧只字未提。而部分刊物在年度总结式概述中，即便提及，也是从另一角度进行的解读。这种

①　舒晋瑜：《郭雪波：为了哭泣的草原》，http：//grzy. ayinfo. ha. cn/love2000/html/art/txt/4. htm。

②　施荣华：《新时期动物小说的嬗变》，《云南师范大学学报》（哲学社会科学版）1998年12月。

③　鲁迅：《呐喊》（影印本），上海文艺出版社1990年版，第5页。

解读与其说是关注，毋宁说是对中心话题论证时的一次有意无意地挪用。

在"生态环保"成为重要和热门话题之前，创作和评论界对与"非人类"有关的文字都保持了异乎寻常的沉默。对于创作而言，30年间小说创作经历了"伤痕""反思""改革"……浩浩荡荡，旗幡招展。此时，与非人类有关的文本，或者因与主要议题无关而无人倾听一闪而过，此后陷入更为漫长的沉寂；或者以"被误读"为代价，被某一话题的另一种讲述方式裹挟其中，音质模糊；创作者或缺乏自觉的创作意识，被主流或某一支流裹挟后欣然前往，或即便意识到自己与置身其中的群体之间的某种异质关系，也因无力另立旗号而顺水推舟从而获得置身于大众时的归属感和安全感。

第二章　文学史视野中生态伦理精神的出场：从阶级叙事到生态叙事

非人类和人类的关系，是生态伦理精神建构的核心问题。从人际伦理向种际伦理扩展的过程中，非人类成为伦理关怀对象是其理论体系建构的核心内涵。因而，在考察新时期文学生态伦理精神建构的过程中，分析不同文本对人类与非人类关系的叙事策略与立场成为重要的参照指标。

在生态伦理出现之前的文学作品中，对人类与非人类关系的叙述，一直沿用人际伦理的原则。"人类是唯一的道德物种。现代伦理学几乎都是人际伦理学""到目前为止，所有伦理的一个巨大缺陷，就是它们认为只须处理人与人的关系。然后，伦理学所要解决的问题却是人对世界，对他所遇到的所有生命的态度问题""只涉及人对人关系的伦理学是不完全的"，从而"也不可能具有充分的伦理功能"①。

非人类叙事因主体性缺失而处于匿名状态，由此在真正具有生态伦理立场的非人类写作出现之前，一直被不同时期的修辞方式所挪用。

在整个20世纪中国的文化语境中，"科学"以压倒一切的合法性所向披靡。每一个新中国受教育者关于生产力的耳熟能详的经典概念是"生产力是人类改造自然和征服自然的能力"，预期结果中"社会财富的极大丰富"被认为是"人"的自由解放的基本特征——战胜自然被视作人之为人的必要历程。在此基础上形成的人类中心的文学语境中，人类利用书写的权力对人类与"非人类"的关系作了一次又一次的重述：叙述为阶级矛盾、农业文明与现代工业文明的对立，或是生态环保的话题——叙述为人与人之间的关系，而"只涉及人与人关系的伦理学是不完整的，从而不可能具有充分的伦理功能"。

---

① ［法］阿尔贝特·史怀泽：《敬畏生命》，陶泽环译，第8—9页。

作为自然科学结论的进化论在 100 年前得出"物竞天择，适者生存"的结论，与自然科学的线性、非伦理性相比，文学的话语更为委婉柔软湿润绵长。不同阶段的文本对人与自然、人类与非人类关系的叙述，以不同的编码方式呈现出新时期生态伦理精神形成过程中的步履艰难。

第一节　意识形态叙事模式的延续

"新时期"这一名词是社会政治领域内的概念，它在文学领域内的适用和得到评论界的认可，在很大程度上是因为这一时段的文学在精神特质的总体走向上，开启了一个与社会生活和思想文化界的生机与活力相对应的文学的"新"时期。

但文学的发展并不总能甚至时常不能立竿见影地追随着一个时代的终结与另一个时代的开启，叙事模式及其话语方式的转变，往往是相对缓慢的，而潜隐在形式背后的生态伦理立场的确立亦需要艰难的生成过程。

新时期伊始的文学，在相当长一段时间内依旧保留着"十七年"乃至"文化大革命"期间叙事模式和特定话语方式的影响。在涉及人与自然、人类与非人类这一话题的文学写作中，这种影响亦挥之不去。1978年陈士濂的《白唇鹿青青的故事》①是新时期文学中较早出现人类与非人类关系的文本。故事写一只野生的小鹿，从被人类捕获到逃走再到回归的过程。青青曾在阶级敌人的引诱下逃离国营鹿场，历经磨难终于又回归人民。在这里，曾经的"逃出鹿场，回归自然"的行为被书写为"错误"，而此后在干草的引诱下"重回国营鹿场"则顺理成章理所当然地被称为"改正"。小鹿青青被同伴指责："这几年，你尽在外边逛荡，把鹿茸白白浪费了，我们打前年开始，就把新鲜的鹿茸交给鹿场，交给国家了""祁连山养大了你，为什么不把自己的鹿茸贡献出来建设祁连山区呢？你不害羞吗？"——当人类以"国家"和"祁连山"的名义索取鹿茸时，非人类的说"不"显得不合时宜。在这里，非人类生命只是作为公社/国家的财产，并未被作为和人类同样具有生存权的生命体而存在。在对人类掠夺非人类生命行为的书写中，蕴涵着经典的意识形态叙事的阶级修辞。同样是人类对非人类的捕猎，千户因是阶级敌人，故其行为被定义为破坏鹿场，

---

①　陈士濂：《白唇鹿青青的故事》，《人民文学》1978 年第 1 期。

而吉保祖孙以公社的名义获取鹿茸则因代表着国家的利益而拥有天然的合法性。

一个有趣的历史细节是，1978 年北京出版社主办的《十月》杂志，一度通过设置"学习与借鉴"栏目以译介国外文学名著，为国内创作提供必要的文学资源与思想资源。但该栏目在引介杰克·伦敦的作品时，没有选择著名的《野性的呼唤》，而是选择了《一块牛排》，并附有署名董衡巽的评论文章《独特的形象，高度的概括——读〈牛排〉》，将此文阐释为"故事发生在资本主义社会……杰克·伦敦所要表现的是这样一个主题，它包含着仇恨，诉说着不平，它透过这个伤心的故事控诉这个冷落的缺乏同情心的社会"。在外来文学资源的选择与译介中隐含着一个时代的价值取向与阐释惯性。

而之所以放弃代表杰克·伦敦艺术高度且影响力大的《野性的呼唤》而另择他文，除了《一块牛排》有着意识形态传播所需要的元素外，还有一个明显的原因在于，《野性的呼唤》隐含着那个时代所不需要的精神吁求。它和当时能够接受的《白唇鹿青青的故事》从情节设置到价值取向都是互为反方向的。《野性的呼唤》中，体力出众的狗巴克，在狼群的呼唤声中，返回莽林变成一条狼，回应了生命内部的潜在吁求。写于1903 年的《野性的呼唤》中，对野性呼唤的应答和确认，实际上是对一种个体自由和源自生命深处的感召的回应。对《野性的呼唤》的回避，表明彼时恰是个不需要"野性"作为思想资源提供学习与借鉴的时刻，从另一角度证实了《白唇鹿青青的故事》所隐含信息的时代特征。

在阶级思维的惯性作用下，这一时期的文本中，人类和非人类的关系也具有浓郁的意识形态气息，人类对非人类的猎杀往往等同于对阶级敌人的警惕、打击与战胜。发表于 1976 年第 9 期《黑龙江文艺》上的《捕鹤的风波》（杨更新），尽管在开头有着些许那个时代少有的诗意：

> 七月，在杜尔伯草原呈现一派水肥草美……查干湖里丛生的芦苇已经吐穗，水面上漂浮着菱角叶，绿叶中开放着一簇簇白色的小花，几只丹顶鹤在菱角叶和水草间迈着长腿，悠闲地走着……

但这种诗意很快就被湮没了，文本中更为重要的是猎手们关于鹤是否可以捕杀的讨论。新中国成立前的"不捉"和新中国成立后的"捉—不捉一捉"的几次不同行为之间的区别在于："解放前是地主要，所以不可捕"；新中国成立后"人民政府派人领着动物园的同志来，可以捕"；有人收买时不可捕（因为是资本主义）；"省外贸局要二十对向非洲兄弟国家出口"因为关系到"毛主席的革命外交路线问题"而是合法的。

事实上，在那个期刊的封二上还赫然印着"农业学大寨"字样，在这种时代氛围中，决定鹤是否可捕的依据，显然只与阶级立场相关，文本中的鹤被抽象成一种物品，一种从属于阶级和民族国家的财产，与生命的维度和生态伦理立场无关。

这一思维模式甚至渗透到意识形态相对松动、国家话语笼罩稀薄的少数民族写作中。从社会学的角度看，在很多当时仍以狩猎为生的少数民族地区，人类对非人类的捕杀更多的是作为生产方式存在的，是用来谋生的社会劳动，属于社会分工的职业性质，而职业性中几乎不含有伦理学意义上的道德的善恶，不适用于伦理判断的范畴。但该时期少数民族写作中，《猎人》（叶希）、《猎人的道路》（哈萨克族/郝斯力汗）、《猎人之路》（鄂伦春族/敖长福）① 等文本，从公社打猎队长朱布拉，到哈萨克老人巴得勒加甫，再到鄂伦春族的老猎人沙布，对非人类的捕杀无一例外的都是以保卫人民安全和公社财产的名义进行的。将捕杀行为视为除暴安良的勇敢，并与伸张正义的情节走向相伴生，而使原本属于社会学范畴、不具有伦理意味的"猎"涂抹上深重的阶级色彩，伴随着"公社"和"人民"等称谓遗留，意识形态的思维模式也因附着了旧有的叙事形态而意犹未尽。很显然，在这一阶段的文本中，对人类与非人类关系的书写尚未有生态意识的出现。

此外，阶级叙述时期的伦理思维，甚至波及那些有意识地与时代和意识形态保持距离的写作，比如汪曾祺的《天鹅之死》《虐猫》② 等文本。汪曾祺在新时期里重返文坛，一直以远离潮流的姿态存在并形成独特的个性特征。但当某一时期的特定叙述方式成为一种时代气息弥天漫地并经久不散之后，没有一种叙述可以真正穿越其间而片叶不沾。《天鹅之死》和《虐猫》是汪曾祺重现文坛后小说写作中少有的、出现"文化大革命"背

---

① 叶希：《猎人》，载《四川文艺》1978 年第 4 期；（哈萨克族）郝斯力汗：《猎人的道路》，（鄂伦春族）敖长福：《猎人之路》，均选自玛拉沁夫、吉狄马加主编《中国少数民族文学经典文库·短篇小说卷》（上），云南人民出版社 1999 年版，第 466—475 页。

② 汪曾祺：《汪曾祺文集》（小说卷），江苏文艺出版社 1993 年版。

景之作，从价值取向上看，它们可以算作是对汪曾祺"文化大革命"期间独特经历的回应。《天鹅之死》把人类对天鹅的猎杀和造反派对跳《天鹅湖》的舞蹈家的迫害并举，使猎杀行为超越其生命维度而具有某种象征意义，从而以复调的方式实现对一个时代的控诉。而作为猎杀者的无知青年，丧失了对美的感受、体验和疼惜的能力，是特定时代真善美沦丧、假丑恶肆行在一代人身上留下的指纹，从而使两重主题相遇，通过对"青年——'文化大革命'受害者"和"猎杀生灵——'文化大革命'后遗症"两组关系对应的指认，进而实现了对"文化大革命"的控诉。

《虐猫》是一个超短篇，写"文化大革命"中孩子对猫的虐待，把将生命视若草芥归罪于"文化大革命"的毒害。文本以汪曾祺特有的白描式的勾画，几乎没有抒情议论说理，甚至没有描写的存在，只保留寥寥数笔看似不动声色的"看大辩论、看武斗、看走资派""砸窗户玻璃"和"用子弹打老师的后脑勺"，点出了"文化大革命"特有的标志性背景，从而把孩子对生命虐杀的恶，一股脑儿地转嫁给了时代和阶级。这一特征和数年后叶兆言的小说《猫》相比，尤为凸显。同样写孩子对猫的虐待，后者是一群孩子把一只小猫扔进河里，并一再地在其拼命挣扎着游至近岸时，将其重新扔回水中，并最终致使柔弱的小猫在体力和对人类的情感双重消耗殆尽之后，悲凉地死去。但在文本中，抽去了事件的时代背景，因而也忽略了这种归因的可能性。叶兆言的文本脱离对"文化大革命"归因的惯性，更多地从人性中某些深层的不可知的恶与破碎的家庭成长环境中探询原因。

特定时期的话语权造就一种叙事模式，而叙事模式则又强化了这种话语的权力。

第二节　对现代文明质疑的开始

对于生态伦理精神的生成这一话题而言，真正的"新"是在意识形态叙事模式的影响消散之后。

20世纪80年代中期以后，伴随着改革开放所带来的环境污染等生态问题的日趋严重，报告文学中开始出现对人与自然关系的关注。岳飞丘的《只有一条长江——为长江母亲代写一份万言书》，刘贵贤的《中国的水污染》，徐刚的《伐木者，醒来》，沙青的《北京失去平衡》，马役军的

《黄土地，黑土地》等，分别从人类的水资源、森林资源和土地资源等被破坏的自然科学课题出发，对人类的短视与人性的狂妄、贪婪、自私终将（或正在）导致人类自身生存的危机这一状况进行反思。

《中国环境报》在1984年创刊，成为世界上第一份国家级"绿色新闻纸"后，这批以"自然生态"为命题的报告文学的出现悄然占据着文坛一隅，"报告文学作家把目光转向人与自然的关系乃至整个生态环境领域，这是一种新觉醒，也是阔大心胸的表现，它摆脱了短期的功利行为和目的，是对人类命运的一种长远和终极的关怀"①；此外，评论界从1985年前后，开始出现多篇从"人与自然"角度切入的文章：徐芳《人与大自然关系的艺术思考——兼评近年来小说创作的一种倾向》②，李劼《观念——文学，自然——人：〈黑骏马〉〈北方的河〉之我见》，③ 陈望衡《人与自然关系的美学思考：兼评〈迷人的海〉〈北方的河〉》④ 等，从人与自然关系的角度，对张承志、邓刚等人的写作进行了解读。评论家对一种文学现象的归纳，除以一种理性的穿透力对这一时期创作进行梳理之外同时为部分作家的自觉意识的觉醒提供了便利。这样，来自另一文体的呼应与评论界的积极推动，促成了有助于生态伦理精神诞生的历史文化语境的重要空间。

生态伦理立场转机的萌芽体现在，20世纪80年代中期后的部分文本中，人类与非人类的关系开始被叙述为"现代工业文明和农业文明的对立"，或者是"人与自然"的关系。在后者中，"非人类"是被当作人的生存环境的"自然"，而不是生命个体，对非人类的尊重被叙述为"对农业文明依恋"的反现代文明的田园主义。残雪《饲养毒蛇的小孩》⑤ 中，标题作为偏正结构的词组，其中心词是"小孩"，文本的主体是毒蛇和小孩、小孩的父母以及周围人的关系，小孩喜欢毒蛇的程度远远超过喜欢人类，对人类的一切显出极其的不耐烦，这种不耐烦表现为，听到或是看到与人类相关的事总是哈欠连天，甚至很快打起瞌睡来，而对于大自然中的

①　杨志今、刘新风：《新时期文坛风云录：1978—1998》，吉林人民出版社1999年版，第385页。

②　《文学评论》1985年第1期。

③　《小说评论》1985年第4期。

④　《小说评论》1985年第5期。

⑤　《收获》1991年第6期。

一切却显得异常的灵异，能听到小动物弄出的声响，可以准确无误地指出田鼠在何处打洞，金环蛇在何处潜行。此文本中，毒蛇指称的是大自然，或是一种与大自然相关的某种纯粹的东西而非活生生的生命体。因而在文本中被看作是"一个隐喻，……一个象征，他象征着大自然，象征着与偏执、狭隘、专断、任性、多言多行、自以为是的人性截然相反的那个宽厚博大、沉默不语的世界……代表自然厌烦人类"①。

与之相应，这一时期出现的另外一些文本，如金学种的《寻找鸟声》② 和张炜《怀念黑潭中的黑鱼》③ 分别传达了一种对被城市文明异化了的人性的厌恶，和对人类贪婪的谴责。《寻找鸟声》实则是暗示了这样一种线索，"寻找鸟声—寻找非人类—寻找未被异化的人性"。此逻辑序列在张炜的小说中体现为"捕杀者 = 人类 = 被人类的贪婪自私和对金钱的贪欲异化了的人性"。这两种序列相辅相成地组成了对现代文明的质疑和批判。对自然和"非人类"生命的尊重与依恋被叙述为对纯真质朴人性的回归。在这一阶段的文本中，人类通常代表着现代文明进程中贪婪、任性和被异化了的人性，而自然和非人类则代表农业文明时代淳真质朴的人性。这样，人与自然、人类和非人类之间的关系开始被叙述为"现代工业文明和农业文明的对立"，尽管还算不上真正意义上的生态思维，但已经意识到现代工业文明的发展对自然和非人类的侵害，离真正意义上的生态伦理精神尚有一步之遥。

另外值得注意的是，在这一纵横交错的文化时空中出现了一个复杂的文本——《野狼出没的山谷》④，它的获奖（1984 年全国优秀短篇小说奖）以及获奖后的被误读因隐含着诸多"前历史的遗存"和"后历史的预指"·而显得复杂难辨，使它的存在成为生态伦理精神生成过程的线性发展中的一次回旋，一个过渡性文本。主人公贝蒂是一条被人类放逐出狗族而出没于野狼谷的"狼"，其被放逐缘于主人在一次猎熊过程中的误会，贝蒂的舍命救主被误读为不忠诚。在狼群中生活了若干年后，贝蒂从外貌到习性都有了诸多狼性，但贝蒂终究未能成为狼。若干年后，当人类进入野狼谷，捕走了贝蒂的孩子们，狼群愤而袭击村庄，此时贝蒂在作为

---

① 陈思和主编：《逼近世纪末小说选（1990—1993）》，上海文艺出版社 1995 年版。
② 金学种：《寻找鸟声》，北京出版社 1999 年版，第 211—230 页。
③ 张炜：《远行之嘱》，长江文艺出版社 1996 年版。
④ 王凤麟：《野狼出没的山谷》，《人民文学》1984 年第 9 期。

母亲的怜子之心与对旧主人的忠心之间不能双全时，终究选择了忠诚，为救旧主人而无怨无悔地死于其怀中。

在抽象了的情节向度与价值取向上，《野狼出没的山谷》和写于6年前的《白唇鹿青青的故事》在很大程度上颇为相似。但其间毕竟间隔了一段日新月异的社会前行与思想文化领域的大幅变迁。贝蒂和青青都曾获得自由，但青青心甘情愿地放弃这种在旷野中呼喊的自由时，没有太多的犹疑。在那个信仰可以垄断、支撑所有可能的动摇并抚慰一切焦虑的时代，信仰为选择注入了力量并简化了选择程序和降低了选择的难度。而贝蒂身上潜隐的对自然热爱的本能因缺乏阶级叙述时代的强大信仰支撑，而致使其苏醒的可能时有出现。因而在前历史的遗存之外，文本还隐含着后历史的预指——在文本激昂明亮的缝隙处，有着对"非人类"情感的肯定，和对其作为个体生命的关注和体恤。挣扎在狼与狗之间的贝蒂曾在"孩子"和"主人"之间有过最后也是最关键的一次抉择："我的孩子，是啊，孩子将怎么活下去呢？它们还没有断奶啊。"最终选择"主人"，是非人类对人类的一次令人心碎的臣服，但其中母性在忠义面前辗转悠长的溃败过程写得温润而富有质感。贝蒂的孩子6只小狼的结局——"在一座巨大的钢筋焊成的圆形笼子里……"钢筋的坚固和笼子的巨大，在显示出幼狼在人类面前弱小的同时，也预示出它们只能在人类铸就的牢笼中左冲右突循环往复，永无出路——这是放弃自由臣服后的唯一结局，白纸黑字触目惊心，使由来已久的选择惯性中的理直气壮难以为继。

获奖后来自评论界关于本届评奖的总结性发言中，对此文本未置一词。1985年第5期《文艺报》发表雷达的《向着自由境界的艰难迈进》一文中，将获奖的18篇小说分为三类："艺术自由型""描写改革型"和"批判风格的展露和心理剖析的锐利"，对排名第12位的此文未予归类和安放，悬而不论。而季红真在彼时刚刚创刊的《小说评论》（1985年第3期）上发表的《探索与收获——一九八四年短篇小说年鉴序》中谈及此文时则称"带有明显的象征性质""寄托了作者对人与人之间在严酷的生存环境中彼此信任的愿望"，这与写作于同一时期的另一文中关于"人与自然"的论述在价值取向上是一致的：认为"'人与自然'这一题材领域所特有的艺术魅力，关键在于它对自然的'人化'……真正具有审美价值和长久艺术生命力的仍然是那些在自然物身上寄托作家的人生意识中最崇高的感情的艺术品"①，认可将自然人化的叙事惯性。这一不易察觉的巧合，恰恰成为彼时历史性场景的一次微缩处理。

文学史对这一时段众多文本对"自然"的关注，给予的解释是"在现实主义受挫，作家在穷尽了探索未能找到新的力量源泉之前，有一批作家不甘就此消沉，转而把目光投向了大自然，浓墨重彩地描绘了大自然的伟力、野性与崇高，人与大自然的对峙、搏斗，试图在大自然的崇高与伟力的衬托下，弘扬人的主体力量，代表作有张承志《北方的河》、邓刚《迷人的海》、刘舰平《船过青浪滩》、郑万隆《老棒子酒馆》、王凤麟《野狼出没的山谷》"。这批作品的意义在于："自然，在此之前的中国小说中一直是作为环境因素的，而在这批作品中，自然具有了主体的意义。其局限性在于，作品中所描绘的人物在面对大自然时，往往表现出一种大无畏的英雄气概，但一旦进入社会却同样显示了精神上的扭曲与委琐，因而并不能充当这批作家所理解的、推动社会前进的精神动力。作为一种思潮，它很快在文坛消失。"② 文学史走向的排序依然（也只能）是以人类与社会的总体发展方向作为参照，这样看来，在非人类小说叙事的发展过程中，看似以繁荣或转机的方式出现的新质，至多只能理解为整个序列中的一种歪打正着。

第三节　人类中心哲学的解冻与生态写作的新阶段

以 1985 年赵本夫的《那——原始的音符》③ 为标志，在处理人与自然、人类与非人类关系问题时，真正意义上的生态伦理精神开始出现。

从阶级叙述模式影响下的《白唇鹿青青的故事》中，文本在价值取向上给予非人类对人类的忠诚毋庸置疑的肯定，到《野狼出没的山谷》中非人类这一个体生命情感觉醒后在"忠诚"与"反叛"之间的犹疑，非人类叙事在时间的推移和社会历史发展的裹挟中不断前行。到 1985 年第 5 期《清明》杂志上《那——原始的音符》的出现，新时期写作中对非人类与人类关系的叙事形成一个完整的序列。

---

① 欧亚：《不能再这么"野"下去了》，载《中国西部文学》1986 年第 5 期。

② 朱栋霖、丁帆、朱晓进主编：《中国现代文学史（1917—1997）》（下册），高等教育出版社 1999 年版，第 86 页。

③ 赵本夫：《那——原始的音符》，《清明》1985 年第 5 期。

在赵本夫的《那——原始的音符》中，羲犬白驹最初对待主人是贫贱不移的忠诚，在这种忠诚被人类毫不珍惜的践踏——以卑劣的手段诱捕以卖给残忍的狗屠——之后，开始为了活命而逃至山林，从出逃之后死里逃生的欣喜，经历了离开主人之后的失落和欲重返主人身边的动摇，这种动摇最终通过回忆父亲反抗的壮烈与不反抗的隐忍，进而对自身思考的反省，最终返回荒原，回复对身体内部原始野性的应答。

这一文本的有意味之处在于，白驹从对人类的忠诚与反抗之间的犹疑，到最终走向反叛的过程，伴随着对人类文化的质疑。文本从开天辟地式的宇宙洪荒写起，在自然界秩序的维持中，人类曾被寄予厚望："人类是所有生命中最高级的生命，人类不仅有生命的本能，而且有超常的理智，这种理智可以抑制人类自身杀戮的本性，可以调节人与其它生命，以及其它生命之间的关系，从而建立一种合理稳定的秩序。"但人类自身的表现却最终辜负了这一厚望："凡是人迹所到之处，河流被污染，森林被砍伐，生命被窒息和杀戮。……众多的生命在人类'征服大自然'的进攻中消失，或者濒临绝种""人类是自然界前所未有的暴君"。于是"万千生命在煎熬中实在等不得上帝的裁决，纷纷起而反叛了……它们不要人类的文明，宁愿回到荒野中去……"人类的贪欲在破坏自然的同时，激怒了非人类，进而引发了它们对人类的反叛和厌弃。

非人类与人类的关系被叙述为为恢复自由的血腥对垒。羲犬白驹在历经了白唇鹿青青式的忠贞不渝，和狼狗贝蒂在野狼谷中在忠诚与自由之间的进退维谷，终于走向为生命的尊严和自由的反叛。这一非人类小说叙事文本通过对人类文明的质疑，肯定和喝彩了这一行为。在人类与狗类、苍天和大地之间历史性的对峙之后，终于"缓缓走向荒岗，从容而悲壮地向黄河上游走去，向原始大森林走去……"向远离人类中心的意识走去。

不久之后，张炜的《三想》《梦中苦辩》《问母亲》等文本的加入，更为明确、全面和深刻地对既往缺乏生态意识的"人类中心"观念进行了反省。其中《三想》更是把人、狼和一棵树三种生命并置：一个在大自然中流连忘返的"奇怪的城里人""一只遭受人类伤害的母狼"和"一棵阅尽大山荣辱兴衰的百年老树"。三种生命在文本中相对的平分篇幅和平等的话语权设置，共同反省人类中心意识笼罩下的历史和现实。张炜的"大地情结"，使文本背后真正的价值取向依然是对自然的迷恋多于对非人类生命的珍视。或者说，对"非人类"生命的珍视对于文本而言只是

"犹在途中"，最终指向的是作为一种元概念的"大地"的回归。

如果说，《那——原始的音符》和写于 80 年代中后期的《三想》《梦中苦辩》在价值取向上，是代替非人类表达对人类的自私残忍和自我中心的抗议和愤慨，是对前一时段非人类文本写作情节设置上从忠诚走向反叛过程中过度压抑的反弹，是从一个极端走向另一个极端，在文气上，有些从压抑到爆发的愤愤不平和怒气冲冲的感觉；那么，到了 90 年代后出现的《大绝唱》中讲述生命之间冲突的无奈时，叙述视角上采用非人类和人类两种视角的轮流转换和文本篇幅上的对称相似，则写得理解、宽容、婉约惆怅和湿润绵长。

在具有生态伦理立场的文本中，常常出现的一种取向是，孩子比成人更能接近和倾听非人类的存在。本章的论述实际上已经有意识地选取了不同时期涉及孩子与非人类关系的文本作为个案，以期了解具有相似情节设置的文本，在不同时期文化语境的影响下叙述方式的辗转更迭。同样是儿童对非人类的喜爱，在阶级叙述主导的时期，《白唇鹿青青的故事》中男孩吉保喜欢小鹿青青是因为它属于"公社的财产"；而到了《饲养毒蛇的小孩》中男孩砂原所养的毒蛇，作为非人类，则更明显地指称了一种与现代文明方向相反而更接近自然与人的天性的东西，因而砂原对毒蛇的喜爱可以被评论界理解为对现代工业文明厌恶和对农业文明的怀恋。

与前述文本相比，出现于世纪末的 1999 年的《大绝唱》[①] 则显示了一些新的质素。女孩尖嗓子和男孩大眼睛，和他们的好朋友智慧生物河狸中的雌狸香团子、雄狸大拇指一样，都是以一种生物上的特点加以命名的，命名方式的一致和原始而非文化的特点，似乎暗示了两种生命最初的平等。女孩尖嗓子每天给她的朋友们准备鲜嫩的水葱和好听的歌声，而雌狸香团子则用对人类的亲近和飘忽的香气回答女孩子的友情。在河狸和孩子之间，是两种生命的相互吸引。《大绝唱》的开头是"大约在几千年前，不知是山的灵动还是神的点化，终年积雪的天山上，涌出一股冰清玉洁的泉水……大约几百年前，也许是风的召唤，也许是雨的指引，河狸香团子的祖先，来到九曲河畔……"年复一年之后的一个春天的下午，河对岸树林里来了几个"九曲河畔从来没有过的动物：长长的两条腿，灵活的两条臂，圆圆的一个头，而且直立行走……"有着开天辟地创世纪

---

① 方敏：《大绝唱》，《小说选刊》（长篇小说增刊）1999 年第 2 辑。

的意味。男人长腿女人胖子，女孩尖嗓子男孩大眼睛，与雄狸大拇指雌狸香团子小雌狸蘑菇头小雄狸白爪子，两种生命各自组建着同构的家庭，都在为生儿育女食物住所奔波忙碌，生活简单快乐，风调雨顺而又生机勃勃，"我们相信，天和地之间的一切物种和种群都愿意相安无事天下太平"，但与此同时，"我们肯定，天和地之间一切物种和种群的最高准则，都是求得自己的生存"。

这种相安无事的关系被摧毁，来自更多的人类迁入之后日益增多的物质需求和大自然的灾害。数月的大旱，水的缺乏，人类和非人类被迫有了利益上的冲突，人类麦田的灌溉问题和非人类水下居所的安全存在都是生命的必需，都在水的日益减少中愈发窘迫并危及生命。矛盾最后集中在一条拦河水坝的筑起与拆除上：人类以自身的强大加上依靠河狸天敌狗的帮助，屡次拆毁智慧生物河狸辛勤筑起的大坝，河狸不得不用夜间的忙碌修补着人类白昼的破坏，在屡建屡拆之后，河狸的执着和为生存所迫的勇敢，伤害了人类业已存在的尊严，并最终引发了最后的一场血泪纷飞的争夺："这是一次数量充足的捕猎，几百只河狸供应几十只狗。这是一次不公平的游戏，一方只能做另一方的食物。这是九曲河上最重大的牺牲，不是个体，不是家庭，也不是家族，而是整整一个种群的生命。"正当人类欢呼着最后胜利的时刻，一场大雨从天而降实则消解甚至嘲弄了这场血战的意义，而人类的孩子男孩大眼睛为了追寻最后残存的雌狸香团子（或者仅仅是出于一种美好的幻觉）而坠河身亡……河狸、小孩和狗最终合葬于一处，而在他们的葬身之地，在夜风中传来若有若无的歌声，文本把这歌声称为"温馨、祥和、安宁"。

此文最初发表于环境文学的重地《绿叶》，之后被《小说选刊》选入1999 年第二辑"长篇小说增刊"时附有作者后记，后记中说："在大自然面前，一切有生命的物种都是渺小和卑微的。它们在各自按照自己的生命法则延续着、生存着、发展着。"这让人想起郭雪波《母狼》① 中最后的感慨："这天底下，因为并不止生存人类这单一物种。"这里，人类和非人类的关系终于得以被还原成两种生命之间纯净和相对平等的交流与交往，不再被阶级叙述所淹没，抑或是被一种文化的解读所掩盖。《大绝唱》放弃一切人文背景，尝试着走出了人类中心的迷障，把九曲河两岸

───────────────

① 　郭雪波：《母狼》，《雨花》1998 年第 2 期。

"人类"与"非人类"共同的"创世纪"写成了天地之间两种物种的繁衍和不同生命之间的依存和竞争。"人"与河狸两种叙述视角的对等使用,"男人长腿女人胖子"与"雄狸大拇指雌狸香团子"的"命名"方式的一致多少显示出众生的平等,更何况,"人"在对面河狸的眼中只不过是"对岸那些两条腿的动物"。

　　除了同一文本中对非人类的生存悲欢给予肯定外,生态意识的产生还体现在差不多相同时期的不同文本中存在的人类与非人类情感的相似性,以及对非人类情感的肯定上。在阶级叙述时期,非人类被强行以阶级情感进行填充;而在文化叙述中,是作为大自然的一部分,是人类情感的投射物,是对象,是宾语。砂原对蛇的喜欢就是喜欢而已,蛇的体会和爱憎被悬置于文本的叙述之外,意味着非人类情感的无关紧要。而到了世纪交替之际《大绝唱》出现的时期,对非人类生命的敬畏和珍视,肯定了非人类情感和人类情感的可比性。不同文本的对照阅读,更能体现这一点,郭雪波的《母狼》和毕飞宇的《哺乳期女人》①同样体现了雌性动物哺乳期的慈意,后者只是写"女人",而前者在"母亲"与"母狼"的并举中出现对非人类母性的体贴和慨叹。

　　此类文本的"新"处在于,终于尝试着走出了人类中心的迷障,在人类和非人类的关系中写出了真正属于生命与生命之间的爱与冲突——爱与生/生存、与死的冲突,写出了对生命中无奈的体恤和宽容,终于认识到"生存于天地之间的所有物种……无一不是为了自身的延续、生存、发展而竞争、拼杀、依存。不论其结局是悲剧还是喜剧,它们的生命过程都有着不可取代的价值",因而"用客观兼容的态度去面对大千世界的芸芸众生"②成为生态写作的新命题。

　　人类不再把自身利益当成唯一合理利益之后,终于在对自然和非人类生命的敬畏与对生态问题的直面中实现文本世界生态伦理精神的建构。

第四节　环境文学的出现与生态伦理精神的新命题

　　环境文学的出现,在给生态伦理精神一个开阔的建构空间的同时,亦

---

① 　毕飞宇:《哺乳期女人》,《作家》1996 年第 8 期。
② 　方敏:《天可变道亦可变》,《小说选刊》(长篇小说增刊)1999 年第 2 辑。

带来了新的困境与命题。

世纪交替之际，环保运动的兴起，为环境文学的成长提供了必要的历史语境。"自然科学构成了我们整个当代思维的基础""人们一致赞同这一命题，我们必须使自己靠近自然研究者，必须以他们的成就作为依据来检查我们的理想，并使陈旧的淘汰"①。生态意识的觉醒，似乎是一夜盛开，成为别一种时尚；② 央视新闻联播推出的系列报道"深圳珠海二十年"的发展中，环保生态成为宣传的重要支点；而嫣然开放的西部场景中，"环保意识"的有无，亦被作为区分战略目光远近的重要指标。此时，《萌芽》1999 年对于定位为"关于动物是我们人类的朋友，关于地球上所有生命都有存在的权利，关于残忍、嗜血的论述"的《与盗猎者同行》③ 的连载，加之 1999 年 6 月 "生态与文学"国际研讨会在海南的召开，确认" '生态意识'将是二十一世纪人类思想发展的重要突破"④ 的同时，似乎暗示另一编码方式对文学秩序的冲击。

事实上，真正的环境文学的概念出现比较晚，"1992 年，环境文学研究会成立，标志着关注环境文学的作家们有了自己的'娘家'。《绿叶》杂志的创刊，使环境文学家有了自己的创作阵地"⑤。但开创者自身对环境文学的认识并不一致：除了少数作家提出"环境文学是生命的文学，不仅仅是写环保，真正的意义是写生命，一切生命的开始、过程、终止；从这个意义上说，环境文学是中国文坛上最超前、最具前瞻性的文学，最贴近生命文学的根本"⑥ （作家徐刚语）之外，大多数参与创作者把环境文学理解为"环境文学是经自然造化为本，借助文学这个体裁运用一切文学手段和技巧，表现为保护生态环境为目标的主题"⑦ （中国环境文学研究会秘书长高桦语）；"文学就是人学，环境文学是围绕人与自然为主题的文学"⑧ （作家郭雪波语）。事实上，就创作情况而言，除部分被公认

---

① 伯尔舍：《自然科学与诗歌》，刘小枫主编：《现代性中的审美精神》，学林出版社 1997 年版。
② 《新周刊》1999 年第 18 期。
③ 江浩：《与盗猎者同行》，《萌芽》杂志 1999 年第 1—12 期。
④ 《天涯》1999 年第 6 期。
⑤ 《中国环境文学如何走出困境》，《中华读书报》1999 年 6 月 30 日。
⑥ 同上。
⑦ 同上。
⑧ 同上。

的报告文学作品"很到位"以外，"其他散文、诗歌有很多带些把玩的性质，表现一些一般化的爱心，不能足以震撼人，没有力度，没有形成文学派别，还不能称其为真正意义上的环境文学"①。

对生态伦理精神的建构而言，"环保"成为时尚"泛滥"之后，大量新闻报道题材和体裁的出现，在领域边缘走马灯式地穿过。同时，大量环保网站和各种环保活动，民间的，或是官方的，使这一话题慢慢演化成一种行动性很强的事件。在上述语境中，贾平凹的《怀念狼》单行本②在2000年6月诞生后，被从不同的角度关注。搜索时使用的关键词不同，切入的途径亦有差异：以"贾平凹"为关键词，文本被置于"商州系列"——《白夜》《废都》这一线性发展系列的终端，作为对"城市文学"与"知识分子堕落"问题思考的阶段性成果；而以"《怀念狼》"为关键词，则文本被转置于"生态环保"的大语境下，列入"环境文学"丛书"碧蓝绿文丛"（尽管有人对此不以为然，如《中华文学选刊》上的"寒碜说"③），成就了新时期文坛又一次颇具反讽意味的"误置"。贾平凹本人则在各取所需为我所用的两类切入点之间语词含混半推半就。

《怀念狼》写一个无所寄托的城里人子明，因偶然的机会回到老家商州，为这一地区仅存的15只狼拍照，竭尽全力，结果却适得其反。在拍照过程中，各种意外的出现，致使仅剩的15只狼一一被杀死。保护狼的愿望之强烈和迫切，与无法改变物种灭绝之大厦将倾的惶恐同时弥漫在文本的字里行间。尽管文本着力渲染了狼作为一种生物体的毁灭所引起的巨大的不安，但在价值取向上，依然是"人类中心"，尤其是作为文化人的子明的那句"我需要狼"。"我"作为人类的代表，需要狼的存在来保存自身的活力乃至生命，这一类似于生物学上的鲶鱼效应在社会学运用中的变体，尤其是联系不远的过去刚刚经历过的一次又一次的劫难——对立面消失后主体也为自身的存在惶惶不安："改革开放以前……我们将有一个对手看得比什么都重要。所有的对手都有一个共同的名字：'阶级敌

---

① 《中国环境文学如何走出困境》，《中华读书报》1999年6月30日。
② 贾平凹：《怀念狼》，作家出版社2000年版。
③ 《中华文学选刊》2000年第11期。

人'……"①"我需要狼"成为人类主体的内在吁求——因为"我"／人类的需要／生存需要，使"怀念"中缺少了对生命本身的敬畏，暴露了人类的自怜、自爱与自私。"据说"中的那个虚实不明的结尾——狼灭绝后出现了人狼——更是表明，对"狼"的怀念，只是源于人类对自身生存危机的忧惧。而对大熊猫痛苦万端的艰难生产过程的描述，对生命的慨叹明显少于对物种灭绝的惋惜和对生物学意义上"种"的退化的忧虑。或许，这正是社会学意义上"生态环保"的本义。如同法律文化中"伦理"的缺席一样，此类"保护"并非"敬畏生命"，而是由"长期利益"取代"短期利益"，而这一点恰恰是生态伦理精神生成的起点而非终点。真正意义上的生态伦理，应关注人之外的其他生命在伦理体系中的定位，而非为人类利益如何延长其使用期限。

另外，在被公认为环境文学代表作的郭雪波的《沙狐》② 中，沙狐最初出现于"野鼠猖獗，破坏植物生长"的背景下，它的存在意味着改变生态失衡成为可能，因而老沙头与沙狐的共生，在很大程度上与治理沙漠的实际目的相关，是建立在维护生态平衡的基础上的——因为沙漠中少有生命存在，因而沙狐的出现弥足珍贵。老沙头制止女儿小沙柳寂寞时想捉一种叫跳兔的小动物玩的理由是，"咱们这儿，一棵小草，一只小虫子都要放生……因为，咱们这儿活着的东西太少了……不管啥生命互相都是个依靠"。于是，在这里"为对付沙漠这妖魔，人兽和草木结成了和谐的自然联盟"。人和沙狐因为有共同的对立面——沙漠而相依为命。沙狐最终被场部主任大胡子杀死时，老沙头悲痛地怒斥的依然是沙漠："你这该死的老沙妖魔！一切祸根都是你呀！我真恨你！"这里，对生态、环境和自然的关注远远超越了对非人类生命的疼惜。

环保话题与《大绝唱》等具有生态伦理立场的文本相切点在于，都是对非人类生命的保护，其间都有着对人类文化的反思与自责。但它们的交错过往仅仅在一瞬间，然后，朝着不同的方向飞奔而去。如同两条射线，在飞驰而去的途中，始终保持着 30 度角的方向，遥相呼应却越离越远：环保是人类中心的出发点，保护是为了更好地利用，变短期效用为长

---

① 朵生春：《二十年目睹之现状：1978—1998》，中国社会科学出版社 1998 年版，第 204 页。

② 《北方文学》1985 年第 4 期。

期效用。此外，与环保有关的《野生动物保护法》的颁布，在保护一部分动物的同时放弃了另一部分，禁止一种行为的同时，放纵了另一种行为，"禁止/开禁"总是限定在一定范围内——在划定保护范围之后，在确定一种猎杀行为为非法的同时，另一部分非此类的行为意外获得了合法性权利（此处的合法之"法"为法律本义）。"科学"在整个20世纪中，以压倒一切的合法性无往不胜。人与人之间相互残杀的战争（比如两次世界大战）在战后文化中被越来越急切的呼吁停止，但与此同时，人类对非人类生命的杀戮甚至虐杀，却因为各种修辞策略的运用而受到保护。

事实上，那些环保观念影响下的创作，在生态伦理立场上往往滑向另一种理性影响下的矫枉过正。从本质上看，很多环境文学中的文本并非"敬畏生命"，更多的只是变"短期利益"为"长期利益"而已，利益指向的中心，依然是人类。非人类生命依然未能获得成为伦理关怀对象的机会。

非人类个体生命的毁灭，其意义等同于长江的被污染和森林遭受过度的砍伐。因而，对生态伦理立场的建构而言，环境文学的成立在提供一种契机的同时，很可能使原本期待出现的具有生态伦理精神的文本再次误入歧途，在使生态问题得到关注的同时，再度成为另一种形式的匿名而与生态伦理建构擦肩而过。

第五节　多重文化语境并存与生态伦理立场的悖谬

伦理体系建构的话题在新时期文学中的发展，从总体走向上，可确定为"人类中心"走向"环境中心"。只是，由于现代、后现代和前现代文化在同一时间不同空间下并存，并与生态土壤多重交叉，使生态伦理精神的建构在发展过程中常常出现交错、回旋和悖谬，甚至存在着同一时期不同的文本中并存着互为反方向的价值取向。

以写作时间和故事情节大致相近的两个文本为例，比较分析悖谬的存在与生态伦理精神建构的繁难。

其一是邓一光的《一只狗离开了城市》，① 一只叫"机遇"的狗，由于主人生物教师老古生病而被疏散到"我"家，过了一段舒适的生活之

———————

① 《湖南文学》1998年第1期。

后，因城市养狗政策的限制，被送往乡下。在情节上与王立新《一只狗的遭遇》① 颇为相似，后者中的小狗最初是作为某有钱的寂寞少妇的宠物，由专人伺候，后在一次意外中走失，被一对年迈孤单而又在经济上不宽裕的老夫妇收留。爱喝酒的老头子把平日里视为难得享受的下酒菜火腿肠分给狗吃，并与之建立了相依为命的感情。同样是因为城里颁布养狗的规定，老夫妇因支付不起昂贵的"户口费"而不得不将狗送往乡下。

"乡下"成为两只狗的共同去向，但随之而来的不同构想却昭示了伦理立场的分野。《一只狗离开了城市》的结尾是：

> 我还想，机遇离开了城市，到了农村，它再也用不着洗澡了，它再用不着讨好谁，冲着谁摇尾巴了，它也用不着什么户口，它可以整天地在油菜花开满的田野里追逐蝴蝶和小鸟，它愿意把自己弄得多么脏就弄得多么脏，它在阳光下奔跑着，长毛披拂，像一只真正的快乐的狗。这个样子我们永远也许看不见，但机遇它在经历着，这就够了。

此处有着对工业文明扼杀自然天性的婉转抗议和对一种在农业文明时代可以恣意生长的自由空间的美好怀想。在这里，"乡下"成了自然天性得以任意释放的场所，一个生命力可以自由张扬的空间。

而在《一只狗的遭遇》的结尾，则是老太太到乡下看望他们的狗，却发现原先乖巧可人的小狗，已经成为几只小狗的母亲，变得邋遢而麻木，落差之大让人不忍卒读。小说最后写道，老太太失落地走了，并且希望老头子永远不要看到他们曾经心爱的小狗现在的样子。此文中，乡下是与落后的物质文明和贫困的生活方式相联系的，是被文明进程远远地抛在后面的时段，是现代性所期许的城市化未来中国努力克服与弃置的生活方式。

两部作品的结尾成了两种互为相反的瞬间姿态，这里非人类与现代文明的关系问题，说到底是人类对现代文明的态度问题。前一文本，依然在重述一个现代文明/农业文明对立的思考，回归自然，依然是一个想当然的精神返乡，对于生态伦理精神的建构而言，对非人类生命中野性的肯定

---

① 《小说家》2000 年第 2 期。

和应答，是将其视为伦理关怀对象的重要前提。

　　与之相比，《一只狗的遭遇》的结尾似乎更多地关注生存的现实，与谌容《我是这样养猫的》①《动物园的观察和思考》② 对非人类生存环境的关注颇为相似，关注非人类生之艰难和生存空间的狭窄。

　　上述不同文本的并置，一部分讲述着对非人类生命中野性的应答和确认，另一部分文本则仍然感慨着回归荒野的重重阻碍。一边在叹息着现代化进程中，现代工业文明对生命的禁锢与扼杀；另一边又在留恋现代性预期场景中城市化趋势所带来的方便快捷，感慨现代文明的优越，以及落后乡下的破旧生活方式对优雅精致的磨损与销蚀。

　　多重文化场域的并置，使差不多产生于同一时期的文本之间形成对话，文本间相互消解的历史性场景，意味着生态伦理精神的建构面临着更为复杂的处境和更漫长曲折的历程。

第六节　世纪交替之际生态伦理精神书写的特点

　　如前所述，新时期以来，生态伦理精神的建构经历了"意识形态思维—人性思维—生态思维"三个阶段。世纪交替之际的生态文学写作，作为第三阶段，其特征是终于冲出了人类中心的迷障，将自然与非人类生命视作生态整体中与人类同样重要的组成部分，认识到人类的行为是导致生态冲突与生态危机的根源。由此，这一时期的生态文学在对生态问题的书写中，通常有如下三重视点。

一　现代化进程中的生态焦虑

　　现代工业文明带来机械、自动化、速度和效率的同时，也破坏了人与自然、人类与非人类和谐共生的家园。哲夫的《叩问长江：对中华民族生态环境的一次生死访谈》③、吴岗的《善待家园：中国地质灾害忧思录》④ 等报告文学作品最先以惊人的数据和生动的叙述，敏锐地传达了对现代性工程破坏自然生态的焦虑，这种焦虑同时漫延在小说的文本世界

---

①　《小说界》1992 年第 2 期。
②　《红岩》1997 年第 6 期；1998 年第 1 期。
③　《北京文学》2002 年第 7 期。
④　《啄木鸟》2001 年第 6 期。

中：季栋梁的《老人和森林》① 是一个带有隐喻意义的文本，森林原本一片绿意葱茏、生机盎然，它收容并治愈了老人／人类的内心疲惫，并以生活其间的各种灵动丰富的生命给人类带来身体愉悦和心灵的宁静，但这一切后来被入侵的"开发者"破坏了，老人在制止无效后只好怅然离去。"开发"是这类文本情节急转的一个共同性因素，在现代化进程中，经济发展的需要为该行为提供了足够的合理性，而这种合理性恰恰是自然和非人类生命被破坏和屠杀的无法抗拒的宿命。杜光辉的《哦，我的可可西里》② 则叙写了因"开发"可可西里而暴富的"可可西里王"王勇刚似乎是被嵌进现代性进程中的一个巨大齿轮，飞速运转无法停止。郭雪波的《苍鹰》《狐啸》等草原系列文本亦写出了草原生态在"开发"中的毁灭性破坏，"最早，这儿还是沃野千里，绿草如浪……后来，渐渐拥入内地的农民，开始翻耕草原种庄稼……由此，人们为自己种下了祸根。这里成了沙的温床、风的摇篮，经百年的侵吞、变迁，这里几千万公顷的良田就变成了今日的这种黄沙滚滚"。

上述文本的书写者，普遍感受到了在现代化进程中自然生态遭受破坏的焦虑，同时表达了解决的困境。毫无疑问，在整个 20 世纪的现代化进程中，"开发"和"发展""进步"一样具有毋庸置疑的历史合理性，并在人类征服和改造自然的雄心勃勃中披荆斩棘所向披靡。因而在大多数文本无可奈何的沉重叹息声中，《哦，我的可可西里》中为拯救生态而对"开发"喊停的结尾显出无力、虚弱和不真实，与其说是李石柱的死换来了政府对开发的停止，不如说这更像是鲁迅《药》结尾夏瑜坟上的那一圈苍白的花环，是对现代化进程中日益紧迫的生态焦虑的一缕聊胜于无的缓解。

二　欲望批判和生态预警

如果说，前述现代化进程中的生态焦虑，尚只是对生态问题的困惑与不安的话，"欲望批判和生态预警"则是更明确地指出以牺牲自然与其他生命为代价的发展必将导致严重的生态危机，而经济发展过程中人类欲望不加节制的无限释放，亦将会导致人类自身的毁灭。

---

① 《朔方》2001 年第 9 期。
② 《小说界》2001 年第 1 期。

姜卫华《人·狗·狼》① 讲述了以丰腴的身体养育了小屯村的奶头山，曾经是人类和松、柏、槐、柳、榆以及众多非人类生命的乐土。但在收购野味的商人疯至后，物质欲望被刺激得极度膨胀的村民开始大肆行猎，最终导致群狼的复仇和人类的极度恐慌。郭雪波《狐啸》《哭泣的沙坨子》《沙葬》一再强调被欲望控制的人类"像一群旱年的蝗虫，吃完这片田地又飞往那片田地""人像一群蚂蚁，掏完了这一块儿地，再搬到另外一块地儿去掏，全掏空拉倒"。贪婪的人类只知道向大自然无休止的索取、索取、索取……人类不断膨胀的欲望，逐步侵蚀了人类之外的自然和非人类生命的生存之境，最终将导致自身的灭绝。

在不加节制的资源开发破坏了生态系统的平衡之后，人类对非人类的"滥杀无辜"终将会引起生态崩溃和道德的失序，人类最终会因一时胜利后的得意忘形而遭到来自自然的报复，人类在对自然的"征服"中，以局部的胜利最终会导致全局的失败——这是生态文学一再对人类无休止的占有欲提出的警告。

三　反"人类中心"的生命审美

与前述文本聚焦于对人类行为的审视和反思不同，此类叙事模式将叙述焦点置于对自然和非人类生命的审美观照上。

长期以来的文化传统中，人类在面对自然时习惯以主宰和征服者自居，以万物灵长的身份任意奴役和驱使大自然和其他生命体。在人与自然这一话题上，生态写作发出了别样的声音：自然和非人类生命本身是具有审美性和生命力的存在的，而不只是人类奴役和征服的对象。在这个我们生息繁衍的大地上，人类之外的大自然以及其他的生命也一样活泼灵动，爱恨生死，和富有尊严感。因而生态写作中另一重要题材是超越那种将自然和非人类视作人类生活的环境与点缀的"人类中心"的惯性思维，将自然与非人类放在与人类平等对视的位置上，展示它们的魅力，以此确认其审美价值和存在的合理性。

由"家族写作"转向生态关注的叶广芩在《老虎大福》《黑鱼千岁》《熊猫碎货》《长虫二颤》《猴子村长》《狗熊淑娟》等作品中，将非人类视作与人类对等的生命体，它们拥有生命的尊严和高贵，是人类的兄弟、

---

① 《滇池》2004 年第 1 期。

孩子、恩人、朋友甚至是相互尊重的对手。郭雪波的《大漠狼孩》《沙葬》《沙狐》《狐啸》《苍鹰》等文本，更是写出了狼的野性、狐的灵性和鹰的高贵来烛照人性的贪婪、自私和猥琐。陈应松的《豹子的最后舞蹈》① 通过一头处于生命尽头的豹子回顾一生的经历，旁观并且叙述这个世界，展示非人类生命对这个世界的独特理解和感应方式，写出了豹子生命的激情和尊严，以非人类生命的叙述视角，给万物生灵一个展示和表达自己的空间，让人类了解和关注它们的存在。"你只有咬住猎物，才是一只豹子"更是书写了属于其生命的野性和力度。

在人类与非人类的关系问题上，诸多文本都发出了反对"物种歧视主义"和"人类沙文主义"的别一种音质：非人类生命和人类生命都拥有其生存和审美意义，他们理应共同生存于大自然恩赐的生物圈中。

第七节　新世纪生态写作走向的预期

尽管生态写作的书写者为了创建生态文学已经作了不懈的努力，但生态伦理精神建构目前的发展仍有着很强的自发性，相对于国外生态文学的创作队伍和实绩，以及国内生态文艺学理论探讨的深入和热烈，创作领域仍未形成足够的规模和认识的高度。因而，新世纪的生态文学写作需要在如下方面进一步做出努力。

一　创作主体的自觉而深刻的生态写作意识

在新时期文学写作中，创作主体生态意识和系统而深刻的生态观的缺乏，是生态文学未能获得充分发展的首要原因。主流的文学思潮，从伤痕、反思、改革到先锋、寻根、新写实，再到个人化写作对欲望和身体的关注，一直聚焦于"人"的文学上。与上述核心进程的热烈持久相比，生态写作的寥落更像是旗幡招展之外的散兵游勇。对这一时段的《全国报刊索引》② 呈现的作家总体创作情况作系统的梳理可以看出，在涉及生态问题及周边思考的文本中，相关写作者共 899 人，其中创作 5

---

①　《钟山》2001 年第 3 期。

②　《全国报刊索引》(哲社版)(1977—2004)，上海图书馆编辑。

篇以上的作者仅 5 人，占全部创作总数的 0.55%；创作数量在 4—5 篇
左右的共 12 人，占总写作人数的 1.33%；创作数量 2—3 篇的作者共
108 人，占总写作人数的 12%。仅创作 1 篇的作者数为 774 人，占总人
数的 86.1%。从上述统计数据可以看出，创作数量在 5 篇以上的作者仅
5 人，这意味着绝大多数作者对生态写作领域仅是偶一涉足，并无自觉
的创作意识。创作群体在总体上缺乏必要的稳定性，没有有效理论乃至
伦理观的引导，他们很难完成从自发向自觉的转变。主体意识缺乏致使
作为思潮的创作未能以显性形态出现，更多的是为某一时段的共名所同
化，由此面目模糊。

　　就写作者个人创作情况而言，即便是创作数量相对较多的郭雪波、张
炜、沈石溪等作者，亦分别有各自的写作话语与发展轨迹，沿各自的起
点、路径与关键词各行其是：沈石溪的创作从儿童文学切入，以动物世界
的各种复杂关系与矛盾关键来影射人类社会的思想与情感模式。张炜的立
足点与写作路径则基本上是通过谴责人类的贪婪自私和自以为是，呼唤
"融入野地"，以实现人性的清洁与世界的良性运转，最终使人类"成为
另一种人"。而创作数量最多聚焦最稳的郭雪波，其创作则更接近"环
保"的本义，围绕人与自然、人与环境的主题，多角度呈现出内蒙古东
部科尔沁沙地艰苦的生存环境和生存其间的生命之坚忍顽强。在新时期文
坛 30 年来旗幡招展呼朋引伴的潮流化趋势中，他们孤军奋战散兵游勇式
的写作，很容易被各种流派的熙熙攘攘所淹没。

　　在既有的创作群体中，即便是同一作家，在不同时期作品中的生态意
识亦时有消长，缺少必要的稳定性。郭雪波在相近的时段内，既曾创作出
《母狼》等敬畏生命之作，亦有《白狗》中将狗类的被杀视为其他物种对
人类尽忠的人类中心意识。缺乏明晰的理性价值观的指引，作家个体在创
作中很容易在不同价值系统之间摇摆游移。创作群体的不稳定和缺乏自觉
意识，导致未能在总体方式上形成合力。据此，培养创作主体的生态意
识，形成自觉而稳定的生态观，成为新世纪生态文学不断成长壮大的重要
途径。

二　系统而合理的生态伦理观

　　这是生态文学写作中正确把握人与自然、人类与非人类关系的理论风
标。阿尔贝特·史怀泽在其著名的《敬畏生命》中说，文学的叙事应该

是将知识的发现与伦理态度结合在一起，以调整人类集体意识的进化方向。

　　良好的生态伦理体系的建立，首先，要在写作中确认和强化人类在良好的生态秩序建构中应负有的生态责任。在自然与人类的关系中，人类是动作的发出者，人类对自然的态度在很大程度上是决定生态现状的一个重要因素。要求人类停止现代化进程重新回到工业革命之前的农业文明时代是不现实也是不理智的。作为生物圈内唯一有理性的生物，人类是唯一有能力和责任节制欲望的，因而通过建构良好的生态观来调节人与自然、与非人类生命之间的关系，从而建立稳定和谐的生态秩序，是目前缓解生态焦虑和应对生态危机唯一有效的途径。因此，生态文学在表现自然与人的关系时，其基本的立足点是，应强化生态责任并对人类思想、文化、经济、科学、生活方式和社会总体发展模式等问题进行反思。生态文学有义务成为社会盲目进步和发展的批判者，这是生态写作在新世纪的又一重使命。

　　其次，在生态写作中需要强化人类在处理与自然和非人类关系时的种际伦理意识。在人类与非人类的关系中，人类是作为一个物种在处理自身与另一个物种之间的关系。"当人与自然打交道时，那种被证明在文化中适宜的伦理学，只能部分地应用于自然。它或许完全不能用来调整我们与那些我们不了解的有感觉的生命之间的关系"，因而人类与非人类的伦理关系，应该是种际伦理学的范畴。

　　在既有的伦理习惯中，人类错误地利用话语权的拥有而抬高自己的价值，同时贬低其他生命，用人际伦理的道德来要求并指责非人类。这种以人际伦理学的原理来解释种际伦理学的问题，是一种理论的误置。对这种误置的指认和清除，有利于在生态责任的基础上建立对自然和非人类的尊重心态和审美意识。因而，在人类与自然、人类与非人类之间，呼吁并建立一种新型的有利于生态和谐的伦理关系，是新世纪生态写作的另一重使命。

　　地球是人类和非人类的共同家园，在人类之外，动物的生存也是有意义和应该被尊重的。高科技发展越来越深入地触及了人类的日常生活乃至人类自身，新的伦理道德和具有人性意义的命题必将会伴随着科技前行接踵而至。生态写作对伦理问题的关注，最终是为了让人类有一种更为宽容的情感，以穿越现存文学的陌生地带。"人应该有一种伟大的情怀：对动物的关心，对生命的爱护，对大自然的感激之情。这种伟大的情感有助于稀释和冲淡人们对个人利益的过分关注，有助于把人们从对人际利益永无休止的算计和纠纷中解救出来。"①

① ［美］霍尔姆斯·罗尔斯顿：《环境伦理学》，杨通进译，中国社会科学出版社 2000 年版，第 20 页。

第三章　生态伦理精神的叙事模式：
"狩猎主题"与"食物主题"

现代伦理学几乎都是人际伦理学。人际伦理学为人类文明中如何处理人与人之间的关系提供了属于不同文化形态的若干模式。但随着地球进入后进化阶段，人类依靠无数惊人的发明在原始自然上的改造能力，已经越来越把我们推到了危机的边缘，越来越多的问题溢出了人际伦理的理论体系。面对日益复杂的自然状况和文化危机，伦理学试图探求一种能够恰如其分地尊重和处理地球上所有物种和生命的新的伦理——生态伦理。

生态伦理与传统伦理学的区别在于，用种际伦理立场来处理物种之间的伦理关系，取代长期以来对人际伦理学的借用，非人类与人类的关系，是对非人类文本进行伦理思考时一个重要问题。阿尔贝特·史怀泽在他著名的《敬畏生命》中说，"文学的叙事应该是将知识的发现与伦理态度结合在一起"，以"调整人类集体意识的进化方向"[1]。对于新时期非人类小说的写作而言，一种伦理的思考成为必需。

新时期文学中生态伦理体系的建构，核心问题是文学在对人类与非人类关系书写时的伦理立场选择。

第一节　伦理思考中的理论误置与叙事策略

在评价非人类与人类的关系时，首先遭遇的问题是，非人类的行为是否可以用"道德"来衡量。

在人类与非人类的关系中，人类是作为一个物种在处理自身与另一个物种之间的关系。"当人与自然打交道时，那种被证明在文化中适宜的伦

---

[1]　[法] 阿尔贝特·史怀泽：《敬畏生命》，陈泽环译，上海社会科学出版社1992年版。

理学，只能部分地应用于自然。它或许完全不能用来调整我们与那些我们不了解的有感觉的生命之间的关系。"① 环境伦理学认为："动物并非在道德上有缺陷，更不是不道德的；它的行为是非道德的。"② 因而人类与非人类的伦理关系，应该是种际伦理学的范畴，以人际伦理学的原理来解释种际伦理学的问题，是一种理论的"误置"；而把人际关系中的伦理原则应用于人类与非人类之间，是一种逻辑的误置。

正如"权利"和"义务"等概念都不能用于处理与非人类的关系一样，同样很难以"忠义"等道德指标要求非人类。只是人类往往习惯以人际伦理的标准来肯定或否定非人类的行为。在人类世界中，"忠诚"是一个褒义词，而"背叛"却是一个贬义词。这一伦理原则在非人类文本中，往往被处理人类与非人类世界之间关系时所借用。在众多的非人类文本中，可以看到时有出现的诸如此类的表述，以及以这种观念指引下的情节安排：

> 忠诚，人剩暗想，这可以说是我们狗道主义中最显著的特征了，没有了忠诚，那我还算是一条狗吗？（徐坤《一条名叫人剩的狗》）

> 它不需要更多的东西，只要依附于人类，效忠于人类就可以了。
> 老家的狗开始遭殃，被主人毫不留情地宰掉吃肉……它们被驯服于人类，尽忠于人类，宰了吃肉也是一种效忠的表现。（郭雪波《白狗》）

另外，在《野狼出没的山谷》（王凤麟）和《第七条猎犬》（沈石溪）等文本中，在情节设置上有一个相似之处，即都利用了一个关键性的细节以实现情节的逆转：非人类因在对人类的护卫过程中的一时疏忽（这种疏忽在后来多可以被证实为误会），有悖于"忠诚"而被遗弃；而情节的再度回转，依据的是这种误会的消除。人类与非人类情感的升降，都是以忠诚的失去与获得为依据，其间的误会是可以忽略不计的。《退役

---

① ［美］霍尔姆斯·罗尔斯顿：《环境伦理学》，杨通进译，中国社会科学出版社 2000 年版，第 83 页。

② 同上书，第 90 页。

军犬黄狐》（沈石溪）、《退役军犬》（土家族/李传锋）等文本中，没有这种误会的设置与解除，只是一味尽忠直至生命的尽头。军犬黄狐偷偷溜回战场为参与帮助扫除地雷而战死。沈石溪当时作为解放军艺术学院学员的特定身份，使犬的身上过多地负载着军人的气质，而成为一种勇于牺牲观念的载体远胜于作为非人类的本身；而后者中的军犬则是回到民间之后，参与了民间生活中的政治斗争，立场坚定、伸张正义，不惜以生命护卫受到迫害的正直的主人。如果说退役之"役"还表明一种特殊身份之下的义务的话，退役之"退"则客观上允许这一义务的终结。只是在这两个文本中，义务终结之后自觉地进行无限期延长的行为被肯定。

人类的话语力量和书写权力的体现，还不仅仅在于对于人际伦理到种际伦理的为我所用的挪用。更为隐而不显的一种状况是，人类在为我所用地使用理论时，常常具有双重的道德标准。而这种标准并不是建立在人际伦理与种际伦理分工明确的运用上的。

《东郭先生和狼》中狼对东郭先生的欺骗，和老农对狼的欺骗，所用的手段性质上是一致的，却得出两种在伦理的善恶上相反的结论：狼被定义成"狡诈"与"恩将仇报"，而人（老农）最终以不很光明的欺骗手段把狼装进口袋（类似于渔夫把魔鬼重新骗回宝瓶）却被称为"智慧"。狼对东郭先生的"忘恩负义"和人对老杏树、老牛的忘恩负义是同构的，都是人类文化中"过河拆桥"式故事。但老杏树和老牛的评说因为被东郭先生否认而在文本中被一扫而过地忽视和一劳永逸地放逐了。东郭先生的无赖，正是人类的狡诈之处：当老杏树和老牛的言论对自己不利时，则宣布为"不算数"。此文本的接受史，可以被视为人类书写权力的一再展示和千百年来的生根发芽抽枝开花，枝繁叶茂、生生不息。它的被扩充、被延展、被不断各取所需地引用，浓缩成一个寓言，一个符号——从中可以窥见人类的双重道德和话语的力量。在众多的童话、传说和寓言中，人类与非人类之战通常会有两个回合，第一个回合中通常是非人类的胜利，第二个回合才是人类的胜利，手段基本相似，在定性时却分别被称为"狡诈"和"智慧"，这很容易让人想到同样的一种行为分别用在作战的敌我双方时，则有"负隅顽抗"和"宁死不屈"的区别，在不同定位的叙述中，能否获得话语权是一个重要的前提。

人类与非人类的行为在本质上是一致的，却面临不同的命运。掌握书写权者，可以指挥着语词的千军万马，阵势变幻，以创造不同的修辞方式为我所用，游刃有余。而沉默者/非人类却在话语的寒光闪闪中听任宰割。

第二节　对生命管理权的质疑与生态伦理
叙事的核心问题

　　在非人类与人类的关系中，生命管理权的是否存在是一个中心问题。人类是否拥有对非人类生命的管理权，拥有对非人类"处死"或放生的权力，所有的生命都是平等的吗？众多的文本通过非人类叙事视角的设置质疑了这一权力存在的合理性与可能性。

　　不错，人类是整个生物圈内唯一的道德代理者，人类和非人类的一个真正具有意义的区别是："动物和植物只关心（维护）自己的生命、后代及其同类，而人却能以更为广阔的胸怀关注（维护）所有的生命和非人类存在物，人能够培养出真正的利他主义精神：不仅认肯他人的权力，还认肯他者——动物、植物、物种、生态系统、大地——的权益。这种终极的利他主义应该是人的特征。在地球上，只有人才具有客观地（至少在某种程度上）评价非人类存在物的能力，人的这种能力应该得到实现——饱含仁爱地、毫无傲慢之气地，那既是一种殊荣，也是一种责任，既是赞天地之化育，也是超越一己之得失。"①

　　在自然界的秩序维持中，人类曾被赋予管理非人类生命的使命，但他们却污辱了这一使命，众多的非人类小说文本汇聚了对这一权力的不信任。

　　首先，非人类的生命本身是美丽的。《七岔犄角的公鹿》《狼行成双》《慕士腾格冰峰的雪豹》② 《大绝唱》等文本都有对非人类作为生命体自身的美丽与尊严的叙写。在获 1982 年全国优秀短篇小说奖的《七岔犄角的公鹿》③（鄂温克族/乌热尔图）中，面对猎杀对象七岔犄角的公鹿，"我着迷地瞅着它，它那一岔一岔支立着的犄角，显得那么倔强、刚硬；它那褐色的、光闪闪的眼睛里，既有善良，也有憎恶，既有勇敢，也有智慧；它那细长的脖子，挺立着，象征着不屈；它那波浪形的腰，披着淡黄

---

　　① ［美］霍尔姆斯·罗尔斯顿：《环境伦理学》，杨通进译，第 18 页。
　　② 《江南》1986 年第 4 期。
　　③ 玛拉沁夫、吉狄加马主编：《中国少数民族文学经典文库·短篇小说卷》（上），云南人民出版社 1999 年版。

色的冬毛，真叫漂亮，四条直立的腿，似乎聚集了它全身的力量。啊，它太美了……"过于直白的赞美，流露的是一种按捺不住的激情。

《狼图腾》中更是以分布密集数量众多的身体之美来呈现草原生命的魅力，如通过对蒙古马身体之美的书写，以身体之雄壮对应精神之伟岸：

> 陈阵和杨克立即被高大雄壮剽悍的儿马子夺去了视线。儿马子全都换完了新毛，油光闪闪，比蒙袍的缎面还要光滑。儿马子身子一动，缎皮下条条强健的肌肉，宛如肉滚滚的大鲤鱼在游动。儿马子最与众不同的，是它们那大雄狮般的长鬃，遮住眼睛，遮住整段脖子。脖子与肩膀相连处的鬃发最长，鬃长过膝，及蹄，甚至拖地。它们低头吃草的时候，长鬃倾泄，遮住半身，像披头散发又无头无脸的妖怪。它们昂头奔跑时，整个长脖的马鬃迎风飞扬，像一面草原精锐骑兵军团的厚重军旗，具有使敌人望旗胆战的威慑力。……儿马子就是蒙古草原上真正的伟丈夫。（第192—193页）

与身体之美相对应，非人类在精神层面的智慧与品行，共同确证"它们"生命的高贵与尊严。邓一光的《狼行成双》[①]中，因为母狼的任性和贪玩，致使公狼不慎落入人类的陷阱，文本的主体部分即为这对狼为逃离陷阱而做的共同努力，母狼不断地捉来猎物以补充陷阱中公狼的体力，然后它们一起用类似乌鸦喝水的简单而聪颖的办法，试图用爪子掘土以缩短洞底和地面之间的距离，直到被狡诈的人类发现并准备以公狼为饵诱捕母狼，最终公狼为让母狼放弃努力而以自杀结束生命从而结束曾经为生的权利与尊严所做的努力。一对狼之间辗转激荡的情感，在一场生死劫中写得流光飞舞，细致动人。众多的文本共同传达着一种愿望——非人类的生命是美好的，它们的情感有着同样的需要被珍视的理由。

除此之外，更有一部分文本，在非人类与人类的对比中写非人类情感的纯净博大和相比之下人类的自私贪婪与狭隘。郭雪波的"狼系列"最为准确地书写了人类的无情无义：《公狼》中，人类无视自身的错误判断而固执地杀死公狼；《母狼》继《公狼》写人类杀狼灭口之后，书写杀死公狼后的人类又残忍地摔死幼狼赶尽杀绝，而侥幸逃生的母狼却把母性扩

---

① 《钟山》1997年第5期。

大到对人之子的养育上；《沙狼》① 的存在更为有效地完成了这一对人类及其叙事的抗议——人杀死了狼子，狼却抚养了猎人唯一的小孙子。人类与非人类之间进行了一场为争夺由狼抚养长大的人之子的战争，人类（老猎人）以先进的武器（猎枪）和技术（铸铁笼）关押了奋力夺回的人之子，同时辅以母爱的感化，但人之子经过一场漫长而意识模糊的犹疑之后，最终弃人类而去，回归到了狼母亲那里。结尾处尤其有意味，由狼抚养长大的人之子，在两种生存方式之间经过长长的犹豫，最终将人类文化遗弃，留下一个破碎的铁笼、惊呆了的老猎人和绝望发疯的母亲（猎人的女儿）。非人类在与人类文化较量的最后一个回合取得胜利，或者更准确地说是人类自身的劣根性导致其在这场争夺战中最终的一溃千里。

　　与非人类生命与情感的轩昂坦荡流光溢彩相比，人类对非人类生命与情感的漠视和以武力剥夺的行为在文本中被指称为"猥琐""狡诈"：

　　　　它无法容忍人类的狡猾，靠铁夹子算计，铁夹子只能证明人类的退化。

　　　　它自始至终没有瞧过一眼那些人，那些猥琐的人们。

　　　　被轻蔑激怒的村民，为人的尊严而毫不留情地击打着，以此证明自己的勇敢凶狠；当然，另一方面，也是为了掩饰自己自始至终的怯懦。他们忘记了被击打的这只狼是完全放弃了抵抗，也没有时间思考一下，这意味着什么。有祖先的留训，对恶狼绝不能手软。

　　　　　　　　　　　　　　　　　　　　　　（郭雪波《公狼》）

　　文本在把非人类叙述为坚强和富有生命尊严的同时，毫不留情地把人类指称为卑微不堪。而当这一切被解释为"祖先"的"留训"时，在时间的纵深方向上拉长，以此表明人类的渺小卑劣由来已久。人类文化中的龌龊部分以"训"这一独特的话语方式在文字或口头上得以保存，代代相传。由眼前一种具体行为，寻根求源直抵文化的深处，在另一高度上追溯了人类文化中沉积已久的缺失对一种观念乃至文本叙述的影响。在莫言

――――――――――
① 《花城》1988 年第 4 期。

《一匹倒挂在树上的狼》中，人类更是被叙述成为只会面对已被打死且倒挂在杏树上的狼，以话语编织的巨大的面具来掩饰自身的色厉内荏。而在《狼与人》①（维吾尔族/托乎提·阿犬甫）中，人狼之战被叙述成狼族为保卫生存领域的平静与不被人类骚扰而进行的自卫战争。文本结尾处同归于尽前的人狼对峙，以一次精彩对白的方式，寓言般地被抽象成了同类文本中非人类对人类的狂妄、愚蠢和自私的总结性斥责：

> 你说我是祸害吗？错了，你这个人类……我们不过是为了捍卫自己生存的权力向你宣战而已。宇宙的主宰为我们所有的生灵赐予了平等的享受，在大地母亲怀抱共同生存受用的权力，显而易见，你背叛了宇宙的主宰的旨意，在大地母亲的怀抱里掠夺财富，残害生灵……由于你的无情掠夺，大地母亲挣扎在死亡的边缘。你罪恶累累，有何脸面面对垂死的大地母亲？

这种斥责的愤慨中甚至夹杂着对人类未来的诅咒：

> 你必将遭受宇宙主宰的惩罚。
> 你们在大地上进行着残酷的杀戮，正在使各种动物绝种，凭着你们对自然的贪婪及同自然试比高低的虚荣心和对自然以及全人类毫不负责的愚昧行为毁坏大自然，理智的人们绝不会饶恕你们这些罪行。

失去信仰后的人类变得忘乎所以，这种忘乎所以终将会使人类为自己的肆无忌惮付出代价，众多文本对此达成共识。除了借非人类之口发出谴责与诅咒以外，谴责之声还来自人类的内部。张炜的《梦中苦辩》中一个年长的教师从对小镇上屡次杀狗行为的抗议出发，指责了人类"憎恨和惧怕一切生机勃勃的东西""不能容忍其它生命，动不动就屠杀"的"丧心病狂"。如果说《梦中苦辩》的"辩"还停留在文本叙述中含量颇高的说理上，《怀念黑潭中的黑鱼》《鱼的故事》则在情节设置上给人类的贪婪狭隘以最终走向自取灭亡的结局。它们以回忆或传说式的简单故事叙述人类的贪婪、惨绝人寰和非人类的自卫反击。前者黑潭中的黑鱼以永

----

① 《天尔格塔》1995 年第 1 期。

不再现表达对人类的绝望，而《鱼的故事》① 中人类的欲望淹没了理性与良知，不听劝阻不顾小人鱼的哀求而全无节制地掠杀非人类的生命以转化成人类的财产，最终丧生于小人鱼为保卫鱼类种族而用以自卫的海浪中——人类在总体上最终失败于他们曾经的局部的胜利。

　　这样，在非人类叙事的文本中，人类和非人类齐声谴责了人类的狂妄、贪婪和自以为是，众多文本共同汇聚了对人类拥有对非人类生命管理权的不信任。既然人类的管理能力遭到众多非人类文本的质疑，人类对非人类管理权的存在，就成了人类的自封和一厢情愿的话语行为。在与非人类有关的文本中，人类千方百计地动用话语的力量为自己这种"越权管理"的行为进行辩护。

　　这种辩护的话语行为，集中体现为非人类叙事中"猎人"角色的合法化和食物主题的文化化。

第三节　狩猎主题：精神疗愈、政治话语与猎人角色的合法化

　　在谈论"生命的管理权"问题时，"猎人"是个多义性话语。"猎"是人类与非人类之间最直接的冲突形式之一，关于"猎"的文本则相应地成了叙述这种冲突的话语聚集之地，从而成就了一个尖锐的话题。

　　《新华字典》把"猎"简单地定义为"捕捉禽兽"②。"猎"的最早动机，应该是生存的需要。在部分与少数民族有关的文本中，"猎"是作为一种生产方式而存在的，即游牧民族中作为生产方式的狩猎。只是，细察新时期非人类叙事文本中众多与"猎"有关的叙述，属于上述"猎"本意的所占比例是相当少的。事实上，当人类从狩猎文明进入农业文明之后，狩猎作为一种主要生存方式的时代已经一去不复返。人类开始以话语的力量重述人类对非人类生命猎杀的事实，并借"猎"的名义对此赋予意义。当"猎"被不同的话语重述，叙述的同时被赋予另一种意义时，这种意义往往成为一个时代特有的意识形态影响下的铭文。

---

① 《中国作家》1999 年第 1 期。
② 《新华字典》，商务印书馆 1996 年版，第 289 页。

一 "猎"的精神疗愈功能

在狩猎主题中，最常见的价值取向是对其精神疗愈功能的书写。即把猎杀行为解释为在与非人类的较量中成就自己的勇敢，甚至在猎杀中实现对自我的超越从而完成自身的成人仪式。在许和平的《捕雕少年》① 中，少年在与那只曾经打败其祖父、父亲的巨雕的搏斗过程中，运用智慧和力量，终于在杀死大雕的同时完成了自身的成长。这和他的《红狼》② 中的男性主人公杀死那个"千万年来，始终以挑战着的、蔑视的神态窥测着人类"的红狼的过程有着相似的意义。而景俊的《野人野马野狼》③ 中，猎人沙狼则借助对猎物的征服以完成自我的超越。

或许，人的存在总是需要一种所谓"意义"的支撑，在对意义的追问中抵挡个体生命在日复一日的日常生活中时时会浮现的焦虑与茫然。当人们以某一职业作为事业时，常常会在其中寄托这种意义或是价值并以此为支点，在维持生存的需要之外给内在的精神世界一份必要的寄托。当这种寄托不存在时，人类就容易茫然失措。在《怀念狼》中，以傅山为首的"打狼队"的存在与解散，以及解散之后引起队员们身体的萎缩病变和内心的惶恐焦虑，正是这种意义消散之后的不安。这样，文本中，"猎人"和"狼"的关系，就不仅仅是一种生命的剥夺与被剥夺，甚至不仅仅是那个惯常使用的相克相生的结论，抑或是生物学上的"鲶鱼效应"的文学阐释。在众多的涉及"猎"的文本中，贾平凹的《怀念狼》交错地包含了上述若干种情况，此外，它还涉及了一个独特的方面，即猎的另一作用："它不仅仅是一种消遣性的事件；而且是一种具有替代作用、医疗作用、性格塑造作用的创造性事件，在那里，人的某种本能冲动，通过在生态环境中举行的打猎运动而得到了实现。打猎的运动使征服的内驱力得到升华……"④ 这样，全村出动围捕最后的狼时的欢腾与血腥，变得可以理解起来，具有隐喻意义的"头痛"也不治而愈。其中，或许蕴涵着更为复杂的精神分析的命题。

在分析"猎"的精神作用时，叶广芩的《黑鱼千岁》是个很好的文

---

① 《中国西部文学》1985 年第 2 期。
② 《中国西部文学》1987 年第 10 期。
③ 《中国西部文学》1986 年第 1 期。
④ ［美］霍尔姆斯·罗尔斯顿：《环境伦理学》，杨通进译，第 122 页。

本——从遥远的"驰逐野兽，自击熊豕""捕熊一日三十只"的汉武帝，到"枪法百发百中"最后在行猎中被豺狗掏空肠子坦然壮烈而死的祖父霍光地，再到眼前的好猎者儒，三者之间寻找到了属于猎的精神血脉："儒的本意绝不是蹲到集上来做买卖，他在打鱼的过程中，从没想过吃和卖，就像当年汉武帝在这里与熊搏斗绝不是为了取熊胆、剥熊肉一样。这也是他与一般人的隔膜，他的行为中，没有利益的驱使，有的是性情的冲动，他有动机，没有目的""儒逮野物的本领很强，无师自通，太婆说这是继承了他祖父的遗传，儒的祖父霍光地是搏熊馆村最出色的猎人，是人中的精英。祖父的枪法是百发百中的，祖父下的套子是永远不会落空的，尽管没有像汉武帝那样一天打过三十只熊，祖父也徒手搏过金钱豹。祖父的死也是壮烈的，他在骁峪被一群豺狗掏空了肠子，抬回来的时候人还能说话，还能跟太婆开玩笑……没有了肚肠的人如此坦然，只有真正的猎人才能做到这一点。儒很敬重他的祖父，虽然他跟他的祖父在这个世界上连擦肩而过的机会也没有，但是祖父的精神魂魄却是深深地留在他的骨子里了"。而在儒与黑鱼的搏杀过程中，其心态的细微变化，更是清晰地体现了"猎"的精神意义。

首先，与猎物对峙激发了斗志进而促成了出猎的动机：

> 他在岸上，它在水下，彼此无言地对峙。这种对峙让他气恼，让他沮丧，毋庸置言，它的存在于他就是挑战、蔑视和羞辱。

长期以来"早已没了虎豹豺狼，因为打了农药的缘故，地里连兔子也很少见了"的现实处境，使他渴望一场战斗，而对于一个对狩猎保持着异乎寻常兴趣的好猎者来说，猎物的存在是诱惑也是挑战，因而面对对手的存在，战斗的热望被激发。

而在整个生死抉择的过程中，顺利和富有挑战性的阶段在儒的内心激起完全不同的感受：

> 一切太顺利了，顺利得让他觉得没了意思。
> 这不是儒所追求的境界。
> 儒很快又浮出水面，呈半昏迷状态的鱼没有力气左右浪里白条一样的儒。儒拖着鱼向南岸游，黑鱼缓过了劲儿，将儒又一次拉入河中

心。儒从心底泛起无限激动，他觉得和鱼的较量就应当是这样，武松打虎如果没有老虎的几扑几剪，没有哨棒折了的危机，也就没了打虎的乐趣。……

人与鱼的拉锯使儒的心理得到极大满足，高兴、痛快，浑身舒展，有种找到对手、寻到知音的快乐，真好！

儒徒手与黑鱼的搏斗，与汉武帝，甚至与《怀念狼》中的猎人在精神渊源上的相通之处在于，都渴望一场真正的搏斗，在战胜对手中实现自我的超越。最终葬身洪水，使儒一直以来"想让豺掏空了肚子，可他上哪儿去找它们呢"的企盼在一次壮烈的死中得到落实。

二　"猎"的政治含义

狩猎主题的叙事形态之二，是人类文化中把猎杀非人类叙述为"保卫国家和保障人民生命财产安全"。

人类总是千方百计地运用话语的力量为自身对非人类生命的"越权管理"进行辩护。在猎的本义中，猎人获取猎物是用来谋生的一种社会劳动，属于社会分工的职业性质，而职业性几乎是不会含有道义上的善恶的。只是，新时期的众多非人类文本叙述中，真正作为原初意义的"猎"并不多。大多数文本中，"猎"不再是谋生的手段，而是被叙述为除暴安良，通常是需要以"国家"和"人民"的名义进行并与"伸张正义"等情节设置相匹配，从而在一种话语系统内被称为道义上的"善"和"勇"。

因而在此类文本中，"猎人"这一角色更接近于军人角色的"民间化"：猎人之于人民，等于军人之于国家，是一种"政治—军事"模式的延续。不过，在"猎人"与"非人类"之间，是在"保障安定秩序"名义下一种生命对另一种生命/物种的侵犯和对其生存权利的剥夺，双方因不是势均力敌而有失公平。这里关注的重点是，作为修辞策略的"民族—国家"话语是如何以"和平""正义"和"公共利益"的名义使生命之间的杀戮行为被赋予意义并坦然进行的。

在此类与"猎"有关的文本中，猎人身份天然地拥有对非人类生命的"管理权"，拥有"处死"或"放生"的权力，并以一套完整话语体系完成对这一行为合理性的论证。发表于 1978 年 4 月《四川文艺》上叶希的《猎人》中，主人公是公社打猎队队长朱布拉和两位女猎手白果、查干。最初朱布拉问二人"打狼时想到什么"，白果答："当猎人，真有趣。"查干则回答："想着四人帮的罪恶，想着叛乱牧主和他外逃的儿子的罪恶。"或许，时过境迁之后，白果的回答更符合人性，然而文本和当时的历史语境则是对查干的肯定，查干被当作白果应该学习的榜样，是不断靠拢的目标。至于出猎中被捕杀的非人类生命，文本轻描淡写和不以为然，似乎从来就没有意识到枪口朝向的是一个生命，"砰，砰，同时响起两声枪响，姑娘们前面的野牛应声倒下""砰，砰，两发子弹从朱布拉头上掠过，野牛猝然倒地，又一伸腿，死了"。对生命的终结视而不见，和文本中那些奇怪的简化字，在今天看来异常的醒目和足以引起阅读上的不适，而在当时，一切都是合法的。

　　特定时期的话语权造就了一种叙述模式，而叙述模式则又强化了这种话语权力。在"人民利益高于一切"的年代，一切都可以以人民的名义合法进行，以"保卫人民生命和财产安全"的理由杀死"非人类"，很容易理所当然地成为"英雄"。"英雄"这一名词本身就是和意识形态密切相关的，不同的意识形态下，对"英雄"有着不同方式的解读。这一时期对"英雄"的命名是颇有意味的。一个有趣的细节是，1957 年版商务印书馆编的《新华字典》[①] 中，"英雄"的定义是："（1）为人民利益英勇斗争而有功绩的人；（2）英武过人的人。"《怀念狼》中的"捕狼队"的成立以及队长（舅舅）的权威和存在意义都在于此。选入并在相当长一段时间内保存于中学语文课本中吴伯箫的散文《猎户》，以一句历来作为点睛之笔的"打豹也打一切害人的东西"，实现了对主流意识形态的攀附——也恰在此处暴露了修辞策略的尾巴。在此类文本中，"打猎"等于"保卫人民"。非人类被捕杀的原因在于侵犯了人类，更重要的是，侵犯了"社员"和"公社"的财产，于是猎杀就有了充分的理由。"害人的野熊终于被他们消灭；然而更重要的，他没有辜负'公社'的委托……"[②] 猎熊的意义并不在于"猎"的本身，而在于为了"公社"的利益。"公

---

　　① 《新华字典》，商务印书馆 1957 年版。
　　② （哈萨克族）郝斯力汗：《猎人的道路》，玛拉沁夫、吉狄加马主编：《少数民族文学经典文库·短篇小说卷》（上），云南人民出版社 1999 年版。

社"的利益使杀死一个生命变得微不足道，至少在当代中国的相当长一段时间内，把猎绩优异者定义为"英雄"是基于这样的前提：先把被猎杀的对象定性为"危害人民"，进而等同于"阶级敌人"，以使"猎杀生命"的行为合法化。打豹，"也打一切害人的东西"——这一多年保存于中学语文教材中的经典逻辑，与《猎人的道路》（哈萨克族/郝斯力汗）和《猎人之路》（鄂伦春族/敖长福）①等文本中情节推进的向度上是一致的。而这句"经典"的双关语以及内在逻辑被无数次地传授给成长中的青少年。此类经典文本以及与之相配套的固定的思维模式喂养了一代又一代的中学生，从而使人类得以一次又一次地以国家或人民的名义，猎杀非人类的生命，并利用书写的权力对事实进行经典化的重述。这一模式似乎是从对武松打虎的"除暴安良"的意义指认开始的，新中国成立后，则又追加了必须是为"国家"和"人民"服务这一重要参数，进而把国家具体化为公社或某一社区内的公共利益。这种合法性的指认在张炜的《梦中苦辩》《问母亲》等文本中，体现为对公共利益的服从。全镇的狗都要被杀死的最理直气壮的借口是"要服从公共利益"和建立在假设基础上的"危及他人人身安全"。

《狼图腾》中，当对狼的捕杀需要进行时，"民族—国家"话语是最为有力因而使用频率极高的，它们密集地出现在文本的各个环节里。场长包顺贵提出用火攻的方式打狼，遭到以毕利格为首的牧民们的激烈反对后，祭出的冠冕堂皇的理由即是此类：

> 包顺贵大叫：安静！安静！谁也不准回去！咱们打狼是为除害，是为了保护国家财产。进攻是最好的防御，只有把狼消灭光，狼群才抄不着我们的后路。打狼不光是为了得到狼皮，烧光毛的死狼也是战果。我要再堆一大堆狼尸，再拍几张照片，让首长们看看我们的巨大战果……谁不服从命令，我就办谁的学习班！全体出发！

此处，不同人的话语颇有意味地代表着不同的话语系统，毕利格老人的草原伦理/逻辑，嘎斯迈恰如其分的从教育孩子的角度，兰木扎布从民

---

① （鄂伦春族）敖长福：《猎人之路》，玛拉沁夫、吉狄加马主编：《少数民族文学经典文库·短篇小说卷》（上），云南人民出版社1999年版。

族传统的角度，桑杰从防火和狼皮的经济价值视角，沙茨楞则是从自然科学的生态整体利益来分析火烧的后果……但所有这些，在包顺贵所代表的政治话语系统面前都显得苍白无力。包顺贵和郭雪波《沙狐》中爱打猎的老局长一样，都是屠杀生灵的人。当猎杀被上升到保护国家财产的高度，就拥有了巨大的合法性。

郭雪波先后以《狐啸》《银狐》命名的长篇小说中，为了追杀白狐，"村长"胡大伦动员村民深挖洞穴，这一行为在文本中亦被上升到保卫人民群众生命财产安全的高度：

> "我这是为了全村百姓的利益，为了消灭封建迷信的根源，是为公家的利益大事！"胡大伦说得理直气壮，振振有词。（《银狐》，第154页）

国家和集体利益支撑着理直气壮的表层话语，掩盖卑琐的内心真实欲望和猎杀动机背后的人性之恶。当人类对非人类的猎杀顺利开展时，非人类的生命纷纷坠落：

> 狐狸们一批批倒下去。枪声不断，上来一批扫下一批，如割韭菜，黄狐都成了血狐在土坑中挣扎、狂噪，在冒着黄白色烟气的大坑中积尸如堆，狐狸的血，如流水般地淌涌，黑红黑红地汪起一片片，浇灭了正蔓延的蒿草暗火，同时新倒下的狐狸身上继续"咕咕"冒着殷红色血泡。
>
> 这是一个很恐怖的场面。
>
> 这是一个很罕见的屠戮。
>
> ……

面对村民们"静静地注视着堆尸如山的坑洞"，作为权力代言人的村长胡大伦用政治话语重述了这一猎杀的意义：

> "哈哈哈……"胡大伦狂笑起来，挥动手中的快枪，"打光了！全他妈打死了！该死的狐狸，这回咱们可以消停了，咱们村起码他妈的安静个十年二十年，保住我们安定团结的大好局面！妈的，我们终

于赢了！对这些闹狐，就得来硬的，决不能手软！这天是我们的天，山是我们的山，水是我们的水！岂能容忍这些异类称霸！"（《银狐》，第192页）

叶广芩《老虎大福》通过对非人类身体的切割和瓜分，展示了猎杀战果的同时，亦重申其意义：

> 第二天大福就被吊在二福家的房檐下，由霍屠户亲自操刀，二福爹打下手，准备剥皮、开膛了。远近的乡亲都来了，连凤草坪、厚畛子那边也有人过来看稀罕。
> 大福的身子拉得老长，四个爪，无力地垂着。
> 在公社书记的主持下，文书庄严地纪录着：
> ……雄性，体重225公斤，体长2米，尾长0.9米……
> 好大的家伙！
> ……
> 院里，大福的肚子已被破开，众人忽地一下围上来，都沾那血，都往身上抹，都要沾大福的光。公社书记让大家站远些，以保护屠户和二福爹的工作环境。书记说，老虎是国家财产，一切处置应该由国家说了算，当然作为地方一级政府机构，他也会照顾到老百姓利益，不会让大家吃亏。

在对猎杀成果的展示中，作为国家话语执行者的"公社书记"宣布大福身体的所有权和处置权——"老虎是国家财产，一切处置应该由国家说了算"；在接下来的战果切分中，将身体切割成毛皮、骨架和肉，使身体物质化从而脱离原本的生命色彩，悄然淡化了对身体/生命分割容易产生的伦理色彩和道德敏感性，使一场对大福身体的瓜分转为对公共财产的分割——"很快，巨大的大福变作了一堆堆皮毛、骨架和红彤彤的肉"，"肉和内脏分给附近的庄户，凡是受过大福侵扰的，每户多分三斤油；虎骨卖给药材收购站……"

在对非人类猎杀的合法性论证中，还伴随着对"英雄"的命名：

> 包顺贵向前迈了六七步，转过身来对猎手们说：我代表旗盟革委

会、军分区领导，谢谢大家了！你们都是打狼英雄……我也要告诉大家，额仑草原的干部和牧民还有知青没有向狼灾低头，而是以坚定的决心和精心的组织，给狼群以狠狠的回击。这场灭狼运动才刚刚开始，我们完全有信心把额仑草原的狼干净、全部、彻底地消灭光。

最后，包顺贵还挥臂高呼：不打尽豺狼决不下战场！（《狼图腾》，第126页）

对"打狼英雄"的命名蕴涵着经典政治话语系统及其逻辑，人类通过对非人类的猎杀而成为"英雄"，这一命名行为本身蕴涵着对猎杀的肯定。而仅有少数的声音对这一命名逻辑提出疑问，并预见其与终将到来的生态恶果之间的必然联系：

张继原又添了几块干牛粪说：……可是，从建国以后，政府就一直鼓励奖励打狼灭狼，草原上打狼"英雄"快要成为新的草原英雄。蒙族年轻人，尤其是上过小学初中的羊倌马倌，也快不知道什么是狼图腾了。（《狼图腾》，第253页）

狼图腾衰落的现实及其与当代中国意识形态体系之间的关系，借对打狼"英雄"问题的重新审视引发思考。

一个时代应该有一个时代的话语。时代的更迭，社会的变迁，生存于一种叙述模式成就了的叙述习惯影响下的话语，也会在各种观念的辗转更迭中悄然演变。终于，编写于1993年的北京师范大学出版社出版的《当代汉语词典》①给予英雄一词的解释是：（1）才能出众，英勇过人的人；（2）不怕困难，不怕牺牲，为人民利益奋不顾身奋斗的令人尊敬的人。这一定义和40年前的命名内容相似，而顺序却颠倒了，这一给自己定位为"最大的一个特色就在于较好地反映了二十世纪八九十年代（准确点说，反映了二十世纪八十年代末九十年代初）汉语词汇的时代面貌"（《当代汉语词典·序言》）的词典，终于在语言学系统内，以一个微不足道的细节，使英雄的第一要义不再是"不怕牺牲"和"为人民利益奋不顾身"，在给"英雄"的定义中除"英勇"之外还增加了对"才能"的

---

①   陈绂主编：《当代汉语词典》，北京师范大学出版社1993年版，第1290页。

强调。参数的增加和秩序的重排，轻描淡写地重读了"英雄"的意义。此时的情景很容易让人想起某一首诗中所说的：失效的药方满天飘散，该了，该重新命名全部的存在。

第四节　食物主题：食文化、虐杀与叙事中的伦理缺失

　　食物主题是在谈及人类和非人类之间生命管理权问题时又一尖锐的话题。

　　人类从狩猎文明进化到农业文明之后，一种新的关系形式在人类与非人类之间出现，即"喂养/被喂养"的关系。非人类之于人类的意义，一方面是物质上的有用；另一方面是精神上的情感陪护。从这个角度看，如果说"猎"是集中笔力用来论述与人类处于"敌对关系"的非人类，"食物主题"则更多的是对与人类有"睦邻关系"的非人类的叙述。

　　《牛津现代高级英汉双解辞典》中对"食物"（food）的解释①是：that which can be eaten by people or animals, or used by plants, to keep living or for growth（能够被人和动物吃的东西，或被植物用来保持其生存生长的东西），在于光远先生的《自然辩证法词典条目举例》②中给予食物的定义，特指人的食物，从外延上区别于动物的食物。从纯粹科学的角度讲，动物因为自身机体的特质，决定它们无法直接从太阳处获得能量，而归根结底要把植物和微生物作为食物。自然界食物链的存在因有着足够的科学的依据而是合理的，只是作为食物链顶端的人类，是否天然地享有任意以他物为食的权利？

　　在谈论人类与非人类的吃/被吃关系的时候，在诸多领域内都是予以认可的。除《圣经》认为上帝造物原本都是用来供人类驱遣和食用之外，我们还可以找到若干的经典理论作为证据：

　　　　植物的存在是为了给动物提供食物，而动物的存在是为了给人提供食物——家畜为他们所用并提供食物，而野生动物在大多数情况下（即使并非全部）为他们提供食物和其它方便……所有的动物肯定都

---

① 张芳杰主编：《牛津现代高级英汉双解词典》，牛津大学出版社 1985 年版，第449页。
② 于光远：《自然辩证法词典条目举例》，《自然辩证法研究》1997年第13卷第2期。

是大自然为了人类而创造的。①

　　　　生命进步的最好的形式是寄生，最坏的形式是掠夺。动物王国寄生于植物王国……有些动物是靠捕食他种动物为生……人类驯化了一些动物，在它们活着的时候掠夺它们的产品——奶或蜂蜜，或者是残忍地杀死它们，将它们的肉当作食物，并将它们的筋骨皮毛当作制造工具和衣服的原料。②

　　即便环境伦理学学者也认为："农业文明取代狩猎文化后，人类并没有义务不再成为杂食动物而变成食草动物，如果仅仅从有效的食物生产或较好的营养摄取的角度考虑，人也许应该选择成为素食主义者，但他们并没有义务为了有感觉的生命而这样做"③。

　　客观地讲，人对动物的消费行为，应该用环境伦理学而非人际伦理学的原则加以判断。在人际伦理学中，人不能吃其他人，因为这与一种文化内约定俗成的人际关系相联系，人吃人会摧毁人类在这个世界上的良好生存方式。而由于非人类不能进入人类的文化之中，因此它们就感受不到那些"被养育出来是为了被吃的人所感受到的悲苦——一种以认知为基础的强烈的痛苦，不同于生理的痛苦"④。

　　或许，如果从纯粹生物学的角度看，人吃"非人类"刚好符合汤因比的食物链。问题在于，很多作品中写到"吃"的主题，都不是与果腹或曰维持生命有关。在与非人类有关的食物主题的文本中，很少类似中杰英的《猎杀天鹅》⑤ 中的情节设置：在那个所谓的"困难时期"，人因为饥饿而不得不猎杀美丽的白天鹅以果腹，"食物主题"与"饥饿主题"相遇使这种"吃"带有"不得已"的性质，从而使这一文本很快由非人类的生命话题滑向社会批判，进而使作品叙事的立足点，自始至终是在一种回望中忏悔（或者，忏悔一词过于郑重其事，用"一种遗憾"更为恰

　　① ［古希腊］亚里士多德：《伦理学》，吴寿彭译，商务印书馆1997年版，第23页。
　　② ［英］阿诺德·汤因比：《人类与大地母亲》，徐波、徐钧尧、龚晓庄译，上海人民出版社1992年版，第14页。
　　③ ［美］霍尔姆斯·罗尔斯顿：《环境伦理学》，杨通进译，第107页。
　　④ 同上书，第112页。
　　⑤ 《十月》1997年第2期。

切），一种无奈、一种感伤和感慨。到了新时期的众多文本中，当"写食"不再仅仅是一个饥饿的问题之后，意义也得到了相应的膨胀和扩散。在更多的非人类小说的文本中，"吃"不再是一种纯粹物质性的事件和纯粹生理学的话题，在偏离了"饥饿"与"维持生命"这一合理性的支点之后，"吃"变得相对残酷，渐渐地汇聚了一个"人类凶猛"的印象，尤其是一些花样百出的残酷的"吃"。

郭雪波的《沙葬》借老喇嘛和白海的对话，"平静而果决"地对人类的"吃"做出批判并指出不加节制的"吃"与生态危机乃至人类的精神危机之间的渊源关系：

> ……人是个太残忍太霸道的食肉动物，你看看你们这些不信佛的人，啥不吃？天上飞的，地上跑的，水里游的，……，就说吃鸡吧，鸡腿、鸡翅、鸡肚、鸡肠、鸡冠、鸡头、鸡皮、鸡爪、鸡肝、鸡脖、鸡胗，除了鸡毛鸡屎外，鸡身上哪样都不落地全吃够！野狼吃鸡都没有这么细。人啊，早晚把这个地球吃个干净吃个光！唉，你说说，人这玩意儿还有救吗？

在人类源远流长的饮食文化中，缺少对"食"与生态危机之间逻辑关系的认知，因而老喇嘛义愤填膺的控诉中，包含着吃的范围（什么都敢吃）、吃的方法（细致）、吃的恶果（把地球吃个干净吃个光），以及吃对人类自身的影响（人类的没救）：

> 白海听着毛骨悚然。有生以来，他头一次听到这么一种奇怪的高论，也头一次用这种间离的角度，观察思索人的吃鸡和吃其它动物的事情。他一时不知道说什么好，也不知道如何从哪个角度辩驳它。人是吃的东西花样很多，尤其是中国人，可以说无所不吃，要不然也不会形成个什么"吃文化"。这一点，人类真是这个地球的主宰。他突发奇想，暗暗自问：在地球或茫茫宇宙，有没有一种"吃"人类的动物，或者主宰人类的某种物质或精神的东西呢？
>
> "有的。人类的头顶上有主宰他的东西。"云灯喇嘛似乎是看透了白海的内心活动，又似乎是阐述着自己的思想，"这个主宰就是那个神秘的自然，按道家的话说就是'道'，'道可道，非常道'。按我

们喇嘛教的信奉，那就是佛，无处不在的佛。佛是人类的最高主宰"。

白海知道面前的这位老喇嘛，不是一位普通的喇嘛，他过去在诺干·苏模大庙上曾升为学问较高的上层"格陪"的位置，等于现在的高级职称。但他也不尽赞同"道"或"佛"，作为宗教的信奉，能跟宇宙的自然法则等同吗？（《天出血》，第79页）

郭雪波借老喇嘛之口，以道家话语和喇嘛教的教义阐述了人类应节制作为口腹之欲的"吃"，将饮食文化与宗教相衔接，进而完成对生态伦理立场中"食物"主题的论述，借助宗教之力来增加对生态思考、解释的维度。

当"食物"遭遇话语修辞的时候，就不再仅仅作为一种物质的存在了。"写食"在文本中，分别有作为细节、作为情节、作为象征、作为叙述主体等形态，在功能上有生理学、伦理学、政治学、文化学等意义。

非人类叙事在涉足这一领域时，原本属于生理学的饥饿问题因涉及人类与非人类的关系问题，人类是否拥有对非人类生命的管理权问题而引发了一系列关于伦理学的思考。

当吃不再是"生理学"的问题之后，就进入了伦理学的视野。《环境伦理学》的作者认为，人类在某种意义上讲，有结束一个非人类生命的权力，但要以"不增加其不必要的痛苦"为前提。"虽然我们已把食用动物论述为主要是一种自然事件，但我们接着还得指出我们负有某种避免给动物带来不必要的痛苦的义务。"[1] "（虐杀）……，它是一种多余的痛苦。"[2] 在福柯的《规训与惩罚》的开篇，列举了种种令人不忍卒读的酷刑，在人类社会中，"把一个痛苦化作若干相对密集的点"[3] 的方式，一再被抗议被拒斥而终于被取消。"死刑是一种酷刑，因为它不仅剥夺了人的生存权，而且也是经过计算的痛苦等级的顶点……极刑是一种延长生命痛苦的艺术，它把人的生命分割成'上千次的死亡'。生命停止之前制造

---

① ［美］霍尔姆斯·罗尔斯顿：《环境伦理学》，杨通进译，第111页。

② 同上。

③ ［法］米歇尔·福柯：《规训与惩罚》，刘北成、杨远婴译，三联书店1999年版，第37页。

'最精细剧烈的痛苦'。"①

　　在中国既有的文化传统中，"虐杀"方式在一定程度上是"合法"的，"佛教传入前，动物在中国人心目中，是为人所奴役之物，可用其耕种庄稼；是祭祀之物，可用其作为动物牺牲，以表达人类对祖先的崇拜之情及对天地的敬畏之情。这可从中国是一个重祭祀国家，讲究动物牺牲可看出。据傅亚庶先生的《中国上古祭祀文化》一书考证，祭祀时除人体牺牲（此在商朝较为突出）和植物类粮食、菜果祭品外，动物牺牲的祭祀方式就有多种：燎祭（把祭牲放在柴下焚烧，用以祭天）、土埋（埋祭牲于地，以祭地神）、水沉（将祭牲投入河中以祭河神）、刀卯（用锤击杀牛羊）等"②。现代生态伦理观要求，"对感觉能力愈敏感的生命，愈应当予以尊重；……把爱邻如己的原则从人推广到非人类存在物"③。对非人类虐杀场面的关注、书写及其潜在的叙事伦理立场，表明新时期文学中生态伦理精神的萌生。

　　《怀念狼》中"吃活牛"的场面即是如此，人类把非人类的死亡人为地分割成"上千次的死亡"，制造在生命停止之前的"最精细剧烈的痛苦"。人类的"死刑"是与"犯罪"相连的，而非人类的极刑往往与"罪"无关，其生命权的被剥夺自然也与"罚"无关。当人类以先进的武器来面对非人类的赤手空拳的时候，人类对非人类的折磨令人发指。

　　海力洪的《水淹动物园》④中，动物园被水淹没了，水退后，在其旧址上建立起了新的"聚龙野味餐厅"，"贴墙挂着，墙下摆着的大大小小的笼子，笼里有蛇、穿山甲、果子狸、大黄羊、猴子、海龟近二十种动物，……这里简直就是一个小型动物园。但这些动物不是让人观赏，而是随时准备为饕餮之徒宰杀的……"即便不涉及《野生动物保护法》这样一个略显生硬和牵强的非文学话题，那个赫然写着的广告——"看动物不如吃动物，欢迎光临品尝珍稀野味"，也足以引起阅读上的不适。《怀念狼》中关于"吃活牛"的叙述，文字的残酷更是令人不忍卒读：

---

　　①　［法］米歇尔·福柯：《规训与惩罚》，刘北成、杨远婴译，三联书店1999年版，第37页。

　　②　王光容：《两晋南朝志怪小说中"不可杀生"故事论析》，《西南农业大学学报》（社会科学版）2008年第1期。

　　③　［美］霍尔姆斯·罗尔斯顿：《环境伦理学》，杨通进译，中国社会科学出版社2000年版，第17页。

　　④　《百花洲》1998年第4期。

> ……后院非常大，堆着无数牛的完整的骨骼架，一个粗糙的木头架子里固定着一条肥而不大的小牛，牛的一条后胯已见骨骼，肉全没了，血在地上流着。①

这是在文字的叙述中第一个定格的残酷场景。在收音机里《二泉映月》如泣如诉的旋律中，小伙子根据客人所需活活地割下牛尾、牛鞭以及牛身上剩余的各个部位，似乎是用来补充说明叙述之外的从一头完整的牛到"后胯已见骨骼，肉全没了"所历经的酷刑。而"无数牛的完整的骨骼架"则又悄无声息地表明，这样的残酷屠杀已经重复过无数次。在人类对非人类实施这一酷刑的时候，非人类呈现在文字中的是"没有叫，却张大了嘴，浑身抖动"——没有语言，连作为动物本能的"叫"都没有了，一切都是无声的，屠杀在一片寂静中完成，只有人类兴奋地指点着非人类身上的有用部位，而此时的非人类依然保存着痛觉的躯体上，唯一的动作是"那一对眼睛却流着泪水，是粘稠泛黄的液体，从脸颊上滑下去"……人类对非人类的残忍，给观者带来一种生理上的不适，"只觉得自己周身都在疼痛"之后"赶紧逃出后院，又逃出前厅"，冷酷地记录的文字至此终于可以戛然而止。在叙述长舒一口气的同时，阅读乃至评论由此可以省去很多生理上的不适和心理上的不安。

赵本夫《无土时代》中屠宰场灌水杀牛的场景，同样是一段关于虐杀的触目惊心的文字：

> 走出两百多米时，天柱忽然听到一阵牛的声音，不过这声音是变了形的，低沉、颤抖，听起来极惨。
> ……
> 说话间，屠宰场到了。三人经过大门口时，果然看到两头牛被捆住四条腿固定在木架上，各有一根皮管插进嘴里，正往肚里注水。两头牛都在痛苦地扭摆着脑袋，浑身都在颤抖，却无法把皮管子从嘴里吐出，肯定是管子插得太深了。只能发出低沉痛苦的叫声，像哭泣，又像哀鸣。两个男人正站在牛头旁边，不时把管子往牛嘴里再插

① 贾平凹：《怀念狼》，作家出版社 2000 年版，第 113 页。

一插。

与《怀念狼》中场景相似，此处虐杀的观察者同样对此产生了生理和心理上的拒斥：或"赶紧捂上脸，快步走了"，或"脸色铁青、浑身发抖。……真想冲进屠宰场，抢一把屠刀，宰了那两个家伙"，甚至"在转身的一刹那，两眼突然涌出了泪水"。

人类对非人类的残酷似乎还不止于此，面对非人类的赤手空拳和无声无息，人类常常借书写的权力涂改事实以此掩饰一份难以正视的真相。屠杀活牛的店偏以"英雄砭牛肉店"的命名，而店左边石崖上凿刻的是，当年李自成屯兵商州，手下一将连劈二百名敌兵而后割其耳以绳串之悬于石壁之上这一正野难辨的所谓历史。此时此地，人类对非人类的残杀和人类自身的相互残杀，被历史地并置："墨写"和"凿刻"着的内容，隔着一段久远的岁月，遥遥相应。文字书写所掩饰和遮盖了的东西，终会在岁月风干之后的裂隙间慢慢露出些什么，更何况有新的例证以别样的形式佐证着。"英雄就是屠杀吗"的疑问，让所谓的人类文明中许多习以为常的命名逻辑显得可疑起来。人类对同类尚且如此，何况对一直被视为财产的牛呢?!

"食物主题"是一个很有中国特色的主题，源远流长的食不厌精脍不厌细的传统在成就了一种饮食文化的同时，也形成了一套独特的对于"食"主题的话语系统，从而使一切行为在温文尔雅的文化气息中幻化为一种精致的生活方式。满汉全席作为历史上著名的中华大宴几乎成了这一话题最为有力的佐证。

叶广芩《狗熊淑娟》①所叙述的动物园饲养员林尧与他饲养的名为"淑娟"的狗熊之间的感情，意外地呈现了既有文化中被叙述遮蔽了的人类对非人类的残酷。文本中狗熊淑娟的命运和陆家菜的兴起，原本是两条不同的线索，但这两条线索事实上却始终是遥相呼应的。狗熊淑娟因动物园的经费不足而导致其饮食成了问题，日渐窘迫；陆家菜却因为与中国传统文化的渊源而使饮食文化化，加之古雅的建筑，红木家具、辉煌的家史和主人的风度，共同提升了清雅精致背后的文化品位，不动声色地兴隆着。狗熊淑娟等着丁一的食品厂领养，而食品厂在等着日商的设备和投

---

① 《芳草》1997 年第 2 期。

资。日商最终被陆家菜及其背后的文化所慑服，而食品厂振兴以后，却没有兑现最初的诺言，狗熊淑娟的困境走向了极点，被动物园卖给了马戏团。若干天后，陆家菜的掌勺者在洗丁一送来的鲜熊掌时，发现了淑娟的左前掌特有的肉瘤……

狗熊是以地质队队长之妻之名名之的，这本身就很有人情味，而骑在老孙头上被送进动物园则更有些娇宠了的孩子的味道，但却在生病的时候，被动物园趁饲养者林尧病假时卖给了马戏团，理由是动物园的经费不足只好卖掉以维持人和其他健康动物的生存。每一个个体生命都有其存在的理由，当人类与非人类的生命不能同时存在时，非人类要让位于人类，这一点也似乎没有什么不合理的。只是人类吃掉了曾经与自己亲密相处过的非人类，而且那么雅致，那么文化，理由充分。当文化成为一种理由的时候，同时也成就了一种话语系统特有的逻辑模式。

1950 年史怀泽在写《哲学和动物保护》时说，欧洲哲学是不支持动物保护的。"在欧洲哲学看来，同情动物的行为是与理性无关的多愁善感，它只是很次要的意义，"他举例说，"笛卡尔认为，动物就是机器，它不需要同情。英国哲学家杰里米·边沁（1748—1832）则强调，对动物的行善主要是对人类行善的练习。康德也持类似的见解的。他强调，伦理本来只与人对人的义务有关"，认为"它不能断然地迈出决定性的一步，承认善待动物是与善待人类绝对相同的伦理要求"。与此同时，史怀泽认为，虽然东方的哲学（中国和印度）伦理学中对人与动物关系的思考还不够完善，但基本肯定了东方哲学中"人对动物的责任具有比欧洲哲学中大得多的地位"：孟子"以感人的语言谈到了对动物的同情"；列子"认为动物心理与人的心理的差别，并不是很大"，"没有人们通常所想象的那么大"；杨朱"反对动物只是为了人及其需要而存在的偏见，主张它们的生存具有独立的意义和价值"。对于 20 世纪 50 年代的史怀泽而言，欧洲哲学其实还可以追溯到更早，《圣经》说，上帝造人时，让人"给一切牲畜和空中飞鸟，野地走兽都起了名"，原来是要人来"治理这地。也要管理海里的鱼，空中的鸟，和地上各样行动的活物"。只是，在他之后，欧洲的许多学者开始对人与动物的关系做出了反思：

（1）1967 年，中世纪研究学者怀德发表了《生态危机的历史根源》，对人类破坏生态环境进行了反思。这部作品引起了很大的反响，直接促成了绿色思想的产生和发展，人们开始关注动物问题。

（2）20 世纪 70 年代初，英国的一些年轻学者对"人类中心论"提出质疑，把人类的道德关怀延伸到动物身上，并于 1972 年出版《动物、人和道德：对非人生物所受虐待的探究》。

（3）1975 年，彼德·辛格发表《动物的解放》。

大量的思考，影响到普通人的观念，人们逐渐意识到，在人类之外，动物的生存也是有意义的，地球是人类和非人类共同的家园。从哲学认识到文学的表述，其间尚有漫长的距离需要文学在自身的努力中不断缩短。

地球是人类和非人类共同的家园，在人类之外，动物的生存也是有意义的。高科技发展越来越深入地触及人类的日常生活乃至人类自身，新的伦理道德和具有人性意义的命题必将会伴随着科技前行接踵而至。在不加节制的资源开发破坏了生态系统的平衡之后，人类对非人类的"滥杀无辜"终将会引起道德的失序，人类必须在"敬畏生命"中完善自身。正如史怀泽所说，文学的叙事应将知识的发现与一定的伦理态度结合起来，以调整人类集体意识的进化方向。对于人类与非人类之间关系的考察和伦理困境的剖析，最终是为了让人类有一种更为辽阔的情感，以穿越现存文学的陌生地带。"人应该有一种伟大的情怀：对动物的关心，对生命的爱护，对大自然的感激之情。这种伟大的情感有助于稀释和冲淡人们对个人利益的过分关注，有助于把人们从对人际利益永无休止的算计和纠纷中解救出来。"①

---

① ［美］霍尔姆斯·罗尔斯顿：《环境伦理学》，杨通进译，第 20 页。

第四章　生态伦理精神的话语形态

新时期写作中的生态伦理精神，在文本叙事的空间话语、时间话语以及对非人类身体书写的"身体话语"中皆有所呈现，共同建构了生态伦理精神的话语形态体系。

第一节　生态伦理精神的空间话语

空间意识的强化是近年来诸多具有生态意识的写作中一个醒目的特征。郭雪波对大漠草原的书写，陈应松对"神农架"的关注，杜光辉的"可可西里"展示，都曾各自形成了不同特色的空间特质。

目前国内学术界在论述文学作品的"空间"书写时，通常指故事发生的场所，即故事中人物的活动空间，包括作为时代、社会背景的大空间和作为人物具体活动场所、环境的小空间；或叙事学意义上的结构空间。本书以考察文学作品的生态伦理精神为切入点，因而空间有其特定的理论特质。与生态伦理视阈相关的空间，特指文本中再现的自然空间，包括：（1）故事展开的空间场域；（2）具有审美特质的独立的自然风景空间。

在通常意义的文学文本中，故事展开的场域仅提供故事发生的场所，但在具有生态伦理精神的写作中，空间与人类或非人类生命之间是互动的，体现为空间对故事具有诱发动机、推动进程和展示结果等叙事功能，从叙事特征层面体现为在整体生态系统中自然与人类、与非人类之间极为密切的生态关联。

生态伦理将自然视为伦理关怀的对象，因而空间的主体性在文本叙事中得到凸显。以人与自然、人类与非人类关系为切入点的生态伦理思考中，自然的伦理价值从对其审美性的确认开始。

一　空间在非生态写作中的特点：人文特征、隐喻性和他者化

山水人文化是中国文学中空间风景书写的传统，这种传统一直延续到中国现代文学——郁达夫游记中对于中国现代风景的"发现"，其特征是"在散文中多征用古代名人的笔记和游记，并援引大量诗词联语入文，也常常从地方志中取材，在行文中则经常以现实中所见之风景去比附山水画"，而这一传统长期积淀的结果是，"中国山水的这种文人化传统丰沛到一定程度，就会累积成风景的一种'人文化'特征。……意味着人的主体曾经如此深刻地嵌入自然风景中，继而成为风景的重要的一部分"①。

中国现代文学中的风景书写，则由于创作主体视野的开阔，其人文特征由单一的借鉴古典转向中西方文化之间的互相转借，由此产生山水人文化的他者视角。梁启超的《新大陆游记》，以西方风景比附中国本土风景意蕴②，用八百里洞庭的气象，形容林肯公园的墨西哥风景；用中国传统的桃源意象，写哈佛大学的自然景观："如入桃源，一种静穆之气，使人倏然意远，全市贯以一浅川，两岸嘉木竞荫，芳草如簪。居此一日，心目为之开爽，志气为之清明。"③郁达夫喜欢把东方风景与西方景观进行类比。比如"把闽江比作'中国的莱茵'，写南国海港时，心里倒想起了波兰显克微支的那一篇写守灯塔者的小说，与'挪威伊孛生的那出有名剧本《海洋夫人》里的人物与剧情'（《闽游滴沥之一》）；看到江西境内'一排疏疏落落的杂树林'，就与'外国古宫旧堡的画上所有的那样的那排大树'相比较；而玉山城里'沿城河的一排住宅，窗明几净，倒影溪中，远看好象是威尼斯市里的通衢'（《浙东景物纪略》）"④。

无论是以西方文化阐释东方风景，抑或是以东方风景比附西方山水，其本质都是山水的人文化。在这一传统中，山水与文化缠绕与互释，因此不具有独立的审美性。

在生态伦理立场缺失的写作中，空间的叙事意义通常是仅仅为故事的

---

① 吴晓东：《郁达夫与中国现代"风景的发现"》，《中国现代文学研究丛刊》2012 年第10 期。

② 此处分析参阅张驰《梁启超〈新大陆游记〉中的文学描写与文化反思》，《中国现代文学研究丛刊》2012 年第9 期。

③ 梁启超：《饮冰室合集·专集》第22 册，中华书局1989 年版，第46 页。

④ 此处分析参见吴晓东《郁达夫与中国现代"风景的发现"》，《中国现代文学研究丛刊》2012 年第10 期。

发生提供场所，或者通过空间特征来彰显人物气质，因而空间书写存在数量少、出现频率低和不具有独立审美性等特点。即便是在生态作家叶广芩的那些早期的家族系列小说中，自然空间受关注的也不多，即便有，自然环境中也渗透着浓郁的文化与人文气息，往往用于体现人物的心境，具有明显的隐喻性特征。

《瘦尽灯花又一宵》中，舅太太家中死气沉沉的景物描写，是为了强调环境压抑、沉闷以及由此对宝力格最终出走的影响：

> 大门紧锁着，台阶很高，有上马石，因为长期无人走动，阶前已长出了细细的草，上马石也被土掩埋了大半截。大门对面的八字砖雕影壁，早已是残旧不堪，让人看不出原先的面目了。门前的两棵大槐树，在清冷的天幕下伸展着无叶的枝，就仿佛老太太们那干枯的胳膊。树上面落着许许多多的老鸹，老鸹用阴鸷的小眼看着我和我的马。

"紧锁""残旧""清冷""干枯""阴鸷"等词语共同渲染出王府的压抑、荒凉和死气沉沉。"老太太们那干枯的胳膊"与"门前的两棵大槐树，在清冷的天幕下伸展着无叶的枝"对应，树的干枯衰老，和作为宅院主人的两位风烛残年守着旧日的荣耀与期冀的老人，形成不同生命体之间的"互文性"，从而使空间书写在此具有修辞学意义上的隐喻性。

"人"的视角时时介入，使风景仅成为呈现人的精神状态与行动方式的结果，因而空间书写不具有主体性，从而显示出明显的"他者化"特征。"长期无人走动"成为空间中"阶前已长出了细细的草"的成因：

> 舅姨太太的房间里很暗，很重的霉味混杂着中药味，是股让人说不清道不明的味道。房内所有的窗户缝儿都用高丽纸糊着，更是密不透风。透过窗户玻璃，能看见东墙根下的黑枣树在寒风中摇曳。这棵树黑枣成熟落地，无人捡拾，年复一年，树下结了一层厚厚的痂。

"暗""霉味""厚厚"同样指称着年华远逝岁月苍苍，从另一角度隐喻了王府对生命的锁拘和羁绊。所以，宝力格终于逃跑了，这种逃跑最终是源于对大家族环境及其蕴涵文化的不习惯。空间的气息和明暗源自人类"吃中药""用高丽纸糊窗户"等活动方式，而此处的"无人捡拾"与上例中的"无人走动"一样，树下厚厚的堆积源于人类活动的缺失。

而另一处空间展示的文字中，对谢娘家简单的环境介绍是为了突出其吸引父亲的家常气息：

> 父亲领着我来到一个略微干净点儿的小院里……树底下有个半大小子在撕铺衬，往板子上抹糨子，将那些烂布一块块贴上去。墙下一排打好的袼褙，在太阳照射下反射着亮光，冒着腾腾水汽，显得很有点儿朝气蓬勃。(《梦也何曾到谢桥》)

小院的"干净"、在阳光下反射着亮光的袼褙，和"腾腾水汽"，都给人以朝气蓬勃之感，这是谢娘家环境的生机与生命气息，隐喻着居于其中的主人身上明媚的生活气息与生命活力。

从上述文本的分析可以看出，在生态伦理精神出场之前的文本中，空间书写呈现出明显的人文特征与隐喻性，因不具备独立的审美性而呈现出明显的他者性。

二　生态写作中的空间书写：审美主体性与叙事功能

与之前自然风景的人文化传统相比，生态写作中对空间的呈现，放弃了对风景人文意蕴阐释的惯性，风景的意义在风景本身，而不是借助于风景之外人文意蕴的赋予和追加，风景具有审美的主体性与自足性。

（一）审美主体性的空间

在大量的生态写作中，空间的存在具有独特的审美性。对于生态写作的空间书写而言，《狼图腾》是极具代表性的例证，文本以大量富有个性特征的空间形态，展示了不同季节、不同场域中的草原空间。

更重要的是，在空间书写中，充分展示其阳光、风、草原、动物、植物、山脉等自然元素，通过人的退场，建构空间的主体性。而在对空间美学特征的关注中，从形态、色彩、气味等纯粹感觉化的视角，完成对其审美主体性的建构，通过空间书写，展示大自然自身的审美特质。

在《狼图腾》中，空间书写的突出特点之一，是通过草原上的季节轮回呈现同一空间的不同风景，使其具有立体的审美效果。

1. 草原冬季雪景

> 淡淡的阳光穿透阴寒的薄云和空中飘浮的雪末，照在茫茫的额仑草原上。白毛风暴虐了两天两夜之后，已无力拉出白毛了，空中也看不见雪片和雪沙，几只老鹰在云下缓缓盘旋。早春温暖的地气悠悠浮出雪原表面，凝成烟云般的雾气，随风轻轻飘动。一群红褐色的沙鸡，从一丛丛白珊瑚似的沙柳棵子底下噗噜噗噜飞起，柳条振动，落下像蒲公英飞茸一样的雪霜雪绒，露出草原沙柳深红发亮的本色，好似在晶莹的白珊瑚丛中突然出现几株红珊瑚，分外亮艳夺目。边境北面的山脉已处在晴朗的天空下，一两片青蓝色的云影，在白得耀眼的雪山上高低起伏地慢慢滑行。天快晴了，古老的额仑草原已恢复往日的宁静。（《狼图腾》，第 52 页）

在这一空间书写中，阳光、山脉、薄云、雪末、雾气，沙鸡、沙柳棵子、雪霜、雪绒……共同建构了草原雪景空间构成的独特自然元素。以雪的"白"、沙鸡的"红褐色"、草原沙柳的"深红发亮"、云影的"青蓝色"，铺展自然色彩的层次感；以"烟云般""蒲公英飞茸般"来展示质感；以阳光的"淡淡"、老鹰的"缓缓"、地气的"悠悠"、雾气的"轻轻飘动"，云影的"慢慢滑行"展示其冬季草原雪景的宁静与动态的祥和。而以同样仅靠自然之力形成的白珊瑚、红珊瑚、蒲公英飞茸作为喻体，使空间书写呈现了其审美自足性特征，从审美层面关注"空间"书写在生态写作中的呈现形态及其价值。

2. 草原初春

如果说草原的冬景以宁静与祥和对应着季节精神的话，冬季雪景呈现的是自然季节转换中"春生夏长秋收冬藏"中"藏"的含蓄与守静，而春天的空间书写则着重体现其自然之力的苏醒与重燃生机：

> 温暖湿润的春风吹拂额仑草原，大朵大朵亮得刺目的白云在低空飞掠。单调的草原突然生动起来，变成了一幅忽明忽暗，时黄时白的流动幻灯巨画。……
>
> 冰软了，雪化了，大片大片的黄草地又露了出来，雪前早发的春

芽已被雪捂黄，只在草芽尖上还带点儿绿色，空气中弥漫着陈草腐草的浓重气味，条条小沟都淌着雪水，从坡顶向草甸望去，无数洼地里都积满了水，千百个大小不一的临时池塘，映着千万朵飘飞的白云，整个额仑草原仿佛都在飞舞。张继原感到自己不是趴在草地上，而是坐在一块巨大的蒙古飞毯上，天上水上的白云飞速向身后掠去。（《狼图腾》，第140页）

初春的草原是一块巨大的蒙古飞毯般的空间：有温暖湿润的春风、低空飞掠的亮得刺目的大朵白云，冰雪融化之后带着绿尖的被雪捂黄的春芽，条条小沟的雪水汇成千百个池塘，映着飘飞的白云。同样是以草原上的白云、草、水作为空间基本构成的元素，但"亮得刺目""忽明忽暗""时黄时白"的描述使整个空间光影流动，而从地上小沟里淌着的雪水，天空中千万朵白云的飘飞，到"天上水上的白云飞速向身后掠去"，整个草原都在飞舞，共同展示"突然生动起来"的草原在春之萌动中产生的勃勃生机。

同样是写春天的新绿，对其中一处草原原始风景的书写，更是从色彩的丰富与层次极尽所能地呈现出空间自然特质的丰富性：

三人登上一片高坡，远处突然出现几座绿得发假的大山。三人路过的山，虽然都换上了春天的新绿，却是绿中带黄，夹杂着秋草的陈黄色。可远处的绿山，却绿得像话剧舞台上用纯绿色染出的布景，绿得像是动画片中的童话仙境。……

三匹马翻过两道山梁，踏上了全绿的山坡。满坡的新草像是一大片绿苗麦地，纯净得没有一根黄草，没有一丝异味，草香也越来越浓。……

陈阵终于看清了这片边境草原美丽的处女地，这可能是中国最后一片处女草原了，美得让他几乎窒息，美得让他不忍再往前踏一步……

眼前是一大片人迹未至、方圆几十里的碧绿大盆地。盆地的东方是重重叠叠、一层一波的山浪，一直向大兴安岭的余脉涌去。绿山青山、褐山赭山、紫山蓝山，推着青绿褐紫蓝色的彩波向茫茫的远山泛去，与粉红色的天际云海相汇。盆地的北西南三面，是浅碟状的宽广大缓坡，从三面的山梁缓缓而下。草坡像是被腾格里修剪过的草毯，整齐的草毯上还有一条条一片片蓝色、白色、黄色、粉色的山花图案，色条之间散点着其它各色野花，将大片色块色条，衔接过渡得浑然天成。

……

这也许是中国最后一个从未受人惊扰过的原始天鹅湖，也是中国北部草原边境最后一处原始美景了。(《狼图腾》，第152—153页)

此处的自然空间是真正的未受人工影响的风景，无人文色彩，是生态写作中空间美学特质的集中显现。通过骑马飞奔，从开阔而迅疾转换的独特流动性视角，展示其不同角度的美，从"远处"到"翻过两道山梁""盆地中央"，逐层展示自然风景之美。而在空间的书写中运用大量色彩，来呈现其视觉之美：

前半段，展示此处原始风景中色彩之"绿"，以"绿得发假"作为其颜色之纯的修辞，此处少见地运用了"话剧舞台上用纯绿煞费苦心染出的布景"和"动画片中的童话仙境"两种人工风景来比喻自然，以区别于"新绿"、夹杂着秋草陈黄色的"绿中带黄"，将其绿色之纯推向极致，一反以自然与人文之间约定俗成的比喻关系，凸显了自然空间的主体性。

而后半段文字，则充分呈现了自然色彩的层次之丰富与绚烂：山有绿、青、褐、赭、紫、蓝等多彩；花有蓝色、白色、黄色、粉色等缤纷；整个画面的构图则通过色条、色块和散点等多种手法。色彩的丰富不是简单的堆积与叠加，而是充满动态感："重重叠叠、一层一波的山浪"，是向大兴安岭的余脉"涌去"，而"青绿褐紫蓝色的彩波"，则是被绿山青山、褐山赭山、紫山蓝山推着，向茫茫的远山"泛去"，并"与粉红色的天际云海相汇"，充满动态美。

作为具有独立审美价值存在的自然风景空间，通过自身审美价值的展示，表明在整个生态体系中自然的重要价值，从而为其成为伦理关怀对象提供有力的佐证。

（二）空间在生态写作中的叙事功能

在个体作家从生态意识缺失到生态意识的形成过程中，空间书写模式的转换，能更好地体现生态意识的有无对空间书写的影响。以作家叶广芩为例，在早期书写"家族"的文本中，人与人的故事都是源于弥漫其间的文化的浸染。渗透其间的伦理体系是人与人之间的伦理纠葛。而属于纯粹自然景物描绘的成分，异常稀少。而到后期的生态写作中，则不仅出现频率和篇幅的增加，其在审美主体性以及与人类及非人类生命的互动关系方面亦有所突破：在秦岭系列 8 篇小说中，因生态思考的出现，使空间展示的频率大幅度增加，直接展示的文字共计有 25 处，其中《山鬼木客》和《长虫二颤》中单篇即分别有 7 处和 8 处。

从 2000 年起，居住在秦岭深处周至老县城的叶广芩自称是"换了一副狼心狗肺"，其关注自然空间与生态问题的秦岭系列小说，在书写荒野空间方面显示了迥然不同的质地。它们的故事发生在山野间，背景是青山绿水。青山绿水间不同生命之间的规则自然是山林规则，这一点与大宅门文化规则的"规矩"迥异。

在具有生态伦理立场的空间书写中，空间作为生态整体中具有重要功能的大自然，不断以自身的能量作用于人类和其他生命，体现在叙事上，即空间在整个故事进程中的各个环节，都体现出其鲜明的叙事动力。

1. 呈现故事氛围，强调人与自然、与其他生命天然关系的空间

在叶广芩书写秦岭系列的八篇小说中，开篇即展示空间描写的有四篇，占到一半。行文的开篇通常是"大环境/山里—小环境/景物—小小环境/村落—非人类生命的活动—人类与非人类生命的关系"，似乎表明在苍茫辽阔的宇宙中，山林只是其中的一隅，而在这一隅中非人类生命早已安静地生存其间，是人类的出现打扰了这种生存的宁静，矛盾由此产生：

> 20 世纪庚申年的冬天，天气酷寒。
>
> 秦岭深山在冷的基础上又加上了阴，天色铅灰，近一个月没见太阳，涧里的水几乎要凝固了。听不见哗哗的水声，林子静如亘古，偶尔有鸟鸣也是懒懒的几声，有一搭没一搭的。竹林密密麻麻，稠得化不开，挺着一层老绿，抵抗着这难耐的严冬。一只胖胖的竹鼠，从竹林里钻出来，昏头胀脑地在岩石上转了一圈，又钻回去了。是它冬眠的季节，不知怎的跑出来了。
>
> 侯家坪村长侯长社和他的父亲侯自成走在静寂的山道上……
>
> （《猴子村长》）

此段文字有经典的秦岭系列写作的特点，开篇是山野景物展示，富有特质的云、水、山林、鸟鸣、竹鼠，然后是山道上远远走来的人类，这一切构成了此类文本独特的生态景观。这似乎寓示着一个不同生命共生的世界，天、地、水、山、人组成一幅和谐的众生图，人在山林众生中平凡出场，是和其他山林中的动植物平等的生命体，相互依存，没有谁被优先地赋予特权。而文本安排在空间书写结束之时，人的身影陡然出现，预示着原本的和谐宁静即将被冲击。

《黑鱼千岁》《熊猫碎货》《山鬼木客》等开头皆如此，其中《山鬼木客》甚至在漫溢的景物描述之后有这样一段文字：

> 下了半个月的连阴雨，老君岭溪水涨满，山石膨胀，在无休无止的雨水中，山林松软得似要坍塌一般，植物像鱼缸里的水草，从里到外都让水浸透了，整座大山笼罩在一片迷茫的水汽之中。鸟不鸣，兽无影，林子里显得出奇的静，动物都缩在树叶下，缩在树洞里，缩在岩缝中，艰难地躲避着这场秋雨。
>
> 天花山脉属于秦巴山系的延伸，面积广大，南高北低，南部是由英岩片组成的岩石，北部是浅变质性粉沙岩，中心地带为裸露的泥盆系地层，地面结构复杂多变，气候湿润多雨。
>
> 周围是浓重的草腥气，是一眼望不到尽头的山，野绿野绿的，没有其它颜色。他看了看自己的手，手在水光里泛着绿色，指甲很长，也是绿的，没有镜子，看不见自己的脸，他料定，这张久已生疏的脸，注定也逃不出山野的绿。
>
> 血都绿了。

老君岭—整座大山—天花山脉—周围……人在这样山野中的长期生存，甚至染上了山野的绿色，人与山野浑然一体。置身于其间数年如一日致力于寻找山鬼木客的科技工作者因与山野融为一体而被外界视为野人，也因此人类在这样的空间中不再作为异质力量而存在。

这样，看似仅仅作为背景的空间书写，实则是为不同的故事提供了天差地别的叙述语境：当人类作为入侵者，行走于天地万物间时，与空间形成明显的冲突而使生态整体中的各元素受到冲击从而引发故事的启动；而当人类与天地万物融为一体时，生态整体则和谐宁静。空间品质对叙事的影响由此得到凸显。

2. 充满推动情节叙事能量的空间

除对故事情节的启动作用之外,在故事的行进中还通过空间的争夺、空间的破碎使其为推动情节发展注入能量。如《狼图腾》中,每一次对空间的探索和争夺,都会推动故事情节和人狼关系向更尖锐处发展:

> 每个猎手似乎都对初夏打狼提不起精神,可都对这片盛着满满一汪草香的碧绿草场惊呆了眼。杨克觉得自己的眼睛都快瞪绿了,再看看别人的眼珠,也是一色绿莹莹,像冬夜里的狼眼那样既美丽又吓人。一路下山,青绿葱葱,草香扑鼻,空气纯净,要想在这里找到灰尘简直比找到金沙还要难……
>
> ……
>
> 冲到花前,杨克惊得像是秋翁遇花神花仙那样快要晕过去了。在一片山沟底部的冲积沃土上,三四十丛芍药花开得正盛。(第178页)

面对如此人间至美之景,一向缺乏生态视野的包顺贵的反应是"像发现了大金矿,大声高叫:真是块风水宝地,翡翠聚宝盆啊,真应该先请军区首长们开着小车来这儿玩几天,打天鹅打野鸭子,再在草地上生火吃烤肉",而对草原充满感情的杨克则是"眼前忽地闪过了芭蕾舞剧《天鹅湖》中,那个背着黑色翅膀的飞魔",并对包顺贵的言论"听得刺耳"。

此段文字中,首先是一段美丽的自然空间书写,而空间的存在,激起围观者的不同反应:面对仙境般的自然空间,包顺贵的官场逻辑使其第一反应是可以通过牺牲生灵来取悦军区首长,进而在心里迅速草拟出有害于生态的取悦计划,空间成为其攀附权贵的内驱力。而热爱草原的知青杨克,则在空间的纯净与唯美中联想起芭蕾舞剧《天鹅湖》,在获得审美体验的同时,将包顺贵与背着黑翅膀的飞魔做了相似联想,呈现出对其破坏生态之美的警觉与厌恶。空间的存在和"被发现",激发了不同观点之间的激烈冲突与碰撞,进而通过引发行动推动故事情节的激荡。

空间的存在不仅展示出各方力量的冲突与矛盾的激化,更可能在生物圈不同物种之间矛盾双方的对峙中,影响各方力量的对比关系并推动其产生倾斜。《狼图腾》中有一段展示草原空间中"圈草"的分布及其特点的文字:

　　圈草是知青给这种草起的名字，它是一种蒙古草原常见的禾本草，长得很美很怪。在草原上，平平坦坦的草甸或草坡，随处都会突然冒出一团团高草来，草叶齐胸，直上直下，整整齐齐，很像一丛丛密密的水稻，又像一丛丛矮矮的旱苇。到秋季，圈草也会抽出芦花似的蓬松草穗，逆光下像一片片白天鹅的绒羽，晚霞中又像一朵朵燃烧发光的火苗，在矮草坡上尤显得鹤立鸡群，比秋天铺天盖地的野花还要夺人眼目。一到冬季，圈草长长的枯叶和草穗被风卷走，但它韧性极强的茎秆却坚守原地，并像狼毫一样桀骜不驯，撸不平，抚不顺。……

　　正是这种草原特有的"形态和构造独特的圈草，在无遮无拦的草原上，也成了狼和猎人休息或是潜伏的天然隐蔽所"（第140页）。在人与狼作战中，代表草原使其中一方得到庇护。

　　此处的空间书写，既是情节展开的特定语境，又为推动情节的前行提供动力：圈草的形态影响了人狼对峙时的格局，进而成为决定人狼对战最终结局的重要元素，空间在此类文本的情节发展中具有明显的影响力。

　　3. 昭示生态系统中不同力量对决的结果

　　生态系统的整体性决定了空间不仅是人类与非人类生命活动的起点，还是他们长期行动的结果，整个生态系统就是大自然和不同生命之间长期互动的结果。因而在文学作品中，人类不同性质的活动结果导致空间质地向不同方向发生变化，情节的生态维度由此呈现。

　　人类对自然的无节制的破坏性开发和掠夺，其结果必然是导致自然生态的被毁坏：

　　暮色中四群马开进白音高毕沙地，方圆几十里全是湿沙，沙地上东一丛西一丛长草旱芦旱苇、蒺藜狼毒、地滚草、灰灰菜、骆驼刺，高高矮矮，杂乱无章。乱草趁着雨季拼命拔高，长势吓人。这里完全没有了草原风貌，像是内地一片荒芜多年的工地。毕利格老人说：草原只有一次命，好牧草是靠密密麻麻的根来封死赖草的，草根毁了以后，就是赖草和沙子的地盘了。（第288页）

《狼图腾》中此处的空间书写，是草原在被人类过度使用之后变成荒芜的沙地，从此再不提供草原的水肥草美，这样，人类通过自以为战胜自然的方式最终打败了自身。通过空间书写，呈现出生态失衡之后的直接后果，并以此重申关爱自然与生态和谐的重要性。空间在文本中的存在，为人类不当行为和生态必然恶果之间建立了叙事逻辑，以其特有的叙事功能展示了情节的最终指向。

人类的不当行为会毁坏自然的生态平衡，但作为有理性的生物，人类又是生物圈中唯一具有道德关怀能力和自我反省能力的物种，因而，少数清醒者在幡然悔悟之后，通过调整自身的行为，重新关爱自然，又可能使自然在一定程度上重获生机，这是文学叙事中生态伦理的最终指向和预设。在郭雪波的小说中，此类空间的展示亦随处可见：

> ……这一带分布最普遍的是新月形沙丘，这是在单一的从西北吹来的主风下，或在两个大小不同、风向相反的风力下逐步形成的沙丘。这种沙丘的平面很像是一个新月，沙丘两翼之间的交角有的大，有的小，随着风力大小演变着。迎风坡缓而长，背风坡陡而较短，高度大约十五米左右。她知道这种沙丘移动速度较快，危害较大。不过，她越往北走，靠近老郑头的实验地一带时，这种新月形沙丘逐渐减少了，出现了很多灌丛沙丘。这是属于那种固定和半固定的沙丘，流沙受到植物群丛阻碍后堆积而成的。随着植物的生成，流沙堆积的增加，灌丛沙丘也不断增高增大。这种沙丘多是黄柳沙包、白刺沙包、锦鸡儿沙包组成。（《天出血·苍鹰》，第 183 页）

此处富有自然科学特点的自然空间书写，呈现了人类在对自然破坏之后对空间的修复结果。女科技工作者带着对丈夫的内疚来到他生前工作过的沙地，继续着对沙地的治理工作。在沙地，她发现长期驻守于此的老郑，为改变草原沙化后的生态空间恶化而探索出来的治理方法及其成效。通过特定的空间书写，展示人物行动的最终结果，是生态写作中独特的叙事功能。

三 空间的生态伦理内涵及其话语形态

在具有生态伦理立场的文本中，空间不仅具有独立的审美性，可以通过与人类之间的互动体现生态整体观，亦常在其伦理建构中，体现不同空间的伦理立场，以及空间破碎、转换之后引发的伦理体系的重组。以姜戎的《狼图腾》为例。该文本展示了与中原农耕文明伦理取向迥然不同的草原空间的伦理体系。

首先是草原空间的个体生命观。这种生命观体现的人与草原的关系是：肉体生命消失之后，通过与草原融为一体的方式完全回归大自然。

> ……千万年来，游牧和游猎的草原人和草原狼，在魂归腾格里时，从不留坟墓碑石，更不留地官陵寝。人和狼在草原生过、活过、战过、死过。来时草原怎样，去时草原还是怎样。能摧毁几十个国家巨大城墙城堡和城市的草原勇士的生命，在草原却轻于鸿毛。真让想在草原上考古挖掘的后来人伤透脑筋。而这种轻于鸿毛的草原生命，却是最尊重自然和上苍的生命，是比那些重于泰山的金字塔、秦皇陵、泰姬陵等巨大陵墓的主人，更能成为后人的楷模。草原人正是通过草原狼达到轻于鸿毛，最后完全回归大自然的。他们彼此缺一不可，在肉体的生命消失后，终于与草原完全融为一体。（《狼图腾》，第 203 页）

与中原地区庞大的传统农耕文化形成的空间将人类的生命视为至高无上的生命伦理并由此形成源远流长的丧葬文化不同，在特定的草原空间里，个体生命的价值、尊严、意义都得到了重新诠释。在人类生命的尽头，重新与草原合而为一，是对草原和自身生命的双重尊重，人类对草原的尊重是通过做到"来时草原怎样，去时草原还是怎样"而成为后人敬仰的楷模，人类在敬畏草原中完成自身价值的实现，而在完全回归自然中与自然融为一体并持续生生不息，使这一价值获得永恒。这是与汉民族正统文化迥然不同的个体生命观。

其次在不同的个体生命与自然之间，自然的宏观法则和价值至高无上。

人与自然的最终融合与共生是生态空间的宏观理想境界，但在人与自然相处的过程中，当人类生命与自然草原法则产生局部冲突时，自然法则成为调节各方利益的共同准则。外来知青陈阵试图和毕利格老人探讨各种生命的关系时，老人"瞪着陈阵，急吼吼地"阐发的伦理立场是："难道草不是命？草原不是命？在蒙古草原，草和草原是大命，剩下的都是小命，小命要靠大命才能活命，连狼和人都是小命。……"（《狼图腾》，第29页）在外来的农耕民族政治伦理观念引进之前，特定空间内的草原伦理中，素朴的生命关系是其安置生命伦理的重要参照。通过引进"大命"和"小命"的概念，重新定位人类和草原之间的关系：

> 草原民族捍卫的是"大命"——草原和自然的命比人命更宝贵；而农耕民族捍卫的是"小命"——天下最宝贵的是人命和活命。可是"大命没了小命全都没命"。陈阵反复念叨这句话，心里有些疼痛起来。突然想到历史上草原民族大量赶杀农耕民族，并力图把农田恢复成牧场的那些行为，不由越发的疑惑。陈阵过去一直认为这是落后倒退的野蛮人行为，经老人一点拨，用大命与小命的关系尺度，来重新衡量和判断，他感到还真不能只用"野蛮"来给这种行为定性，因为这种"野蛮"中，却包含着保护人类生存基础的深刻文明。……东西方人都说大地是人类的母亲，难道残害母亲还能算文明吗？（《狼图腾》，第29页）

而从外来者陈阵的视角看待这一空间伦理，则是由情感上的"心头猛然震撼不已"，到理性上认可"草原民族不仅在军事智慧上，刚强勇猛的性格上远远强过农耕民族，而且在许多观念上也远胜于农耕民族"。在两种伦理的碰撞中，"农耕文化的生命观、生存观、生活观，刚一撞上了草原逻辑和草原文化，顿时就坍塌了一半"，最终"不得不承认，煌煌天理，应当是在游牧民族这一边"。

最后，在人类与其他生命之间的相对关系中，人类并不比其他生命具有优先生存权，而是由俯视一切的腾格里分配资源与生存的机遇。

> 老人喝斥道：腾格里给咱们一个好天，就只让咱们取这些羊。腾格里是公平的，狼吃了人的羊和马，就得让狼还债。这会儿起风了，腾格里是想把剩下的羊都给狼留下。谁敢不听腾格里的话？谁敢留在这个大雪窝里？要是夜里白毛风和狼群一块儿下来，我看你们谁能顶得住？（《狼图腾》，第35—36页）

与叶广芩小说中通过自然科学话语对生态伦理的祛魅不同，此处使用具有神秘话语特征的特定空间的伦理逻辑，用于处理不同生命之间的利益冲突。即便是当人类为生命的延续不得不取用其他生命时，也具有稳定的伦理准则，在捕猎獭子时，老人代表草原反复叮咛，"孩子啊，你还得记住一条，打獭子只能打大公獭和没崽的母獭子，假如套住了带崽的母獭和小獭子，都得放掉……"（《狼图腾》，第335页）人类需要其他生命来维持、延续自身的繁衍，但与草原的持续生存相比，人类的需求被置于"共生"需求之下，并未获得优先权。

这样，在既有的荒野空间里，有着朴素和原生的生态伦理内涵与话语形态，支撑了特定空间的生态伦理立场。

四　异质话语的出现与生态伦理精神的冲突、演化

在具有生态伦理立场的文本中，空间不仅自足地呈现出其固有的伦理体系，而且呈现出人类的活动参与，尤其是现代性进程的冲击，给既有伦理体系的冲击，以及由此带来的体系破碎与重组。通过外来话语在既有空间内的冲突、碰撞，体现出生态伦理体系内部的不安与动荡，借空间话语书写实现对伦理精神的叙述。

"异质话语"是指在特定空间的话语系统内部出现的，与既有生态伦理立场话语体系不同的新话语，包括与荒野命名不同的现代汉语的规范用语、文学话语、伴随着新事物新现象新观念的新名词、政治话语等。它们在对非人类生命、人类和非人类关系的看法上，不同于前述荒野话语系统中对非人类的审美、敬畏和亲族意识，导致价值观重组出现不和谐的声音。

异质话语的出现，在生态写作中呈现出两种互为反方向的话语形态：以外来话语重新解读空间，或者通过空间既有话语来重述、判断外来话语。

（一）外来话语对空间既有伦理体系的冲击

外来话语在重读空间既有存在的同时，亦重新调整了原有的伦理立场。

1. 规范的现代汉语对自然诗性的淡化

规范的现代汉语的出现，分裂了话语和自然之间的对应：

当地人管熊猫叫花熊，祖祖辈辈都这么叫，山里人认为，叫花熊比叫熊猫更准确，熊猫是什么，熊猫是猫，花熊是什么，花熊是熊，活跃在山野间的那些黑白相间的东西只能是熊……花熊是山野的精灵。(《熊猫碎货》)

在当地人的话语系统中，名称是与其所指具有天然联系的。在规范化的现代汉语引入之前，秦岭系列文本所书写的空间是有一套自足的话语来表达和判断自然与其他生命的审美价值的。但规范的现代汉语改变了一部分人的表达习惯：

爹把猎杀叫"枪毙"，这是爹的叫法，爹常运用一些新名词，比如把"花熊"叫"熊猫"，把"娃娃鱼"叫"大鲵"，把"爬坡"叫"上海拔"，把"柏羊"叫"羚牛"什么的。

爹是桦树岭大队的队长，队长的语言应该是和普通老百姓有所区别。(《老虎大福》)

规范化的现代汉语话语引入，引发自然诗性的消解。异质话语的出现分裂了话语和自然之间的对应：动物分类学的专业知识在把花熊定义为"熊猫"并对其进行纲目规范的同时，也使名称本身丧失了作为生命体来自荒野的自然属性，失去了它的勃勃生机和盎然的诗意与灵气。队长所用的词汇和普通村民使用词汇的差异，在于前者是现代汉语的规范化。经过现代社会语言规范化处理的语义更明晰和富有理性色彩，但却过滤/抽去了其中固有的生机、活力和清新的诗性特征。

诗性的存在是自然空间魅力得以存续的内在动力，也是既有话语系统得以持续有效运转的深层保障。话语和自然的日渐疏离，隐喻着人与自然的隔膜与断裂，语言的规范化意味着机械化，并最终导致审美性的衰退和枯萎：

……孩子们问周老师，"花园"是什么？周老师说花园就是凤草坪的森林和山地；孩子们问"美丽的衣裳"是什么样，老师说就是过年走亲戚时穿的那样……孩子们说知道了。(《老虎大福》)

对于自然空间而言，规范的文学语言，是与荒野缺乏对应和所指的能指。外来话语的入侵，在使既有空间诗性消散的同时，也使不同话语系统之间产生缝隙。强势和异质力量的现代文明话语以行政的力量（队长）或者知识的传播者（老师）作为中介，他们试图将两种话语体系进行接轨和缝合的努力，对原本自足的空间构成了强力的推进和冲击，而被侵入和冲击的空间，亦从原本自足和自信的话语体系中滋生出焦虑、无奈和不安。

2. 自然科学话语对自然神秘性的消解

科学话语的传播导致神秘性的消解、自然的祛魅与敬畏之心的淡化。

神秘性的存在，是自然被人类敬畏的原因之一。在既有自然空间内，伴随着科学话语的不断传入，许多原本不可知的现象得到了自然科学的解释。于是，自然的神秘性渐渐消失。

《长虫二颤》中殷姑娘下蛊的传说，使蛇与人类两个物种之间存在着扑朔迷离的渊源，也使人与蛇之间的亲族关系获得合理的支撑点。但前来颤坪作调研的中医学院教师王安全，用中医学知识重述了殷姑娘用扁豆花下蛊的传说，强调扁豆花本身的药用价值，消解了山间巫蛊之术的神秘性，进而淡化了置身其中的人类原有的敬畏之心。《黑鱼千岁》中捕熊馆村每年夏天蛮霸狠厉的风雷大作，一直被作为汉武帝的巡视以引起百姓的长久敬畏与惶恐，而文本叙事中用"现代气象学将此叫做'气流涡旋'"的气象学知识消解其神秘色彩。《老虎大福》中黑子真伪难辨的野性背景，在二福从杨陵农学院获得基因杂交知识后被终结，"豹和犬是两个科目，受基因限制，它们之间不可能有任何杂交成果，黑子就是黑子……没有任何野性背景"。《狗熊淑娟》中王老剩卤煮火烧店的衰落与店面扩充冲撞神灵之间的因果关系，被林尧岳母的现代经济学和心理学知识所拆解："生意红火的关键在于店面的挤和吃主的等上，站在那里看着别人吃，越看越急，越急越吃不到嘴，好不容易挤个座位吃上一碗，花费的代价非同一般，自然觉得格外珍惜。"科学话语的传入，使自然的神秘性消解，人类对自然的敬畏之心也由此淡化。

在总体情节上，《黑鱼千岁》写杀鱼的人类最终与鱼同归于尽，《长虫二颤》讲述杀蛇的人类最终被死掉的蛇头咬而中毒失去一条腿，都有类似民间传说中恶有恶报式的"因果报应"。但科学话语则用生物学和物理学知识对叙事逻辑进行重新解读，以使其因果逻辑符合科学认知："被身首分离的蛇头撕咬，听起来是奇事，但据动物学家解释却不足为奇，离开身体的头在一定时间仍可存活，这是脊椎动物的本性，人不行，可是蛇可以……"（《长虫二颤》）"死了的儒和鱼被麻绳缠在一起……人们在解那根绳时才知道这项工作的艰难，浸过水的麻膨胀得柔韧无比，非人的手所能为，只好动用了刀剪，于是大家明白了水中的儒为什么在最后的时刻也没有解开绳索逃生。"（《黑鱼千岁》）这样，原本扑朔迷离的"因果报应"的情节逻辑被解构，在科学话语赋予故事理性色彩的同时，自然空间中原有的神性逐渐消散。

自然空间在诗性之美沦丧之后，又遭遇了神性光辉的黯淡。于是，基于诗性和神性基础上的以敬畏之心为核心的伦理系统失却了原有的内在支撑点，改变了生存其间的人类原有的对自然和其他非人类生命的伦理禁忌和制约。

3. 现代性话语对既有伦理立场的冲击

在具有生态伦理立场的写作中，现代性进程的开启是具有划时代意义的重要事件，亦是特定空间内自然和非人类命运遭遇逆转的重要情节元素。体现在话语形态上，即现代性话语以压倒一切的合法性，取代原本稳定的生态伦理准则，秩序随着话语的被替代而随之面临巨大的冲击与改变。

首先，伴随着现代性进程而来的国家话语，是冲击既有空间最普遍和强有力的途径。

> 兵团的宏伟计划已经传到古老的额仑草原。基本思路是：尽快结束在草原上延续几千年的原始落后的游牧生产方式，建立大批定居点。兵团将带来大量资金、设备和工程队，为牧民盖砖瓦房和坚固的水泥石头圈棚等等。还要适当开垦厚土地，种草种粮，种饲料，种蔬菜。建立机械化的打草队、运输队和拖拉机站。要彻底消灭狼灾、病害、虫害、鼠害。要大大抵御白灾、黑灾、旱灾、风灾、火灾、蚊灾等等自然灾害的能力。让千年来一直处于恶劣艰苦条件下的牧民们，逐步过上安定幸福的定居生活。（《狼图腾》，第298页）

此处是《狼图腾》等生态写作中最为经典的现代性话语，也是空间书写中外来话语对空间的冲击。"打机井、修公路、建学校、医院、邮局、礼堂、商店、电影院"和"建立机械化的打草队、运输队和拖拉机站"一起带有强烈的现代化元素的气息，并许以"过上安定幸福的定居生活"的光明未来。在这一现代性话语系统中，既有空间的牧民生活被定位为"一直处于恶劣艰苦条件下""原始落后的生产方式"，于是携带着大量资金前来对其改造和替代便具有了天然的合法性，因而行进的过程信心百倍长驱直入。

当然，既有空间的不同分层，在遭遇现代性话语的强有力冲击时，会有断裂和分歧："全场的知青、年轻牧民，还有多数女人和孩子，都盼望兵团的到来，能早日实现兵团干部和包顺贵描述的美好图景"，而多数老牧民和壮年牧民却默不作声，他们认可物质生活改善的必要性，毕竟"牧民早就盼望孩子能有学校，看病"，但"老人叹气说：……可是草原怎么办？"至于对迷恋草原狼并将其视为草原精神载体的外来知青陈阵，则"最揪心的是草原狼怎么办？……"（《狼图腾》，第298页）在外来力量的冲击下，既有空间的生态伦理立场产生分层，对现代性方案的强烈期盼，或既盼且忧，抑或是激烈反对，对应着不同的生态立场，由此在空间话语的分歧中呈现出生态伦理立场面临的冲击。

当草原和草原狼的生存问题与现代性进程产生深刻矛盾的时候，两种话语的碰撞就产生了巨大的叙事张力，既有空间的生态伦理体系在总体瓦解和局部坚持之间产生深刻摇摆。话语的摇摆意味着既有生态伦理立场的游移、动摇和最终的必然溃败。

其次，现代性话语的长驱直入，亦伴随着对既有生命伦理的重新定位。

> 徐参谋拍了拍陈阵的后背说：小陈啊，我们杀了这么多的狼，你别难过……我看得出，你养狼养出了感情，也受了老牧民的不少影响。狼抓兔子，抓老鼠，抓黄羊旱獭，确实对草原有大功，不过那是很原始的方法了。现在人造卫星都上了天，我们完全可以用科学的方法来保护草原。兵团准备出动"安二"飞机到草原撒毒药和毒饵，彻底消灭鼠害……（《狼图腾》，第304—314页）

在这里，徐参谋等兵团领导驾吉普持枪射杀狼。草原狼遇到了人类的现代交通工具和杀伤力巨大的现代武器，草原的自然生态循环遭遇现代科学理论的冲击。当现代性话语以"科学的方法"和"原始的方法"重新定位现代科技和既有草原伦理之间的关系时，现代性话语在对既有空间伦理的颠覆中便具有了理直气壮的强势和优越感。

此外，与现代性话语伴生的全新商业价值观，亦对既有空间的伦理习惯形成压力。叶广芩《长虫二颤》中长虫坪有着长期稳定、自足的生态伦理立场，但随着市场经济的发展，蛇的商业价值被充分发掘并转化为可观的经济利益时，村民和长老们长期恪守的取胆救命而不杀生吃颤的伦理观念，一度遭遇到了为谋利而杀蛇的佘震龙带来的商业话语的冲击：

> 老佘说，观念得改改啦，北方的馆子以前也不做蛇，现在不也卖得很红火，油煎、清炖、红烧、黄焖，人家日本还做成了生的撒西米，吃的花样多了……

在这里，"以前"和"现在"以时间的方式形成了不同时段的对比。在一个习惯把时间的前行和"发展""进步"相对应的话语系统中，"过去"和"现在"的关系对应着"落后"和"进步"的区别。"现在"因时间上的进步而使其附载的价值观念比"过去"更具有合理性。在这里，空间的分裂引发的时间倒错，使原本并存于同一时段的空间，产生时间意义上的落差。这种落差又很容易被理解为进步/落后，或者文明/愚昧的差别，进而使既有生态伦理价值体系被重新审视和判断。

（二）空间既有话语对外来异质话语的抵抗与渗透

在异质话语纷至沓来带给既有伦理体系最初的震惊与冲击之后，空间的伦理惯性也在某些方面显示出其坚韧和稳固的强大力量。于是，在多种话语的冲突与沟通中，空间显示出其强大的同化力。因而，在不同伦理立场的博弈中，既有空间的生态伦理立场也能在一定范围内保持其富有影响力的优势地位。

外来话语系统打开了一扇全新的视角，新的价值观同时附载了欲望启蒙，以及对原有信念的颠覆和全新视野的重建。两种话语系统遭遇时，并不总能甚至时常不能对译和接轨。两种话语的冲突和沟通方式，往往对应着不同伦理立场的博弈。

　　最初的解读是艰难的。既有的空间话语在仰视和憧憬中努力接纳外来话语，并通过对译完成对外部世界的解读，对译的艰难在很大程度上对应着荒野对文明的艰难解读：

　　　　四女问巧克力是什么意思。
　　　　彩萍说巧克力，没有什么意思。
　　　　四女说，怎能没有意思呢，凡是天底下有名儿的就都有意思，裤裆果就是形状像裤裆；鸡爪菜，就跟鸡爪一样。这巧克力是什么呢？
　　　　彩萍说，巧克力是外国糖，是外国米老鼠吃的糖。
　　　　四女说，米老鼠是吃米的老鼠么？
　　　　彩萍说米老鼠不但吃米，还会弹琴跳舞，米老鼠实际上就是美国人养的会说话穿衣服的大耳朵耗子。
　　　　四女怎么也想不来还有会说话的老鼠，她在山里见得最多的是竹鼠，那东西又肥又大，耳朵很小……（叶广芩《熊猫碎货》）

　　在既有的命名规则中，名称与自然万物本身之间的关系密切。"裤裆果"和"鸡爪菜"的命名都是源于两种自然物之间的相似性。"竹鼠"的命名则是源于其与所食之物之间的依存关系。而在新的话语体系中，名称与物体之间亲密关系被中断。一个走出大山的女孩彩萍，试图用她有限的知识完成一种话语对另一种话语的对译，但这种缺失对应物的对译无疑是艰难和无法实现的，于是我们看到这种无法对译的困惑中隐含着荒野对文明的无能为力，甚至隐含着自然对文明的翘首以待，以及无法接轨时的现代性焦虑。

　　但是很快，在原有话语系统和外来话语之间的博弈中，既有生态伦理立场以强大的惯性和顽强的韧性生命力，体现出其坚不可摧的稳定性。在这一话题中，迟子建的《额尔古纳河右岸》是个颇有意味的文本，一方面，它展示了外来话语从政治、军事、经济、日常生活和审美诸多方面对原有山林空间的入侵；另一方面，这种入侵往往又是虚弱无力和失效的，在既有空间强大的惯性前，遭遇到前所未有的无视和解构：

　　　　……一九四八年的春天……那时，人民解放军已开始了对逃窜到山中土匪的大清剿。伊万这次上山，主要告诉我们，说现在山中既有逃窜的国民党兵，也有反共的土匪，一旦发现，一定不要放跑他们，要及时报告。

　　伊万那次还带来了一个令我们震惊的消息，王录和路德都以汉奸的罪名被抓起来了，如果罪名成立，他们有可能被处决。我们很不理解，鲁尼表现得尤其激烈……（《额尔古纳河右岸》，第 162 页）

　　外来话语携带着强大的时代信息，试图冲击既有空间，但被"我们"以一句轻松的"不理解"四两拨千斤地化解了。其可能产生的影响力原本预设可以影响山林空间中不同生命之间关系的重组，但事实上强大的政治话语却如同落在棉花垛上的一记重拳般偃旗息鼓。

　　文本中，外来的声音通常有如下几种传播途径：商人／安达，伊万等和外界有关联的本地人，外来的林业工人和汉族人，政府机构等。但问题在于，这些外来的声音并没有改变山中原有的生态伦理立场，鲁尼们对王录等汉奸罪名的不理解，正是这两种立场的差异和对立，而这种对立因为山林生态伦理的坚韧而不了了之。

　　对于开发山林与山民之间产生直接冲突时，"砍伐树木"的意义，也同样难以得到有效传达：

　　伊万对瓦罗加说，山林以后怕是不会安宁了，因为满归那里来了很多林业工人，他们要进山砍伐树木，开发大兴安岭了。铁道兵也到了，他们要往山里修铁路和公路，为木材外运做准备。维克特问，他们砍树要做什么呢？伊万说，山外的人太多了，人要房子住，没有木材怎么造房子？（《额尔古纳河右岸》，第 182 页）

　　尽管"开发"的理由是如此的理直气壮，但维克特的"不理解"，使砍伐的合法性无法得到充分的传达。有意思的是，很多文本不约而同地写到林业工人的砍伐，比如《树王》亦写到大量的砍伐，这是那个时代现代化建设的前奏，然后在生态写作中，不约而同地成为叙事中破坏力量的代表。

　　上述话语的相遇，先是对政治军事形势的叙述，继而是现代性进程中对山林的"开发"和使用，它们携带着现代性话语通过不同的途径袭来，但面对山林固有的生态伦理惯性显得冲击力不足。双方的隔膜表明，既有空间在与外部世界的对接中，显示了强有力的惯性生命。同样，商业途径的改变，亦未能改变原有空间的主导生存方式和伦理体系："一九五〇年，也就是建国后的第二年，乌启罗夫成立了供销合作社。原来的汉族安达，那个叫许财发的人，领着他的儿子许荣达经营着合作社。合作社收购皮张、鹿茸等产品，然后提供给我们枪支、子弹、铁锅、火柴、食盐、布匹、粮食、烟糖酒茶等物品。"（《额尔古纳河右岸》，第165页），外面世界政体变了，经营的主体变了，但交换的方式和内容没有变，当然，生态伦理立场亦未遭遇到冲击。

不仅如此，空间亦会依据既有的自足的逻辑思维惯性，对外部世界的变化做出评价和判断：

> 许财发说，现在山外在搞土地改革，过去那些风光无限的地主，如今个个跟霜打了似的，全蔫儿了。地主家的土地、房屋和牛马都不是自己的了，它们被分配给了穷人。过去那些给地主家扛活的农民欢天喜地地斗地主呢。有的地主被五花大绑着游街，落魄得鞋也破了，露出了脚趾；而地主家那些曾经穿着绫罗绸缎的千金小姐，如今连马夫都嫁不上了。这可真是改朝换代了。
>
> 大家对许财发的话都没表示什么，只有依芙琳，她清了清嗓子，说，搞得好，搞得好！我们也该跟苏联人和日本人搞这个，他们从我们这里拿走了那么多东西，得要回来！地主能斗，他们就斗不得?！
> （《额尔古纳河右岸》，第169页）

此处外来者的声音，对山林显然没有产生任何影响力，而这段文字在文本叙事中真正的作用是为后来交代马伊堪的身世之谜留下伏笔。有趣的是，伊芙琳的反应，不是强化对外来话语的回应，恰恰相反，而是以一种类似"归谬"的方式将外来声音引向荒谬。在该空间内，价值体系不止是稳定的，它还是自信和充满活力的，它对外来信息进行敏锐的评价和颇有创造力的判断，显示其韧性和勃勃生机。

除价值立场外，审美惯性亦在与外来话语的碰撞中未受冲击，体现了坚不可摧的稳定性：

> 第二年春天，伊万回来了。……

　　伊万跟坤德说，他已经不在部队了，他的关系转到地方了。坤德问他是不是在部队犯了错误，被开回来了？伊万说不是。他说只是不习惯大家总是守着桌子在屋里吃饭，晚上睡觉门窗还关得紧紧的，连风声都听不见。再说了，部队老要给他介绍女人，那些女人在他眼中就像在药水中泡过的一样，不可爱。伊万说他如果再在那儿待下去，会早死的。(《额尔古纳河右岸》，第182页)

　　在伊万对外面世界的叙述中，"连风声都听不见"使伊万义无反顾地摒弃了外部世界，并表达对诗性自然生存的依恋。"介绍"的方式更是迥异于山林中姹紫嫣红生机盎然的自然相遇相爱方式，而显得如同山外女人般"像在药水中泡过的一样"，药水浸泡的比喻显示了另一种生活方式的苍白和缺乏生命力。外面的话语来了，但立场是对外面的否定，自然不能影响到山林的生态伦理和审美取向——山林的审美观有如此顽强的辐射力，它在对外部世界的审美中显示了有效的渗透力。

　　在对外来价值观、审美观消解之后，文本还解构了外来话语的传播途径：

　　……一九七四年的时候……

　　这年夏天，放映队来到山上……

　　……

　　……幕布上奇迹般地出现了房屋、树木和人的影子，而且是带着颜色的。……那个电影讲的什么故事我已经忘了，因为里面的人说着说着话，就要端个姿势，咿咿呀呀地唱上半晌。唱词我们是听不懂的，所以整部电影看得稀里糊涂……

　　电影放完了，但是快乐还在继续。我们围着篝火，开始了一轮又一轮的唱歌跳舞。(《额尔古纳河右岸》，第221页)

　　电影的娱乐功能决定其作为传播方式应该是强有力的。然而除了形式的新鲜外，模糊的叙述中可能推断出样板戏内容的电影并没有给山民带来影响，真正带给他们快乐仍是他们自足的娱乐方式——围着篝火的歌舞。故事的缺乏吸引力，表演姿势的夸张，加之唱词的不懂，显示了外来传播途径对预设受众的无能为力，因而其影响力显得相当的可疑。

在解构了外来话语的价值观和审美观之后，对其传播方式的有效性产生了质疑。

除此之外，此类文本的独特之处还在于，将既有空间话语力量之强大表述到了某种极致——即便是原有空间中的人走向外部世界，他们所携带的话语及其逻辑依然保持着一定的对外部世界的解构力量：

> 瓦罗加说，激流乡有乡党委书记，他是汉族人……瓦罗加说，到定居点的第二天，乡里就给大家开了会，说是定居以后，团结是第一位的，各个氏族之间不要闹矛盾和分歧，现在大家是生活在一个大家庭中的人。瓦罗加说刘书记刚讲完这番话，喝得醉醺醺的维克特就说，都是一个大家庭，那女人可以换着睡啦？他的话几乎把那次会给搅黄了，因为大家只顾着笑，没人听书记和乡长讲话了。刘书记还说，大家要注意保管好自己的猎枪，少喝酒，喝醉酒后不许打架，要做文明礼貌的社会主义新猎民。（《额尔古纳河右岸》，第 208 页）

"激流乡"的名称本身就容易让人想起时代的洪流，书记的讲话是充满异质性的现代性政治话语，通过行政力量召开会议的传播方式亦堂皇有力，但并未对已搬出山林的山民产生影响。维克特的一番醉语消解了话语本身的严肃性和影响力。这意味着，代表时代主流和合法性的外来话语，在面对原有空间话语的惯性力量时，依然遭遇了重创。在两种话语的对立、冲突和原有话语对现代性话语的消解中，体现了文本对既有空间伦理的坚守，以及面对巨大的外来冲击力时，作者与同时代其他作家相比更为乐观的生态伦理信念。

这样，在具有生态伦理立场的文本中，空间书写呈现了全新的话语形态，在具有审美性和叙事功能的同时，还对应着相对稳定的伦理系统。而这种伦理系统在外来话语的冲击下可能产生破碎、断裂、转移和重新整合。因而不同话语体系的碰撞，对应着生态伦理体系中各构成元素之间的冲突与震荡，空间叙事中蕴涵着丰富的生态伦理内涵。

第二节　生态伦理精神的时间话语

生态伦理除了处理人类与非人类的关系外，还关注人与自然之间的生态关联。而时间维度的存在及其演变颇有意味地呈现了人与自然关系中不同层面的生态伦理内涵。在具有生态伦理立场的写作中，不同的时间维度对应着生态伦理立场的深刻差别。

所谓的时间维度，是指用来标记故事情节与事件进展的计时系统，包括以自然界的季节轮转物候变化为刻度的自然时间维度，以风俗节日为刻度的文化时间维度，以历史进程为刻度的历史时间。

正如鲁迅在《阿 Q 正传》中以未庄人的宣统纪年法，揭示辛亥革命的不彻底性，余华《许三观卖血记》以四季的暖热凉冷对应生命力在不同时期的盛衰强弱。在叙事文学作品中，时间刻度的使用通常蕴涵着深刻的隐而不显的价值观。

时间在具有生态伦理立场的写作中尤其具有重要的叙事功能和意义。赵本夫《无土时代》①　在对现代都市的描述中提及自然时间坐标的丧失对人类心灵产生的影响，进而论述了自然生态之于精神生态的意义：

> 星星和月亮早已退出城里人的生活，他们有电和电灯就足够了。造型美观形态各异的各式灯具，安装在家庭、马路、大楼和公共场所，色泽绚丽，五彩缤纷，的确比星星和月亮都漂亮得多也明亮得多。在木城人眼里，星星和月亮都是很乡下很古老的东西，在一个现代化的城市里，早已经没有了它们的位置。
>
> 当然，木城人也不在乎春秋四季，他们甚至讨厌春秋四季。……
> ……木城人没有方向感，东西南北像星星月亮春秋四季一样，都属于自然界的范畴，他们一辈辈生活在人造的大都市里，对自然界的依赖已大为减少……
>
> 事实上，木城人已经失去对土地的记忆。(《无土时代》，第1—3页)

---

① 赵本夫：《无土时代》，人民文学出版社 2008 年版。

在上述文字中，被取代的是以日升月落来计时的自然时间维度，它的特征是人对时间的感觉依赖对自然的观察和判断，在这样的计时维度中，人与自然的关系极其密切。而城市化进程在远离农业文明生活方式的同时，对自然的仰望日渐稀少，因而人与自然的关系日渐隔膜。当自然生态在人类的无视中日渐荒芜之后，带来的终将是人类内心世界的精神荒芜：

> ……春天发芽，夏天茂盛，秋天衰败，冬天枯萎死去，这是一切生命的常态。引进的外来草的确四季常青了，可四季常青的害处是让人替它们累得慌，让神经崩得紧。……四季常青还会给人一种错觉，就是生命无始无终，你可以老活着。于是你对财富、女人、权势、地位就会没完没了地追求，永不满足，你以为可以永远拥有它。由此你会变得浮躁、贪婪，为了得到这一切可以不择手段。但如果有秋天的衰败、冬天的枯萎，一年中有一段时光能看到地上的落叶和枯死的草棵，我们就会珍惜生命，也尊重死亡。会感到生命的短促和渺小，会看淡世俗的一切，用一种感恩的心情看待我们的生活。人也由此变得平静、淡定而从容。大自然会给人许多暗示的，千万不要小看这些暗示，这种暗示如清风细雨浸润着我们的身心，不知不觉间已经改变了我们，也改变了这个城市。（《无土时代》，第 145 页）

如同日升日落、月圆月缺一样，四季的轮回是大自然对生命盛衰的无声提示，提示人类的知止，也警示人们学会敬畏和珍惜，进而实现内心的淡定与平衡。这是自然时间维度之于人类精神生态的重要意义。现代科技以先进的科学技术将现代城市变成昼夜长明四季常青之后，客观上阻碍了人面对自然时的沉思和源源不断获得顿悟的可能。人类在长明与常青中产生了生命无穷无尽的错觉，欲望被无休止的刺激和释放，人类由此变得浮躁、贪婪和不择手段，原有的精神生态的平衡由此被打破——时间维度的生态伦理意义由此获得凸显。

在于坚的诗中，同样有着类似的对时间维度中蕴涵生态伦理的感悟："旧街区在阴暗中充满垃圾　派生着同样肮脏的黑话和日常用语／人们同样地感受着黄昏　这个词不是来自树林的间隙或阳光的移动／而是来自晚报和时针　从前　人们判断黄昏是根据金色池塘　现在／这个词已成为古代汉语……"(《在钟楼上》)晚报和时针是现代文明的意象，它们作为时间坐标，挤走并取代了树林、阳光和金色的池塘。这意味着日益发展的工业文明，越来越深地阻挡了人类与自然对视的视野，使倾听自然的姿势无所适从。在失去了大自然气息之后的人类生存空间里，充斥着肮脏的语词和空气。人类离自然越来越远，离生命的气息越来越远。

关于时间维度对生态伦理建构的意义，这里将通过对三部经典个案的解读予以呈现：以纯粹的自然时间作为维度的《大绝唱》（方敏），以自然时间为主历史时间隐隐浮现但影响力较小的《额尔古纳河右岸》（迟子建），以及历史时间凸显而时间维度最终退隐的《狼图腾》（姜戎）。

一　基于不同时间维度的叙事话语

纯粹的自然时间维度，是指单纯以自然界的变化和个体生命的活动节律标度时间作为故事时间存在的参照系，这样的文本在现代时间观念建构以来的文学文本中并不多见，方敏的《大绝唱》是较为独特的个案。

（一）纯粹的自然时间维度：《大绝唱》

在《大绝唱》中，摒弃了社会历史参照的时间维度，叙事时间是以自然时间形态作为维度的，主要有如下几种存在方式。

其一，以自然界的季节轮换、物候变化作为时间前行的参照，如"春天到了""月亮当空的时候""河里结冰了"；其二，以个体的活动、事件进展的程度为序，如"就在雌狸香团子身不由己地打算横渡九曲河的洪流时""当雌狸香团子重新回到自己的林中小屋时""男人白头像女孩尖嗓子一样大的时候"；其三，以具体日期的微观时间点变化为序，如"这天早上""当天晚上"等。自然时间的特点是循环往复的，而线性的历史时间在《大绝唱》中是缺席的。

在《大绝唱》中，共有各类时间形态131处，不同时间标度方式的存在及其所占比例的差异，昭示了生态伦理立场的分歧。

1. 以季节、自然物候、农作物的成长作为时间的参照，以此形成特定的"自然物候时间"话语系统，此类时间话语有32处，具体分布如表4-1所示。

表 4 - 1　　　《大绝唱》中以自然时间作为参照物的情况分布

参照物	时间话语	总计
季节/季节＋物候	这是一个春天的下午	11
	夏天来了	
	秋天	
	秋天过了一半的时候	
	秋末冬初的时候	
	冬天终于临近了	
	春暖花开的时候	
	春天快要过去的时候	
	第四年的春天	
	当皑皑的白雪化作了润湿的风，当厚厚的冰层融成了涌动的手，当光秃秃的树枝发出了嫩绿的芽，当林中的小鸟和走兽开始了欢唱和走动的时候，春天也就来临了（物候＋季节）	
	这一年的夏天	
月亮	月亮当空的时候（非具体日期）	10
	当天空的弯月变成圆月，圆月又变成弯月的时候	
	当强烈的月光裹住整个小岛（多次重复，与河狸的主观时间叠加）	
	当天空的圆月变成弯月的时候	
	月上中天的时候	
	月亮当顶的时候	
	在这秋风飒飒、秋月朗朗的时候	
	月上中天的时候	
	明月东升的时候	
	月亮偏西的时候	
太阳	日头偏西的时候	4
	这天吃过晚饭，太阳已经下山	
	当太阳升起又落下	
	太阳升起的时候	

续表

参照物	时间话语	总计
河流	当九曲河中的洪水涨到几乎与岸齐高的时候	4
	当洪水退尽，九曲河重新变得轻风涟漪，碧波荡漾的时候	
	大约是在九曲河上的冰层已经冻得很厚，像一个盖子似地固定在河岸上之后。大约是在冰层下的河水几乎停止了流动，仿佛已进入了冬眠之后	
	随着九曲河上游和中游水位落差的消失	
农事	当地里的麦子全部收回，场上的麦子颗粒归仓之后	3
	麦子灌浆的时候	
	麦收之后	

其中，直接以季节计时的有 10 处，占总数的 1/3。除此之外，"月亮""河"成为物候的主要指标，其中"月亮"作为参照物的时间序列有 10 处，且集中在文本的前半部分，即女孩子尖嗓子一家与小河狸相互信任、建立友谊并和平共处的时段。同时，月亮也和河狸夜间活动的规律直接相关。

以"河"的变化作为时间序列指征的叙述出现 4 处，从文本中部开始出现，间隔绵延至情节结束，伴随着从人类群体迁至九曲河畔，到水源日益成为两种物种争取生存机会的关键的全过程。在人类与河狸两种不同的物种为生存争取水源由此导致矛盾渐趋紧张的"田园交响曲"，有"地里的麦子全部收回，场上的麦子颗粒归仓"，"命运交响曲"中有"麦子灌浆的时候"，"安魂曲"中有"麦收之后"等以人类的农事活动为时间刻度，表明人类为满足日益增长的种群数量而进行的生产成为重要的情节推动力，是物种之间矛盾激发的决定性因素。

2. 以个体生命（人类或河狸）的活动和具体事件的进展为序，作为时间前行的参照，以此形成"生命主体时间"话语系统。共有 38 处，具体情况如表 4-2 所示。

表4-2　　《大绝唱》中以个体生命活动作为参照物的情况分布

活动主体	时间话语	总计
河狸	当它们的生物钟发出睡眠的信号时	19
	当雌狸大粗腿终于回到自己舒适的小泥屋睡下时	
	趁着雌狸香团子喂奶的功夫	
	当两只惊慌失措的小狸跑到高处的大卧室时	
	等到雌狸香团子和两只小狸踉踉跄跄地跟着跑到洞口时	
	当九曲河中的洪水涨到几乎与岸齐高的时候	
	就在雌狸香团子身不由己地打算横渡九曲河的洪流时	
	当雌狸香团子重新回到自己的林中小屋时	
	当浅水湾的树枝渐渐成堆的时候	
	当雌狸秃尾巴一家终于摔到了家族的堤坝上时	
	当雄狸秃尾巴家的四个雪球甚至顾不上抖掉身上的雪粒，就要跳下堤坝，去助上一臂之力的时候	
	正当雌狸香团子一家像所有河狸家族的成员一样惶惶不可终日的时候	
	当浩浩荡荡的队伍终于登上石头大坝时	
	雄狸白爪子清醒过来的时候	
	当雄狸白爪子准备爬上大坝时	
	在需要插桩的时候	
	在需要胶泥的时候	
	当所有的河狸家族都拥进森林砍伐树木的时候	
	当无数根尖利的树桩像密集的雨点般落下来时	
人类	自女人胖子翻天山回沙田村之后	19
	自女人胖子把大花狗带走之后	
	女孩尖嗓子赶到的时候	
	就在男人长腿沉思的片刻	
	男人白头像女孩尖嗓子一样大的时候	
	男人白头临走的时候	
	自从沙田村的人们搬来之后	
	当男人白头在麦田里走动的时候	
	男人白头在树荫下静坐的时候	
	当男人白头对准堤坝举起镢头时	

续表

活动主体	时间话语	总计
人类	当地里的麦子全部收回，场上的麦子颗粒归仓之后	
	当女孩尖嗓子唱着尖尖脆脆的甜甜的歌的时候	
	当沙田人干劲十足地建设家园，兴高采烈地憧憬未来时	
	当沙田人欢喜地盖起了新房，又兴致勃勃从下游的南岸迁到中游的北岸时	
	自从男人白头去世之后	
	男人长腿带人在上游大坝上拆除缺口的当天夜里	
	沙田人放荡不羁狂欢豪饮的时候	
	当女孩尖嗓子快要睡着时	
	当女孩尖嗓子终于看清河面上的雌狸香团子和雄狸大拇指时	

从具体活动主体出现的频率看，以河狸为活动主体和以人为活动主体的分别为 19 处：活动数量的对等，意味着人类和河狸一样，都是在为生存而努力，对应着文中的感慨："我们相信天和地之间的一切物种和种群都愿意相安无事天下太平。我们肯定，天和地之间的一切物种和种群的最高准则，都是求得自己的生存。"从作为纪时参照的具体事件内容看，人类和河狸的活动皆为哺育、劳动、求生，活动内容的相似，意味着生命间的平等，承认生命存在与求生本能的合理性——"当物种与物种之间，种群与种群之间，因为生存而发生矛盾和抗争时，它们就不再相安，天下也就难以太平了。"

篇幅和内容的相近，意味着两种生命的生存，具有同样的合理性，因而二者之间的冲突就是不同物种间的平等竞争，体现了清晰的生态伦理立场。

3. 以被凸显的具体时间点的微观变化为参照，形成时间变化的序列，并以此形成"具体时刻"时间话语系统，以此方式纪时的有 31 处（见表4-3 所示）。

表4－3　　　　　　　　以具体时间点作为参照物的情况分布

时间点	时间话语	时间长度	事件序列	所属章节
1	这是一个春天的下午	一天下午	河狸香团子一家被惊醒，看到人类长腿一家来此安家	如歌的行板
2	那是一个风和日丽的好天气 日头偏西的时候 月亮当顶的时候 夜幕降临的时候 不一会儿	一天	男人长腿寻找独自离家的女孩尖嗓子；河狸香团子生产	如歌的行板
3	那是一个风和日丽的下午	一下午	女孩尖嗓子和雌狸香团子建立友谊	如歌的行板
4	那一天 这天晚上	一天	狗惊吓河狸，女孩以绳拴狗	如歌的行板
5	那是一个白天的上午 这天吃过晚饭	一天	河狸迎战洪水，人类出手相助	如歌的行板
6	中秋的夜晚 月上中天的时候	一夜	河狸辛勤建家园	田园交响曲
7	那是刚刚入冬后一个难得的艳阳天	一天	河狸家族为生存在堤坝上挖洞	田园交响曲
8	直到夏初的一个夜晚 三天前 这一天夜晚 第二天夜里 十天之后 这天后半夜 天大亮的时候 过了一个平静的夜晚之后	十六天	人与河狸两种物种为生存争夺水源，后天降雨而矛盾暂时缓解	田园交响曲

续表

时间点	时间话语	时间长度	事件序列	所属章节
9	这是一个没有月亮也没有星光的夜晚 天快亮的时候	一夜	不同的河狸家族之间，为生存而互相残杀	命运交响曲
10	这天傍晚 第二天清晨 上午 中午 整整一个下午 夜幕又一次降临	一天两夜	河狸家族与人类拼杀，种族灭亡	
11	第五十天的清晨 第五十天的傍晚 第二天清晨	一天一夜	沙田人庆祝丰收，从河中发现河狸与孩子的尸体	安魂曲

文中，作为具体时间点呈现的有 11 处，其中"如歌的行板"部分对应的时间点有 5 处，"田园交响曲"和"命运交响曲"分别为 3 处、2 处，最后"安魂曲"对应 1 处。

从具体事件和时间长度的配比看，"如歌的行板"中人类和河狸的交往过程是通过 5 个时间点的设定，逐渐建立起不同物种之间相互信任和友谊的。这 5 个点分别对应的事件是：人类安家；河狸生崽；人与河狸建立友谊；友谊的巩固（拴狗、帮助河狸战胜洪水），各具体时间点的时长基本上在一天之内。在"田园交响曲"的时间点中，用一夜一天的时长写河狸建设家园，在堤坝上挖洞，冒犯了人类的利益。用 16 天的时间写两个物种为水源而进行的战争，显示在生存的艰难中，不同物种之间矛盾产生的必然与无奈。"命运交响曲"中作为时间点的事件，先是河狸种群内部不同家族之间为生存而进行的互相残杀，然后才是矛盾最后集中在河狸与人类的拼杀上，时长上的相似性，似乎意味着两次厮杀的性质也具有内在的一致性，都是为生存而战。

从不同部分的配额看，文本着力描述的是"如歌的行板"部分，两个物种之间和谐共生的生命和美之态；"田园交响曲"部分呈现出人类与河狸之间生存资源之争，但自然的力量化解了矛盾；"命运交响曲"部分的2处时间点分别对应了"河狸家族之间的生存厮杀"和"物种的生存拼杀"，两者并存似乎意味着人与河狸的拼杀，正如同一物种内部的厮杀一样，是为生存之需而进行的努力，舍弃了生态写作中通常对人类与历史的谴责。"安魂曲"部分聚焦的1处，是人与河狸生存之争中共同的牺牲，也是在不同物种之间的共同命运中启示所有生命都具有生存的权利，昭示了敬畏生命的生态伦理立场。

这样，不同时间点的设置及相应时间长度的分布，叙事形式的背后，蕴涵着深层的生态伦理观点。

（二）历史时间维度的出现及其对自然时间维度的替代：《额尔古纳河右岸》

《额尔古纳河右岸》中的多重时间维度，是通过不同的叙事分层来呈现的。在超故事层，整个文本分为"清晨—正午—黄昏—半个月亮"，是作为故事讲述者"我"讲述行为的发生时间，经历了一天中从清晨到黄昏的具体时间的行进，其时间坐标依据的是天然的太阳运转，通过太阳的变化划定一天中的不同时段。

而在被讲述的故事即故事层中，则存在着不同叙事功能的三重时间刻度——个体生命时间、季节物候时间、历史时间，而不同的时间维度分别对应着人与自然的不同关联。

1. 主人公个体生命时间

童年—青年—壮年—老年，是"我"讲述的故事中，作为个体生命的主人公"我"一生的生命时间，时间参照依据是生命的自然盛衰。生命的自然盛衰过程，事实上与一天中的晨昏变化有对应关系，如"童年"的故事对应的讲述时刻是"清晨"，童年与清晨的清新相互呼应；主人公故事中的青、壮年时段，对应的是讲故事时的"正午"，以正午的阳光灿烂对应青壮年时期生命的热力充沛；故事中衰老的老年时段则是在一天中的"黄昏"时刻讲述，人生的暮年与日落时分相对应。

2. 作为自然时间的季节流转、物候变迁

从人与自然之间的依存关系看，山林生活中的一切生、老、病、死都是不同物种、不同生命之间的相克相生：早夭的姐姐死于冬天的寒风，列娜因瞌睡时从驯鹿背上掉下来而被冻死，达西驯鹰并在复仇中与狼同归于尽，我和父亲、弟弟猎杀堪达罕，尼都萨满跳神，与安达罗林斯基之间的原始物物交换，林克遭遇雷击而死，尼都萨满和达玛拉之间的情意，都是人类生命与自然之间的天然互动，与历史进程无关，亦无损于生态的平衡。

正如文本尾声中，在面对激流乡古书记称山民和"驯鹿下山，也是对森林的一种保护。驯鹿游走时会破坏植被，使生态失去平衡"，以此动员山民下山时，"我"内心响起的声音："我想对他说，我们和我们的驯鹿，从来都是亲吻着森林的。我们与数以万计的伐木人比起来，就是轻轻掠过水面的几只蜻蜓。如果森林之河遭受了污染，怎么可能是因为几只蜻蜓掠过的缘故呢？"

人类的活动与自然的运转是和谐共生的，体现在时间维度上，则是该部分的计时通常以季节轮换、物候变迁和日升月落、阴晴雨雪为参照（以表4-4为例）。

表4-4　　《额尔古纳河右岸》中不同时间类型在"上部"的分布

章节	文本中的时间刻度	时间类型
上部·清晨	冬天、凉爽的夏夜、春天的时候、春天来到的时候、雨季一到	以季节转换计时
	深夜、黄昏时、那个夜晚、晚上、第二天早晨、夜深了、不久、傍晚的时候、那个黄昏、那个晚上、这天早晨、傍晚的时候、连夜、清晨时	以太阳、雨雪的变化计时，具体时间点
	我们从太阳当空的时候出发，一直把太阳给走斜了；把天盼黑了，把星星和月亮盼出来了；我起来后太阳已经很高了；雨停了以后	
	一百多年前；每年的十月到十一月；传说很久以前；那场瘟疫持续了近两个月；那两年；最初的几天；三天以后	以年月日为计量单位，标记时间的长度
	列娜离开我们的那一年；列娜消失的那天晚上；我进希楞柱的时候；从那天开始；林克带着猎品和剩余的子弹，出发去阿巴河畔换取驯鹿的那天，是个阴沉沉的日子	以人物活动作为时间标记
	（结尾）日本人来了。他们来的那一年，我们乌力楞发生了两件事，一个是娜杰什卡带着吉兰特和娜拉逃回了额尔古纳河左岸，把孤单的伊万推进了深渊；还有就是我嫁了一个男人，我的媒人是饥饿	历史时间，启下文，历史进程对人物命运的影响

对于自然时间的理解，迟子建在散文《时间怎样地行走》中表述过类似的时间观：

> 我终于明白挂钟上的时间和手表里的时间只是时间的一个表象而已，它存在于更丰富的日常生活中——在涨了又枯的河流中，在小孩子戏耍的笑声中，在花开花落中，在候鸟的一次次迁徙中，在我们岁岁不同的脸庞中，在桌子椅子不断增添新的划痕的面容中，在一个人的声音由清脆而变得沙哑的过程中，在一场接着一场去了又来的寒冷和飞雪中。只要我们在行走，时间就会行走。我们和时间是一对伴侣，相依相偎着，不朽的它会在我们不知不觉间，引领着我们一直走到地老天荒。（《迟子建散文》，第136—138页）

这里，作者有意识地区分了钟表时间和自然时间，前者作为机械和人为的计时装置是不可靠的，真正的与生命密切相关的，是来自大自然的时间刻度——"河流""花""孩子的笑声""候鸟的迁徙""人的声音""桌椅的划痕""寒冷和飞雪"。人类在与大自然的相伴相生中感受时间的存在并与自然融为一体。

3. 历史时间

历史时间在文本中最早出现于"上部·清晨"的最末一段，这一段文字具有明显的启下之意，历史时间的进入，意味着人与自然之间单纯的天然互动关系的终结。在有"历史时间"刻度的"中部""下部"和"尾声"中，逐步展示了历史进程与生态失衡之间的对应关系（见表4-5）。

表4-5　　　《额尔古纳河右岸》历史时间的分布情况

章节	时间刻度	纪时类型	叙事功能	生态影响	时间哲学
上部·清晨		自然时间		物种之间的自然生态关系	

章节	时间刻度	纪时类型	叙事功能	生态影响	时间哲学
中部·正午	民国二十一年	民国	得知日本人到来		伪满洲国时期，生活受到的影响
	"康德"五年	伪满洲国	鲁尼娶妮浩		
	民国三十一年，"康德"九年	民国 + 伪满洲国	妮浩做萨满；金得的婚姻悲剧		
	"康德"十年的春天	伪满洲国	黄病蔓延，日本人禁止猎民下山		
	"康德"十一年	伪满洲国	男人被迫至大东营受训		
	一九四四年夏天	公元 + 季节	男人受训终结		伪满洲国的影响结束
	一九四五年八月上旬	公元 + 月份	苏军进攻日本		
	那年秋天	季节	伪满洲国灭亡		
下部·黄昏	一九四八年的春天	公元 + 季节	人民解放军清剿山中土匪		新中国成立前后，尚未进行资源开发阶段
	一九五〇年	公元	供销合作社成立；山外土改		
	一九五五年的春天/驯鹿开始产仔的季节	公元 + 物候	维克特和柳莎结婚		
	一九五七年	公元	林业工人进驻山里	山林受惊扰	新中国成立后直至"文化大革命"前的开发政策，对山林生态产生消极影响；下山定居的尝试与失败
	一九六二年		山外饥荒缓解		
	一九六五年初		动员下山定居	山居生活受外力干扰	
	这年冬天	季节	大规模开发	灰鼠数量减少	
	两年后	时段	下山定居者回归山林		

续表

章节	时间刻度	纪时类型	叙事功能	生态影响	时间哲学
下部·黄昏	两年后	时段	下山定居者回归山林		"文化大革命"及其结束
	一九六八年的夏天	公元+季节	中苏关系破裂，伊万祸从天降		
	一九六九年的夏天		坤德和伊芙琳死去		
	一九七二年	公元	达西和杰芙琳娜死去		
	一九七四年		瓦罗加被熊袭死去		
	一九七六年		维克特酗酒死去		
	一九七七年秋天		九月结婚		
	一九七八年		达吉亚娜一家回归山林		
	一九八〇年		马伊堪怀上私生子	山中的林场和伐木工段越来越多，运材线一条连着一条。山中的动物越来越少了	现代性进程开启后，生态灾难的开启
	进入九十年代		时间过得飞快		
	一九九八年		林业工人引发森林大火，妮浩为救火死去	森林损毁严重	生态破坏
尾声·半个月亮	妮浩走后的第三年	事件		林木因砍伐过度越来越稀疏，动物也越来越少，山风却越来越大。驯鹿所食的苔藓逐年减少，我们不得不跟着它们频繁地搬迁	生态毁灭

从上述统计数据中可以看出，第一，在文本的历史时间刻度中，生态失衡是与历史进程相对应的。《额尔古纳河右岸》设定的生态破坏的起点并非生态写作惯常标注的现代化进程，而是上溯至 20 世纪 50 年代的建设和开发政策。这一点在叶广芩、郭雪波写作中的"历史时间"设定中得到了回应。

> 老祖先对木材的使用从来没有过吝惜，我们则比老祖先更大方，在大手大脚方面，永远是后浪逐前浪，一浪更比一浪高。人为的灾害一是滥伐，二是烧山。新中国成立以后，巨大的毁林有三次：
> 第一次是 1958 年"大跃进"，"一大二公"……
> 第二次毁林是"文化大革命"……
> 第三次毁林是 70 年代末到 80 年代……①

在同为具有生态意识的作家郭雪波的作品中，对草原被毁坏历史的追溯在年代上有同步和呼应之处：

> 莽古斯沙漠往西的纵深地区，是寸草不长的死漠，靠近东侧的凹凸连绵的坨包区，还长有些稀疏的沙蓬、苦艾、白蒿子等沙漠植物。坨包区星星点点散居着为数不多的自然屯落，在风沙的吞噬中仍然以翻沙坨广种薄收为生计。五十年代末的红火岁月，呼喇喇开进了一批劳动大军，大旗上写着：向沙漠要粮！他们深翻沙坨，挖地三尺。这对植被退化的沙坨是毁灭性的。没几天，一场空前的沙暴掩埋了他们的帐蓬，他们仓惶而逃。但这也没有使人们盲目而狂热的血有所冷却。②

但对于生态灾难和数十年来历史进程之间的对应关系，文本的生态伦理立场是复杂的：一方面，文本认可山林开发和下山定居毫无疑问会给山民生活带来学校、医疗等现代文明和便利，正如文本中"我"的女儿达

---

① 叶广芩：《老县城》，中国工人出版社 2004 年版，第 238—239 页。

② 郭雪波：《沙狐》，选自《郭雪波自选集·天出血》，百花洲文艺出版社 2002 年版，第 242—243 页。

吉亚娜在为建立鄂温克猎民定居点而奔波时说的，"激流乡太偏僻，交通不便，医疗没有保障，孩子们所受的教育程度不高，将来就业困难，这个民族面临着退化的命运"。但另一方面，现代化进程带来的生态灾难亦是不争的事实，这是迟子建的困惑，亦是生态写作中的亟须解答的共同命题。迟子建在散文《我们到哪里去散步》中对此作出同样的思考：

> 我还记得二十年前初来哈尔滨的情形，那时太阳岛有大片大片的白桦林，岛上的鸟儿也很多，天也特别的蓝。那条穿越而过的松花江，江面宽阔，波光潋滟，看上去浩浩荡荡的，我最喜欢傍晚时坐在江堤上看落日。一条丰满的大江衔着金黄的落日的情景，真是美不胜收。
>
> ......
>
> 改革开放在给我们带来空前丰富的物质生活的同时，也给我们带来了意想不到的灾难。由于我们法制的不健全，由于对自然重视和认识的不足，更由于我们一些部门的领导片面追求经济效益和一些个人为着利益的驱使铤而走险，我们盲目地建设了很多不该上的项目，比如污染水源的化工厂，比如侵占耕地的度假村等等。在我们不知不觉中，森林减少了，湿地减少了，物种减少了，我们打着"繁荣经济"的旗号向大自然寸寸逼近的时候，它们很公平地让消失的绿色变成了风沙，让枯竭的河流阻断了航运，让受了污染的蔬菜走进了千家万户的餐桌。
>
> ......
>
> ......可是每每我走出家门，都要踌躇良久，我去哪里散步呢？我就像一个迷路的孩子，茫然无从地站在街巷中，看着热闹的市井生活景象，心底涌起无边的苍凉来。人在本质上是孤独的，自然往往能给我们孤独的心灵带来某种安慰，可城市中的我们，离自然越来越远了，我们的孤独，又有谁知呢！①

此处，迟子建将改革视为生态灾难起点的同时，亦将改革本身的责任抽离，很快将思路滑向具体策略的不当：法制不健全、一些部门的个别领

---

① 迟子建：《迟子建散文》（插图珍藏版），人民文学出版社 2008 年版，第 139—141 页。

导、一些个人，相应的危害方式为不该上的项目、不该建的化工厂和度假村。于是，在此段论述中，将作为全局的现代性进程预设为合理，而不恰当的仅是合理化系统中局部的细节，这和郭雪波、叶广芩等其他生态作家对生态问题的归因是有差别的。

此外，此文从自然环境的恶化开始，最终落脚于精神层面的孤独和无家可归，倒是生态关注中需要的思考视角，这与赵本夫等诸多具有生态伦理立场作家的认识颇为一致：即生态破坏的最终结果，是自然荒芜终将导致人类精神的荒芜。

对时间维度的清理，使我们的论述清晰地看到文本对生态问题的逻辑归因，叙事中呈现了较为明确的生态伦理立场：线性/历史时间（"康德"）出现之前，时间是诗性的。时间坐标的建构是以日月星辰为据，以春秋四季作刻度，与天空和大地相连，在诗性时间哲学的背后，是人与自然相互依存和谐共生的状态。历史时间的引入，在使时间的测度脱离自然坐标的同时，也使人与自然的关系被割裂和疏离。

历史时间在文本中最早出现于"上部·清晨"的最末一段，在"中部·正午""下部·黄昏""尾声"部分，依次出现民国、"康德"（伪满洲国第二个年号）和公元纪年的时间刻度，回响着战争、建设、开发等时代足音。历史时间的进入，意味着人与自然之间单纯的天然互动关系的终结，逐步展示了历史进程与生态失衡之间的对应关系。

在"中部·正午"部分，出现"康德"纪年。"康德"是溥仪在"伪满洲国"第二个年号。其存续时间为 1934 年 3 月 1 日—1945 年 8 月 17 日。"康德"纪年的时间维度，在叙事逻辑上，意味着不同生命的命运开始受到宏大历史进程的影响：娜杰什卡因为惧怕日本人的到来而携儿挈女逃走，"我"因为寻找他们而遇到拉吉达并结婚，日本人的垄断使猎民的猎品交换出现困难，男人们被迫下山接受东大营的训练而带来拉吉达的死，拉吉米的悲剧。在"中部·正午"的结尾处，"康德"纪年终结，公元纪年开始，日本人的影响随之消失。

"下部·黄昏"的时间维度是单一的公元纪年，其出现的特点是清晰、持续、高密度和加速度。重要的时间标记点分别为：人民解放军进山清剿、供销合作社改变山林生活方式、"文化大革命"期间伊万和达西的遭遇、林业工人进驻山林且开发的力度不断增大直至生态毁坏严重、山民下山定居，"最后一个鄂温克"故事终结。在下部中，历史时间刻度清晰有序，在历史时间影响之下的生态破坏亦有了明确的归因。

（三）历史时间维度的隐在及其加速度影响：《狼图腾》

在时间维度的设置上，《狼图腾》的特点在于，文本由一个长达35章的"正文"和一个简短的"尾声"组成。在尾声之前的正文部分，并没有具体的历史时间点，但整个故事发生在一个巨大的历史时间——"文化大革命"——中，文本的时间刻度依据主人公陈阵、杨克们的知青身份和"军代表""革委会""四旧"等历史话语得以呈现。而在"尾声"中，直到"文化大革命"结束，具体的历史时间刻度开始清晰而密集的出现，并与生态恶果直接对应，呈现出生态破坏进程的加速度特征。

表 4 - 6　　　　　　　　　《狼图腾》正文部分的时间刻度

章节	时间刻度	时间类型	生态伦理立场
1	十一月下旬	（1）日月星辰 （2）季节转换 （3）物候变迁	人与自然之间的 天然关系
	天光已暗		
	那天深夜		
2	第二天凌晨		
3	第二天清晨		
4	"时近正午""晚上"		
	过了些日子		
	三天以后		
	剩下的半个冬季		
	这年春天来得奇早，提前了一个多月		
5	西山顶边，落日一沉		
6	淡淡的阳光穿透阴寒的薄云和空中漂浮的雪末		
7	早晨		
	几个月过去了		
8	"天近黄昏、仍未转晴""天已全黑"		

续表

章节	时间刻度	时间类型	生态伦理立场
9	天色渐淡……东方的光线从云层地稀薄处缓缓透射到草原上，视线也越来越开阔		
	天近黄昏		
10	"半夜""早上"		
11	"天近黄昏""天色已暗"		
12	"漆黑的草原""天色已亮"		
13	天近中午		
14	陌生的阳光，从蒙古包顶盖的木格中射进来		
15	冰软了，雪化了，大片大片的黄草地又露了出来		
16	春天		
17	—		
18	天气越来越暖和		
	一个月来		
19	初夏		
	傍晚、第二天、半夜		
	几天以后		
20	高原初夏		
21	时近正午		
	高原夏季		
	阳光已经发黄		
	第二天		
22	傍晚		
23	"不几天""又过了几天"		
	第二天早晨、第四天傍晚		
24	"夜更黑""早茶未吃完"		
25	—		
26	"晚饭后""上半夜""午夜刚过""直到天色发白""早茶时分""第三夜第四夜"		
	此后一段时间		

章节	时间刻度	时间类型	生态伦理立场
27	"前一天傍晚""傍晚""这一个多月来""第二天早上"		
28	"午后""傍晚""整整一夜""到了下半夜""第二天"		
29	"下午""暮色中""夜里""第一夜""第二夜""第三天""第四天上午""晚饭后""上半夜""到下半夜""天已发白"		
30	"秋雨""时近傍晚"		
31	"清晨""初秋"		
32	秋风吹过		
33	"秋初""晚饭后""第二天早晨""第四天"		
34	"晚上""第二天早晨"		
35	初冬 第二天早晨、后半夜、天已渐亮、到了中午、那两天里、到第三天早晨		

依表 4-6 所示，正文 35 章中，明确体现时间刻度的共计 95 处，其中以月、日、时为刻度的时间有 29 处，其余 66 处以自然物候（日升月落，季节轮转）为参照。与上述自然时间维度相对应，以大段自然景物描写作为参照来对应季节的转换，是《狼图腾》的又一特色。

1. 春

　　温暖湿润的春风吹拂额仑草原，大朵大朵亮得刺目的白云在低空飞掠。单调的草原突然生动起来，变成了一幅忽明忽暗，时黄时白的流动幻灯巨画。……

　　冰软了，雪化了，大片大片的黄草地又露了出来，雪前早发的春芽已被雪捂黄，只在草芽尖上还带点儿绿色，空气中弥漫着陈草腐草的浓重气味，条条小沟都淌着雪水，从坡顶向草甸望去，无数洼地里

都积满了水，千百个大小不一的临时池塘，映着千万朵飘飞的白云，整个额仑草原仿佛都在飞舞。（第 140 页）

2. 夏

每个猎手似乎都对初夏打狼提不起精神，可都对这片盛着满满一汪草香的碧绿草场惊呆了眼。杨克觉得自己的眼睛都快瞪绿了，再看看别人的眼珠，也是一色绿莹莹，像冬夜里的狼眼那样既美丽又吓人。一路下山，青绿葱葱，草香扑鼻，空气纯净，要想在这里找到灰尘简直比找到金沙还要难……（第 178 页）

3. 秋

……秋草已齐刷刷地长到二尺高，草株紧密，草浪起伏，秋菊摇曳，一股股优质牧草的浓郁香气扑面而来。几只紫燕飞追吉普车，抢吃被吉普车惊起的飞虫飞蛾。燕子很快被吉普车甩到后面，前面又冒出几只，在车前车后的半空中划出一道紫色的弧线。（第 308 页）

4. 冬

淡淡的阳光穿透阴寒的薄云和空中飘浮的雪末，照在茫茫的额仑草原上。白毛风暴虐了两天两夜之后，已无力拉出白毛了，空中也看不见雪片和雪沙，几只老鹰在云下缓缓盘旋。早春温暖的地气悠悠浮出雪原表面，凝成烟云盘的雾气，随风轻轻飘动。一群红褐色的沙鸡，从一丛丛白珊瑚似的沙柳棵子底下噗噜噗噜飞起，柳条振动，落下像蒲公英飞茸一样的雪霜雪绒，露出草原沙柳深红发亮的本色，好似在晶莹的白珊瑚丛中突然出现几株红珊瑚，分外亮艳夺目。边境北面的山脉已处在晴朗的天空下，一两片青蓝色的云影，在白得耀眼的雪山上高低起伏地慢慢滑行。天快晴了，古老的额仑草原已恢复往日的宁静。（第 52 页）

《狼图腾》中，正文 35 章时间跨度将近十年，在"文化大革命"的历史时间大跨度内，作为刻度的时间计时点却基本上是以日月星辰、季节转换、物候变化为参照，意味着在文本叙述中"文化大革命"期间的牧民依然勉力遵循草原的生态，只是知青和外来农垦人员进入后，才使人类与狼、与草原的关系不断被改变，直至狼群的消失。

"尾声"部分，在"额仑狼群消失之后"的大背景下，时间节奏呈加速度行进，从"文化大革命"尾声直到 2002 年将近 30 年，在这一时间段内，建设军团解散，草原狗被肆意屠杀，草原被大规模开垦，牧民的生活方式由游牧变为定居，载畜量盲目扩大，在人类征服自然的武器逐渐进化的同时草原也不断沙化，在沙化数达到 80% 之后，遥远的北京出现沙尘暴——生态规律终于以真实而冷酷的恶果显示了清晰的因果逻辑。

表 4-7 　　　　　《狼图腾》"尾声"部分的时间进度

纪时类型	时间刻度	时间哲学	事件	生态伦理立场
历史时间	额仑狼群消失以后的第二年早春	额仑狼群消失成为重要时间参照点	杀狗	人与自然关系的割裂，生态加速度恶化
	半年后	额仑狼群消失后的后果	二郎被杀	
	四年后		毕利格老人去世、天葬	
	不久		陈阵等人离开牧业	
	1975 年		兵团解散	
	几年后		陈阵告别草原	
	北京知青赴额仑草原插队 30 周年		重返草原	
	2002 年春	草原沙化作为生态变化的重要参照点	额仑 80% 的草场沙化	
	几天后	草原沙化引发的恶果	北京沙尘暴	

在"尾声"部分，有两个时间基点，其一是额仑狼群的消失，由此衍生了"第二年""半年后""四年后"，而在"四年后"之上又衍生出"不久"。时间参照点的设置，对应了内在的叙事逻辑，即不同事件之间的前后、因果关系。此基点的叙事意义在于，将额仑狼的消失作为重要的生态事件，强化这一生态事件对整个草原生态的决定性意义。

第二个时间基点是"2002 年春"，这一基点存在的意义在于，草原生态破坏达到了一定的程度，由此作为分界点，此后必然产生直接的生态恶果。在文本中，随之而来的"几天后"，是北京的"沙尘暴"。

所谓的"时间基点"，是指某一事件的发生成为重要参照，此后的时间刻度以此为"0"坐标，并以距此的时间长度来纪时。时间基点的叙事意义在于，作为基点的事件，其影响是连续性的，和后续事件之间隐含着内在的因果逻辑。

相比较而言，在完全屏蔽历史时间而以纯粹的自然时间作为时间之维的《大绝唱》，38 处时间基点皆是以人物的活动为参照，并以距此的时间长度作为下一个时间点的标记，显示了生命自身生存之需成为物种间捕杀和生态恶化的直接原因。由此可以看出，不同时间维度在昭示人与自然不同关系的同时，也蕴涵了对生态恶果的不同归因分析。

二　时间哲学背后的生态伦理立场

上述时间维度差异的背后，蕴涵着时间哲学的分野。上文论述的两种时间维度，实则分别对应诗性时间与历史时间。诗性时间是天人合一关系在时间维度中的体现，其时间坐标的建构是以日月星辰为据，以春秋四季作刻度，自然界的运转成为确立时间的参照系，时间的存在与天空和大地相连。而在历史时间中，时间的维度以重大历史事件以及与之相应的历史进程作为参照，人的命运与历史的方向密切相关，时间远离自然的生命节律，转而附着于人类社会无限前行的、不可逆转的单向时间观。

诗性时间以自然为参照系，因而它是循环的，由此影响了对死亡的淡定与从容。而死亡的淡定与生命观相通，即死亡是不同生命形式之间的转化，因而在衣、食、住、行中对自然万物的取用是以自然的态度取代激烈的生态立场；历史时间的介入，导致人的命运受历史进程的影响与掌控，人与自然之间的关系被人为地割裂，丧失了生命的从容，生态平衡也被打破，由此生态问题被哲学地提出。

　　吴晓东在论述《喧哗与骚动》中的时间问题时指出："我们其实有两个'时间'的概念。一个是钟表、日历时间，一个是海德格尔意义上的存在论时间。这也是萨特的意思。萨特说我们常常会把'时间'与'时序'混淆。所谓的时序，是指日期、时钟上标志出来的时间，而这日期和时钟是人发明出来的。人们日常关心的，正是这个作为时序的时间。"①在新时期生态写作中，亦存在着两种时间：一种是以自然物候为参照的纯粹自然时间；另一种则是以钟表、日历为参照的时序/刻度时间。

　　　　钟表社会学的、单调乏味的、线性推进的时间观念，与人类社会无限进步、不可逆转的单向时间观相结合，构成了技术时代典型的时间观，斯宾格勒称之为浮士德时间观。这种时间观由于远离自然的生命节律，而受到怀旧思想家顽固的、坚持不懈的反对。②

　　在历史时间对诗性时间的替代过程中，"钟表"意象在生态写作的文本中频繁出现是颇有意味的。钟表被作为"技术时代的表征"，正如芒福德所说："工业时代的关键机械（key-machine）不是蒸汽引擎，而是钟表。"③在技术时代，"钟表不是技术时代之中的一件事情，而是使整个技术时代成为可能的东西——它是技术世界的组织者、维持者和控制者；它不是诸多机器中的一种机器，而是使一切机器成为可能的机器——一切机器都与效率有关，而效率必得由钟表来标度"④。

　　在诗性时间的测度中，年、月、日、时的划定皆是依照季节的轮回、月亮的圆缺和日升日落等自然现象予以标注的，"太阳和月亮在我眼里就是两块圆圆的表，我这一辈子习惯从它们的脸上看时间"。作为现代科技产物的"钟表"的出现则是以机械设置取代了原本时间测度中人对自然的观察和仰望，人与自然在时间维度上的关联由此被割裂和阻断。"人们同样地感受着黄昏　这个词不是来自树林的间隙或阳光的移动/而是来自晚报和时针　从前 人们判断黄昏是根据金色池塘　现在/这个词已成为古代汉语……"（于坚《在钟楼上》）晚报和时针作为时间刻度，挤走并取

----

①　吴晓东：《从卡夫卡到昆德拉》，三联书店 2003 年版，第 167 页。
②　吴国盛：《时间的观念》，北京大学出版社 2006 年版，第 97 页。
③　Lewis Mumford, *Technics and Civilization* (Harcourt, Brace and Company, 1934), p. 14.
④　吴国盛：《时间的观念》，北京大学出版社 2006 年版，第 85—86 页。

代了树林、阳光和金色的池塘。这意味着在诗性时间的时代消失之后，现代文明越来越深地阻挡了人类与自然的对视：人类离自然越来越远，离生命的气息越来越远。

日月星辰和钟表的对立，是两种天人关系的对立。张炜散文《人生麦茌地》中的母亲在儿子指着腕上的手表告诉她到了正午时，"她疑惑地盯着指针——指针没有指向太阳，怎么就是正午？"① 迟子建在《时间怎样地行走》② 一文中也说："挂钟上的时间和手表里的时间只是时间的一个表象而已，它存在于更丰富的日常生活中——在涨了又枯的河流中，在小孩子戏耍的笑声中，在花开花落中，在候鸟的一次次迁徙中，在我们岁岁不同的脸庞中，在桌子椅子不断增添新的划痕的面容中，在一个人的声音由清脆而变得沙哑的过程中，在一场接着一场去了又来的寒冷和飞雪中。"更认同诗性时间与生命之间的关联。

诗性时间的消失，除了测度方式的改变之外，还在于自然时间界限（比如昼与夜的正常交替，春与秋的自然轮回）的被遮蔽，由此导致精神生态的失衡。"春天发芽，夏天茂盛，秋天衰败，冬天枯萎死去，这是一切生命的常态。"但诗性时间消失后，"星星和月亮早已退出城里人的生活，他们有电和电灯就足够了""木城人也不在乎春秋四季，他们甚至讨厌春秋四季"，电和电灯让黑夜亮如白昼，四季常青的现代草坪消弭了季节之间信息的差异。

对自然时间的认同，使个体生命顺天应时，在自然时间序列中从容自适；而历史时间的出现，则意味着人与自然之间的天然联系被破坏，生态平衡由此被打破，自然的荒芜也终究蔓延至精神的荒芜："四季常青的害处是让人替它们累得慌，让神经崩得紧。……四季常青还会给人一种错觉，就是生命无始无终，你可以老活着。于是你对财富、女人、权势、地位就会没完没了地追求，永不满足，你以为可以永远拥有它。由此你会变得浮躁、贪婪，为了得到这一切可以不择手段。"③ "那不凋的绿看上去是那么苍凉、陈旧！"④

时间哲学的改变，导致人与自然的日渐疏离，人不再与自然息息相

---

① 张炜：《人生麦茌地》，《张炜散文》（插图珍藏版），人民文学出版社 2008 年版，第 4 页。

② 迟子建：《迟子建散文》（插图珍藏版），人民文学出版社 2008 年版，第 138 页。

③ 赵本夫：《无土时代》，人民文学出版社 2008 年版，第 145 页。

④ 迟子建：《寒冷也是一种温暖》，《迟子建散文》，人民文学出版社 2008 年版，第 176 页。

关，而成为技术支撑下的征服者与掌控者。"并不是越到现代我们离天空和大地的精神距离越近，恰恰相反，越是现代我们就越远离天空和大地，现代人的自以为精密而科学的生活是以疏离对天地的仰望观察为代价的。"①

时间维度的变迁，清晰地凸显了文本对生态问题的逻辑归因，时间哲学中涵蕴着较为明确的生态伦理立场。

第三节　生态伦理精神的"身体"话语

如果说，空间话语、时间话语都是在人与自然关系的书写中呈现出自然的叙事功能及其生态伦理价值的话，"身体"话语的存在，则是通过对非人类身体的关注，辨析人类与非人类关系书写中的话语新质。

与西方美学史中身体美学对人类身体的关注不同，本书的"身体"是指生态伦理视阈之下的非人类的身体。生态伦理区别于传统的人际伦理的重要一点在于，人类之外的其他非人类生命被作为伦理关怀的对象，进而使人类和非人类的关系成为该伦理体系的核心问题。而在文学文本中，对于非人类身体的书写，在很大程度上体现了人类对待其他生命的伦理倾向和价值立场。在"身体美学在全世界范围内尚处于前学科状态"② 的今天，对文学作品中非人类身体书写的关注只能以文本的叙事形态作为切入点，以对身体在叙述中所呈现的不同生态伦理倾向作为理论探索的最终落脚点。

在生态写作出现之前，非人类的身体书写一直是"人"的文学指引之下的叙事盲点。伴随着自20世纪80年代以来生态写作的出现所带来的一系列文学新质的涌现，对非人类身体的书写已经在一定程度上实现和建构了属于自己的身体美学，而这一身体美学的背后又蕴涵着深刻的伦理立场的突破。

一　"身体"书写形成特定的审美/伦理图式

在新时期之前的20世纪中国文学中，关于非人类的身体书写总体上

---

① 傅道彬：《周易的诗体结构形式与诗性智慧》，《文学评论》2010年第2期。

② 王晓华：《身体美学：回归身体主体的美学——以西方美学史为例》，《江海学刊》2005年第3期。

的特点是：出现的频率低，身体书写简单模糊，不具备独立的叙事功能。首先，设置非人类角色的文本所占比例较低。鲁迅现实题材的小说总计25篇，提及非人类的仅有《鸭的喜剧》中的鸭，《故乡》中的猹，《兔和猫》中的兔和猫，《祝福》中的狼等。此外，沈从文《边城》中的黄狗，《三三》中的鸡和鱼，茅盾《春蚕》中的蚕，《林家铺子》中的"小花"（猫），老舍《骆驼祥子》中的骆驼等，是新文学前20年中为数不多的有非人类角色出现的经典文本。但即便是有非人类角色出现，上述文本对其身体的书写无论是字数还是次数基本上可以忽略不计。除鲁迅的《兔和猫》有3处简短的身体书写外，其他文本中非人类的出场几乎不伴随对"身体"的注目，仅仅以物种（狗、猫）加模糊特征（黄、黑、大、小）或昵称（"小花""阿随"）作为书写的角色符号。而《百年中国文学经典》书系所收录的1937—1978年间的小说文本，[①] 非人类角色几近消失，与之相应的身体书写当然亦无从谈起。即便是20世纪80年代之后的文本如宗璞的《鲁鲁》，以小狗鲁鲁作为书写对象，但除了零星的动作之外，对鲁鲁的身体也几乎未作关注。"身体"的模糊，成为非人类角色的共同特性，这一特征与非人类角色在文本中的道具身份相吻合。

在具有生态伦理立场的写作出现后，非人类的"身体"作为书写对象，在新时期文学的文本形态和叙事功能方面均呈现出明显的演变态势。

（一）从文本形态看，其新质体现为身体出现的频率渐增和描写渐趋细腻、详赡

首先，身体描写出现的频率明显增加。新时期文学，尤其是生态意识出现之后的写作中，在以非人类作为主要书写对象的文本比例渐趋增多的同时，身体书写的频率也相应大幅度增加。仅以部分中短篇小说文本为例。《狗熊淑娟》（叶广芩）、《那——原始的音符》（赵本夫）中直接的身体书写达7次，前者持续关注淑娟身体的变化，后者在情节的打开中依次呈现白驹的神秘、白驹的雄健、狗们被杀前的悲惨、白驹的消瘦、黄狗被屠的场景、白驹的愤怒、白驹的悲壮；《野狼出没的山谷》（王凤麟）中直接的身体书写有5处，分别展示头狼的雄壮、人类虐杀狐狸的凶残、狼的进攻、贝蒂（狗）的沉着勇敢、贝蒂的受伤、贝蒂的愤怒；《母狼》（郭雪波）中有4处，依次对应哺乳期母狼失子后身体的痛苦、母狼的自

[①]　谢冕、钱理群主编：《百年中国文学经典》第3—6卷，北京大学出版社1996年版。

我防护、哺喂人之子时"神态慈柔"和最后为救人子而丧命留下的身体定格；即便是篇幅超短的《大雁细狗》（叶广芩）、《梦中苦辩》（张炜）中的身体书写也达 3 处之多，前者关注雁的斑斓美丽、黄儿的漂亮、大白的严肃郑重，后者书写狗的美丽无邪、狗的温柔友善、野鸭的美丽可爱；更多的文本则在总体上持续充满着对身体的关注和书写，离开身体书写则很难保持故事的完整，因而很难进行具体的次数和详细的数据统计，如《大绝唱》（方敏）、《狼图腾》（姜戎）等。

其次，直接的身体描写渐趋细腻、详赡。从现代文学初始阶段文本中涉及非人类身体书写的只言片语，到世纪末《怀念狼》（贾平凹）、《老虎大福》（叶广芩）等文本中越来越详细的对各部位、具体形态、重量、解剖特征、功能等的关注，非人类的身体书写在文本叙事中日益详细并由此引发文本形态的根本性变化。从身体出现次数与身体书写字数的比例看，鲁迅《伤逝》中油鸡和阿随分别被提及 8 次和 11 次，沈从文《边城》中陪伴老船夫和翠翠的"黄狗"总计出场 34 次，但上述二文本对其身体书写的字数均为 0；茅盾《林家铺子》中一只叫小花的猫在第一部分中出场 5 次，除了"跳""挨"和"咪呜"的叫声外，并无与身体有关的文字书写。《春蚕》中关于蚕的身体亦仅有两次"蠕动"和"乱晃"等表示神态的只言片语。即便是出现于 1980 年以小狗鲁鲁为主角的《鲁鲁》（宗璞），关于身体书写也仅提及"四腿很短，嘴很尖，像只狐狸；浑身雪白，没有一根杂毛"①。除鲁迅的《兔和猫》中有 3 处关于兔身体和神态的书写总计有 91 字外，在漫长时空的众多文本中，诸多非人类的身体被抽空成抽象的符号，穿行在情节叙事的间隙。直至伴随着具有生命和生态意识写作的渐趋增多，对于身体的凝视才日益丰盈。仅以对非人类身体的切割展示场面为例，《怀念狼》中宰杀活牛的场面叙写了牛的骨骼架、后胯、肉、血、四肢、眼睛、泪水、脸颊等，整段文字计 341 字；关于剖狼的叙述涉及狼的皮毛、尾巴、头、狼肉、眼睛、牙齿、狼奶、内脏等，计 621 字。《老虎大福》中对大福的叙述包括身体、四爪、身长、体重、尾长、肠肚、虎油、虎头、虎骨、"有小孩子脑袋大的绿色苦胆"和"皮毛、骨架和红彤彤的肉"，总计 700 余字；《大漠狼孩儿》（郭雪波）中瓜

① 谢冕、钱理群主编：《百年中国文学经典》第 7 卷，北京大学出版社 1996 年版，第 200 页。

分狼的场面述及狼皮、狼嘴、眼圈、狼皮、狼肉，甚至皮和肉之间的那层薄膜，计 1500 余字；《一匹倒挂在杏树上的狼》（莫言）中对狼身体的分割和讨论更是详细至狼毛、狼尾巴、狼皮、狼油、狼胆、狼肺、狼心、狼肝、狼胃、狼肛门、狼尿脬、狼眼、狼舌、狼脑子、狼肉、狼骨、狼鞭、狼粪，总计 700 余字。众多文本以对身体的繁密检视和琐细铺陈形成了全新的文本形态。

这里，值得关注的是郭雪波的长篇小说《大漠狼孩儿》，该文本是由《公狼》《母狼》《狼子》等一系列中短篇小说的既有故事情节连缀扩展而成。颇有意味的是，在扩展过程中，重要的变化之一，即是大幅度增加了狼的身体书写。

除此而外，在直接身体书写的基础上，对属于身体的生理性感受、欲望在众多非人类叙述视角的文本中得到关注，从而强化了身体之于生命的重要性。《豹子的最后舞蹈》（陈应松）在叙写神农架地区最后一头豹子"斧头"的孤独感时，充分强化了与心理的孤独相伴生的饥饿、情欲，其中属于身体的"饥饿"和"情欲"在全文中占有醒目的篇幅，强调了"身体"在生命中所具有的无与伦比的重要性。

（二）从叙事功能看，身体书写的新质体现为叙事功能的系统性和全方位建构态势

在新时期之前的中国现当代文学作品中，对非人类的身体书写既是匮乏的，其叙事功能当然更是无从谈起。与此前非人类角色的道具性相比，新时期文学对其身体书写的关注使相应的叙事功能在文本中渐次增多，从故事的开端、衍生到结局，身体的叙事功能获得全方位和系统性提升。与之相应，不同的身体叙事中蕴涵着较为复杂的话语修辞指向。

"身体"在叙事中的功能是激发人类的行为动机。身体的冲突，是人类和非人类之间冲突的基本方式。人类对非人类的使用，集中体现在对其身体的控制或情感的索取上。非人类身体的"被发现"，往往是诱发人类产生欲望从而衍生一系列行动的最初动机。《黑鱼千岁》（叶广芩）中黑鱼身体的庞大和神奇，使与黑鱼的身体进行较量并最终实现对其"身体"的控制成为儒实施猎杀的行为动机，从而引发后来的故事：

> 儒看到了鱼的眼睛，那双大而黑的眼睛满是湿润，不知是水还是泪。鱼身是纯黑色的，脊背的鳞甲泛着蓝光，在夕阳的辉映下反射出

了殷红，淡紫，橘黄……彩色斑斓，如同雨后的虹。鱼的嘴圆圆的，像是他的小侄子吮奶水的模样，粉嫩的唇边伸出两根弯曲的须，很可爱的滑稽的须，须和唇沾满了泥，有一种落难的凄惨。儒有些心软了，他看着鱼，鱼也看着他，儒想，要是它眨一眨眼，或者稍稍给他一个暗示，他就换一种处理方式，将这条鱼拖到主流去，去与它的同伴会合。

但那条鱼自始至终眼睛也没有眨一下。

鱼是不会眨眼睛的。

鱼的倔强惹怒了儒，儒举起锄头照准鱼头砸下去……①

在舒缓而细腻的身体书写中，鱼的色彩斑斓、神态可爱乃至动作的倔强所凝成的"傲慢"共同成为诱惑并激怒儒采取行动的主要因素。《猴子村长》（叶广芩）中对金丝猴"身体"的捕杀成为促进整个故事情节延伸的开端，《怀念狼》中对狼身体的追踪成为一行三人寻狼之旅的情节起点，非人类"身体"在人类视野内的浮现成为情节启动的关键因素。

而在《狼图腾》中，牤牛的神圣和"身体"的惨状形成反差，点燃了人类的愤怒，诱发行动的开始：

……牤牛是神圣的牛，是草原上强壮、雄性、繁殖、勇敢、自由和幸福的象征。……

牧民都下了马，默默地站在两个庞然大物的周围。牤牛已死，岔着四腿横躺在焦土上，厚密的牛毛已烧成一大片黑色的焦泡，近一指厚的牛皮被烧得龟裂，裂缝里露出白黄色的牛油，牛眼睛瞪得像两盏黑灯泡，牛舌吐出半尺长，口鼻里的黑水还在流淌。牛倌和女人从牛角的形状认出了这两头牤牛，人群顿时愤怒了。（《狼图腾》，第132页）

对牛被烧后身体惨状的展示，其叙事功能体现在身体书写刺激了嘎斯迈、毕利格老人、乌力吉、沙茨楞等人对牛的情感，而"焦黑的牛皮还

---

① 叶广芩：《老虎大福》，太白文艺出版社2003年版，第43页。

在开裂，庞大的牛身上炸出恐怖的天书鬼符咒般的裂纹"亦从另一角度加深了包顺贵对狼的憎恨，并进一步推动了灭狼计划的深度实施。"包顺贵……突然咬牙吼道：烧死了牛，这笔账得记在狼身上！不管你们说啥，我不把额仑草原的狼群灭了，决不罢休！"

身体的叙事功能还体现为作为推动情节发展的动力。非人类与人类之间感情的建立和破裂，是推动各文本情节运转的重要动力。而非人类与人类的情感交流，往往是通过身体——身体的接近和分离，是非人类和人类关系分合变化的重要标识。以《狗熊淑娟》为例，"身体"是文本推动情节发展的核心元素：最初因为身体的可爱被地质队收留，后因身体为城市空间不容而被迫送进动物园，最后，因为身体中的精华部分——熊掌成为人类垂涎的对象而被杀。此文中淑娟那只凝结着丰富生命质感和强大叙事信息的左前掌所蕴涵的叙事功能，在与宗璞同样写熊掌的《熊掌》（1981）对比中尤为显著，后者中那对被挂在房檐下终于被虫蛀烂了的干巴巴毫无生命感的棕黄色的熊掌，"像是一双黑色的翻毛皮靴，甚至发出一股毛皮气味"①，以无生命的物品形态存在，未曾引发任何与生命相关的思考，在叙事功能上，亦未对情节发展起到推动作用。而在《狗熊淑娟》中，那个长着"乌黑圆润……小石头般光滑""鸽蛋般大小的肉瘤"的左前掌，在文本中先后 6 次出现，那个"如同握着一枚黑石子"的熊掌的每一次伸出和打开，都向人类释放着属于生灵的生动和温暖，成为推动不同物种之间情感交流进展的阶段性标志。此外，《野狼出没的山谷》（王凤麟）中狐狸身体被虐杀的场景，刺痛了老猎人原本冷酷的心，进而改变其生命立场和行事方向；《那——原始的音符》（赵本夫）中黄狗被屠时身体细节的展示让白驹看清了人类的真相，并在此后的情节转变中坚定了白驹返归荒野的信念；《大绝唱》中雌狸香团子以体态、眼神以及弥漫的香气应答女孩尖嗓子的歌声，使不同的物种之间建立友谊，从而使两个物种的交往得以绵延不息；《越过云层的晴朗》（迟子建）中，狍子憨厚的身体在人类屠刀之下的颤抖，强化了作为叙事主体的狗对人类的齿寒。上述诸文本中非人类身体的出现，均成为推动情节发展的重要动力。

郭雪波的《沙狐》中，老沙狐被枪杀之后，叙述视点转向正在哺乳

---

① 谢冕、钱理群主编：《百年中国文学经典》第 7 卷，第 210 页。

的身体和含着乳头的幼崽，这一画面成为酷爱行猎的大胡子在整个猎杀行
为中重要的环节——因为身体的展示和对身体的怜惜，使猎杀者决定中止
猎杀行为，并以在此后漫长的岁月中停止捕猎和心灵忏悔作为后续：

> "砰！"一声清脆的枪响，震动了寂静的莽古斯沙漠的早晨，莽
> 莽无际的沙漠里久久传荡着那个可怕的回声。
>
> 老沙狐倒下了。它的胸脯中了弹，鲜红的血像水一般淌出来，染
> 红了它美丽雪白的皮毛，滴进下边松软的沙土里，那片沙土很快变成
> 了黑褐色。它的一双眼睛还没有来得及闭合，还留有一丝微弱的生命
> 的余光，呆直地望着沙漠的蓝天，透出无可奈何的哀怨。眼角挂着两
> 滴泪。它那只可怜的小崽子，仍然扑在母亲的肚皮上，贪婪地吮吸着
> 那只已经供不出奶的带血的奶头。
>
> 大胡子见到这情景傻呆了，两只眼变得茫然。接着，抱住头低吟
> 了一句："天哪，我干了什么……"
>
> 他颓然坐倒在沙地上。望了望那只死狐和它的不断哀鸣的小崽，
> 又望了望手中往下垂落的猎枪。一生认为捕杀猎物是天经地义的他，
> 今天突然感到惶惑，迷茫，怀疑起自己的行为。他觉得周围的旷漠荒
> 沙在扩展，同时向他挤压过来，人们在这里显得多么弱小无助、孤单
> 而无能为力啊！（《天出血》，第 260 页）

此段字数颇多的引文由两部分构成，前两节是以细节和特写的方式将
老沙狐的血、皮毛、眼睛、泪和匍匐在身体上觅乳的幼崽一一呈现，后两
节则是在这一身体画面的刺激下人类行为方式的骤然突转——放下猎枪开
始忏悔和幡然醒悟，被猎杀的沙狐"身体"触动人类的觉醒。叶广芩
《猴子村长》中亦有类似的情节，老猎人因为看到哺乳期猎物的一系列身
体动作而顿生悔意，从此不再猎杀。在具有生态伦理观念的文本中，非人
类无法通过语言的滔滔不绝来晓之以理动之以情，进而说服手持屠刀和先
进猎杀武器的人类，而是通过身体的展示触动人类的心灵，从而实现情节
的推动与逆转。

此外，身体的叙事功能还体现为对人类行动结果的展示。在人类与非
人类的较量中，能否以及如何实现对身体的控制成为行动结果的重要分
野。当人类借助武器的先进展示自己的强大和不可战胜时，较量通常以非

人类的被捕获而结束。在行动结束后，对被控制的非人类身体作详细的定格成为常见的叙事模式。《长虫二颤》（叶广芩）中，利欲熏心的老佘经过周密的算计最终捕获并杀死了富有传奇色彩的老蛇，文本以对老蛇身体的详细书写展示了这一行动的结果：

> ……老佘破开蛇腹那层薄薄的皮，没有了头的连接，蛇的内脏哗地全掉在地上，王安全才知道，原来蛇的肚肠只是隔着一层皮，紧贴着地面，并没有肌肉的阻隔，跟人肚的结构完全不同。蛇的心脏比他想象的要大得多，肝脏也很红润，那个小小的肺泡细而长，粉色的，颇像东面即将升起的一缕霞光。没费多大劲儿，老佘就在肝脏下面找到了蛇胆，老佘小心地割下那个柔软的囊，浸泡在白酒瓶子里。空了多日的瓶子里终于有了内容，黑绿的，深沉的，圆润的一颗胆，沉在瓶底，如一颗宝石。阳光下，那瓶酒泛出了晶莹的绿色，艳丽得让人惊奇。这不是人间的颜色。①

在实验记录般详细的展示中，流露出目睹非人类的神奇生命被人类的贪欲所扼杀的感伤，具有较明显的生态伦理倾向。《怀念狼》书写了商州最后几匹狼生命的终结，人与狼的每一次交往，都以狼的身体的被控制而终结，而被控制之后人类对其身体的切割、使用过程往往伴随着对身体的充分展示和书写。《老虎大福》中生产队长二福爹带领村民捕杀大福成功后，在公社书记的领导下对大福的身体进行切割和分配，身体书写亦是行动结果的展示。《一匹倒挂在杏树上的狼》中章古巴对狼身体的展示和兜售更是大狼被捕获之后的结果。对身体的控制，实现了人类对非人类生命所有权的确认，作为行动结果展示的非人类身体书写，在叙事特点上往往细腻并具有明显的伦理倾向。

《狼图腾》中，经历了漫长的对小狼的饲养和对狼性的探索之后，陈阵他们亲手杀死了小狼，作为这一养狼事件的终点，文本详细地展示了对狼身体最后的处理过程，以及处理之后将作为身体最后和永久留存物的狼皮高高地悬挂在天空的情形：

---

① 叶广芩：《老虎大福》，太白文艺出版社 2003 年版，第 169 页。

　　　　强劲的草原春风吹得陈阵两耳呜呜地生音生乐，像是远方狼群的
　　哭嚎，也像"文革"前北京西什库教堂里哀哀的管风琴琴声，吹得
　　他满心凄凉哀伤。两条大狼皮筒被风吹得横在天空，仰头望去，春风
　　将狼毛梳理得光滑柔顺，一根根狼毛纤毫毕现，在阳光下发出润泽的
　　亮色，一副盛装赴宴的样子。两条大狼在蓝色的腾格里并肩追逐嬉
　　戏，又不断拥抱翻滚，似有一种解脱的轻松。陈阵一点儿也觉不出狼
　　身子里充满干草，反而觉得那里面充满了激情的生命和欢乐的战斗
　　力。蒙古包烟筒里冒出的白烟，在它们身下飘飞，两条大狼又像是在
　　天上翻云破雾，迎风飞翔。飞向腾格里，飞向天狼星，飞向它们一生
　　所崇仰的自由天堂，并带走草原人的灵魂。（第 136 页）

　　在故事的结尾，无比热爱小狼的知青亲手杀死并剥下的狼皮，代替肉
身在天空中飞舞，是对文中所赋予狼的飞扬精神与魂魄的礼赞，身体书写
既是漫长行动过程的结果，亦涵蕴着对狼图腾精神层面的肯定。
　　非人类的"身体"书写在生态写作中的演变态势表明，全新的身体
审美范式已经在一定程度上实现和建构，与之相应的身体美学与生态伦理
内涵亦随之生成。

二　身体美学生成的原因及其生态伦理功能的开启

　　在生态伦理精神的建构过程中，非人类的"身体"承担了重要的使
命。从作为叙事支点到审美维度的建立再到伦理主体生成，层层深入地构
建了生态伦理精神的内在逻辑。

　　（一）为什么是身体：身体美学与生态伦理意义生成的逻辑必然

　　首先，为什么在具有生命意识和生态伦理维度的作品中"身体"成
为叙事的支点？在具有生态意识的写作中，人类和非人类的关系是文本叙
事的重要一维。重视身体之审美主体性的美学家梅洛·庞蒂在论述人类的
身体时说，身体"本质上是一个表达的空间""世界的问题，可以从身体
的问题开始"[①]，对于从属于不同物种的人类和非人类之间的关系而言，
身体的意义尤为突出。

　　在人际交往中，语言等交际手段的存在，使话语的沟通和呈现成为分

---

　　① 转引自谢有顺《身体修辞》，花城出版社 2003 年版，第 8 页。

析、判断人际伦理的重要参照。人类和非人类的交往，则因物种之间交流的障碍，使话语的作用降为次要，"身体"是交往的主要载体，人类通过饲养、食用、捕杀等方式干预非人类的身体，并与之建立不同的伦理关系：尊重、审美或是控制。非人类则通过"身体"形成的肢体语言传达出与人类交往中的情感、意志：淑娟用熊掌抚摸金静以示友好，用"打"表示对已经陌生了的林尧的亲昵行为的排斥和反击（《狗熊淑娟》）；熊猫碎货用"咬"表达不满（《熊猫碎货》），黑鱼千岁用身体的竭力逃离表达意志的不屈服（《黑鱼千岁》）。同样，与身体相关的声音等亦是常见的有效表达途径，母狼用凄厉的嗥叫表达失去狼孩之痛，《狼图腾》中小狼对草原狼嗥的共鸣铭记着自己的野性。物种的特性决定人类和非人类之间不可能有直接的人生观和价值立场的冲突和碰撞，身体的冲突是两者冲突的基本形式，对非人类"身体"的不同处置方式成为种际伦理的重要关注点。

非人类通过身体语言，表达对人类的亲近或厌恶。郭雪波的《银狐》中，那只充满灵性和智慧的白狐，照顾和陪伴着因巨大精神压力而意识模糊的珊梅在大漠里共同生活。尽管文本最后，作者浪漫地加入了清醒后的珊梅能够听懂白狐的叫声，并为老铁子和白尔泰充当翻译，但事实上，在缺乏语言沟通机制的两个物种之间，更为可靠和现实的沟通方式是在长期的相处过程中，人类学会对非人类身体语言的解读和回应：

> 那只白狐一直眼睁睁地看着她的一举一动，见她起来，亲昵地摇摇尾巴，"呜呜"地低鸣起来。珊梅走到它跟前，白狐并不急着逃走，珊梅摸摸它那白亮迷人的皮毛，白狐则伸出舌头舔舔她的手背手心，用脑袋依拱她的双腿。珊梅的大脑中依稀浮现出自己跟白狐大漠里相依为命的情景，于是心里一热……
> 白狐由她抱着，爱抚着，绿眼温情地闪动，尖嘴柔顺地拱蹭，表示着亲热，微微摇晃着尾巴，进行着真正的与人类之间的沟通，温驯得像只猫。（《狐啸》，第 375 页）

此处，对于珊梅的抱和爱抚，白狐以"低鸣""舔""拱""柔顺地拱蹭""微微摇晃着尾巴"等该物种特有的身体语言，表达对人类的友好和温情，从而实现与人类之间情感的沟通与回应。而当老铁子因为白狐的救命之恩而与之前嫌尽释并赠送鲜美的驼肉时，白狐则用自己的叫声表达着感谢：白狐"呜——汪——"吠嗥两声，表示着感谢之意，然后叼起那块鲜美的驼肉，走到一旁美美地享用起来，啃吃得有滋有味。（《狐啸》，第378页）此时，白狐身体话语中的"声音"充分体现了身体的情感表达作用。

如果说上述文本中，还只是书写了非人类较为单一的情感的话，郭雪波的《沙葬》中具有狼狗混血血统的白孩儿在不同人之间迥异的情感倾向则展示了非人类的身体语言极富张力的表意功能：

> 白孩儿摇头摆尾，伸脖张嘴，一会儿用头蹭蹭云灯的手脚，一会儿立在后腿上扑进云灯的怀里，嗓子眼里直哼哼叽叽地低吟，像呢喃低语，像激动的哭泣。只碍于不会人类的语言表达，神情则完全沉浸在久别重逢的喜悦里。
>
> 此情此景，令原卉、奥娅、铁巴无不心动，也无法想象人和狗之间居然还能建立如此纯真质朴、忠诚牢固的友情，经历多年波折始终不渝，依然如旧。这点人跟人是很难做到的，很难沟通的。
>
> 白孩儿突然发现了站在角落里的铁巴。
>
> "呼儿！"它一声吼叫，猛扑过去。
>
> "救命啊！"铁巴魂不附体地大叫一声，往旁躲去。可是白孩儿的进攻是迅雷不及掩耳，凶猛之极，当别人还没有回过味来，它已经扑到铁巴身上，撕裂了衣服，抓破了他大腿上的一块肉，鲜血直流。（《天出血》，第121页）

此段文字刚好包含了白孩儿/狗表达感情中处于张力两极的爱恨两种倾向，充分体现了身体话语表达情感的功能。在对仁爱的云灯法师，白孩儿用"用头蹭蹭云灯的手脚""立在后腿上扑进云灯的怀里""嗓子眼里哼哼叽叽地低吟"等肢体动作和声音，传达着"久别重逢的喜悦"；而对贪婪而凶狠的铁巴，则用"吼叫"、迅雷不及掩耳的"进攻"，"扑到铁巴身上""撕裂"衣服、"抓破"大腿上的肉等极端的肢体语言，表达对对方的仇恨。在短短的时间内，极爱和极恨的情感都通过肢体和声音的变化予以呈现，充分显示了非人类身体蕴涵的强大叙事能力和表现力。

如果说，白孩儿的身体语言呈现了身体表意功能的宽度和丰富性的话，《狼图腾》中大量出现陈阵和小狼之间的身体话语，尤其是小狼丰富的身体话语，来不断呈现狼与人感情的细腻有序的变化，则表现了非人类肢体语言在纵深方向上的动态表现力：

  一个月来，陈阵接近小狼在各方面都有进展，可以摸它亲它捏它拎它挠它，可以把小狼顶在头上，架在肩膀上，甚至可以跟它鼻子碰鼻子，还可以把手指放进狼嘴里。可就是在它吃食的时候，陈阵绝对不能碰它一下，只能远远地一动不敢动地蹲在一旁。只要稍稍一动，小狼便凶相毕露，竖起挺挺的黑狼毫，发出低低沙哑的威胁咆哮声，还紧绷后腿，作出后蹲扑击的动作，一副亡命徒跟人拼命的架势。（第 168 页）

  他低下头用自己的鼻子碰了碰小狼的湿鼻头，小狼竟像小狗一样舔了一下他的下巴，这使他兴奋而激动。这是小狼第一次对他表示信任。他和小狼的感情又进了一步。（第 170 页）

  他抱了一会儿小狼，然后把它朝天放在自己的腿上，再轻轻地给小狼按摩肚皮。在草原上，狗与狼在厮杀时，它们的肚皮绝对是敌方攻击的要害部位，一旦被撕开了肚皮就必死无疑。所以狗和狼是决不会仰面朝天地把肚皮亮给它所不信任的同类或异类的。（第 216 页）

  颇具智慧的小狼在对人的动作接受中，人类的"摸""亲""捏""挠""顶在头上""架在肩膀上""鼻子碰鼻子""把手指放进狼嘴里"，是在不同的情感亲疏关系阶段内分别接受的。用"竖起挺挺的黑狼毫，发出低低沙哑的威胁咆哮声，还紧绷后腿，作出后蹲扑击的动作"的凶相表示激烈反抗的敌意，用"舔了一下他的下巴"表示对人类的信任和亲近。而将肚皮在人类面前亮出，则表示较高层次的信任和不设防。不同的身体语言传达不同的情感倾向和亲密程度，非人类身体语言的丰富表现力在情感的纵向发展中得以渐次呈现。

  在文学叙事中，身体一向是作为失语者存在和表达的重要所在，当弱势群体失去话语权，对其身体的书写就成为伦理关系体现的重要场所：女性写作对性别话语的建构首先从女性身体的书写开始。与女性的性别处境引发的话语权缺失相比，非人类话语的生理性缺失尤为彻底，以身体作为叙事支点进而实现主体性建构的旅途因而更为繁难和漫长。话语的本源性缺失造成精神／心灵世界无法展示，身体是它们的全部。话语的缺席，使身体成为非人类与人类交往过程中生态伦理的集散地。心理与话语的困境，引发身体书写的必然出场，在对非人类的书写中，如何叙述它们的"身体"成为文本叙述中重要的修辞策略。

（二）从"被看见"到审美：作为生态伦理主体的身体生成的逻辑起点

就审美／伦理范式建构而言，身体书写中生态意识的建构意味着身体审美性的确立。身体是"主体与世界的接触点与落脚点"①，在具有生态意识的写作中，非人类身体的呈现使其作为个体存在得到确认。身体呈现意味着身体的被"看见"，与既往文学中非人类角色的象征、道具功能不同，被"看见"是其作为生命个体价值、权利等被发现的前提。"五四"一代作家对人的发现是对人的权利和尊严确认的前提，新时期以来的生态写作对非人类的"看见"，亦是认可其价值的必要条件。在"看见"的基础上，对其审美性的挖掘，是建构其主体性的重要程序。很多研究者注意到了生态写作中对动物之高贵与尊严的书写，却忽视了一个更根本的问题：身体的审美性才是其主体性获得的第一步。在既有的人类中心的价值体系中，对非人类存在的价值判断往往依据其对人类的"有用"与否，而"有用"的功利性特征决定了对其"审美性"的忽略。对非人类身体审美性的发现，正是摆脱对其实用性关注的重要体现。

"身体"审美性的建立，首先是通过人类的视角直接书写非人类身体的魅力展现的。《七岔犄角的公鹿》（鄂温克族／乌热尔图）、《狼行成双》（邓一光）、《慕士腾格冰峰的雪豹》（东苏）、《大绝唱》等文本都有对非人类身体美丽与庄严的叙写。《七岔犄角的公鹿》中，面对作为猎杀对象的七岔犄角公鹿，"我着迷地瞅着它，它那一岔一岔支立着的犄角，显得那么倔强、刚硬；它那褐色的、光闪闪的眼睛里，既有善良，也有憎恶，既有勇敢，也有智慧；它那细长的脖子，挺立着，象征着不屈；它那波浪形的腰，披着淡黄色的冬毛，真叫漂亮，四条直立的腿，似乎聚集了它全

---

① 转引自谢有顺《身体修辞》，花城出版社 2003 年版，第 13 页。

身的力量。啊，它太美了……"① 从鹿的形态、力量、色彩等角度作直白的赞美。除此之外，《猴子村长》对金丝猴的美丽作温情展示："（猴子的）……长长的金色的毛在阳光下随着风颤动，像女孩儿柔韧的发"②；《大雁细狗》对雁羽斑斓美丽的神奇光泽的注视；《狼图腾》对小狼充满力度和强悍之美的迷恋，都是非人类身体审美性的文本体现。

而对狼之外的非人类身体的展示，更是丰富和拓展了身体话语的审美宽度：

> 陈阵和杨克立即被高大雄壮剽悍的儿马子夺去了视线。儿马子全都换完了新毛，油光闪闪，比蒙袍的缎面还要光滑。儿马子身子一动，缎皮下条条强健的肌肉，宛如肉滚滚的大鲤鱼在游动。儿马子最与众不同的，是它们那大雄狮般的长鬃，遮住眼睛，遮出整段脖子。脖子与肩膀相连处的鬃发最长，鬃长过膝，及蹄，甚至拖地。它们低头吃草的时候，长鬃倾泄，遮住半身，像披头散发又无头无脸的妖怪。它们昂头奔跑时，整个长脖的马鬃迎风飞扬，像一面草原精锐骑兵军团的厚重军旗，具有使敌人望旗胆战的威慑力。……儿马子就是蒙古草原上真正的伟丈夫。（《狼图腾》，第192—193页）

在儿马子的身体书写中，以身体之雄壮对应其内在涵蕴的精神之孔武伟岸，并由此成为草原精神的另一重体现。

除身体的生理特征和仪态之美外，动作的灵活矫健也是非人类身体审美性得以建立的重要方面，《长虫二颤》（叶广芩）中叙述一条蛇夜行时动作的敏捷流畅："……它索性转身向下，尾巴绕紧了篮子，脑袋和上半身轻缓地垂下来，探了几次，感觉差不多，于是一个漂亮的软着陆，到达了地面。蛇尾从上面下来时到底弄出了轻微的声响，老蛇很冷静地滑到桌下，闭气凝神地蜷缩了一会儿，见无动静便舒展开身子，让那些包块依次向下滑动，滑至半截，老蛇将身体来了一个翻转，又一个翻转，绸带一般，接连不断地扭转，用身体的转动将体内的鸡蛋撞碎挤烂，那些包块奇

---

① 玛拉沁夫、吉狄马加主编：《中国少数民族文学经典文库·短篇小说卷》（上），云南人民出版社1999年版，第308页。

② 叶广芩：《老虎大福》，太白文艺出版社2003年版，第129页。

迹般地消失了。"① 在这里，"漂亮的软着陆""冷静""奇迹般地"等语词体现了叙事立场在身体书写中的审美倾向。《豹子最后的舞蹈》中豹子动作的迅疾和步履的孤傲，《大绝唱》中河狸的憨态与稚拙，《藏獒》（杨志军）中冈日森格的王者之风，《大漠狼孩儿》中母狼举止的慈柔之仪，同样以动作之美丰富了身体的审美性内涵。与此同时，在诗歌领域可以作为不同文体间呼应的例证是，于坚《对于一只乌鸦的命名》《赞美海鸥》等诗歌文本，关注它们的"红色的有些透明的蹼"等属于身体的"细枝末节"，从理论的高度并以完备的诗学价值体系强调"身体"之于生命复魅的意义，身体成为生命复魅的关键点。

非人类的身体美学，在某种程度上显示了新的伦理特质，以新的伦理立场和伦理倾向传达了身体丰富的生态伦理内涵。

（三）人际伦理义务的剥离与生态伦理主体的确立

审美价值的确认，只是非人类主体性建构的开始，审美性之于主体性而言，是必要而不充分条件。在生态伦理学中，人类与非人类之间的关系是不能用人际伦理原则来判断的。因而，在对非人类的价值判断中，亦不能用人际伦理的忠诚、无私等品质作为评价指标，非人类应该有属于自身的价值体系与相应的叙述话语。人类中心意识的文本中，非人类的身体被以人际伦理义务的标准判断、压抑和扭曲。全新审美范式的建构，则需要在身体的审美性确定之后，进一步对其人际伦理品质进行剥离，才能真正实现其主体性。从这个意义上说，《藏獒》是个有意义的个案，文本一方面承认藏獒作为生命体，其身体的健美，是速度、力量和智慧的完美统一。但另一方面，这种完美的存在又是以保卫人类的财产、家园和生命时的忠诚和绝对服从作为肯定依据。因而，就身体审美主体的生成而言，尽管实现了非人类身体的审美性，它的伦理立场依然是人类中心的。

在以人际伦理作为参照的身体书写中，"身体"被赋予忠诚、顺从、甘于奉献等原本属于人际伦理属性的种种伦理义务。《白唇鹿青青的故事》② 中"身体"是作为国家财产被书写的：青青被人类捕获并进行以获取鹿茸为目的的饲养，其间经历了由追求自由的出逃到自觉回归为国家贡献鹿茸的心理和行动过程。在这一过程中，曾经的出逃被叙述为错误，而

① 叶广芩：《老虎大福》，第 167 页。
② 陈士濂：《白唇鹿青青的故事》，《人民文学》1978 年第 1 期。

后来的回归则被指认为对错误行为的修正，叙述背后的价值立场显而易见是将对国家的忠诚和把自己身体无私奉献作为重要肯定指标的。如果说《白唇鹿青青的故事》中是将个人/国家作为切入点来对非人类进行伦理定位，《藏獒》中则是将藏獒的身体作为向人类奉献的祭品，藏獒的价值体现在对人类的奉献（以乳汁、血乃至生命）上。在上述评价体系中，人际伦理品质的存在与否往往成为能否获得肯定的重要参照，非人类通过献出自己身体的全部或部分（往往是精华部分，甚至是亲生骨肉）来实现自己"忠""义"的伦理义务，《那——原始的音符》（赵本夫）、《野狼出没的山谷》（王凤麟）、《退役军犬黄狐》（沈石溪）等亦是如此。非人类被作为人类的附属品而存在和接受评价，它们没有属于自己的身份、角色和评价系统。当个体的存在价值需要依据他者的评价体系来予以定位时，是不可能建构真正的主体性的。

真正摆脱人类中心的文本，则是对非人类的人际伦理义务予以否定，对人类理直气壮地征用非人类身体发出不同的声音，在叙事特点上体现为以叙述伦理和故事伦理[①]的分离实现对既有人类中心伦理关系的批判和修正。从叙述伦理与故事伦理的关系看，在前述人类中心意识的文本中，对于故事伦理中赋予非人类的人际伦理义务，叙述伦理持默许甚至声援的立场。《藏獒》中獒王之妻那日用自己的乳汁（乳汁流尽后继之以鲜血）/身体拯救人类的生命时，后者贪婪索取毫不顾惜獒的死活，叙述伦理亦未对此予以指责和批判。而在具有生态意识的写作中，叙述伦理对故事层面叙写的非人类身体被侵犯和人类对此惯常的漠视持批判立场，因而叙述伦理和故事伦理往往是分离的。同样是关于非人类的"身体"处置，《狗熊淑娟》体现了与前述《白唇鹿青青的故事》《藏獒》等文本迥然不同的伦理指向：当淑娟的熊掌最后被砍下送到曾经和它建立深厚感情的人类手中时，人类的内心受到强烈触动而不忍动手烹制。在伦理立场上，与鼓励颂扬非人类将身体中的精华乃至整个生命的献出并以此作为肯定其价值的重要指标的叙事模式相比，《狗熊淑娟》体现了摆脱人类中心意识之后的生态伦理倾向。除此之外，《老虎大福》中，在代表国家权力的公社书记分割和分享大福的身体时，故事伦理层面充满了对老虎身体的各种经济价

---

①　关于"叙述伦理"与"故事伦理"的相关概念，参见伍茂国《现代小说的叙事伦理》，新华出版社 2008 年版，第 91—97 页。

值、医用价值的清算，堂而皇之，理所当然；而叙述伦理层面则对最后一只华南虎的被猎杀充满了沉重和惆怅；《怀念狼》中故事层面的剖狼现场充满戏谑和民间狂欢，叙述伦理层面则是伤感惆怅；而《长虫二颤》更是以叙述伦理的愤慨声援故事层面对巨颤被杀的失落。

人类中心意识的淡出体现了身体书写中生态伦理立场的建构，在对身体的多元价值的肯定中，凸显了"身体"在人类与非人类关系确认中一直被忽视的根本性地位。

三　身体审美范式的文学史意义

对人类身体的书写，是 20 世纪中国文学中弱势话语群体寻求突围的重要突破点，也是人文精神建构的理论切入点。非人类身体的参与，在丰富生态写作审美新质的基础上，从两种角度实现对文学史内涵的丰富、拓展和深化。

首先，在美学意义上，以身体维度的添加丰富生态写作的审美新质。在生态写作出现之前的文本里，非人类的存在除道具式的功能外，其存在的意义主要从精神/情感层面得以确认。生态写作中对非人类身体书写范式的开启，丰富了非人类生命的美学内涵：精神并不是与"身体"毫无关联的孤立存在，而是与身体之美的建构相互援证的。以身体之美和精神层面的智慧与尊严，共同确证"它们"与"我们"在生命价值上的平等。《大绝唱》《狼图腾》《狼行成双》等书写的河狸和狼智慧、友善、坚毅或对感情的忠贞等重要精神品质，《黑鱼千岁》《长虫二颤》《熊猫碎货》等文本中非人类的高贵与尊严，都与身体的审美相依存，身体维度的存在以身体之美实现对非人类精神领域建构的应答，刷新并拓展了生态写作的审美内质。

其次，非人类身体的发现与书写，拓展了 20 世纪中国文学中身体叙事的广度与深度。20 世纪中国文学中对人类身体的书写，对应着弱势话语群体——权力控制下的普通民众、男权视野中的女性——的境遇和突围。在 20 世纪之初的"前身体时代"①，鲁迅曾以《头发的故事》《风波》《春末闲谈》《说胡须》《从胡须说到牙齿》《病后杂谈》《中国女人的脚》《关于女人》《略论中国人的脸》等文本，解读从脸、头发、脚到

---

① 　孙德喜：《前身体时代的历史叙述》，《南京师范大学文学院学报》2007 年第 1 期。

胡须、牙齿、皮肤等身体的各组成部分所遭受的权力规训，及其主体性的丧失。身体经历了近半个世纪的压抑和蛰伏后，在新时期写作中以莫言《红高粱》系列文本对身体的展示和张扬对抗"种的退化"。陈染、林白、伊蕾等女性写作亦以"身体"书写作为突破点，以女性身体的觉醒来引领女性精神的独立，以身体的独特体验和审美视角，建构属于女性性别的独特话语，并以此对抗无处不在的男权樊篱。"非人类身体"的参与，以对非人类伦理权利的主张实现对人类中心伦理体系的突围，丰富了弱势话语群体集体突围的阵线，在另一层面上实现对中心的叛离和回击。

　　最后，非人类的身体书写通过对"身体"的公开展示/被围观的书写，拓展了启蒙主题的理论内涵，并在全新的维度上实现与人文精神的对接。作为现代小说起点的鲁迅写作，曾通过民众身体的看/被看传达了重塑人性的启蒙立场："一个绑在中间，许多站在左右，一样是强壮的体格，而显出麻木的神情……"① 以"身体"的强壮反衬灵魂的苍白，而围观者目光和表情（身体）的麻木，使"看"和"被看"者同时暴露出灵魂的愚昧和茫然。大半个世纪之后的生态写作中，人类通过武器的先进实现对非人类身体的控制之后，在对非人类身体的分割、展示、围观和分享中，重现了人类自身的冷漠、凶残和自以为是的虚弱。《怀念狼》《老虎大福》《大漠狼孩儿》《一匹倒挂在杏树上的狼》等一系列文本不约而同地设置了非人类身体被公开屠杀和分割的场景，以人类的"围观"与非人类的"示众"复现了鲁迅《药》《阿Q正传》《示众》等文本中看/被看的模式，也在更高的层面上重启了"示众"场景的启蒙效果——对"人"的更进一步的启蒙，将人与人之间的尊重与仁爱延伸到其他生命与物种，进而使人类变得更为大气和辽阔，使其精神境界得到进一步提升，从而建构和实现21世纪中国文学中"人"的概念的生态和神性维度。"生态的人的发现是对人在宇宙体系中地位的重新审视，是在新的参照系中对人的价值意义的重估。"②

　　一个世纪以来的现代中国文学对于人类"身体"公开展示场景的书写，绵延出一个漫长和涵蕴深广的人文精神话题。"非人类身体"的参与，丰富了这一话题的维度，并以别一种方式实现了对人文精神的呼应和

---

① 鲁迅：《呐喊·自序》，《鲁迅全集》第1卷，人民文学出版社2005年版，第428页。

② 刘青汉：《中国现当代文学史上第四次人的发现》，《文学评论》2009年第6期。

对接——将人文精神中人类的自由、平等、博爱延伸到人类之外的非人类生命和自然，以此实现生态伦理和人文精神的对接。

对于非人类的身体书写，是具有生态伦理立场的写作中一个全新的审美范式，这一审美范式已然出现，并展示了前所未有的特质。它也许不能影响文学的总体创作方向，但已经、正在并会持续给一个世纪以来中国文学的发展带来全新的审美视角和伦理维度。

第五章　生态伦理对现代文学传统的呼应与延续：启蒙立场与科学维度

生态伦理的核心范畴是"和谐"，人与自然、人类与非人类关系的和谐是其逻辑起点和至高点。这种和谐是人文精神中人与人和谐的延伸，因而生态伦理精神不是对启蒙主义和人文精神的否定，而是在人文精神原有的理论框架中添加了生态维度之后的新的人文立场。

生态伦理和人文精神的契合点在于将人文精神中的自由、平等、博爱延伸到非人类生命和自然。在整个 20 世纪笼罩文学研究理论视野的是人本主义和科学主义，对于生态伦理精神的探讨是对上述理论的延伸和对其既有理论盲点的超越。

第一节　生态伦理立场中的启蒙精神

生态写作中的启蒙精神，区别于 20 世纪中国文学中启蒙话题之处是以人类与自然、人类与其他生命之间的关系作为叙事张力的构成元素，即将五四以来启蒙精神中人与人的关系拓展至人与自然、人类与非人类，因而"启蒙"的实现也通过对人类与自然、与非人类关系的展示予以呈现。

一　围观场景书写：生态意识缺失的展示

在"人"的文学主题中，对健康、和谐与文明的"人"的建构是其恒久的探索和不变的目标，从群体的人到个体的人，从阶级的人到民族的人，"人"之为人的多重维度不断丰富和延伸。生态伦理立场出现后，人的精神维度又增加了新的一重：生态的人，即把人类置于更为复杂的伦理体系中，人类只有通过对动物的关心，对生命的爱护，对大自然的感激，才能使其从永无休止的人际纷争中解脱出来，内心更为丰富和辽阔。

启蒙思路的开启是从对被启蒙者精神面貌的展示开始的。在鲁迅作品中，大量通过麻木的看客的围观场景展示民众在人之为人的意识方面的愚昧、麻木和不觉悟。《示众》中通过围观的片断，《药》中革命者夏瑜被砍头时华老栓的围观和康大叔们的议论，《阿Q正传》中阿Q被枪毙时围观者的冷漠及其自身的不自知，诸多小说文本通过示众和围观的场景，在人类对同类围观的"鉴赏"行为中展示其愚昧麻木和精神层面的缺失。

新时期以来具有生态伦理立场的写作，则是通过人类对非人类屠杀/虐杀以及围观者的麻木，来展示人类精神维度的另一重缺失——敬畏生命精神的缺失。在对非人类身体的施暴中展示人性，暴露人性的缺点。

此处的"愚昧"区别于鲁迅小说中"国民劣根性"的内涵，体现为对自然和非人类生命的麻木、生态意识的匮乏。在"示众/围观"的模式中，是被示众者和围观者同属于弱势群体。人的身份不同，却同样充满着深深的冷漠与隔膜，无动于衷地赏鉴着其他生命的死亡

生态意识的匮乏首先体现为在具有生态伦理立场的文本中，通过非人类在被屠杀时围观民众表现出冷漠与麻木的态度，显示出生态意识的缺失。《老虎大福》（叶广芩）、《大漠狼孩》（郭雪波）、《一匹倒挂在杏树上的狼》（莫言）等文本都不约而同地出现了人类对非人类身体的剖杀和围观，此外，《怀念狼》中对狼的疯狂捕杀，《大绝唱》中对河狸灭绝物种的屠杀。通过对非人类生命被剥夺"示众"场景的书写，展示人类的冷漠、麻木和狭隘自私。

在对非人类被屠杀的围观中，凝定了围观者的生存方式、人际关系与价值定位等。"看客"的"症结主要并不在于人们由于缺乏现代觉醒所特有的愚昧、麻木及感觉思维的迟钝，而恰恰在于对不幸的兴趣相对痛苦的敏感，别人的不幸或痛苦成为看客们用以慰藉乃至娱乐自己的东西。因此，'看客'现象的实质正是把实际生活过程戏剧化，把理应引起社会生活中正常的伦理情感由自然反应扭曲为一种审美的反应。从这一点来讲，看客的'看'在深层上与冷漠、麻木是融为一体、不可分割的"，在"'看客'麻木无聊，乃至把肉麻当有趣的观看中，除自身以外的任何痛苦和灾难都能转化为一种赏心悦目的观赏对象和体验，祥林嫂（以及孔乙己、单四嫂、阿Q……）的痛苦被人观赏的文化现象，十足地反映了这种人生态度的残酷性。也正是这种在现实的人际关系和日常生活中寻求审美满足的价值取向，才造成了表面上麻木、混沌，实际上精明、残忍的情

感方式与行为方式。它使得人不仅可以欣赏喜剧、悲剧，还可以心安理得地欣赏丑恶、残忍"①。

　　在非人类被屠杀和示众的场景中，"看"与"被看"的双方同属于生命被漠视而不自知的弱势群体，"看"者实际上是通过"鉴赏""被看者"的痛苦，来使自身的痛苦得到排泄、转移，直至遗忘。《大漠狼孩儿》中，村长胡喇嘛不仅决定着非人类身体的处置权，还决定着村民利益的分配，胡老汉被驱逐的凄凉背影和非人类被屠杀的身体重叠在一起，共同影射了围观者的群体命运，生态启蒙与人文启蒙由此得到续接。

　　以《怀念狼》中冗长的剖狼和围观场景为例：

　　　　这是我第一次真真切切地看着剖狼！时间是四月二十三日，天气晴朗，阳光灿烂，树的上空低低的凝集了一疙瘩云。狼是白色的，皮毛几乎纯净，像我数年前在省城的一家皮货店里见过的银狐的颜色。它被吊在树杈上，大尾巴一直挨着了地面。狼头的原貌已无法看到，因为狼皮是从头部往下剥的，已剥到了前腿根，剥开的部位没有流血，肉红纠纠的，两个眼珠吊垂着，而牙齿错落锋利，样子十分可怕。围着树拥了一大堆人，有个妇女牵着孩子往前挤，对着烂头说："他叔，他叔，娃把你叫叔哩！"妇女长得银盆大脸，烂头说："我比你大哩，该叫伯吧。"妇女说："他伯，待会儿割下狼奶，给娃娃嘴上蹭蹭，娃娃流口水哩！"那孩子果然嘴角发红，流着涎水，前胸也湿着一片。烂头说："好的，好的"，却走过来把一直蹲在地上的一个人提起来，踢着那人脚，让往跟前站。站起来的就是扔撞孩子的姓郭的。舅舅的双腿是分叉站着，一身的猎装，口里叼着一把刀，一手扯着狼皮，一手伸进皮与肉间来回捅了几下，然后，猛地一扯，嚓嚓嚓一阵响，狼皮通过了前腿一直剥到了后腿上。接着，刀尖划开了狼的肚腹，竟是白花花的一道缝，咕咕喽喽涌出一堆内脏来，热腾腾臭腥味熏得看热闹的人呀地往后退了一步，舅舅便极快地从狼腔里摘下一块油塞进口里吱溜一声咽了，而同时烂头趁机割下狼的奶头冷不防地在那一个妇女嘴上蹭了几下，妇女笑着说："错了错了，是娃娃流口水哩！"烂头又将狼奶头在孩子的嘴上蹭，一边说："给你蹭了，

---

① 闫玉刚：《改造国民性：走近鲁迅》，中国社会出版社2005年版，第28—29页。

再生下娃娃就都不流口水了!"众人哧哧笑。我没有笑……（第128页）

这是一段经典的"示众/围观"的场景，其间蕴涵着关于人性解读的诸多信息。

第一，在整个屠杀过程中，作为被屠杀对象的非人类身体是以物化的形式展示的。"狼皮是从头部往下剥的，已剥到了前腿根，剥开的部位没有流血，肉红纠纠的，两个眼珠吊垂着，而牙齿错落锋利，样子十分可怕。""狼皮通过了前腿一直剥到了后腿上。接着，刀尖划开了狼的肚腹，竟是白花花的一道缝，咕咕喽喽涌出一堆内脏来，热腾腾臭腥味……"非人类仅作为一堆"物品"存在而不再具有生命的体征。这在叶广芩的《老虎大福》，郭雪波的《大漠狼孩儿》等同类文本的相似场景中，有相似的叙述予以呼应：

> 大福的身子拉得老长，四个爪，无力地垂着。
> ……雄性，体重225公斤，体长2米，尾长0.9米……
> 很快，巨大的大福就变作一堆堆皮毛、骨架和红彤彤的肉。
> 肉和内脏分给附近的庄户，凡是受过大福侵扰的，每户多分三斤油；虎骨卖给药材收购站，收购站以每斤虎骨48元收购，刨去头，大福的骨头一共49斤，2352块钱……（《老虎大福》）

上述文字在对非人类身体的商业价值、分配方案及分配依据的书写中，有着物品瓜分式的冷漠——"很快，巨大的大福变作了一堆堆皮毛、骨架和红彤彤的肉""肉和内脏分给附近的庄户，凡是受过大福侵扰的，每户多分三斤油；虎骨卖给药材收购站……"将身体解构成毛皮、骨架和肉，使身体物质化从而脱离原本的生命色彩，悄然淡化了对身体/生命分割容易产生的伦理敏感，使一场对大福身体的瓜分转为对公共财产的分割。

而在分配过程中，给受侵扰群体多分三斤油的补偿性质，又使大福身体的被分割带有"杀人偿命，欠债还钱"式的人类准则，进一步强化对身体瓜分的合理性。

第二，在整个示众场景中，屠杀执行者的动作有着类似庖丁解牛般熟练流畅。《怀念狼》中的"舅舅"在剥狼皮时，"双腿是分叉站着，一身的猎装，口里叼着一把刀，一手扯着狼皮，一手伸进皮与肉间来回捅了几下，然后，猛地一扯，嚓嚓嚓一阵响"，姿态潇洒，动作如此从容娴熟，意味着这样的屠杀既不是最初也不是最后，已经在无数的场合上演过千百年和无数次，屠杀者和围观者一样都已司空见惯和习以为常，是人类文化中由来已久的传统，是既有的人际伦理立场无须遮盖和解释的，也因此不会引起不满甚至感官上的不适。

> 村部院子里，铺了一张宽木板。公狼就放在上边。猎手娘娘腔金宝操刀，开始剥公狼的皮。他手法熟练，刀工精湛，先从嘴皮下刀，挖割两只眼圈，从下巴一刀切至狼尾，豁开肚皮，又分割四只脚皮，完完整整，不伤内肉，只把一层皮剥离身躯。然后他把刀放在一边，用手"哧啦哧啦"地扒那狼皮，狼的肉和皮之间还有一层薄膜，那"哧啦哧啦"的声音就是这层薄膜撕裂的声音。这层里没有一点血，白白的颜色，偶尔出现些或长条或小块黑疙瘩，那是箭伤或刀痕，记载着公狼的历史。（《大漠狼孩儿》，第37页）

> 皮由虎嘴剥起，沿胸划开，不到一顿饭功夫一张完整的虎皮就剥下来了。（《老虎大福》）

> 在众人的密切注视下，章古巴从怀里摸出一把牛耳尖刀，弓着腰，开剥狼皮。（《一匹倒挂在杏树上的狼》）

在对非人类身体的分割中，人类对非人类具有无可置疑的权力。人类/金宝剥狼皮的整个流程如行云流水般的流畅娴熟，金宝的"手法熟练，刀工精湛"在"剥"的动作"一刀切至狼尾"和皮的"完完整整，不伤内肉"中得到印证；而"不到一顿饭功夫一张完整的虎皮就剥下来了"则体现霍屠户速度之快、技术之精湛。对非人类身体的处置以及对处置过程的展示中，蕴涵着人类的炫技和对权力的炫耀——人类对非人类身体的控制权。围观者的注视与喝彩强化了这一权力。身体的归属关系是两者之间关系最明确和最本质的体现。

第三，在屠杀场景中，围观的人群充满欢乐的气息，"围观"由此成为一场被娱乐化了的盛事，屠杀的残酷和生态意识的缺失被淹没在一场民间狂欢中并化为乌有。

正如鲁迅笔下的"看客""始终作为一个'群体'出现，不以个体而存在"[1]，他们无个性、无思想、无意识且无目的。作为群像的围观者人数众多且对非人类的被剖杀、示众充满围观的热情。如同《示众》中杀人的"盛举"所引发的人群拥挤，《怀念狼》中"围着树拥了一大堆人，有个妇女牵着孩子往前挤"。而在对最后一只华南虎的宰杀时，甚至连其他村子的人都纷纷来围观，"远近的乡亲都来了，连凤草坪、厚畛子那边也有人过来看稀罕"（《老虎大福》）。

围观的人群突出的特点是"拥挤"和"热闹"，拥挤显示了围观者之众多，而热闹则表明观众情绪的高涨与激动：

> 这一天村中过节般的热闹。
> 胡喇嘛他们抬着那只公狼，兴高采烈走过村庄土街，飞扬的尘土中女人和孩子们为打狼英雄们献上媚笑和掌声。受惊的狗们也围前围后地叫，很是受刺激的样子。（《大漠狼孩儿》）

而在《一匹倒挂在杏树上的狼》的围观人群中，则不仅包括闲散的村民，还包括为看狼而停课的教师和学生。通常而言，在具有启蒙需求的故事中，教师应该通过授课的方式充任新思想的传播者，而学生作为最直接的被启蒙者则在对思想的接受中完成启蒙的接力。但此处，"停课"意味着启蒙行为的缺失，而原本启蒙行为的双方——启蒙者和被启蒙者纷纷加入围观人群并起哄喝彩，加重了启蒙的无望和"围观"的悲剧性。

在等待剖狼的过程中，宝儿和章古巴的叙述，伴随着章古巴和宝儿娘暧昧关系的穿插，雀斑青年的提问对叙述的推动，使整个叙述显得生动和传奇，而整个围观的过程，则更具民间的狂欢特征。

同样，共同聆听狼传奇的围观人群，其特征依然是"满"和"拼命往前挤"，以"满"表明参与围观的人数之众，而"浪潮一样""拼命往前挤"则是围观热情之高与情绪之兴奋的生动呈现：

---

① 闫玉刚：《改造国民性：走近鲁迅》，中国社会出版社 2005 年版，第 31 页。

听到狼的消息，我正在去学校的路上。……

等我们跑到许宝家的土墙外时，院子里已经挤满了人。

……

后面的人拼命往前挤，像浪潮一样。……（《一匹倒挂在杏树上的狼》）

除此之外，围观过程中还穿插着民间狂欢所必不可少的关于性的玩笑：

金宝手里捧着那张完整的狼皮。阳光下，狼皮毛色光亮，顺茬倒伏后均匀地显示黑灰花色，每根毛都显得很坚挺，毛茸茸的长尾拖在地上。金宝突然把狼皮披在身上，四肢着地装着狼来回蹿了蹿，吓得小孩儿妇女急忙后闪嘴里骂缺德鬼，男子们哈哈大笑起来。

"狗日的真像狼，就是缺了公狼的那东西！"

"别把母狼招来了，你可没东西对付！"

"哈哈哈……"

有人说这狼肉赶上唐僧肉了，胡村长说唐僧肉也没有这狼肉有营养有功效能让你的鸡巴长挺不衰。男人张嘴大笑，女人们在一旁也抿嘴偷乐。（《大漠狼孩儿》）

如果说《怀念狼》中"烂头趁机割下狼的奶头冷不防地在那一个妇女嘴上蹭了几下"的动作，和"给你蹭了，再生下娃娃就都不流口水了"的戏谑式语言还较为隐讳的话，《大漠狼孩儿》等文本中，围观者狂欢中的性话语则更为直白。金宝披狼皮吓唬妇女小孩，和听到与性相关的粗俗对话时男人的"张嘴大笑"，女人们的"抿嘴偷乐"……人类的围观和分割活动本身是一次少有的身体和精神都能得到满足的集体狂欢。"这一天村中过节般热闹"，在单调枯燥的生活中，围观者在围观和等待的过程中，以逗乐和开与性相关的玩笑使围观的气氛彻底失去对生命的悲悯而成为人类的集体狂欢。

在"示众"与"围观"的另一种叙事模式中，凸显的是生态觉醒/启蒙者和普通民众之间的对立关系。

文本通过生态觉醒者遭遇围观甚至追杀，展示了生态启蒙历程的繁难：《狗熊淑娟》中，关爱狗熊而不惜千里走单骑式寻找的林尧，终于找到奄奄一息被关在马戏团笼中的淑娟后，在围观者的一片哄笑声中被已然遭受过度惊吓的狗熊拍死；《山鬼木客》中，热爱山林致力于寻找和研究野人的科技工作者林华被疯狂的人群追至悬崖而丧生；《怀念狼》中，反对打狼的子明被村民堵着门追打……《猴子村长》中长社的父亲在人群疯狂的捕猴活动中因试图保护金丝猴而被围在圈中打得遍体鳞伤。

在这一叙事模式中，围观者同样是缺乏生态意识的民众，他们成群的出现，但并不呈现具体的人，共同组成了"无物之阵"般的被启蒙群体：

> 班主一直站在一边歪着脑袋看着林尧，从林尧的穿戴打扮到言行举止，他认定这是一个精神病，就走过来将林尧粗暴地一推，让林尧靠远些。
>
> 林尧猝不及防，被班主推倒在笼边水洼中，湿泥炉灰，蒜皮葱须，各种脏物沾了一身，惹来一阵笑声。
>
> 班主抱着胳膊，居高临下地看着林尧说："想媳妇想疯啦，见了狗熊也叫淑娟。"
>
> 周围又是一阵笑。（《狗熊淑娟》）

在《狗熊淑娟》中，班主的功能类似鲁迅《药》中的康大叔或红眼睛阿义，负责将生态启蒙者命名为"疯子"，并用自身的行动阻止启蒙者的行为，在精神上打击的同时进行肉体的摧残。而围观的民众，则是通过面目模糊的"一阵笑声"和"另一阵笑声"来体现。

而在《山鬼木客》中，嘲笑、追杀生态启蒙者陈华的，则是"男人们""女人们"和"孩子们"的群像。与迟子建等人的生态写作中通常将孩子视为能与大自然天然相通者的惯性思维不同，此处的"孩子"更像是《狂人日记》《孤独者》《长明灯》等作品中那些拿着苇叶也能喊"杀"的孩子：

> 他与人群的格格不入使他在这一天成为镇上的中心，从他走出山林踏上水泥桥的那一刻起，他就成了镇上孩子们追逐的对象，他们围绕着他，一边高喊着"野人"、"野人"，一边向他投掷石头和土块。

　　男人们为他的奇特扮相惊奇得眼睛发直，女人们被他身上散发出的不好气味捂鼻逃窜。

　　他目不斜视，心境坦然地干着自己的事。

　　出了邮局进了饭馆。

　　饭馆老板将他粗暴地推出来，一步没站稳，跌倒在脏水沟里，本来就看不出眉目的衣服变得更加污秽不堪。没有人扶他，一圈人围着他看，张着嘴乐，模样都像傻×。他紧挨一泡人粪坐着，面无表情地看着自己擦破了的渗着血珠的膝盖，脑海里一片苍白。一个妇人，脸上带着夸张的慷慨，扔给他半块饼子，那架势就像扔给一只无家可归的狗。

　　……

　　过来的一帮游客，很稀罕地对着他拍摄……（《山鬼木客》）

　　围观的孩子们向启蒙者"投掷石头和土块"或"捂鼻逃窜"，饭馆老板充当着刽子手的功能，而扔饼子的妇人甚至有鲁迅小说《祝福》中的柳妈、《采薇》中阿金式的帮凶腔调。甚至本应游览观光的"游客"亦没能将外来的信息与视野带来产生有利于启蒙的良性影响，反而加入围观的人群并以手中的相机进行猎奇式的拍摄。

　　在这里，文本惯常的叙事策略是，孤立的生态维护者独自面对人数众多而又疯狂的人群，于是，启蒙显得力不从心。

　　就生态启蒙者的身份而言，或是年迈的老人（如《猴子村长》中的长社父亲），或是年幼的孩童（如《老虎大福》中的二福），或是文弱的书生（如《怀念狼》中的子明、《山鬼木客》中的陈华、《狗熊淑娟》中的林尧等），尽管身份各异，但他们的共同之处是：处于时代前列的、先于同时代人觉醒的生态意识，总是很难被同时代人理解和接纳，因而难逃为世人所诟病和迫害的命运。

　　更为经典的是，生态启蒙者通常如《狂人日记》《长明灯》《药》中的觉醒者那样被当作精神病患者和疯子，如林尧、陈华，他们为保护自然和其他非人类生命而做出的行为被视为疯子受到嘲笑，他们要么沉默不语，如《大漠魂》中的老双阳，《银狐》中的老铁子，《沙狐》中的老沙头，《沙漠三魂》和《哭泣的沙坨子》中的疯子；或者被当作幼稚童言而被忽略，如《大绝唱》中的男孩子大眼睛，《老虎大福》中的二福。当他们进行启蒙活动时，他们的行为往往被视为疯狂而遭到嘲笑、阻止甚至镇压，并遭受身体和精神的双重伤害。郭雪波的沙漠系列文本中，致力于沙漠治理的无论是老双阳、老铁子还是老沙头，在村民的眼里都像怪物般不被理解和接纳。叶广芩的秦岭系列小说中，林尧在拯救狗熊时，被马戏团的班主和围观的群众当成疯子；陈华在天花镇被当作野人；侯长社的父亲在劝说侯家坪的村民阻止其捕猴时，在失控的人群混战、恶战中，"被夹杂在猴群中间，几次当作猴子，背上着实地挨了几棍"，最后倒在地上。而这一行为在村民眼里，则是"平日沉默寡言的村长父亲突然反穿着皮大衣，一只大猴子一样在地里滚着、蹦着、喊着，这是干吗呢？疯了么？"

而生态启蒙的效果基本上是悲观的。《猴子村长》中长社父亲披着猴皮，化装成猴，冲到处境危险的猴群中去提醒它们快逃，不但没有获得猴群的信任而达到预期目的，甚至被群猴踩踏而受伤。而千里迢迢去救淑娟的林尧最终死在因受虐而极度恐惧和迷狂的熊掌下，恰如革命者夏瑜最终被杀并成为他所欲拯救的愚昧而冷漠的民众们无聊的谈资。

第四，清醒的立场和反思的可能性。

在鲁迅的"看客现象"小说中，"在好奇的'看客''看'（鉴赏）'被看者'的痛苦背后，常常还有一位隐含的作者在'看'：用悲悯的眼光，愤激地嘲讽着'看客'的麻木与残酷，从而造成一种'反讽的距离'"①。

新时期文学中具有生态伦理立场的写作，在对暴力的展示中，往往更深层次地蕴涵着对权力的炫耀，人类在和非人类的较量中，通常是先以武器的先进取胜，然后用对非人类身体的屠宰、展示、分享、使用等方式，来展示自己的胜利，和对非人类的报复。而那些围观的人们，又在"参与"过程中有了上述心理的"共享"。一个颇有意味因而使启蒙立场得以凸显的细节是，《怀念狼》在众人围观时的欢笑中，设置了"我"的不笑。众人的笑中隐含着愚昧和对猥亵调情意味的心领神会与认可，而"我"的不笑，则意味着放弃与之同流，在一定程度上保留着清醒的认识。从这个意义上讲，这和五四时期鲁迅一代启蒙主题文本中常用的"清醒的旁观者"叙事功能颇为相近。

———————

① 闫玉刚：《改造国民性：走近鲁迅》，中国社会出版社 2005 年版，第 29—30 页。

在《老虎大福》中，通过人们前后两种情感倾向的变化昭示出人类反省的可能：

> 人们惊叹着，感慨着，称赞着。
>
> 霍屠户剥过无数的猪，这是第一次剥老虎，虽说是死的，虎势依旧压人。霍屠户拿刀的手有些战，他想了想，拿一碗老酒在老虎前头奠了，嘀嘀咕咕不知说了些什么。
>
> 皮由虎嘴剥起，沿胸划开，不到一顿饭功夫一张完整的虎皮就剥下来了。
>
> 人们站在旁边，围成个半圈，静静地看，没人说话，也没人咳嗽，有风在呜呜地吹，吹得人心里有些涩……（《老虎大福》）

从叙事伦理看，如果说《怀念狼》中"我"对狼的审美和迷恋，决定"我"对其被宰割持遗憾的态度，因而不可能加入群众的狂欢中。从这个角度看，《老虎大福》则与《怀念狼》属同一伦理倾向，即在人类对非人类的宰割及现场的狂欢展示中，渗入对非人类的同情。《老虎大福》中，既有人类面对老虎身体时的"惊叹着，感慨着，称赞着"的尊重，亦有"霍屠户拿刀的手有些战，他想了想，拿一碗老酒在老虎前头奠了，嘀嘀咕咕不知说了些什么"，在神秘的仪式中心存敬畏，并夹杂着对一个种群即将消亡的恐惧，"人们站在旁边，围成个半圈，静静地看，没人说话，也没人咳嗽，有风在呜呜地吹，吹得人心里有些涩……"

在冷漠的围观中由于少数清醒者的存在，叙事由此产生一定的间离效果，使文本在生态意识整体缺失的前提下，保持着一定的清醒和信心。

第五，对人文精神的延续。

新时期文学中的生态伦理精神在对 20 世纪中国文学中人文精神的外延进行拓展的同时，仍然保持着对其核心内涵的延续，由此保持对人文理念的继承。

首先体现为人道主义精神的深蕴其间，以及对非人道行为的批判。在《怀念狼》的屠杀场景中，仅有的批判立场是针对"扔撞孩子的姓郭的"，该人在文本中的行径是故意将孩子推至路中间，让其被过往的车撞而借此敲诈钱财。这是一个经典的人道主义立场所涵蕴的启蒙的本义。对此人的批判和对狼的宰杀成为一种同构的呼应，这解释了为什么在对狼的剖杀中生态伦理立场的缺失。当人的生命仍在物质的贪欲中被漠视时，期待对非人类生命的敬畏显然为时尚早，对人道主义的关注热情在很大程度上分散了对生态立场缺失的注意力。

其次是对弱势群体的同情，其中蕴涵着对权力话语的批判。

《大漠狼孩儿》中，权力持有者不仅掌握着对非人类身体的分配权，"胡喇嘛村长制定出了分配狼肉的方案。每户三两，参加打狼的人优先，三两肉合三升苞谷米秋后交由村上。大家本想发牢骚村干部又借机刮大家的油，但见到鲜红的狼肉躺在那里实在诱人，一咬牙便排起了长队"。而且，利用权力之便，拒绝毛老汉的请求，因为毛老汉"跟胡喇嘛的爹胡嘎达老秃子在年轻时因一个女人差点打出人命，围绕村中土地的分配问题，年轻时当过干部的毛哈林也得罪过胡氏父子，弄得时到如今，冤仇不解，无儿无女的毛哈林受尽有权有势的胡氏爷子的欺侮"（《大漠狼孩儿》）。人类中的权力持有者利用话语权叙述狼肉的功效，并掌握制定分配方案的权力。以狼肉的"治病"和"提高性能力"来强调其价值，以强化此次分配狼肉活动对围观者的吸引力，尽管事实上围观者的热情更多源于长时间油水不足而导致的嘴馋。而分配方案明显有"刮大家的油"的成分，尤其是对毛哈林老汉的拒绝以及拒绝理由的冠冕堂皇，拒绝态度的坚决冷漠都显示出权力持有者对同类的残酷。

在这里，权力话语显示了巨大的力量。叙事伦理中明显体现了对人类之间权力之争的展示和批判，"毛老汉在众目睽睽下走出队尾，摇摇晃晃地向院外走去，眼角明显挂出两滴泪。瑟瑟秋风中，他犹如一棵残败枯草，随时被吹倒或刮走。人们谁也不敢吱声"。对弱势群体毛老汉的同情和关注，遮蔽了对非人类屠杀场景的展示以及由此可能出现的失落或慨叹。人际伦理问题的凸显，代替了对种际伦理缺失的关注。

当毛老汉要求给他一点骨头熬汤都遭拒绝之后，文本通过其凄凉背影的展示，传达了对其弱势处境的同情。当弱势群体依然稀缺的人权吁求未得到充分瞩目之时，对种际伦理视野下非人类的同情需求则显得超前和不合时宜，因而成为一种奢望。

第六，"疗愈功能"中的启蒙视角。

在上述"示众"场景中，叠加了"治病"的隐喻功能。诸多文本在对非人类身体的切割中充满着强烈的治病期待，在鲁迅小说《药》中，人血馒头隐喻了愚昧的民众在精神上的疗救需求。同样，在《怀念狼》

《老虎大福》《大漠狼孩》《一匹倒挂在杏树上的狼》等文本中，一个共同的逻辑是，人类都在试图通过使用非人类的肉体而获得强身健体甚至某种特殊的能力，比如，吃狼奶头可以不流口水，蘸虎血抹额头可以免灾，吃虎胆可以增加胆量……

> 霍屠户的刀从老虎的下颌插进，有血流出，四女的奶奶用个小碟接了，恭敬地端进屋去，沾着血在三福、四福的脑门上抹了一个大大的"王"字。两个顶着一脑袋血迹的小家伙踢腾着腿，开始哇哇大哭，四女奶奶说，好好长，顺顺当当的，你们的大哥护着你们哩。
> 院里，大福的肚子已被破开，众人忽地一下围上来，都沾那血，都往身上抹，都要沾大福的光。

这是一个让人想起《药》中"人血馒头"崇拜的情节。置换的仅是以非人类生命替代了充满启蒙情怀的革命者。但在对"血"的修辞中，同样蕴涵着治病的疗愈期待。而《老虎大福》中的虎胆，被寄寓了可以治疗吓破胆的二福的顽疾：

> 大福的肠肚被拽出，散扔在地上，沾了不少土。二福爹将那个有小孩子脑袋大的绿色苦胆特别剔出，很小心地搁在身边的石头上。
> （《老虎大福》）

《大漠狼孩儿》中的狼肉，则与男性的性别相对应，给予了"强壮"的疗愈功能：

> 他得意地笑着，走过去"叭叭"拍了拍木板上的狼肉，提高嗓音说道，"我听说这狼肉，人吃了还有特殊的功能！"
> "噢？"众村民疑惑地看着胡喇嘛。
> "狼肉能治哮喘咳嗽，健脾补肾，强身壮骨，对男人绝对是个好东西！"胡喇嘛的几句话一下子抬高了狼肉的身价，男人们都不由自主地围过来。（《大漠狼孩儿》）

《一匹倒挂在杏树上的狼》更是连篇累牍的关于狼身体的疗救功能：

他拍拍狼头，说，"乡亲们，狼这东西，全身都是宝，狼皮，做成褥子，能抗最大的潮湿，铺着狼皮褥子，睡在泥里也不会得风湿。狼油，是治烧伤烫伤的特效药。狼胆，治各种爆发火眼，比熊胆一点也不差。狼心，治各种心脏病。狼肺，专治五痨七伤。狼肝治肝炎。狼腰子治各种腰痛。狼胃，装上小米、红枣，用瓦罐炖熟了，分三次吃下，即便你的胃烂没了，它也能让你再生出一个新胃，这个新胃，连铁钉子也能消化得了！狼小肠，灌成腊肠，是天下第一美味，还能治小肠疝气。狼大肠，用韭菜炒吃，清理五脏六腑，那些水泥厂里的工人，吃一碗韭菜狼大肠，拉出的屎，见风就凝固，像石头蛋子似的，用铁锤都砸不破。狼的肛门，晾干，研成粉末，用热黄酒冲服，专治痔疮，什么内痔外痔不内外痔，都药到痔根断，永不复发。狼尿脬，装进莲子去炖服，什么样的顽固遗尿症，也是一副药。狼眼治青光眼。狼舌治小儿口疮、大儿结巴。狼脑子，宝中之宝，给一根金条也别卖，留着给宝儿吃。狼肉，大补气血，老关东说，"一两狼肉一两参"。狼鞭吗，治男人的病。狼骨，治风湿性关节炎，虽比不上虎骨，但比豹骨强很多。就是狼肠子里没拉出来的粪，也能治红白痢疾……"

此处列举了狼的皮、油、胆、心、肝、胃、小肠、大肠、肛门、眼、脑、肉、鞭、骨甚至粪的药用价值，集中呈现了对疗愈功能的全方位期许。

人类的"围观"与非人类的"示众"场景，很容易让我们想到鲁迅的《药》《阿Q正传》《示众》等中杀人和砍头的场景，或许可以从鲁迅在此类场面中蕴涵的启蒙精神对愚昧落后的烛照这一思路中获得某些启迪。人类在对非人类身体的杀戮和"展示"/公开呈现中，也显示了他们自身的冷漠、虚弱和自以为是，暴露着生态伦理意识的缺失。

而对非人类身体的屠杀和展示，通常伴随着胜利者/人类的"讲述"，如《大漠狼孩儿》《一匹倒挂在杏树上的狼》等。这种讲述实则是人类"话语权"的一次充分甚至泛滥的使用。人类拥有话语操控的权力，意味着他们可以对整个"事件"和屠杀的过程进行有效的"叙述"，对人类和非人类关系的"叙述"，在叙事过程中凸显自己的英勇和正义，使原本血腥的行为获得理解、认可、喝彩。而非人类原本就是没有话语权的，更何况是已经死去。如果说《怀念狼》中宰杀活牛的场面还让垂死的牛保留着"流泪""发抖"等身体语言的话，那些对死去的非人类身体的切割和展示，使最后的身体表达也失去了，只剩下人类的滔滔不绝。

通过对"身体"的公开展示/被围观的书写，拓展了启蒙主题的理论内涵，并在全新的维度上实现与人文精神的对接。

二　重建国民性设想：生态维度的增加

对生态伦理精神缺失的展示，意味着一个全新的具有生态维度的精神体系的重建成为必需。

工业文明时代及其附着的价值观念和对物质欲望的追求，使人类与山野走向对立，与其他生命走向对立。《长虫二颤》中佘震龙利欲熏心而滥捕滥杀蛇，《狗熊淑娟》中丁一为了吸引更多的外资而千方百计地购买活熊淑娟的前掌，《猴子村长》中村长侯长社为卖钱而不肯放猴，《老虎大福》中凤草坪的人集体出动捕杀了最后的大福……现有的荒野空间的被破坏，在很大程度源于"人心"的被破坏。因而，真正有效的拯救在于重建人类的精神空间，通过自省与自制，使人类通过克制过于泛滥的感官享受和物欲追求，努力使自己从贪婪狭隘走向仁爱博大。

精神空间的净化与完善，延续了一个世纪以来对重建国民性的期待。在新时期具有生态伦理立场的写作中，重建国民性通过如下途径：其一，是民族文化的反省和改进，如《狼图腾》中以草原文化和汉文化对比，中外文化对比等方式，反省文化不足，寻求建构之旅；其二，是对"人文精神"的拓展，将"人文"由人与人之间延伸到人与自然、人类与非人类，如叶广芩的秦岭系列写作；其三，回归或亲近自然，到自然中寻求精神和谐的元素，如赵本夫的《无土时代》，迟子建的《逆行精灵》《额尔古纳河右岸》等；其四，原始宗教中寻找启示，如郭雪波的《狐啸》。

（一）对民族文化的反省与改进

在对既有文化的反思方面，《狼图腾》是一部视角独特的著作。文本从一个进入草原的知青/外来者的视角，在与陌生的草原文化的参照中，审视农耕文化的生命观、生存观、生活观，"汉族农耕文化的生命观、生存观、生活观，刚一撞上了草原逻辑和文化，顿时就坍塌了一半"，通过将草原游牧文化与中原农耕文明的对比，该文本从不同角度对华夏民族精神进行反思。

首先，在宏观结构上，对传统儒家文化进行反思和重铸，从"天人合一"的核心理念延伸至"天兽人合一"的生态伦理体系。

> ……陈阵常常感叹蒙古人有这么好的草原军校，有这么卓绝的狼教头。蒙古人不仅信奉"天人合一"，而且信奉"天兽人草合一"，这远比华夏文明中的"天人合一"，更深刻更有价值。就连草原鼠这种破坏草原的大敌，在蒙古人的天地里，竟然也有着如此不可替代的妙用。（第 267 页）

在朴素的草原文化中，草原的总体生态成为价值体系中最核心的部分，重新阐释"天"的概念，从而以自发的生态中心意识拓展了"天人合一"的生态维度：

> 狼图腾是捍卫草原大命的图腾，天下从来都是大命管小命，天命管人命。天地没命了，人的小命还活个什么命！要是真正敬拜狼图腾，就要站在天地、自然、草原的大命这一边，就是剩下一条狼也得斗下去。相信物极必反的自然规律……（第 188—189 页）

在文本的文化反思中，草原伦理的对象涉及"天兽人草"，其范围超过华夏文化的"天人合一"，拓展了民族文化的体系建构。在"天兽人合一"的伦理体系中，反思既有的人类/民族文化的不足，并通过对其他物种优秀品质的借鉴，实现文化体系的修整与重建。

其次，在不同文化的对比中，从不同角度全方位地反省既有文化的不足，并探询具体的文化建构方案。

与狼图腾的凶猛卓绝相比，汉文化的"好死不如赖活着"的活命经验和哲学，导致民族精神和性格的萎靡不振。

> 杨克心中感叹道：死亡也是巨大的战斗力，狼图腾培育了多少慷慨赴死的蒙古武士啊。古代汉人虽然几乎比蒙古人多百倍，但官廷和民间骨子里真正流行的信仰却是好死不如赖活着，这是华夏农耕民族得以延续至今的一种极为实用的活命经验和哲学。好死不如赖活着的"赖劲"，也是一种民族精神，而这种精神又滋生出多少汉奸伪军，

> 让游牧民族鄙视和畏惧……是由于凶猛卓绝的狼老师被灭绝，才导致
> 民族精神和性格的萎靡？（第 186 页）

作为西方民族的童年，原始游牧民族的战斗进取、勇敢冒险的精神和性格，是以农耕文明为主的中原文化所不具备的优良品质：

> 　　陈阵叹道：其实世界上最先进的民族，大多是游牧民族的后
> 代。……原始游牧是西方民族的童年，咱们现在看原始游牧民族，就
> 像看到了西方民族的"三岁"和"七岁"的童年，等于补上了这一
> 课，就能更深刻懂得西方民族为什么后来居上。西方的先进技术并不
> 难学到手，中国的卫星不是也上天了吗。但最难学的是西方民族血液
> 里的战斗进取、勇敢冒险的精神和性格。（第 195 页）

《狼图腾》中陈阵和杨克的思考涉及农耕民族和游牧民族、东西方比较等，从狼精神的启示探讨了诸多民族性的问题，是鲁迅以来探讨国民劣根性的"启蒙"意识的延续，以其独特的生态思考实现对人文精神的拓展和续接，通过这样的视角实现与宏大的启蒙主题的对接。

此外，以草原文化中的核心精华"狼图腾"注入儒家文明的既有体系，建构全新的民族文化，是该文本启蒙思考的预设方案，并以此保障"中华民族实现民主自由富强的伟大复兴"。

"狼图腾"的核心精神是"勇敢、智慧、顽强、忍耐、热爱生活、热爱生命、永不满足、永不屈服，并藐视严酷恶劣的环境，建立起强大的自我""狼图腾是以一当十、当百、当千、当万的强大精神力量"。而这种狼图腾精神在文本中的定位是"比汉族的儒家精神还要久远，更具有天然的延续性和生命力"。因为"儒家思想体系中，比如'三纲五常'那些纲领部分早已过时腐朽，而狼图腾的核心精神却依然青春勃发，并在当代各个最先进发达的民族身上延续至今"。所以，"蒙古草原民族的狼图腾，应该是全人类的宝贵精神遗产"。在重塑国民性格的启蒙话题中，文本对传统的儒家文化进行反思，并对重新整合儒家文化与狼图腾文化作了较为理性的规划。改造国民劣根性，重建新的民族文化的方案在于，"在中国民族精神中剁去儒家的腐朽成分，再在这个精神空虚的树洞里，移植进去一棵狼图腾的精神树苗，让它与儒家的和平主义、重视教育和读书功能等

传统相结合，重塑国民性格"（第253页）。

作为例证，文本通过陈阵对李白的解读，将李白视为上述方案配置的成功个案，"陈阵此刻顿悟，李白豪放的诗风之所以难学，难就难在他深受崇拜狼的突厥民风影响的性格，以及群狼奔腾草原般辽阔的胸怀……草原狼的性格再加上华夏文明的精粹，竟能攀至如此令人眩晕的高度"（第283页）。关于李白的阐发，再一次提及对民族文化整合与重建问题的思考，并提出了整合的思路之一，即草原狼的性格加华夏文明的精粹。狼文化的气质和草原胸怀融入华夏民族的精粹，成就了李白在民族文化中令人眩晕的高度，从而形成文化建构方案的成功典范。

最后，在文化反思过程中，保持自觉的启蒙意识和立场。

在这个充满"陈阵说""杨克道"的文本中，知青/外来者的视角具有强烈的启蒙情结和持久的启蒙激情。文本多次借陈阵的阅读视野提及鲁迅对国民性问题的诸多思考，在凸显其知识谱系之渊源的同时，证实了文本启蒙立场的自觉性。

与鲁迅小说中围观场景的启蒙叙事相对应，文本设置了羊对羊的围观，并以羊的生物性影射农耕文明中人的劣根性：

> 绵羊低等而愚昧，当狼咬翻那只大羊的时候，立即引起周围几十只羊的惊慌，四处奔逃。但不一会儿，羊群就恢复平静，甚至有几只绵羊还傻乎乎战兢兢地跺着蹄子，凑到狼跟前去看狼吃羊，像是抗议又像是看热闹。那几只羊一声不吭地看着热闹，接着又有几十只羊跺着蹄子去围观。最后上百只绵羊，竟然把狼和血羊围成一个三米直径的密集圈子，前挤后拥，伸长脖子看个过瘾。那副嘴脸仿佛是说"狼咬你，关我什么事！"或是说"你死了，我就死不了了"。羊群恐惧而幸灾乐祸，没有一只绵羊敢去顶狼。

这是一个启蒙立场得以呈现的经典例证。以"羊性"的批判，隐含着对民族劣根性的反思：绵羊的胆小、愚蠢、麻木、自私，和狼群的生猛、机智、敏捷与团结相对应，文本在狼精神中寻找民族精神重建的精神资源，不断地在狼羊对比中探讨历史的成败得失，对狼精神的赞叹和对羊形象的哀其不幸、怒其不争是其同一思考维度的不同侧面。在对类似鲁迅小说中启蒙场景的"复制"之后，通过陈阵/启蒙者之口有意识地提及鲁迅笔下愚昧民众的冷漠围观。

> 陈阵浑身一激灵，愧愤难忍。这场景使他突然想起鲁迅笔下，一些中国愚昧民众伸长脖子，围观日本浪人砍杀中国人的场面，真是一模一样。难怪游牧民族把汉人看做羊。狼吃羊固然可恶，但是像绵羊家畜一样自私麻木怯懦的人群更可怕，更令人心灰心碎。

这里，文本中多次提及鲁迅的启蒙精神，印证了《狼图腾》中启蒙意识的自觉性。在对鲁迅启蒙精神的承继中，通过"围观"场景书写展示其蕴涵的启蒙主题，实现生态思考与人文精神的对接。

（二）回归或亲近自然

对于生态启蒙的话题而言，赵本夫的《无土时代》无疑是一部颇有建构意义的文本。

首先，在这个文本中，启蒙者不再是单个个体的孤军奋战，而是以群体的方式，由多种身份的不同个体组成：有来自专业的生态学领域的林业方面的专家林教授，因人文和诗性情怀产生生态理念的出版社主编石陀，来自农村出于对自然和大地的深情而在城市进行生态实践的绿化队队长，源自亲近自然的天性最后捍卫了满城麦子的孩子/小学生……诸多来自不同社会、文化阶层和具有不同社会角色的人，从各自的立场，以不用的途径，共同努力。

其次，启蒙行为得到了肯定和追随，林教授在政协会议上发表的关于生态问题的演讲得到了同去参会的石陀的共鸣，并为绿化队队长的自发行为开启了理论自觉，而石陀的行为得到理解并有人暗中相助，并有了支持者和追随者。在强大的现代性运转惯性背后，生态伦理思考得到四面八方的回声和不同途径的实施。

最后，民众不再是沉默和冷漠的大多数，而是对启蒙者的生态救护行为有了理解、支持与应和。在小说的结尾，借创建文明城市过程中一次歪打正着的造假，绿化队队长用麦苗代替草坪，并在众人的合力推动下最终将整个城市置于麦香中，文本列举了不同年龄段的人因各自人生际遇而衷心地热爱和拥护这样一个被自然包围的城市：老一代的人因为有乡村记忆而对大地充满怀念和喜爱，中年人因为知青经历而对大自然充满怀想，年轻人因为老人的喜欢而喜欢，孩子因为终于有机会看着麦子的成长而兴奋不已——所有的民众都不再漠然，而是加入生态维护的洪流中。

最重要的是以一个理想主义者浪漫的精神建构蓝图，提供了一个富有浪漫色彩的生态保护方案，以此恢复无土时代的城市久已丧失的土地记忆和对自然的敬畏之心。

文本最后提供的场景是在"一个秋天的夜晚"，在四季常青的城市中早已失去通过季节变化感受自然时间流逝的木城人，终于因为各种农作物的成熟而聆听到了自然的足音。被都市的霓虹灯遮蔽的月亮重新进入视野，人类重新建立了与自然之间的精神联系：

> 一弯月亮早早就升起来了，显得特别清晰，正从楼顶上缓缓滑过。木城人已经很多年没看到月亮了，甚至曾以为月亮是个很乡下很古老的东西，早已消失。今天却发现，原来月亮还在。真好。爷爷们说，过去乡下的故事都发生在月亮底下，发生在高粱地、玉米地里，今晚会有故事吗？
>
> 因为是双休日，马路上没有汽车，却不断有马车、毛驴车载着客人匆匆驶过，发出有节奏的嗒嗒声。赶车人一声吆喝："驾！"正忙得很呢。
>
> 一头驴子看到前头拉车的驴子，突然兴奋地大叫起来："啊哈！……啊哈！……"
>
> 路边的行人先是被吓一跳，但随即都哈哈大笑了。
>
> 月牙儿落得很快，紧接着就是满天繁星。天也一下子暗下来。大地上的一切都变得朦胧而神秘了。
>
> 荒野的风漫进木城，大大小小的树木和玉米地都发出簌簌的声响。三百多块麦田收割后，又栽上了夏玉米，玉米棒子长得像牛角一样粗壮，近日就要收获了。玉米地里似乎有憧憧人影，不知是有人偷情，还是有人偷玉米。
>
> 还有散落在各个街角旮旯里的高粱棵，也在风中轻轻摇动，让人怀疑里头藏着什么人。在这种地方约会和在酒吧里约会，真的感觉不一样。
>
> 木城只有路灯的灯光照出一小片一小片的光亮。整座城市沐浴在天光之下，到处黑黝黝的，着实有点吓人。木城人似乎又恢复了一点对大自然的敬畏之心。

　　　　但满天繁星下的木城，从来没有这么安静过。忙碌了一天的人们，心终于沉静下来。这一夜，几乎所有人都睡得那么安稳，那么香甜。（《无土时代》，第362—363页）

　　在上述方案中，"无土时代"的现代文明曾经阻断了人对自然的仰望和血脉相连，进而由自然荒芜引发了精神荒芜，由此产生诸多人性缺失引发的问题。而在一次文明城市检查的意外事件及其补救中，麦苗代替了草坪重新唤起了木城人久已生疏的土地记忆，从而恢复了对大自然的敬畏之心。此后，"荒野的风漫进木城"，继玉米、高粱等来自土地的农作物相继成为城市的风景之后，木城的生态结构发生了进一步的变化，马车和毛驴在马路上自由地行走，而凌晨三时的子午大道上，更是有"数万只黄鼠狼在集结"。而更大的影响在于，木城的变化引发了全国范围内的城市生态变革，"在中国的其他十多个大中城市，也相继发现了玉米、高粱和大豆……"

　　（三）对"人文精神"内涵的拓展

　　20世纪初以来，中国文学以不断书写对人的价值和权利尊重的人文精神追随着"德先生"的指引。新时期具有生态伦理精神的写作则进一步把人文精神尊重的对象拓展到人之外的自然和其他非人类生命，实现了生态伦理与人文精神的对接。从人文精神发展至生态伦理精神，使自由、平等、博爱的理念由对人与人之间关系的调整惠及自然和非人类，拓展了人文精神的理论内涵："……'生态伦理'，给一个陈旧的话题又赋予了许多新的含义，在理论家们探讨人与人、人与社会的伦理关系时，'伦理'的外延扩展得更为广泛，人与自然何尝不存在着伦理道德的约束，在我们谈论保持人类尊严的时候，人与自然的和谐、共处、发展，对动物的尊重，何尝不是保持人类尊严的一个重要部分。"[1]

　　具有深刻而清醒的生态伦理立场的人，才是自然生态最终获救的希望所在，也是对"人"的概念的全新阐释。来自人类内在精神生态的调节与重建的自省和自我建构，是人类最终获救的根本之途，这是生态保护技术的发达所不能替代的。"世界的希望不是在政治家们手里，不是在企业

――――――――――

　　[1]　叶广芩：《老县城》，第243页。

家们手里，甚至不是在科学家们的手里，而是在我们的手里，在你我的手里"①。《猴子村长》中侯长社在失掉村长之职后，在父辈故事中自省，进而完成自我的重建；《长虫二颤》中佘震龙在失掉腿之后不再捕杀蛇类而改以修钟表为生，这一"自新"行为亦是人类作为种群在不断的自我修复中重新建构自我的重要思路。"生态危机源于人的心态危机……"②"人类不是万物之灵，对动物，对一切生物，我们要有爱怜之心，要有自省精神。"③ 既然是人类"在生存的过程中，逐渐生成了以自然为敌、以征服自然为目的的理念"④ 导致自然生态的灾难，因而拯救之旅的起点也应源于人类精神理念的改变"……一切的症结所在，在于人心"⑤，在于人类在漠视自然和非人类的利益并受到严厉的教训之后的自省，这是一种全新的国民性建构的希望所在。

（四）寻求原始宗教的启示

在对国民性建构的生态维度生成中，寻求原始宗教的启示亦是重要的途径。人类对自然敬畏之心的维持，通常源自某种原始宗教的力量。《银狐》中白尔泰和众多萨满教文化的追随者一样，"想做一种文字的记录和研究，告诉大家，北方，蒙古人曾创立和信奉过一种宗教——萨满教，这个教信奉长生天为父，长生地为母，信奉大自然、信奉闪电雷火、信奉山川森林土地；同时也想告诉大家，现在也许正因为失去了这应信奉的教义，人们失去了对大自然的神秘感和崇敬心情，才变得无法无天，草原如今才变得这样沙化，这般遭受到空前的破坏，贫瘠到无法养活过多繁殖的人族，这都是因为人们唯利是图，急功近利，破坏应崇拜的大自然的结果！所以现在，大自然之神正在惩罚着无知的当代人族！""现在的人类，缺少的就是这种崇拜。缺少对自然和宇宙的神秘感。"（《狐啸》）试图在生态破坏现状和原始宗教衰落之间寻找可以对应的逻辑关系

后来他找到的记载萨满教·孛历史的奇书《孛音·毕其格》中的内容，刚好印证了这一点："'孛'教崇拜长生天、长生地为父母的传统风

---

① 叶广芩：《老县城》，第 256 页。
② 同上书，第 254 页。
③ 同上书，第 231 页。
④ 同上书，第 243 页。
⑤ 同上书，第 229 页。

俗，其中有很多深奥又奇异的观点，如'人对万物自然不可征服，只有依附或融入'、'人与兽虫一样，都是地球之母身上寄生的虱子'、'人不可失去对自然、对宗教的神秘感；一旦失去了将变得无法无天、无所不为，所以在人类头顶要永远高悬不可知的大自然神秘之斧刀'等等，同时处处流露着对蒙古人正在失去'孛'教信仰的忧虑，认为没有了'孛'教的信仰，等于将失去长生天、长生地对自己的保护，将跌落无限的黑暗中。"人类内心的黑暗与荒芜和狼孩多次重复出现的"我是谁？我来自何方"的迷惑一样，成为人类迷失自我的隐喻。人类必须在对自然的敬畏中超越这种黑暗和荒芜。原始宗教帮助人们面对自然时保持谦卑之态，从而获得烛照灵魂的指路明灯，进而实现国民性建构的健康与完善。

这样，生态伦理在承继启蒙精神立场核心内涵的同时，拓展了其理论外延，以此实现对现代文学传统的呼应与拓展。

第二节　生态伦理精神的科学话语及其现代维度

如果说生态写作中的启蒙立场承继了现代文学的人文传统的话，科学话语的存在，则延续了现代文学中的科学与理性精神。

生态写作中大量自然科学话语的存在，是与其产生的特定历史机缘密切相关的。"'生态'这个概念本身，从一开始就不是从文学中生成，而是从生态科学、生态文明理论出发而转换过来的概念。"而"生态学对于'生态'的界定，主要包含了生物的生理特性和生活习性以及生物的个体、种群或群落所在的具体地段环境、生物所必需的生存条件"[①]。在从生态科学向生态文学转换的过程中，部分文本借鉴了自然科学本身的话语特征和内在的逻辑思维。因而在 20 世纪 80 年代中后期出现于中国当代文坛的生态写作具有较明显的自然科学话语特征。

自然科学话语进入生态写作叙事的符号层面，从符号代码角度看，主要表现为三种维度：其一是自然科学知识、术语的直接镶嵌对文本形态的影响；其二是自然科学的思维特征、研究方法对文体特征的影响；其三是自然科学认知推动生态写作中叙事模式、伦理立场的现代化。

----

① 徐肖楠：《生态文学的情感空间与审美意向》，《珠海城市职业技术学院学报》2006 年第 3 期。

一　文本形态：自然科学术语的大量镶嵌

自然科学各学科的专业知识、术语直接嵌入生态写作中，成为文本醒目的组成部分。与通常意义上文学文本的感性、诗性的总体风格不同，具有自然科学话语特征的生态写作在文本构成上，通过大量的自然科学知识传达对自然、生命的认知。除"生物链""沙丘两翼之间的交角""土质、水位""行间距离""覆盖度"等生态学领域的专业词汇外，现代生物学、气象学、地理学、物理学、现代医学、营养学甚至土木工程学等学科的术语均有大量出现，构成其独特的文本质感。

（一）生物学知识

羊奶子果学名苦糖果，忍冬科类植物，生长在海拔 1000 米左右的河坝地带，状如羊奶，粒大汁多，酸甜可口……（《山鬼木客》）

（熊猫），aiuropodidae，哺乳纲大熊猫科大熊猫属……（《山鬼木客》）

关于"羊奶子"和"熊猫"的介绍，是严格按照生物学的术语和特定学科表述习惯进行的定义。"学名"、"××科"、"×科×纲×属"均为植物分类学的标准表达方式。作者叶广芩曾翻译了日文的《生物》一书，此处不仅以规范的术语介绍了生物学的自然科学知识，连"状如羊奶，粒大汁多，酸甜可口"的语体习惯都符合自然科学特征。

（沙巴嘎蒿）……这蒿草，高不到一米，旁枝繁茂，属丛生植物，耐旱喜沙土，生命力顽强。难怪她丈夫称它为改造沙漠的宝草。跟沙巴蒿草一同混杂着生长的还有沙柳条子，这也是一种丛生木本植物，株高达二三米，根须很深，枝叶茂密而嫩绿。……（《天出血》第 74 页）

在郭雪波叙写草原生态的系列小说中，大量夹杂着草原动植物的生物学知识的传达。此处详细和精确地介绍了沙巴嘎蒿的生物学知识，其中"丛生植物""株高"等专业术语的使用，辅之以具体数据，使知识的介绍精确而翔实。

贾平凹《怀念狼》中更是使用大量生物学术语的堆砌，显示了与作者一贯叙述风格迥异的文本特质：

> ……将活体标本带回州城研究，认定所谓的太岁是罕见的粘菌复合体，并结论为：通常认为真菌与植物的亲缘关系要比与动物的关系要近得多，而分析了某一核蛋白、核糖核酸的排列顺序，发现人类与真菌的共同祖先显然是远古时代的一种鞭毛类单细胞动物。既然动植物有着共同的祖先，那么太岁就是由原始鞭毛的单细胞生物分化而来的，其自养功能的加强和动物功能的退化，便进化到单细胞绿藻，由之发展成植物界，相反，运动功能和异养功能的加强和自养功能的退化，便进化到单细胞原生动物，由之发展为动物界。（《怀念狼》，第134页）

（二）生态学知识

> 狼要吃羊，是因为它的生理需要，因为它的食物链所安排，动物有动物们的秩序和规则……（《老虎大福》）

> 原卉……她知道沙漠里的动物和植物互相都有依附关系，形成特殊的生物链，不能随便伤害其中任何一物一草的。……（《天出血》，第96页）

（三）物理学

> 狼鼻朝天的嗥叫姿态，也是为了使声音传得更远，传向四面八方。只有鼻尖冲天，嗥声才能均匀地扩散音波，才能使分散在草原四面八方的家族成员同时听到它的声音。（《狼图腾》，第242页）

（四）气象学

> 现代气象学将此叫做"气流涡旋。"（《黑鱼千岁》）

（五）医学，包括精神病理学、护理学、中医学等

> ……本是神经受刺激有些不正常，又遇到众村妇嘲讽辱骂，她那脆弱的神经完全崩溃了……诱发出更严重的神经错乱症。（《狐啸》，第 138 页）

> ……麻醉了的野人，一定要严加护理。一，密切注意呼吸、心律、体温的变化，每两小时测定一次。二，预防感染，供给抗菌素和大剂量的维生素 C、复 B 和 B6。三，再就是操作万万不可以粗暴，要注意瞳孔反射。（《野人》）

（六）营养学

> 那只正在发育期的母虎一天的消费是八公斤的上好牛肉，二斤牛奶，四十片维他命 C，二十片维他命 E，六个生鸡蛋外加一只白条鸡，费用在百元以上，就这，仍处在减肥状态。（《狗熊淑娟》）

（七）地理学

> 天花山脉属于秦巴山系的延伸，面积广大，南高北低，南部是由英岩片组成的岩石，北部是浅变质性粉砂岩，中心地带为裸露的泥盆系地层，地面结构复杂多变，气候阴湿多雨。（《山鬼木客》）

叶广芩秦岭系列文本在对自然空间的书写中，常直接以"气流涡旋"（《黑鱼千岁》）等气象学术语展示其自然气候特征，以地理学的专业术语描述其地形地貌："天花山脉属于秦巴山系的延伸，面积广大，南高北低，南部是由英岩片组成的岩石，北部是浅变质性粉砂岩，中心地带为裸露的泥盆系地层，地面结构复杂多变，气候阴湿多雨。"（《山鬼木客》）自然生物的介绍中除了"丛生木本植物""株高"、"aiuropodidae，哺乳纲大熊猫科大熊猫属"等专业术语的大量使用之外，更有较长篇幅的生物属性陈述，如"羊奶子果学名苦糖果，忍冬科类植物，生长在海拔 1000

米左右的河坝地带，状如羊奶，粒大汁多，酸甜可口……"　（《山鬼木客》）使用植物学专业术语介绍其种属及生物特征。即便弥漫着神秘气息的《怀念狼》（贾平凹）亦用大段的篇幅论述真菌和动植物的关系："通常认为真菌与植物的亲缘关系要比与动物的关系近得多，而分析了某一核蛋白、核糖核酸的排列顺序，发现人类与真菌的共同祖先显然是远古时代的一种鞭毛类单细胞动物。既然动植物有着共同的祖先，那么太岁就是由原始鞭毛的单细胞生物分化而来的，其自养功能的加强和动物功能的退化，便进化到单细胞绿藻，由之发展成植物界，相反，运动功能和异养功能的加强和自养功能的退化，便进化到单细胞原生动物，由之发展为动物界"，高频度的专业术语显示出极强的异质性。

从叙事功能角度看，物理学、营养学等学科的知识夹杂其间并参与情节的推进。姜戎《狼图腾》以理性的声学知识解读狼智慧，"狼鼻朝天的嗥叫姿态，也是为了使声音传得更远，传向四面八方。只有鼻尖冲天，嗥声才能均匀地扩散音波，才能使分散在草原四面八方的家族成员同时听到它的声音"；叶广芩《狗熊淑娟》则以"正在发育期的母虎一天的消费是八公斤的上好牛肉，二斤牛奶，四十片维他命 C，二十片维他命 E，六个生鸡蛋外加一只白条鸡……"等现代营养学的数据计算动物的生存成本进而推论出淑娟悲剧命运的必然性。诗歌中涉及生命、生态话题时一向诗性盎然，[1] 但于坚的《事件：棕榈树之死》在言及现代文明进程中一棵棕榈树的死亡时，亦有土木建筑学术语和详细的工程设计细节，"图纸中列举了钢材　油漆　石料　铝合金/房间的大小　窗子的结构　楼层的高度　下水道的位置/弃置废土的地点　处理旧木料的办法"，在全诗中呈现了异质性语体特点。

高行健的戏剧《野人》在对野人的寻找中更是包含生态学、地质学、医学等多学科的自然科学知识的直接穿插，"麻醉了的野人，一定要严加护理。一，密切注意呼吸、心律、体温的变化，每两小时测定一次。二，预防感染，供给抗菌素和大剂量的维生素 C、复 B 和 B_6。三，再就是操作万万不可以粗暴，要注意瞳孔反射"，术语之密集，操作方法介绍之规范，如同严谨的临床医学教科书。

————————

① 　具体论述见李玫《于坚诗歌中的生命旋律》，《云南师范大学学报》（哲学社会科学版）2006 年第 5 期。

又如：

我们当然拍到了照片，而且进行了对比分析。这些五个脚趾都分明的脚印绝不可能是雪豹的，因为雪豹的脚印有爪子的痕迹，而熊掌第五个脚趾较之别的脚趾稍许更为粗壮，人却相反，最为粗壮的是大脚拇指。因此，结论只能是：某种直立的类似于人类的一种大型的哺乳动物至今尚不为科学所知。

……观察的要点：一，这奇异动物行动的方式？二，个子大小？三，什么样的毛色？这是第一眼要立即掌握的。然后再从头看到尾：一，头面什么形态？二，上肢较之下肢长还是短？三，手上有没有指甲？四，到底有没有尾巴？

……

使用麻醉注射枪的射手注意！枪务必对准肌肉丰满的部位，千万不许射到胸部、腹部，以免引起气胸或脏器损伤。……射在脂肪层或皮下都会使药效减弱。(《野人》)

这里，既有动物学关于不同物种差异的比较，亦有人类学考察的专业知识，而麻醉枪的介绍中又频频出现"气胸""脏器损伤""脂肪层或皮下"等极为专业的医学术语。多学科的自然科学知识交叉、融合并高密度地介入戏剧文本中，蕴涵极为丰富的信息量。

上述小说、诗歌、戏剧诸文体中，大量的自然科学术语以不同的方式镶嵌其中，并以较大的比例存在，对各文体既有形态构成的冲击，形成了新的文本质感。

二　语体：超越感性的实证精神和逻辑推理

除上述各学科自然科学话语的直接镶嵌冲击文本的表层特征之外，自然科学话语更是以富有实证精神的科技思维和逻辑推理支撑文本的内在张力。在郭雪波《白狐》《沙葬》《苍鹰》等书写草原沙漠的文本中，通常以具体的数字、实验数据、百分比来传播生态学的基本知识，呈现出生态问题的严峻性，体现了自然科学的实证方法，具有严谨、精确的语体特征：

沙害是人类面临的四大灾害之一，全世界37%的土地已被沙漠吞没，成为不毛之地，而且这个面积以惊人的速度日益扩大。……（《沙葬》）

一百多公斤的大熊猫母亲产下的婴儿仅十克左右，存活率也只是百分之十。……人类已开始退化，现在的一个正常的男人排精量比起五十年前一个正常男人的排精量少了五分之一，稀释度也降低了百分之二十。（《怀念狼》）

用精确的实验数据来呈现沙害之严重以及生态问题凸显对熊猫和人类等各物种在繁殖力方面的严重影响。

与上述文本通过数据分析得出结论的实证精神相对应，具有科学话语的文本在思维方式上体现出科技思维的严谨和注重因果推理的逻辑关系：

……拿出笔记本，查看起这片实验地的植物生长情况，种植特点，以及面积、土质、水位等等一系列问题。她发现，主人的确谙熟沙漠和沙漠植物，他在迎风坡下半部先成带种植了黄柳，带的走向与主风方向垂直，带的宽度为二行或四行，行间距离三四厘米。在沙丘较缓处选用双行带，以沙丘起伏较大处选用四行带，沙丘坡度越大，带间距离越小。黄柳生于流沙地，枝条密而柔韧，防风固沙力很强，被沙压埋后能生出很多不定根，当年可长出二米多高的新枝条。在沙坨的半坡以上种了胡枝子，覆盖住了原先赤露的沙质土。胡枝子分枝多，萌发力强，根呈网状，很发达，耐沙地的贫瘠和干旱。由于枝叶繁茂，对地面的覆盖度大，仅五十平方米的面积上就有近七百多个枝条，每年的枯枝落叶可达七十斤，具有改良土壤的作用。所以，主人很内行地在胡枝子中间栽活了樟子松。而选种樟子松也是高明的主意。这种树耐寒性强，能耐寒零下四十度至五十度的低温，对土壤要求也不苛，正适于沙质土壤的贫瘠。（《苍鹰》）

整段文字的思路是种植带的布局特点（走向、带宽、行间距）：一是黄柳的种植特点（生存条件需求、枝条特点、不定根）；二是半坡以上的植被设计——胡枝子的种植特点（分枝、网状根、地面覆盖度、土壤改良作用）；三是植被之间的相互配置——樟子松的种植特点（耐寒性、土壤需求），以所选植物的自身特点和对生存环境的需求情况的介绍，论证实验带在布局设计方面的专业、科学，总体思路逻辑严谨，颇具科学的实证精神。文本以清晰的叙述线索，呈现出必然因果推理的内在逻辑，正如董小英在《叙述学》中阐述科技语体特征时所言，"以概念的循序渐进的出现为叙述的层次""前面一定是铺垫前提，之后是推理过程，最后才是结论。一个科学文本是不会把没有经过论证的结论首先拿出来的。由此，这样的叙述方式就构成科学文体最基本的特点，最基本的叙述框架"①，大量具有自然科学话语特征的生态写作，在实现生态知识传达的内容部分，具有上述科技语体的内在逻辑特性。

在文体特征上，具有自然科学话语特征的文本中，经常基于自然科学的研究方法影响，插入其他科技文体的实验报告、考察记录等，以呈现出生态现状的真实处境。《山鬼木客》中考察野人的片断，完整而典型地呈现了自然科学的研究方法和研究流程：

> 站起身时，他发现了身边巨大的脚印，才下过雨的湿地上，一行足印伸向前面的冷杉林。也就是说雨停以后，在黎明时分，它在这里走动过，……仔细测量着那些与人十分相似的印迹，长 42 厘米，深 3 厘米—5 厘米，步幅 80 厘米—100 厘米，应该是个身高 2 米、体重 150 公斤的大块头……在不远的灌木上，他发现了一撮褐色的毛发，他小心地将它们取下来，夹在他的标本夹子里，类似这样的东西他搜集了不少。窝棚里，他保存了 300 多个胶卷资料，写有 170 万字笔记……

从脚印出现时机推断研究对象的出没时间；通过测量足印的长、深、步幅判断该生物体的身高、体重；在附近环境中敏锐发现毛发等标本并将其科学保存，拍摄胶卷和撰写实地考察笔记以积累研究对象的相关资料；最后通过研究所法医组的化验报告得出结论。其中涉及的科学术语有作为研究方法的"压膜制片、毛干切片、毛小皮印痕检查、血型物质测定和毛发角蛋白的 PAGIEF 分析"，作为动物分类学知识的"高级灵长目"，

---

① 董小英：《叙述学》，社会科学文献出版社 2001 年版，第 290 页。

作为解剖学术语的"眉间垂距、枕骨大孔、枕骨粗隆"等。在此研究基础上，最后附加一份完整的考察报告：

> 　　农民李春桃，1902 年生，女性，天花山核桃坪人。1930 年 3 月在田间劳动，被一直立行走的不明物掠上山，两个月后自行逃回。回来后怀孕，于当年 12 月产下一子，取名王双财。据当地人回忆，王双财从生下起周身便生棕色短毛，足大臂长，面目似猿，身材低矮，不会言语，举止怪异，但能解人意。其兄王双印介绍，王双财活至二十三岁，自然死亡。王氏家族中兄弟六人，只有王双财"与众不同"。征得家属同意，2001 年 7 月 19 日将王双财的遗骸取出，初步测量结果如下：
>
> 　　从腿骨判断，死者生前 1.42 米，臂长与腿长不成比例。头骨高 8 厘米，前额低窄，眉脊向前方隆起，脑量不大，是正常人的三分之二。眼眶部结构特异，眉间垂距 5 厘米，猿人为 5.6 厘米，现代人为 2.8 厘米。枕骨大孔较一般人小，枕部平展，枕骨粗隆不明显，与我国晚期化石智人相接近，显示了脑髓不发达的物质。
>
> 　　从以上粗略情况看，核桃坪王双财颅骨与类人猿接近……

区别于文学叙事"以颠倒、隐瞒、伪装等剪断事理的线索，打乱条理，制造悬念，延宕故事的信息，却在话语中掺杂后设命题，以新奇的方式，以最能唤起读者情感、最能触动人心的方式来组织篇章结构"的话语风格，科学语体是"以最清晰的叙述线索，所遵循的是必然因果推理，作者想得到的结论必须完全叙述出来。要开宗明义，开门见山"[1]，文中"简要报告"所述内容，如以文学话语叙述，则可能更为丰富和生动，甚至可能充满悬念和具有可猎奇性，但文中作为研究报告，强调信息的传达，因而文字简约、平实、规范、明朗，如"农民李春桃，1902 年生，女性，天花山核桃坪人。1930 年 3 月在田间劳动，被一直立行走的不明物掠上山，两个月后自行逃回。回来后怀孕，于当年 12 月产下一子"，事实清晰，而"足大臂长，面目似猿，身材低矮"，则以极其简约的文字概括研究对象的特点，极富自然科学话语色彩。此外，《怀念狼》中还详细保存了一份关

---

[1]　董小英：《叙述学》，社会科学文献出版社 2001 年版，第 290 页。

于大熊猫生产的观测记录，记录人子明在两个半小时内选取的 17 个观测时间点来完成大熊猫生产过程的详细考察，以此呈现这一濒危物种生育的艰难及其面临的生态困境，是典型的实验观测报告记录格式。

大量科学术语的存在，展示了生态环境，呈现出生态危机，以实证的思维和严谨的逻辑彰显了生态写作中沉稳的理性气质。

三　叙事逻辑："因果报应"模式的消解与神秘思维的淡化

在人类与非人类的关系中，人类的不良行为以及由此产生的生态恶果，是生态写作中惯常演绎的故事模式。这一常见故事模式在情节上与古典小说中的"杀生报应"主题颇为相近。

"杀生报应"叙事模式在古典小说中大量存在，在魏晋南北时朝的志怪小说、唐代文言小说、宋代白话小说，以及明清各种题材、形式的小说中均可找到例证。《搜神记》卷二十中"虞荡"条，讲述虞荡在夜间狩猎时杀死一头大麈，次日清晨"得一麈而入，即时荡死"①。《异苑》中"射蛟暴死"故事则讲述永阳人李增因为曾经杀蛟而暴死："行经大溪，见二蛟浮于水上，发矢射之，一蛟中焉。增归，因复出，市有女子素服衔泪，持所射箭。增怪而问焉，女答之：'何用问焉？为暴若是。'便以相还，授矢而灭，增恶而骤走，未达家，暴死于路"②；《搜神记》中的"陈甲"条叙述了陈甲在杀蛇三年后遭受腹痛之报应死去。③ 此外，《三言二拍》中的《通言·计押番金鳗产祸》《初刻·屈突仲任酷杀众生》皆有"杀生报应"情节。此类情节模式的内在逻辑在于：人类荼毒无辜生灵——触怒上天——遭受报应（行恶者本人或其子孙，承受包括损失财产、功名甚至生命的后果）。上述文本对该逻辑的解读通常依据的是中国传统文化中的"因果报应"思想：《尚书·汤诰》中的"天道福善祸淫"④；《周易·神》云，"积善之家必有余庆，积不善之家必有余殃"⑤；道家经典《太平经》的"承负说"则进一步解释说，"力行善反得恶者，是承负先人之过，流灾前后积来害此人也。其行恶反得善者，是先人深有

①　（晋）干宝撰：《搜神记》，中华书局 1979 年版，第 242 页。
②　（南朝·宋）刘敬叔撰：《异苑》，中华书局 1996 年版，第 20 页。
③　鲁迅：《古小说钩沉》，《鲁迅全集》第 8 卷，人民出版社 1973 年版，第 552 页。
④　《尚书·汤诰》，李民、王健撰：《尚书译注》，上海古籍出版社 2000 年版，第 116 页。
⑤　周振甫：《〈周易〉译注》，江苏教育出版社 2006 年版，第 51 页。

积善大功，来流及此人也。能行大功万万信之，先人虽有余殃，不能及此人也"①。佛教传入后，其理论中的"三世因果"说与上述因果报应思想之间形成有效的呼应关系。

在新时期生态写作中，以自然科学的认知消解古典伦理时期"杀生报应"故事模式的内在逻辑，强化生态伦理关系中的理性因素。以叶广芩《黑鱼千岁》《长虫二颤》为例，在总体情节上，二者皆似古典小说中的"杀生报应"故事模式，前者是杀死黑鱼的人类最终与鱼同归于尽，后者则是杀蛇的人类最终被已死的蛇头咬而中毒失去一条腿。但文本是以科学话语通过用现代科学知识重新作了解释，以使其因果逻辑符合科学认知：

> 被身首分离的蛇头撕咬，听起来是奇事，但据动物学家解释却不足为奇，离开身体的头在一定时间仍可存活，这是脊椎动物的本性，人不行，可是蛇可以……（《长虫二颤》）

> 死了的儒和鱼被麻绳缠在一起，如同一个庞大模糊、伤痕累累的包裹。人们在解那根绳时才知道这项工作的艰难，浸过水的麻膨胀得柔韧无比，非人的手所能为，只好动用了刀剪，于是大家明白了水中的儒为什么在最后的时刻也没有解开绳索逃生。（《黑鱼千岁》）

在《长虫二颤》中，原本设置了善恶两种行为及其对应结果：同是取蛇胆，中医学院教师王安全取胆是为了救村民的命，治病救人是积德行善，所以王安全救人受尊重；佘震龙大量的杀蛇取胆则是为了谋利，利欲熏心而最终差点送命。但文中自然科学话语的出现，从生物学的角度解释了该现象：被蛇咬，不是作恶的报应，而是符合生物学的规律，由此解构了因果报应的故事模式。而在《黑鱼千岁》中，儒试图捕杀黑鱼最终却与黑鱼同归于尽，亦颇近"杀生报应"模式，但文本却用物理学的常识来解释绳子浸泡之后膨胀的现象，为儒精通水性却在水中未能脱身提供了更符合科学的理由。

---

① 《太平经钞乙部（补卷三十四）·解承负诀（第四十）》，俞理明：《〈太平经〉正读》，巴蜀书社 2001 年版，第 36 页。

体现在叙事模式上，自然科学认知实现了现代生态写作对古典小说中"因果报应"叙事模式的重述。

除对"因果报应"模式的直接消解外，具有科学话语特点的生态写作文本还在更为广泛的视界中用自然科学知识消解了神秘思维所蕴涵的逻辑。《狼图腾》中草原上流传已久的关于狼会飞的传说，被派出所所长分析狼偷吃羊时精密的"排兵布阵"战术所拆解：狼群选其中一匹精壮的狼搭成跳板，供其余的狼踩着它以跳入和跳出高高的窗户，由此产生"狼会飞"的假象。而在这一分析过程中，运用了现代侦探学的诸多知识，包括用放大镜对血迹的考察，对现场的具体勘探、对狼的身高和窗户高度的测量、计算和对比，以及对假想方案的模拟测试等，用自然科学的方法破解了流传已久的"狼会飞"的草原神话。

对于弥漫草原的关于"腾格里"图腾与神性力量，文本也多次通过安排自然科学话语与神话话语系统的相遇，实现了科学逻辑对神秘思维的替代：

> 陈阵靠近毕利格老人问道：阿爸，狼群究竟为什么要跑出这么一条道来？老人望望四周，故意勒缰放慢马步，两人慢慢落到了队伍的后面。老人轻声说道：我在额仑草场活了六十多年，这样的狼圈也见过几回。我小时候也像你一样问过阿爸。阿爸说，草原上的狼是腾格里派到这里来保护白音窝拉神山和额仑草原的，谁要来糟践山水和和草原，腾格里和白音窝拉山神就会发怒，派狼群来咬死它们，再把它们赏给狼吃。狼群每次收到天神和山神的赏赐以后，就会高兴地转着赏物跑，一圈一圈地跑，跑出一个大圆圈，跟腾格里一样圆，跟太阳月亮一样圆。这个圆圈就是狼给腾格里的回信，跟现在的感谢信差不离。腾格里收到回音以后，狼就可以大吃二喝了。狼喜欢抬头看天望月，鼻尖冲天，对腾格里长嗥，要是月亮旁边出了一圈亮圈，这晚准起风，狼也准出动。狼比人会看天气。狼能看圆画圆，就是说狼能通天啊。
>
> 陈阵乐了，他一向喜爱民间神话故事。毕利格老人对狼圆圈的这个解释，在文学性上似乎还真能自圆其说，而且也不能说里面没有一点儿科学性。狼可能确实在长期的捕猎实践中掌握了石润而雨、月晕而风等等自然规律。（《狼图腾》，第59页）

陈阵和毕利格老人探讨草原狼行为中至为神秘的一点——获得大量猎物后，要围着猎物跑出圆形跑道，然后才开始进食。对此，毕利格老人的神秘理论解释为向腾格里表达感谢并获得恩准进餐。但作为具有现代自然科学知识谱系视界的知青陈阵，用自然科学知识重新解读了这一看似神秘的"通天"行为背后的科学原理与理性逻辑，即狼在长期捕猎实践中积累了对天气的经验并以独特的方式予以表达。

对于小狼无师自通学会对天嗥叫这一神秘现象，当陈阵试图探究原因时，毕利格老人的神秘思维将其解读为"没狼妈教，腾格里就不会教它吗？……狼是腾格里的宝贝疙瘩，狼在草原上碰见麻烦，就冲天长嗥，求腾格里帮忙。狼那么多的本事都是从腾格里那儿求来的"，而陈阵则从自然科学的物理学常识解释为"从科学的角度看，狼对天长嗥，是为了使自己的声音讯息传得更远更广更均匀"。在这里，神秘话语再次和科学话语相遇，尽管他们从情感上更愿意聆听和接受神秘话语传达的取向，因为"人生若是没有某些神性的支撑，生活就太无望了"，但科学还是重新解释并拆解了神秘。

除了用自然科学话语重新解读神秘话语以完成叙事逻辑的重建外，《狼图腾》还通过科学话语和神秘话语的直接对话，来实现内在逻辑的重置：

> 陈阵追问：您常说狼有灵性，那么腾格里怎么没告诉它们真事呢？
>
> 老人说：虽说就凭你们包三个人几条狗，是挡不住狼群，可是咱们组的人狗都憋足了劲，母狼跟狼群真要是铁了心硬冲，准保吃大亏。包主任这招儿，瞒谁也瞒不过腾格里。腾格里不想让狼吃亏上当，就下令让它们撤了。
>
> 陈阵杨克都笑了起来。杨克说：腾格里真英明。
>
> 陈阵又问乌力吉：乌场长，您说，从科学上讲，狼群为什么不下手？
>
> 乌力吉想了一会儿说：这种事我还真没遇见过，听都没听说过。我寻思，狼群八成把这条小狼当成外来户了。草原上的狼群都有自个儿的地盘，没地盘的狼群早晚呆不下去，狼群都把地盘看得比自个儿

的命还要紧。本地狼群常跟外来的狼群干大仗，杀得你死我活。可能
这条小狼说的是这儿的狼群听不懂的外地狼话，母狼和狼群就犯不上
为一条外来户小狼拼命了。昨晚上狼王也来了，狼王可不是好骗的。
它准保看出这是个套。狼王最后明白"兵不厌诈"，它一看小狼跟人
和狗还挺近乎，疑心就上来了。狼王有七成把握才敢冒险。它从来不
碰自己闹不明白的东西。狼王最心疼它的母狼，怕母狼吃亏上当，就
亲自来替母狼看阵，一看不对头，就领着母狼跑了。（《狼图腾》，第
263 页）

面对狼群不顾小狼的呼唤而果断的撤离，科学话语和神秘话语直接进
行了对话。毕利格老人的腾格里话语和乌力吉富有推理和逻辑性的科学分
析，各自进行了解读从而形成不同话语系统的并列，在不同话语的直接冲
突中完成内在叙事逻辑的置换。

四　超越古典与援助民间：生态伦理精神建构的现代化

生态科学和生态文学最初都源于西方现代自然科学的发展与生态观念
的传播，在与中国本土语境的对接中需要经历本土化过程才能建构真正属
于中国文学的生态写作，而在本土文化资源中寻求生态呼应是对接的重要
途径。本土生态文化资源既包括源自中国古典文化核心体系儒道佛的生态
思想，亦包含长期沉淀于民间的朴素生态立场。

首先，自然科学立场的介入，超越古典时期生态伦理的被动处境，凸
显人的主体力量，推动了新时期生态写作中伦理精神的现代化。生态伦理
精神在中国文化中有着深远的思想基础。在中国古典生态伦理体系中，
"无论是儒家道家或者佛教，在本体论或本根论的层次上都承认'天人合
一'"[1]，而"天人合一"的实现则是以人对天的自觉顺应实现天人和谐，
在"人—地—天—道—自然"的单向师法关系中，人位于最被动的处境。
儒家思想中"与天地合其德，与日月合其明，与四时合其序，与鬼神合
其吉"[2]，道家思想中老子的"人法地，地法天，天法道，道法自然"[3]，

---

① 胡伟希：《儒家生态学基本观念的现代阐释》，载《孔子研究》2000 年第 1 期。
② （唐）李鼎祚：《周易集解》，上海古籍出版社 1989 年版，第 19 页。
③ （晋）王弼：《老子注·道德经上》，载《诸子集成》（三），中华书局 1954 年版，第
14 页。

庄子的"同与禽兽居，族与万物并"①，皆强调在人与自然和谐相处的理想生态建构中，人对天地自然日月四时的顺应，对万物生灵的敬畏。在传统"因果报应"叙事模式中，以神灵执法外力干预的方式保障人与自然、人类与非人类生命关系的和谐，人类的作用是被动的。

现代自然科学话语的介入，在对"因果报应"模式的解构中凸显现代生态伦理立场：人是地球上唯一具有主动选择能力的伦理主体，因而人类应该承担更多的生态责任。"生态危机源于人的心态危机……"生态灾难的避免与自然生灵的获救，并不是完全来自生态保护技术的更发达，或者自然界的自我修复，更为终极的应该是依靠人类的自省——人类的觉醒，进而使来自人类内心的精神生态和精神空间得以重建。"人类不是万物之灵，对动物，对一切生物，我们要有爱怜之心，要有自省精神。"既然是人类"在生存的过程中，逐渐生成了以自然为敌、以征服自然为目的的理念"导致自然生态的灾难，因而拯救之旅的起点也应源于人类精神理念的改变，"……一切的症结所在，在于人心"②。郭雪波的沙漠系列小说，亦是在通过数据呈现生态灾难的同时，强调人类的不当行为与生态现状之间的渊源关系，并把具有强烈的意志力和生态使命感的"沙漠人"的出现，作为解决生态问题的关键和希望所在："倘若每座沙坨子都守留着这样一个郑叔叔，这样一个沙漠人，那大漠还能吃掉苦沙坨子，还能向东方推进吗？"（《苍鹰》）此文以大量富有说服力的数据，在凸显生态问题严峻的同时，肯定了"人"在沙漠生态恶化中应承担的责任。《苍鹰》《沙狐》《沙葬》《大漠魂》等文本，皆以类似郑叔叔的老沙头、白海夫妇等形象，将人类定位为宇宙间唯一有能力通过调节自身行为实现生态和谐的生命体，因此人类应勇敢地正视自己的生态责任和伦理义务。

基于自然科学认知的现代视野的出现，对人与自然关系重新解读和定位，即超越古典生态伦理中"天人合一"的诗性维度和感性维度，转化为突出历史发展中主体精神的理性伦理，凸显在人与自然关系中人类应承担的生态责任，锐化了生态伦理的现代色彩，实现生态伦理从古典伦理向基于自然科学认知的现代伦理体系的转化，从而建构生态伦理精神的现代

---

① （清）王先谦：《庄子集解·马蹄》，载《诸子集成》（三），中华书局1954年版，第57页。

② 叶广芩：《老县城》，第231、243、229页。

维度。突出历史发展中主体精神的自我选择与努力超越，这与五四时代精神中对于人的理性的张扬与强调是一致的。①

　　自然科学话语的存在，还通过对民间伦理立场的援助实现本土资源的现代化进程。在现代生态伦理体系的建构过程中，对民间生态伦理立场的尊重与合理借鉴是将本土资源现代化过程的重要思路。新时期中国生态写作中，自然科学话语往往置于民间自发的生态伦理话语之后，以现代科学知识佐证长期保存于民间的某些生态伦理立场的合理性，进而点燃其现代意义。方式之一是以现代自然科学认知，检视民间宗教文化中与现代生态伦理精神的相通之处，肯定其中涵蕴的符合现代唯物观认知的精髓。《大漠魂》展示安代舞的内在之魂与现代生态伦理精神的相互呼应，《狐啸》挖掘在民间宗教"孛"教教义在"对天、地、自然、万物的认识"中，蕴涵的现代生态伦理立场，并通过白尔泰的思考在宗教教义与科学治沙之间寻找到精神层面的相通之处："你对长生天长生地的崇拜，你对大自然的认识，以及对大漠的不服气、在黑沙坨子里搞的试验等等，你全是按照'孛'教的宗旨在行事"（《狐啸》），既阐明了民间宗教的生态伦理意义，也为郭雪波小说世界这一人物系列（老双阳、云灯喇嘛、老铁子、老沙头、老郑等）的富于神性的行为寻找到了基于生态维度的合理性。方式之二是以自然科学的认知，解释神秘现象中符合生态学的元素，论证在民间人与自然、人类与其他非人类生命之间相处模式的科学性，证实民间伦理中具有生态意识部分的合理性。姜戎《狼图腾》中一面展示狼之生命的神奇魅力，一面不断通过陈阵和杨克的思考努力把关于腾格里神秘力量的叙事推向科学的本质：以草原生态学和生物学的知识，实现对毕利格老人的"长生天"草原民间话语的敬重。文本中，科学话语和扎根于草原民间的神秘话语多次发生直接对话，其中牧民利用小狼设置圈套试图诱捕狼群，但后者在关键时刻却神奇地撤离了，毕利格老人的解释是"瞒谁也瞒不过腾格里。腾格里不想让狼吃亏上当，就下令让它们撤了"，在老人的话语中，腾格里即长生天，是掌握草原一切生命的至高无上的神灵，腾格里帮助群狼逃生以保存草原生命。而同样热爱草原的牧场场长乌力吉则尝试用富有推理和逻辑性的科学知识完成对上述现象的解释：因为小狼长期生活在人群中不会说狼语，无法与狼群沟通，被视地盘为命的群狼疑

---

　　① 刘为民：《科学与现代中国文学》，安徽教育出版社 2000 年版，第 287 页。

为外来户而放弃救援。并从狼之敏感多疑的习性出发，分析狼王的行为逻辑，整个推理过程严谨而富有说服力。在一部具有显著的理性精神和强烈的现实关怀的文本中，神秘话语的说服力往往是虚弱的。科学话语的出场，帮助源自草原民间的神秘话语完成对草原狼令人惊叹的生存智慧的解读，有效地补充了唯物论视野之下民间神秘话语在认知层面上说服力的不足。

本土民间文化特点之一是天人和谐精神①，自然科学话语的存在，提炼了民间生态伦理中的合理性成分，凸显民间话语中对人与自然之间伦理关系的定位与现代生态伦理之间的不谋而合，具有理论上的合理性；另一方面，民间话语中对神性力量的保存和敬畏，在一定程度上弥补了现代人对自然敬畏之心的缺失，具有精神建构的有效性。在现代化进程中，科技发展在赋予人认识、改造和征服自然能力的同时，亦在很大程度上破坏了民间文化中对自然神性的敬畏，进而影响了人与自然的和谐关系。新时期生态写作以自然科学话语对民间生态智慧的援助，促进了生态伦理资源的现代化转向，以此实现对自然神性的重建。

新时期生态写作中，自然科学话语的介入，在文本形态、叙事模式等方面凸显了前所未有的理性气质。在接受现代科技知识的同时，尊重民间生态伦理实践中的合理性成分，破除迷信但尊重其间蕴涵的伦理立场，并最终以精神生态的重建来实现自然生态的恢复和保护。在历史理性和道德感性之间寻找到了很好的平衡点，推动了生态伦理精神建构的现代化进程。

五　科学话语的审美性建构

生态写作中自然科学话语的存在，使其在文体和语体特征上具有严谨、平实、简洁的特征。自然科学的精确和理性，决定它和作为审美形态的诗性话语的差异，在精确传达生态学认知并赋予生态写作以理性特质的同时，文本的诗性在一定程度上受到了损耗。

但生态写作需要诗性话语完成其美学品质的确认并以此区别于纯粹的科技文体，"首先是一种文学现象，是发生于生态理论基础上的文学现象，是生态理论思考与文学想象的结合，但最终却叶落于文学的领地，要

---

① 黄永林：《中国民间文化与新时期小说》，人民出版社 2007 年版，第 4 页。

关注和突出的是它的文学特点，而不是将它归并于一般的生态科学或生态文明的知识领域"①。因而科学话语往往和诗性话语夹杂，并以诗性话语为科学话语增加美学品质，以文学的感性、想象、情感来淡化科学话语中理性、严谨、客观所带来的单调和平面。

审美性建构的策略之一，是从自然科学探索中抽绎人文精神之美，探询在生态困境面前人类如何从大自然中积聚心灵深处的力量：

> 这里年降水量才几十毫米，蒸发量却达到近一千毫米，炎热干旱主宰着一切，每棵植物为生存不得不都畸形发展。它们有的缩小自己的绿叶面积，减少水分的蒸发；如柽柳把叶子缩小成珠状或棒状，沙蒿的叶片碎裂成丝状，梭梭和沙拐枣干脆把叶片退化干净，全靠枝杆进行光合作用。为了躲避沙坨里咄咄逼人的紫外线照射，在强光下生存，多数植物又演变成灰白色以反射阳光。为了逆境中生存，可以说，沙漠里的所有生命每时每刻都在死亡的斗争中成长着。他钦佩这里的植物和动物，把这里的所有生命都当作自己的同伙和楷模，当作不畏惧沙漠这妖魔的勇士。这里，为对付沙漠这妖魔，人、兽和草木结成了和谐的自然联盟。(《天出血》，第 251 页)

此处文字中，先是通过"降水量""蒸发量"之间的数据对比，有"光合作用""反射阳光"等术语和相关知识介绍，更重要的是全段文字在结果和原因之间通过严密推理呈现出内在逻辑：蒸发量大于降水量引发为减少蒸发缩小绿叶面积；为对抗强紫外线，导致改变颜色以反射阳光。到此为止，一直是严谨的科学话语的呈现，但接下来的一段文字中，即在科学话语的基础上，生发出人文的内涵：由沙漠植物的顽强体现出与死亡作斗争的强大生命力量，而人兽草木之间的关系则呈现在生命与生命之间携手并肩的和谐关系上。

《狼图腾》在对狼的生态功能进行介绍的同时，通过陈阵、杨克们的探索和思考，不断深入追寻狼图腾的精神内涵，使文本在自然生态知识传达的同时，探索人类精神生态的磨损原因和重新建构的可能性。《银狐》

---

① 徐肖楠：《生态文学的情感空间与审美意向》，《珠海城市职业技术学院学报》2006 年第 3 期。

《苍鹰》《沙狐》《沙葬》《大漠魂》等文本，皆是通过改良沙漠保护生态进程中顽强的自然生命之力的展示，凸显内在的精神之光。

与之相应，在人物设置上，在科技工作者之外，增加了来自人文知识分子的角色和视角，比如《狼图腾》中的陈阵、杨克，《大漠魂》中的小伙子，《白狐》中的白尔泰，《刺猬歌》中的廖麦，《怀念狼》中的子明等。通过具有人文情怀的知青努力了解草原生态的科学知识，以此寻找生态吁求的合理性。通过他们的视角，在呈现堪忧的生态现状的同时，探询具有敬畏和仁爱之心的人类精神的重构。

审美性建构的策略之二，是以感性话语锐化自然世界中的内在诗性：

> 陈阵蹲在小狼身边听它的长嗥，仔细观察狼嗥的动作。陈阵发现小狼开始嗥的时候，一下子就把鼻尖抬起，把它的黑鼻头直指中天。陈阵欣赏着小狼轻柔绵长均匀的余音，就像月光下，一头小海豚正在水下用它长长的鼻头轻轻点拱平静的海面，海面上荡起一圈一圈的波纹，向四面均匀扩散。（《狼图腾》，第 242 页）

原文中此段文字之后是从声学知识，依据物理学中音波扩散的原理，分析草原狼向天嗥叫的姿势有利于声音传播在距离上更远和在方向上更分散均匀，是经典的科学话语。而"陈阵欣赏着小狼轻柔绵长均匀的余音，就像月光下，一头小海豚正在水下用它长长的鼻头轻轻点拱平静的海面，海面上荡起一圈一圈的波纹，向四面均匀扩散"，却从审美的角度把草原狼声音的听觉感受与小海豚鼻头轻点平静的海面所荡起的圈圈波纹这一视觉形象建立起通感关系，强化作为身体生理特征的声音的内在诗性之美，以此强化作为草原图腾的草原狼进化之完美和令人叹为观止的智慧，以及由此对人类文明的启示。此外，《野人》通过梁队长"树木倒都是有灵性的。不信，你一个人在林里走走，在那一棵棵遮天蔽日的大树底下，你就会听见，它们都会说话……"的诗性表达，在生态学家关于野人研究的科学探讨之外，传达对生态问题的诗性生命感悟。《山鬼木客》则通过增加大段科技工作者对自然绿色的欣赏和与生灵的心灵对话实现诗性的呈现，淡化自然科学研究进程中的单调和枯燥。

与诗性的挖掘相适应，文本在人物设置上，在科技工作者的周围通常设有诗性生命立场的人物，如叶广芩《熊猫碎货》中的兔儿，《长虫二颤》中的二颤,《大雁细狗》中的"我",《猴子村长》中的老猎人,《狼图腾》中的毕利格老人,《野人》中的梁队长和细毛等,他们是天然的生命倾听者,通常为女性、老人、有生命缺陷的孩子或者是未被现代文明沾染的青壮年男性,其生态意识缘于对生命本身的理解,而在他们对生命的感悟中充满着诗性气息,冲淡了生态写作文本中自然科学话语的严谨和单一。

审美性建构的策略之三,是增加富有生态意识的神歌、唱词、曲谱等,给以自然科学探讨为主体结构的文本补充诗性气质。

神歌、古曲的存在,首先增加了生态空间的维度,或以歌曲中人与自然的和美胜境作为理想之光来照亮现实的生态困境,或以歌谣唱响来自另一时空的古典生态认知,为现代人的生态困惑提供灵感和启示。《沙狼》中阿木吟唱的《江格尔》"宝木巴圣地"的诗句,展示了那个人与自然和谐相处的"黄金世纪":"江格尔的宝木巴圣地,/是幸福的人间天堂,/那里的人永葆青春,/不会衰老,不会死亡。/相互间亲如兄弟,/没有战争,永远和平……//江格尔的这片乐土,/四季如春,/没有烤人的酷暑,/没有刺骨的严寒,/清风飒飒吟唱,/甘雨纷纷下降,/百花烂漫,百草芬芳。//江格尔的宝木巴圣地/泉水淙淙/绿草茵茵……"旋律简单的诗句中,"宝木巴圣地"所呈现的世界是环境优美,泉水淙淙,绿草茵茵;气候宜人,四季如春;人类相亲相爱,自然勃勃生机。以生态和美的总体特点与眼前黄沙遍野,人迹凋零形成对比。《狼图腾》中,当草原生态遭遇重创时,通过毕利格老人"散发着青草和老菊气息"的哼唱,点燃对人与自然和谐相处的朴素之境的回忆,在回忆中充满生命的灵气和勃勃生机:"百灵唱了,春天来了。/獭子叫了,兰花开了。/灰鹤叫了,雨就到了。/小狼嗥了,月亮升了。"《狐啸》中铁木洛吟唱的古歌中蕴涵了古老安代舞的朴素生态立场,重新解读了人与自然万物之间的本源性关系:"当森布尔大山/还是泥丸的时候,/当苏恩尼大海,/还是水塘的时候,/咱们祖先就崇拜天地自然,/跳唱'孛'歌'安代'祭祀万物——/……/我们崇拜长生天,/我们崇拜长生地,/我们崇拜自然万物/——因为我们来自那里!"

其次,神歌、唱词等艺术形式的加入,在拓展生态写作文本的审美空间之外,使叙事节奏疏密有致,在自然科学认知的严谨致密之外,增加了丰富和富有弹性的诗学韵律:郭雪波《大漠魂》《白狐》等文本在总体上是对沙漠生态拯救的科技方案的探索,在科技话语系统中穿插孛教、安代的舞蹈仪式和唱词，《大漠魂》中依次穿插了安代的序曲《蹦波来》、安代曲《杰嗬唉》《嗬吉耶》，使原本生硬的文本节奏呈现出舒缓有度的诗性色彩。

此外，另有部分神歌、古曲从对生命感悟的角度，敲打着执迷于欲望之巅的现代心灵，通过赋予生命的诗性内涵，突破科学话语的神情肃然和结论的抽象单一。《沙狼》通过金嘎达老汉的"招魂歌"，贾平凹《怀念狼》以苍凉诉说的送葬曲，增加对生命的感悟；高行健《野人》亦以多声部的形式，在生态学家以严谨的科学探讨生态问题的同时，通过老歌师曾伯歌唱的《黑暗传》增加诗性特征。

与之相应，在人物设置上，在科技工作者之外，增加了来自民间文化的角色和视角：在《沙葬》中科技工作者白海以科技话语对沙漠解读的同时，始终伴随着云灯喇嘛的宗教话语；《大漠魂》中的老沙头将治沙行动与安代舞的承传集于一身，影响了研究安代舞的小伙子。

自然科学话语虽以其大量的多学科知识和鲜明的文体特征在一定程度上影响了生态写作的文体特质，但在文学文本中的自然科学话语毕竟不同于科技论文，因而不能从根本上改变生态写作的美学本质。

生态写作在通过自然科学呈现困境的同时，从人文精神的维度保持了对心灵的追问，以对自然的审美感悟实现诗性的追寻，以神歌古曲强化诗性气质并调节出富有弹性的诗学韵律，进而实现生态写作的审美品质建构。

第六章 生态伦理精神的本土化生成：西方理念与本土对接

新时期生态写作从产生至发展的进程，是在中国大陆生态危机的现实冲击下，以现代西方自然科学的生态认知为参照，通过寻求中国传统文化中的生态伦理资源，借鉴古典小说中"动物报恩""杀生报应"等情节母题，在生态伦理立场、叙事形态方面实现生态写作的本土化，并在话语层面，秉承汉语的诗性特征，以"推己及人"与"感悟"代替理性的思维方式，实现中国话语的建构。

第一节 生态伦理精神的本土化元素

在 20 世纪中国文学发展至新时期之前，并无"生态文学"这一概念。在 20 世纪 80 年代以后，现代化进程中生态危害的产生与渐趋严重，促使新时期文学通过文学叙事回应生态思考。与较早进入工业社会面临生态思考并将其诉诸文学的西方世界相比，世界范围内的中国大陆新时期生态写作呈后发之态，因而对外来文学的借鉴与吸收是其必然面对的语境。这种跨文化的借鉴和吸收经历了复杂而微妙的本土化进程。

对于新时期以来的中国文学而言，生态写作的产生是建立在这样一个体系中：首先是以自然科学认知、人文精神的开掘或对自然生命的诗性感悟来开启生态思考的话题；其次通过借鉴、模仿、消化吸收西方生态写作的文本最终形成自己的美学特征。而在形成自己的美学特征过程中，与本土最有影响力的文学资源结合是根本途径。"跨文化传播包含着异质文化的引入、同质文化的延伸与近质文化的改造等内容。"在中国，生态写作的产生和发展过程，正是大致经历了由"异质文化的被动引入到同质文化的自然延伸，再到近质文化的主动选择几个阶段"①。自 20 世纪 80 年代至今，生态写作经过 30 年的发展，以大量涵蕴深厚的文本实现了生态写作的本土化进程。

新时期生态写作的本土化进程体现在三个方面：在叙事形态上，吸收中国古典小说中常见的情节模式；在生态伦理立场上，吸纳并整合儒家、道家等中国传统文化与东方原始信仰中固有的生态伦理认知，建构独特的生态伦理立场；在审美品质方面，秉承汉语言文字系统的"隐喻"特质与"立象以尽意"的汉语诗性特征，从受自然科学话语的影响到诗性话语的建构，完成话语层面的本土化进程。

"任何一个民族的文化只能理解为历史的产物，其特性决定于各民族的社会环境和地理环境，也决定于这个民族如何发展自己的文化材料，无论这种文化是外来的，还是本民族自己创造的。"② 新时期文学中生态伦理立场发展过程中本土化策略及其途径的探索，正是全球化格局中中国文学走向世界必经的实验。

一　问题的提出：本土生态危机与文学切入点的错位

从写作时间上看，本土生态写作源于 20 世纪 80 年代生态问题的渐次凸显。最先迅速作出反应的文体是报告文学。

从 20 世纪 80 年代中国生态环境的状况看，问题主要集中在水土、森林等宏观环境方面，中国科学院学者在 1998 年对之前十余年的中国生态问题的一份研究报告表明，20 世纪 80 年代以来中国面临的生态问题主要包括植被破坏、土地环境恶化、环境污染严重、农业污染突出和自然灾害频繁。③

而 20 世纪 80 年代的报告文学创作基本上与上述生态科学领域对生态问题的审视、判断和建议相一致："在问题报告文学中，一些作家和作品集中对人与自然之关系进行了科学探讨。其中有代表性的作品先后有钱钢

①　梁笑梅：《文化地理影响电视剧在中国的跨文化传播》，《中国社会科学报》2011 年 9 月 20 日，第 224 期。

②　李娜：《浅析中日民间动物报恩故事的异同》，《科技信息（学术研究）》2007 年第 30 期。

③　王占礼、彭珂珊：《特大洪灾后对中国生态问题的思考》，《桂林工学院学报》2000 年第 1 期。

的《唐山大地震》，沙青的《北京失去平衡》、《皇皇都城》，刘大伟、黄朝晖的《白天鹅之死》，殷家的《孤独的人类》，岳非丘的《只有一条长江》，张雅文、吴茜的《呐喊，不仅仅为了一个人，一座山……》和徐刚的《伐木者，醒来》与《沉沦的国土》，以及乔迈、中夙、李树喜等人报告大兴安岭火灾的作品等。这类作品主要从社会学和未来学的角度，以全方位的观照方式提出了保护自然资源、注意生态平衡的问题；……在这方面徐刚、沙青、中夙等较有代表性。"① 报告文学重点书写水土、森林资源的破坏方面，特别是在大兴安岭火灾一事上尤其凸显其对生态问题的及时和有效关注，"报道大兴安岭的作品集中在 1987 年，主要有中夙的《兴安岭大山火》，李树喜的《大兴安岭火灾纪实》，杨民青、王文杰的《大兴安岭大火灾》和乔迈的《火后论火》、《漠河大火记》与《到大兴安岭火区去》等。这几篇作品也和钱钢的《唐山大地震》一样，写了灾难的危害及其严重性，写了抢险救灾的过程和应吸取的经验教训，其中贯穿着一种科学与民主的反思精神。这种精神体现在：对官僚主义与管理体制的批评，从人与自然的角度说明保护森林资源之重要，等等"②。

由此可见，报告文学是与当时生态危机相契合的，是从土地、河流等自然环境的恶化为切入点展开书写的。但有意思的是，随之而来的以小说为主的生态文学创作，却是将基本切入点落在人与动物的关系上，并不与生态现实直接相关，亦不与报告文学呈现不同文体间的呼应之势。

而事实上，上文自然科学研究针对当时的生态问题提出的 16 项生态建设具体措施中，除"保持生物多样性"之外，都与人类和非人类的关系不存在直接相关。③ 这就意味着在纯粹自然科学的生态视野中，无论是生态灾害状况，还是治理措施设计，人类与非人类的关系都非生态调整的

---

① 章罗生：《中国报告文学发展史》，湖南人民出版社 2002 年版，第 311 页。

② 章罗生《中国报告文学发展史》第 314 页之"中篇·在融突、躁动中的兴盛与蜕变，1977—1989"，其中第四章第二节之"三、徐刚、沙青、中夙等：忧思'神圣'与呼唤科学"。

③ 其 16 项建议中含 11 项生态建设规划和 5 项污染控制措施，生态建设规划包括：（1）搞好植树造林、封山育林和以草定畜工作；（2）加强草场建设；（3）保护生物多样性；（4）治理水土流失和土地沙化；（5）减轻灾害发生；（6）保护湿地资源；（7）注意保留城市绿地；（8）搞好盐碱地改造；（9）大力发展沼气、节柴灶、太阳能和水力发电，解决农村能源问题；（10）抓紧干流河道的治理；（11）充分认识湖泊的蓄水功能。污染控制措施包括：（1）控制污染源的超标排放；（2）城市噪声控制；（3）位于城郊和农村的工矿企业污染控制；（4）控制化肥、农药污染；（5）开展农田废弃塑料薄膜的回收工作。

主要着眼点。

于是，一个理论设想由此产生：是否因为人与动物的关系容易在民族文化中唤起审美冲动，容易在传统母题中寻找到资源与呼应，更容易与本土文化对接，而容易被作家的审美潜意识不约而同的认可和选中？

在中国古典小说中，以森林、河流等自然物象作为主要书写对象的数量非常少，相对而言，人类与非人类关系作为切入点的文本，则无论是在数量还是对伦理传达的容量上看，都蔚为大观。以《太平广记》① 为例，排在前三位的题材领域分别是人、神/鬼、动物，在现代自然科学的视界之下，人神关系的维度不再具有合法性，因而人与动物的关系成为重要的叙事领域。

表 6 - 1　　　　　　　《太平广记》各类题材的分布情况

题材	分布	卷数
人	卷 1—275	275
梦、巫、神、鬼、怪	卷 296—392	117
气候	卷 393—396	4
地舆	卷 397—399	3
矿产	卷 400—405	6
植物	卷 406—417	12
动物（人与动物关系）	卷 418—479	62
蛮夷	卷 480—483	4
杂传/录	卷 484—500	17

从表 6 - 1 的数据统计可以看出，以气候、地舆、矿产等为书写对象的小说加在一起共计 13 卷，仅占《太平广记》总卷数 500 卷的 2.6%；而与人/动物关系题材相比，仅占后者总数 62 卷的 1/5。由此可见，在传统的伦理体系中，山川河流、土地森林等物质的自然环境，很难成为伦理思考的对象，因而也无法承担在文学叙事中伦理角色的隐喻功能。这样，传统文学中审美惯性对人类与非人类关系的严重倾斜，导致生态文学写作不约而同地从人类与非人类关系入手的集体无意识。

---

① （宋）李昉等：《太平广记》第 1—10 册，中华书局 1981 年版。

因而，在具有生态伦理立场的写作中，情节元素多从人类与非人类关系的本土化母题入手，并最终以诗性的本土化话语形态予以呈现，以此实现生态写作的本土化目标。

二　叙事模式：情节母题的本土化元素

如前文所述，生态写作最初是从写实性强的呈现生态灾难的报告文学为开端的，但在生态写作发展过程中，越来越不满足于仅仅对生态科学结论的诠释，于是情节元素的创造成为迫切的需求。

在新的叙事模式生成与情节元素的创造中，与古典小说中成熟的叙事母题结合，生成新的生态伦理主题与情节单元成为醒目特征。"一个原型的影响力，不论是采取直接体验的形式还是通过叙述语言表达出来，之所以激动我们是因为它发出了比我们自己的声音强烈得多的声音。谁讲到了原始意象谁就道出了一千个人的声音，可以使人心醉神迷，为之倾倒。与此同时，他把他正在寻求表达的思想从偶然和短暂提升到永恒的王国之中。他把个人的命运纳入了人类的命运，并在我们身上唤起那些时时激励着人类摆脱危险、熬过漫漫长夜的亲切的力量。"[1]

在新时期生态写作中，对人类与非人类关系的书写，是呈现生态危机，拯救生态困境的重要叙事视角。人是地球上唯一具有主动选择能力的伦理主体，因而人类应该承担更多的生态责任。而人类对待非人类生命的立场则是生态叙事的重要切入点，"生态意识中一个重要的视点，是关注人类和大自然、人类和其它非人类生命之间的关系。是否和如何关注成为生态意识的有无以及在多大程度上相关的一个重要因素。因而艺术作品中对于动物角色功能的设定，很大程度上对应了人类对非人类生命的态度，是人类如何处理自身作为一种生命与另一种生命关系的重要立场"[2]。在对人与动物关系的书写中，常见的"动物报恩""杀生报应""放弃行猎"等母题或情节单元，皆与古典小说有着密切的渊源。古典小说叙述人与动物的关系中，通常蕴涵"报恩""杀生报应"等常见情节模式。前述《太平广记》中即有大量的例证。

---

① ［瑞士］卡尔·古斯塔夫·荣格：《试论心理学与诗的关系》，选自叶舒宪《神话—原型批评》，陕西师范大学出版社 1987 年版，第 101 页。

② 李玫：《从动物的角色功能看当代电影的生态意识》，《辽宁师范大学学报》（社会科学版）2006 年第 5 期。

在西方生态写作中，人与动物的情感通常体现在心灵的陪伴上。中国传统文化在伦理本位思想的影响下，则以"劝善"为重要目标，因而文学作品的接受者，在审美习惯上认可"知恩图报"与"善恶有报"等叙事模式，从而以"施恩—报恩"的方式缔结人类与非人类之间的关系，并通过善行与善果之间的对应实现文学作品"警世劝善"的最终目标。

受佛教思想的影响，中国古典文学自六朝以来直至明清，皆有大量动物报答曾经善待它的人类的故事，由此形成"动物报恩"母题。① 但中国古典小说中动物报恩与佛经故事的不同之处在于，"外域佛经故事原本强调的是我佛是多么慈悲，冒险为虎疗伤；而为中国小说误读的母题则突现为接受恩惠的动物是如何讲求报恩，显示了一种强烈的伦理型有意误读的倾向，增加了故事微世劝善的社会意义"②，由此形成较为明显的本土特征。

而微世劝善的伦理倾向，使新时期生态写作在借鉴此母题时形成了两方面特点：其一，是从生命意识的视角赋予非人类以情感、肯定非人类对人类的友善进而肯定其存在的合理性；但在另一方面，对"报恩"之"恩"的凸显，则使其很难摆脱对人际伦理的依赖，由此在通向"生态中心"的途中为"人类中心"意识所羁绊，步履艰难。

从创作主体的文学资源与思想资源看，在新时期生态写作"动物报恩"的神秘性维度中，有其明显与本土资源间的渊源关系。如狼送道士金香玉以报答治病之恩和金丝猴化作女人以报答救命之恩的《怀念狼》中，多次提及《聊斋志异》；写白狐寻埋藏粮食的洞穴以报恩的《银狐》中，罗列大量关于本土人狐关系的不同文本；而在叶广芩的散文集《老县城》中亦收集多篇蛟报恩的故事，可以看出在叶广芩的阅读视野中有来自本土民间的神秘话语素材，只不过她在写作秦岭系列文本时，用现代自然科学话语重新叙述成为符合现代自然科学认知的文本，关注的重点在非人类对人类的信任、感激与情感回馈。

在情节上沿袭中国古典小说中的神秘话语，对于生态伦理建构而言，

---

① 刘惠卿：《佛经文学与六朝小说动物报恩母题》，《重庆工学院学报》（社会科学版）2007 年第 5 期。

② 刘卫英：《金庸小说动物求医报恩母题的佛教文献溯源》，《海南师范学院学报》（社会科学版）2005 年第 3 期。

其叙事意义体现为：增添自然的神性，以探求人类久已淡化的对自然的敬畏之心。

（一）动物"报恩"母题

受佛教文化影响，"动物报恩"是自六朝以来中国古典小说常见母题。在《搜神记》《搜神后记》《异苑》《幽明录》《续异记》等六朝小说中，常见的情节模式是"动物受困—人施恩以助—动物报恩"，报恩的动物有中国传统文化中常见的龙、虎、鹤、蛇、龟、雀、蚁、蝼、狐、象、鼠等，其困境通常为受伤、生病、难产、水淹、受困等，人类对其救命、疗伤、喂食，动物获救后采用进献财宝、化灾救命、代主雪冤等报恩方式。

新时期文学在借鉴本土古典小说"动物报恩"母题时，融合了中国古典小说中"动物寻宝""通达鸟兽语""人兽相映""睡显真形"等元素而产生不同的情节变体。

1. 动物寻宝

中国古典小说中有"动物寻宝"的母题，其常见的情节为人类在某种情境下救助过动物，之后动物通过寻找宝物，送给恩人以报答救命之恩。在古典小说"劝善"的伦理预期下，这一报恩方式的设定以财富的赠予强化具有吸引力的丰厚报答，来肯定行善的价值。新时期生态写作在动物报恩的母题中融入"寻宝掘宝"等情节元素，如《怀念狼》中狼能找到世间珍稀的金香玉送予救命恩人；《银狐》中在老铁子、白尔泰陷入生存困境的时候，白狐带领他们寻找到深藏在大漠旧城遗址地下的粮食等。

2. 通达鸟兽语

古典小说中的"通达鸟兽语"是指人物能够听懂鸟言兽语，从而获得重要信息，用以躲避祸灾或获取财富。新时期生态写作在书写人与非人类之间的情感时，在人物设置上通常会有因为爱护动物生灵而能与之跨物种语际沟通的人物，这与古典小说中的"通达鸟兽语"遥相呼应：如《银狐》中珊梅能懂狐语可充当人狐间的翻译，《山鬼木客》中陈华能理解动物们的表情进而与岩鼠们沟通，《大绝唱》中女孩尖嗓子用歌唱来吸引雌狸香团子家族的交往。古典小说中"通达鸟兽语"往往用于预知灾难从而进行规避，或获取藏宝信息由此获得财富；新时期生态写作中，通过与鸟兽沟通，往往意味着更方便与生灵之间的情感连接，更容易达到物种间的关爱与谅解。

3. 禽兽义感

在古典小说中，"动物报恩"往往与"禽兽义感"母题相衔接，如情节设置上的"人兽相应"，即"感恩动物忘恩人"。新时期生态写作中，《猴子村长》《怀念狼》《沙葬》等大量作品在叙事模式设计上沿袭了这一情节架构：受恩的人早已忘记感恩，甚至以怨报德，但受恩的非人类却是滴水之恩报以泉涌。同样的受恩经历，人与兽对待恩人却呈现出截然不同的态度，延续了古典小说中"感恩动物忘恩人"① 的母题。之所以大量出现将人类放在非人类的对立面，人类成为忘恩负义的载体，是因为新时期生态写作中一个重要的价值立场，即作为物种之一的人类是生态失衡的元凶，人类在欲望的诱惑之下迷失了本性，由此出现为谋财而过度索取导致的生态失衡。而这一构思很容易在中国古典小说"人兽相应"中寻找到情节支点。

新时期的生态写作在情节母题上，借鉴古典小说中经典叙事母题，实现了故事形态的本土化。但在现代生态意识与本土文学传统结合的过程中，不完全等同于古典小说中的叙事功能，在对古典小说的借鉴过程中，在吸收其情节母题的同时，淡化了另外一部分元素，使文本在价值定位和审美取向等方面更具有现代品质。

首先，古典小说中的动物报恩多寻珠宝以回馈或助其成就功名（如六朝至唐时期），或助恩主报仇雪怨（明清小说），这符合古代士人对财富与功名的向往，具有明显的传统价值取向。在动物选择上，多为传统价值系统定义的灵禽、义兽为主，尤以"义犬报主"最为常见。新时期生态写作，则以情感上的回报为主要形式，体现现代生态写作对人与非人类之间友善之情的吁求。在人类与非人类关系的书写中，涉及的动物种类也更为广泛：狗（《爱犬颗勒》《那——原始的音符》），狼（《狼图腾》《怀念狼》、郭雪波"狼系列"），鹿（《额尔古纳河右岸》），狐（《银狐》《沙狐》），雁（《大雁细狗》），蛇（《长虫二颤》），猴（《猴子村长》），马（《白马》），河狸（《大绝唱》），不再局限于古典小说中的义兽、灵禽。

其次，古典小说中的"动物报恩"母题通常具有神秘性思维特征，体现在超常规的报恩方式上：报恩的动物通常具有一定的法力，能够化身

---

① 王立：《佛经文学与古代小说母题比较研究》，昆仑出版社 2006 年版，第 295 页。

人形、发现宝藏等。新时期生态写作除《怀念狼》中被救的金丝猴化为黄发女人向傅山磕头谢恩并送以蜜桃、《额尔古纳河右岸》中狐狸化作干女儿为伊万送葬等个别文本保留其神秘性思维特征外，更多的则是用现代科技理性思维重新解读，淡化了其中的神秘色彩，并赋予其报恩方式的合理性因素，且多是情感上回报，在叙事立场上将动物的报恩行为解释为不同物种之间的情感互动，强调非人类的高贵品质和情感世界，在伦理取向上更具有现代品质。在贾平凹的《莽岭一条沟》中，民间医生为狼医脓疮，狼衔银项圈和铜宝锁送给医生以报恩；《猴子村长》（叶广芩）中众多的金丝猴在长社祖父迁坟时哀啼以送葬；《山鬼木客》（叶广芩）中，陈华长期对周围的云豹、黑熊、岩鼠、熊猫友善亲切，换来雨天门外一束鲜红的羊奶子野果；《藏獒》（杨志军）中的藏獒更是用乳汁、鲜血乃至生命报答对其有养育和救护之恩的人类，寄宿学校的孩子平措赤烈因曾爱护小狼，后来在饥饿的狼群入侵时独独幸免；非人类报答人类的方式甚至是纯粹精神层面的：《大绝唱》中智慧生物河狸用飘忽的香气回应女孩尖嗓子的友善；《那——原始的音符》（赵本夫）中羲狗对人类的救护，等等。

最后，在新时期生态写作中，由于受现代生态伦理观念的影响，部分作家不同程度地认识到人际伦理与种际伦理的差异，因而"报恩"在诸多文本中也不同程度的发生情节偏移：在古典小说里，人际伦理中的忠孝节义是"劝善"的重要参照，因而动物的"报恩"增加了善的回报率，进而强化喻世的效果。这些小说故事用于作为审视和判断依据的通常是"禽兽比德"的惯性思维模式，即"把动物的某些生物特性与人的道德观念相比附，赋之以人的某种品德"①。这种模式本质上是"以人为尺度"观照自然，观照自然中的动物，这是"人类中心主义"的生命伦理观在人类审美思维中的表现，它在以审美形式确立人作为万物主宰的同时，加剧了人与自然的紧张关系。

近年来，生态伦理理论研究的进展，促进了文学创作中生态意识的提高，越来越多的作家日益明晰地认识到，"报恩"是人际伦理规则，作为各独立物种的非人类不必遵循也不适用于人际伦理，人类与非人类之间的伦理关系应该遵守新的跨物种间种际伦理原则，即将非人类视作独立的生

---

① 姚立云：《羔羊之义与禽兽比德》，《黑龙江教育学院学报》2001 年第 1 期。

命存在，从生命的尺度观照动物行为的意义。赋予笔下的动物等非人类生命"以'主体'地位，把它们从'禽兽比德'的'比'中解放出来，成为与人'肩并肩'的生命存在，并相互映照着，凸显生命在荒原中生存的孤寂、沉默与坚韧，从而初步形成了'人兽互证'的叙事模式，其间蕴涵的生命伦理观念具有现代的理论视野与维度"①。

（二）杀生报应

在中国古典小说中，与"动物报恩"相对应的另一种模式，是人类在面对非人类时不但不施以恩助，反而杀之甚至是虐杀，由此带来的是遭受惩罚的后果。"杀生报应"与"动物报恩"以相反相成的姿态，共同书写了人类与非人类关系的多种可能性因果逻辑。

在西方文学传统中，亦有杀生遭到惩罚的叙事母题，但多是从宗教维度建构情节模式，"西方文学的动物叙事具有宗教伦理的视野""随着基督教发展，人类与其他动物平等的观念被进一步强化，人类无权随意剥夺动物的生命，否则将受到上帝的惩罚"②。柯尔律治的《古舟子咏》中老水手曾经射杀一只海鸟，给全船人带来灭顶之灾，最终受到上帝的处罚而悔愧终生；迪诺·布札蒂的《骑士的罪行》中骑士杀死一只猫而遭受上帝的惩罚蕴涵了宗教的意志，作品中水手、海鸟、猫、寻猫者、国王等都具有宗教内涵。"基督教伦理关注人与动物的关系，旨在宣扬博爱思想，爱人类，爱动物，爱上帝创造的一切，灵魂才能向善。"③ 在现代西方生态写作中，人类的捕杀行为带来的后果往往是动物的直接反击，如"大象将长长的象牙刺进了捕猎者的心脏（《横冲直撞》）；狮子愤怒地撕碎了捕猎者（《狮王》）；狼在人类的大肆围捕下走投无路，绝望了，疯狂地袭击人类（《断头台》）；就连鱼也发怒了，身陷囹圄的鱼王疯狂地冲向捕鱼者的船，将捕鱼者掀翻入水，欲与之同归于尽（《鱼王》）。动物袭击人类成为大自然报复人类的形式之一"④。

与西方文学中直接反击因而具有更强的理性色彩相比，新时期中国生态写作中的"报应"模式更具有本土的神秘色彩。中国传统文化中缺乏基督教的宗教伦理维度，更多受佛教因果报应思想（"六道轮回观"）与

---

① 李兴阳：《喑默的生灵》，《唐都学刊》2003 年第 4 期。
② 黄伟：《西方文学动物叙事的伦理视野》，《求索》2008 年第 12 期。
③ 同上。
④ 同上。

道家"承负说"的影响，"杀生报应"的情节模式呈现出明晰的本土特征。"杀生报应"故事在古典小说中广泛存在，魏晋南北朝的志怪小说、唐代的文言小说、宋代的白话小说中，以及明清时期的各种题材、形式的小说中均可发现。在《搜神记》卷二十"虞荡"条中，虞荡射杀麈而死："冯乘虞荡，夜猎，见一大麈，射之。麈便云：'虞荡，汝射杀我耶！'明晨，得一麈而入，即时荡死。"①《异苑》中"射蛟暴死"，主人公杀蛟而暴死于路："永阳人李增行经大溪，见二蛟浮于水上，发矢射之，一蛟中焉。增归，因复出，市有女子素服衔泪，持所射箭。增怪而问焉，女答之：'何用问焉？为暴若是。'便以相还，授矢而灭，增恶而骤走，未达家，暴死于路。"②《宣验记》中"吴唐"条则讲述吴唐射杀鹿母子而祸及自己的儿子。③《三言二拍》中《通言·计押番金鳗产祸》《初刻·屈突仲任酷杀众生》皆可见"杀生报应"情节。上述情节模式隐含的共同逻辑是：倘若人类荼毒无辜生灵，通常会触怒上天而遭到相应的报应——损失功名、财产、生命，甚至累及子孙。中国传统文化的叙事逻辑对上述文本的解读中"因果报应"思想是重要依据。儒家思想体系中有"天道福善祸淫"④，《周易·坤·文言》云："积善之家必有余庆，积不善之家必有余殃。"⑤道家经典《太平经》则以"承负说"进一步对其解读："力行善反得恶者，是承负先人之过，流灾前后积来害此人也。其行恶反得善者，是先人深有积善大功，来流及此人也。能行大功万万信之，先人虽有余殃，不能及此人也。"⑥佛教传入中国后，其三世因果观念亦与本土因果报应思想实现了较好的对接。

　　与西方文学中杀生受罚情节模式中惩罚者（上帝）与惩罚方式（心灵的痛苦）的单一性相比，中国传统文学中的"杀生报应"具有惩罚者与惩罚方式的不确定性，因而报应更具有神秘性与威慑力。新时期文学受传统文学审美惯性的影响，在生态写作中，大量"杀生报应"的情节单

---

① （晋）干宝撰：《搜神记》，中华书局 1979 年版，第 242 页。

② （南朝·宋）刘敬叔撰：《异苑》，中华书局 1996 年版，第 20 页。

③ 鲁迅：《古小说钩沉》，选自《鲁迅全集》第 8 卷，人民文学出版社 1973 年版，第552 页。

④ 《尚书·汤诰》，载李民、王健撰《尚书译注》，上海古籍出版社 2000 年版，第 116 页。

⑤ 周振甫：《〈周易〉译注》，江苏教育出版社 2006 年版，第 51 页。

⑥ 《太平经钞乙部（补卷三十四）·解承负诀（第四十）》，俞理明：《〈太平经〉正读》，巴蜀书社 2001 年版，第 36 页。

元延续了这一本土特征。在人类与非人类的关系中，人类的不良行为及由此产生的生态恶果，是生态写作中惯常演绎的故事模式。这一常见故事模式在情节上与古典小说中的"杀生报应"主题颇为相近。新时期生态写作在发展过程中，将现代生态思想注入中国文化中较为熟稔的"杀生报应"模式中实现生态伦理精神的本土化叙事模式。

与动物报恩类故事的"劝善"功能相对应，杀生报应故事则具有伦理意义上的"戒恶"功能。善待动物可得良果，而残害生灵则必遭报应。《太平广记》卷第一百三十一至第一百三十三收集的"报应"类文本中，杀生遭到报应的总计64篇，招至报应的杀生方式有杀孕猴/鹿、杀猿/鹿子、宰犊于母前、煮蛇卵、杀求救鹿、杀拜求之牛、积代为屠、刺牛目、以蒈茨喂幼燕、割（或以绳勒）牛舌、断雀舌、炙鱼眼、折鸭脚、以汤灭蜂、涸湖取鱼、以热油注/五味汁饮等方式虐杀龟驴、以乌梅饲马至不能食、火烧蚁子等。其中对杀的否定多以传统伦理道德作为参照：包括对猎杀对象的强调，如杀幼、孕、求救、拜求者；对情境的限制，如杀犊于母前、涸湖取鱼；对方式的强调，如上述种种虐杀等。在古典小说中，强调杀生会有可怕的后果，杀生者通常遭受到种种神秘力量控制之下的具有明显因果逻辑关系的报应。需要承受和被杀动物们曾经遭受的同样的身体痛苦，甚至丧失生命并延及子孙。杀生者中尤以屠户与行猎者为罪孽深重，遭受的报应也更为可怖。

古典小说中的杀生报应类文本，对重建人类与其他生命之间的生态伦理关系具有参考意义，因而在新时期生态写作中，将现代生态观念与古典、成熟的民族形式相结合，产生大量类似的情节模式。但在新时期生态写作中，在古典小说审美惯性影响之下对其母题和情节元素借鉴的同时，亦在现代理性思维和生态伦理观念的指引下，建构其自身的现代维度。具体体现在以下三个方面：

首先，在延续古典小说杀生和报应之间因果关系的同时，对"报应"又增加了新的科学维度的解读。因而"杀生报应"母题也由此衍生出两种基本形态：因果报应与直接反击。前者承继了古典小说中的神秘性思维，后者则是由于现代科学视界的引入，以科学的维度重新将"报应"转换为不同物种之间为生存而进行的"报复"行为，由此消解报应所对应的神秘性维度。

在新时期生态写作中，保有少量的古典时期"杀生报应"的叙事模式。《怀念狼》中曾经参加捕狼队的猎人，纷纷生怪异之病，导致全身萎缩而死；丁小琦《红崖羊》中猎杀被视为神灵的红崖羊，则遭到神秘火灾；《银狐》中因招惹银狐，村里的女人患上怪病，而带头疯狂捕杀群狐的胡大伦，则在捕狐中被咬发疯患上传说中的"失魂症"。这类文本中，对杀生之后的恶果成因，不作具体和理性的分析，亦不通过情节补充给予答案，由此导致结果在真幻之间的神秘可怖。

但更多的文本则是将"报应"的神秘性取消，而将恶果叙述为动物在人类的残害之下愤而产生的"反击"行为，即将叙事元素中的"报应"转化为行动的直接"报复"：《黑鱼千岁》中的儒喜欢捕杀各种动物并食之，后在捕黑鱼过程中被苏醒后的黑鱼拉入水流中，最终与黑鱼同归于尽；《长虫二颤》中佘震龙为谋利而日夜捕捉山间之蛇，取蛇胆而售于酒店，后在一次杀巨蛇时，误踩被砍掉的蛇头而被离奇咬伤几近丧命；《豹子最后的舞蹈》从豹子的视角讲述了面对猎杀自己母亲和兄弟的猎人时它的复仇心理和行动；《大绝唱》中在围剿了河狸家族之后，人类的孩子也落入水中而死；《大漠狼孩》中猎杀幼狼者其子被掳走；《狼图腾》中牧民掏狼窝捉狼崽，引起狼群疯狂的报复；《狼祸》（雪漠）中，因人猎杀了狼的配偶、孩子而遭到牲口和家人被咬伤、咬死的报复。

事实上，在上述文本中，有部分文本是"报应"与"报复"的融合，如《黑鱼千岁》和《长虫二颤》，先是叙述人类的杀生行为导致神秘报应，这在《黑鱼千岁》中是儒的死，在《长虫二颤》中是佘震龙被死去的蛇头咬伤而中剧毒。其中渲染了结果的神秘性——杀死儒的是一条已经干死了的大鱼，而咬死佘震龙的则是已经被砍掉多时的蛇头。"已死"和"已与身体分离"使它们不再具备复仇的能力，由此暗示神灵的在场。但很快又以现代科学话语重新解读了上述文本，并用自然科学知识消解了前述情节的可疑性，重置情节的合理性。《黑鱼千岁》《长虫二颤》分别用物理学、生物学的知识来解释"报应"，《怀念狼》也试图从心理学与现代医学的角度解释人在失去精神支点之后导致肉体的萎缩，以此建构文本的理性维度。于是，将因果之间的联系由"报应"解读为"报复"，以现代科学话语取代古典时期的神秘话语。在古典情节模式的审美惯性延续中添加了现代维度，使其具有现代品格。

其次，新时期生态写作在对古典小说"杀生报应"母题借鉴时，对其情节模式作了不同程度的区分和侧重点不同的调整。"杀生报应"母题在古典小说中往往融入"灵畜复仇"的情节元素，而"灵畜复仇"故事可分作"为自己""为同类"和"为恩主"等不同叙事模式。① 新时期生态写作在使用上述母题的情节元素时，进行了重新整合。如动物复仇的情节模式中，有一部分是与"动物报恩"的情节元素相拼接的——动物往往以代人复仇的方式向曾经关爱它们的恩主报恩。这样，作恶之人间接得到了报复，由此出现新的情节模式。从现代生态伦理的价值立场看，生态写作中为向恩主报恩而实施复仇并由此献出生命的文本，多是依然延续人类中心的价值观，以人际伦理中的"忠""义"等价值参照来肯定非人类的品质与价值，是现代生态写作中尚待改进之处，如《藏獒》《那——原始的音符》等文本中竭力书写的为报答人类而献出生命的狗们，它们并非处于与人类平等地位的生命体，而是与主人之间类似"主奴"关系。

当动物复仇行为的动机来自自己/配偶/幼崽或为同类遭受人类的伤害，则构成"杀生报应"母题。这一复杂关系与古典小说不同，原因在于古典小说中执掌"报应"的多为神灵或阴间等神秘力量，新时期生态写作中"为自己"和"为同类"的复仇，则受唯物主义世界观的影响，在报复发生之前注意书写人类对动物的屠杀，而在动物的报复方式上，亦会努力寻求现代自然科学的逻辑予以佐证，因而将杀生报应改写成人类的杀生遭到来自另一物种的报复，以此取代神灵执法的单一情节模式。

最后，在对"杀生"行为的批判方面，现代生态写作亦与古典小说具有不同的伦理参照系与是非逻辑。如在古典小说中"杀牛遭报"是常见的题材，这缘于牛是农业文明时代的耕作主力，因而爱牛与禁杀成为长期以来中华民族的普遍情感诉求，因而《王昙略》②《齐朝请》③《阮倪》④《刘知元》⑤ 等文本皆书写杀牛遭报的情节。在新时期生态写作中，同样是对杀牛的批判，则更多地通过对牛这一涵蕴着勤苦坚忍等品质的生命的书写，来实现对屠杀行为的批判，如《怀念狼》《无土时代》等文本皆详细铺叙对牛的虐杀给人类心灵带来的痛苦，后者还在对牛的感情中延

---

① 王立：《中国古代复仇文学主题》，东北师范大学出版社 1998 年版，第 276 页。
② （宋）李昉等：《太平广记·第三册·卷第一百三十一·报应三十·杀生》，中华书局 1981 年版，第 929 页。
③ 同上书，第 931 页。
④ 同上书，第 932 页。
⑤ 同上书，第 941 页。

伸出对土地的情感。

除此之外，"不可杀"的原因在古典小说中与人际伦理中的"戒恶"相关，即认为杀生行为会致使杀生主体品质和德行受损，由此通过文学书写提出对杀生行为的批判和阻止。而现代生态写作则从现代生态理念出发，强调保存物种多样化，由此禁止随意捕杀，如郭雪波的小说《沙狐》等文本，皆强调生物多样性对保持水土和保护生态环境的重要性。

这样，20世纪80年代以来中国大陆的生态写作借鉴了传统文学中"杀生报应"的情节模式，实现对杀生行为的否定，由此实现生态写作的本土化。但新时期生态写作中在"杀生报应"等叙事逻辑与古典小说模式相通的同时，更具有现代品质，生态写作通过将现代生态意识与本土化叙事模式的创造性结合，建构了本土特色的生态写作。

（三）放弃狩猎／弃猎行善

狩猎是以人类对非人类生命剥夺的方式来呈现二者之间激烈冲突的极端形式。现代生态伦理观认为，在农业文明之前，狩猎作为人类谋求生存的基本方式具有存在的合理性。但工业化时代到来，人类在解决基本生存问题之后，纯粹为消遣娱乐而对非人类生命的猎杀则违背了生态伦理的基本准则。人类是地球上唯一具有道德关怀能力的物种，因而人类自觉放弃狩猎的行为就具有自省意义，从而成为生态写作中重建生态伦理规范的重要途径。由此文学叙事通过建构猎杀者放弃狩猎的情节，探询人类对非人类生命敬畏的可能性途径。

中国古典小说中通过惯杀者放弃屠杀行为，来寻求神灵的宽恕进而终止遭受处罚的境遇。《太平广记》收录的小说文本中保存了大量"放弃行猎"的故事，《元稚宗》《王将军》《姜略》《李寿》《方山开》等皆为好猎者"遭报—省悟—放弃行猎以求赎罪"的故事模式。主人公最初"好猎"，后因杀生过多而遭到报应，由此放弃狩猎并虔诚赎罪。从叙事模式看，放弃狩猎通常是"杀生报应"之后的结果，因而可与前文的"杀生报应"形成情节序列。

在新时期生态写作中，在情节书写中与古典小说的"弃猎"母题的丰厚资源对接，衍生出大量放弃猎杀的情节。如《猴子村长》中的长社父亲，在举起枪的瞬间，被猴子身上的巨大母性所感染，从此不再狩猎。《银狐》中的老铁子，在得知白狐救了他的性命后，跪地感恩，并与仇视了大半辈子的白狐达成和解，化解了师徒两代人与白狐之间的仇怨。《山鬼木客》中陈华的父亲为曾经开枪射伤已经避闪的"木客"而愧悔终生；《额尔古纳河右岸》中伊万看到怀孕的狐狸"像人一样站直了，它抱着两只前爪，给猎人作个揖"而放弃追杀，"我"因为"想那四只小水狗还没有见过妈妈，如果它们睁开眼睛，看到的仅仅是山峦、河流和追逐着它们的猎人，一定会伤心的"，从此不再捕杀水狗，并因为自己"在那片碱场受了孕，我不想让一只母鹿在那儿失去它的孩子"，反对小鹿被杀；《野狼出没的山谷》中狐狸身体被虐杀的场景，刺痛了老猎人原本冷酷的心，进而改变其生命立场和行事方向；邓刚《大鱼》中捕鱼高手水顺爷在发现原本成群结队的菊花鱼由于过度捕捞而难觅踪迹之后，内心受到触动，决定不再捕鱼；刘醒龙《灵猩》中曾是优秀猎手的老护林人，在猎杀一只美丽而充满灵性的小獐子之后，遭到灵猩的惩罚，自断指头谢罪后放弃狩猎；雪漠《猎原》中的猎人孟八爷，在认识到生态保护的重要性之后，重新看待野狼、野狐的价值，停止猎杀行动；蒙古族作者满都麦的《四耳狼与猎人》中猎人巴拉丹在与狼建立感情之后放弃行猎；中国台湾作家徐仁修的《哀鸣的小鹿》中，作者感动于鹿的母爱而放下猎枪。

新时期生态写作在建构生态伦理立场时，受古典小说伦理参照和审美惯性的影响，演绎了大量"弃猎行善"的故事形态。但如前文所述，在对古典情节模式借鉴的同时，因现代生态伦理视界和审美维度的介入，而使生态写作本土元素建构过程中，又呈现出与古典小说迥然不同的现代品质。

首先，在中国古典小说中，"放弃狩猎"往往是以被动的途径实现，即长期杀生/虐杀遭到报应之后的悔改行为，其弃猎的动力往往是出于对报应的恐惧。放弃狩猎的价值参照，往往不是现代生态伦理观念的指引，而更多的是有感于慈、义等中国伦理文化中至关重要的元素的触动。新时期生态写作中，放弃狩猎通常是受动物灵性或母性的感召，或出于自觉的生态意识的觉醒而放弃猎杀。尽管在部分文本中，因为慈、义等传统伦理而"放弃狩猎"的叙事逻辑亦有所继续，比如《猴子村长》中，因为被金丝猴的母爱所感动，长社父亲放弃狩猎；因为金丝猴曾为侯长社的父亲送葬，奉山老汉要求长社放猴，但此类文本仍在弃猎的原因方面增加认可金丝猴作为生命情感存在的合理性，以此使弃猎原因中增加了敬畏生命的现代维度。而《长虫二颤》中有类似古典小说的"报应—弃猎"模式，但仍比古典小说多了些心灵悔改的因素：佘震龙放弃捕杀蛇而改行修钟表，其中不乏心灵重铸的意味。

其次，现代科学视界的介入也为"弃猎"行为增加了更为现代的理性气质。如在郭雪波的小说中，对生灵的关爱通常蕴涵着自然科学的生态认知，以自然生态的科学定位为指归，以此确定自然和不同生命的生态价值：

> "郑爷爷，你为什么不打死那只恶狼放它跑了！"明明仰起脸问。
> "孩子，你不懂。沙漠里凡是有生命的东西都珍贵，包括狼。我们这世界是由万物组成的一大家子，一物降一物，相生相克，少一个也不行……"（《苍鹰》）

> "孩子，不能逮它。咱们这儿，一棵小草，一只小虫子都要放生。"
> "放生？为啥？"
> "因为咱们这儿活着的东西太少了。孩子，在这里，不管啥生命互相都是个依靠。等你长大就明白了。"（《沙狐》）

在上述文本中，郑爷爷、老沙头/人类爱惜沙漠生灵，皆基于强调生态维持的需要，以此区别于神性思维中对生灵的敬畏，亦区别于诗性感悟中对生命的审美。在对生命的价值判断与伦理定位中，不因"狼"危害人类的生命财产而欲将其赶尽杀绝，亦不因草虫之微小而随意剥夺其生命，一切皆以科学的认知取代一己的情感好恶，以历史理性超越道德感性。

在中国古典小说中亦有大量"放生"的情节，但通常与"报恩"故事模式相关，在伦理立场上的理论支点是人际伦理中的"积德行善"，行为指向人类道德境界的提升。自然科学视野的介入，在话语、叙事模式和生态立场上皆呈现出实证精神支撑下的理性气质。

这样，新时期写作在借鉴古典小说情节元素的同时，受现代生态伦理理念和现代自然科学知识的影响，在价值立场上超越古典小说中的单一立场而呈现出多元化解读：部分作品用自然科学话语重读了"因果报应"的神秘逻辑，承继"五四"以来的"科学"立场，建构自然科学维度，如《长虫二颤》《黑鱼千岁》分别以自然科学知识解释了当事者丧生的科学原理。而另一部分作品则保留了古典小说中的"神秘话语"取向，召唤自然的"神性"并在此基础上重新倡导对自然的"敬畏"。

新时期生态写作萃取了古典小说中的本土化情节元素，并以西方现代生态伦理认知实现文本整合，创作出具有本土特征的现代生态写作。

三　伦理立场的本土化

中国本土文化中存在着朴素的生态伦理思想。生态写作在现代自然科学开启生态意识之后，除借鉴西方现代生态伦理理论之外，在生态伦理立场的选择上，还呈现出与本土生态伦理思想的有效整合。

在生态伦理立场方面，中国传统文化与西方现代动物权利保护理论的差别主要体现在动物实验、猎杀与素食问题三个方面。除动物实验是生态写作中较少涉及的话题外，20世纪80年代以来中国大陆的生态写作对其余两方面的叙事均体现出与本土文化之间的惯性联系。

（一）生态伦理立场中的儒释道元素

1. 猎杀叙事中生态伦理立场的本土元素

在西方现代环境伦理中，把"猎"细分为"为食肉而打猎""土著人的传统型打猎""为了娱乐和运动而打猎""为了治疗而打猎"[①]，并在精神分析与逻辑分析、人类学与生态学、人类本性与荒野主体性等方面做出综合论证之后，最终将打猎定义为具有一种辩证价值，将其中"表面的恶（杀生、痛苦、打猎、折磨）"转换成某种善（征服的快乐，消遣中的创造、原始冲动的实现、桌子上的美食、生态规律的确证），是"与大自然也相一致的"，因而这类打猎是具有合理性的这样一个纯粹的理论思辨过程和结论。

而在中国古典伦理中，本土的儒家思想不反对打猎，只是要求打猎时"钓而不纲，弋不射宿"（《论语·述而》），"鱼不长尺不得取，彘不期年不得食"（《淮南子·主术训》）。由于儒家文化是以"仁"为核心的，仁是主体的最高德性，因而从"仁"的角度解释"猎"，则其理论侧重点在于论述如何使猎的行为"仁化"。猎的行为是否合理，以及猎的原则确立等，皆以成就人的"仁"为准则。如"不涸泽而渔"，既保持长远利益，

---

① ［美］霍尔姆斯·罗尔斯顿：《环境伦理学》，杨通进译，中国社会科学出版社2000年版，第120页。

又不与人际伦理中的仁、善等伦理价值相违背。"人之优越恰恰在于他能以合乎道德的方式对待他人及其他动物。因此，儒家生态伦理观关注的重心不是为了人的功利目的，而是为了人的道德完善，把自然万物作为人类道德关怀的对象，是为了体现人的'仁爱'之德，以维护好大自然'生生不息'的运行。"①

新时期生态写作延续了这一伦理立场的惯性，大量的生态写作并不直接或者坚决地反对人类对非人类生命的猎杀，而是自发地沿用了儒家论述猎杀问题的仁爱原则：

老人又说：孩子啊，你还得记住一条，打獭子只能打大公獭和没崽的母獭子，假如套住了带崽的母獭和小獭子，都得放掉……（《狼图腾》，第335页）

在中国传统伦理中，对猎物敬畏的逻辑起点和最终落脚点都在于人对自我内心的修炼。因而在伦理关怀对象的选择方面，并不对关怀对象本身做出区分和区别对待。这一伦理逻辑在新时期生态写作中得到较为清晰的体现。

在西方的生态伦理体系中，对伦理关怀对象做了详细而理性的区分，如"我们不必从伦理学的角度关心作为低级生命的蚂蚁，因为从神经学上看，它并不拥有心灵"②，而伦理关怀的重点是"有感觉的动物"，其理论体系具有强烈的自然科学维度影响下的理性特征。

中国古典小说受佛教不杀生的思想影响，对伦理关怀对象并不根据其科目种属和是否有感觉来加以区分。"佛教相信，生命对于人类和一切不会说话的动物和植物都是同样宝贵的，小至微尘，大至宇宙，旁及一切生灵，都在生命的川流不息之中，共处于同一生命流，即'一切众生悉有佛性'，所有生命中都潜藏着'佛'，都有可能达到最高境界，领悟佛性。因此，所有生命都是宝贵的，都应加以尊重和珍惜，不可随意杀生。为此，佛教提出了一系列戒律，其中有'八戒'、'十戒'之说，要求佛教

---

① 赵媛：《中西生态伦理视域下的人类中心主义》，延边大学2009年硕士学位论文。
② ［美］霍尔姆斯·罗尔斯顿：《环境伦理学》，杨通进译，第127页。

徒'不杀生'（包括放生和吃素），反对任意伤害生命。"① "扫地恐伤蝼蚁命，爱惜飞蛾纱罩灯"等日常生活细节，从众生平等的立场出发，最终指向的是人心的善。诸多古典小说提到用开水浇蚁穴遭到报应等（具体参见《太平广记》中相关收录），杀蟹遭到报应，② 甚至吃禽蛋亦遭到批判，③ 因而对"蚂蚁"等低等动物的敬畏和保护具有充分的伦理合理性和必要性。

新时期生态小说受这一伦理立场的影响，多从情感因素的视角界定对其他生命的关爱，亦不作理性的区分进而在叙事中体现了不同的伦理立场，对"蛇"（《长虫二颤》)、鱼（《黑鱼千岁》《怀念黑潭里的黑鱼》等）与高级哺乳动物一视同仁，并不从自然科学的纲目分布来区别对待。甚至在《狼图腾》中，陈阵和杨克看到天鹅蛋被食用，心中亦充满伤感。

2. 食物主题中伦理立场的本土元素

在"食物主题"的叙事中，亦体现出本土伦理立场的影响。西方生态伦理是在扩展道德关怀范围基础上产生的动物保护理论，"虽然突破了人类中心论的局限，把人们道德关怀的视野从人类扩展到了人类之外的其他存在物，超越人类中心论的某些局限，但是这种理论本身及其所包含的实践结论却不是无懈可击的"，其在处理人类与非人类关系时的不足之处在于，"只关心动物个体的福利与权利，这与环境科学和生态科学强调生物联合体或生态系统的稳定与和谐的整体主义思维方式不太协调""人生来就是杂食动物，没有义务去改变他的饮食习惯"，此外，"废除动物工厂将使那些已失去野生能力的动物因不能适应大自然的生存环境而饿死等"④。

在食物问题上，与西方激进的素食主张不同，中国传统文化中的生态伦理立场则从"恻隐之心"的角度解释人类对非人类的保护，在实践层面上并不主张素食。孔子称"食不厌精，脍不厌细"（《论语·乡党篇》），孟子以"鱼鳖不可胜食""七十者衣帛食肉"作为王道社会的标志。

---

① 赵媛：《中西生态伦理视域下的人类中心主义》，延边大学 2009 年硕士学位论文。
② （宋）李昉等：《太平广记》卷第一百三十一《章安人》，中华书局 1981 年版。
③ 同上。
④ 何怀宏主编：《生态伦理：精神资源与哲学基础》，河北大学出版社 2002 年版，第 401—402 页。

从《额尔古纳河右岸》的叙事立场看，生活在山林中的鄂温克人的衣、食、住、行都取之于动物，文本中大量出现猎熊、杀驯鹿、捕鱼、捕食灰鼠、猎杀堪达罕、猎杀山猫、猎杀山鸡和水狗、杀狼，甚至有在现代生态伦理看来较为残忍的以骨锯锯鹿茸和以敲打的方式阉割公鹿，但叙事立场并无批判之意。狍肉香肠，吊锅煮野鸭，清煮狍头、驯鹿奶酪、烤鱼片和百合粥成为文本中盛赞的山林婚宴佳肴。仅有的几次不忍之心源自看到为救列娜母鹿失去小鹿、希望小水狗睁开眼睛能看到妈妈、不希望母鹿在自己受孕之地失去孩子。从促使行为产生的动机看，都是源自人类内心深处的恻隐之心，是"老吾老以及人之老，幼吾幼以及人之幼"的"共情"，以人类的情感来体悟众生。

3. 伦理原则中的本土元素

基于上述特点，新时期生态伦理精神在人与动物之间关系问题的基本处理原则上，突出地体现了受本土道家思想的影响。以庄子思想为例，庄子的生态思想最具个性特色之处在于，不仅反对技术，反对人类为自身的利益而干预自然和使用非人类生命，还反对人类按照自己理解的动物的利益来"帮助"动物。①

《庄子·应帝王》中倏忽为报恩帮浑沌开七窍而导致对方死亡，《庄子·至乐篇》中"以己养养鸟""奏九韶以为乐，具太牢以为膳。鸟乃眩视忧悲，不敢食一脔，不敢饮一杯，三日而死"，由此主张应该"以鸟养养鸟者，宜栖之深林，游之坛陆，浮之江湖，食之鳅鲦，随行列而止，委迤而处"。庄子主张让动物按照它们的天性生活，既不虐待，也不是按人的方式去厚待。"民湿寝则腰疾偏死，鳅然乎哉？木处则惴栗恂惧，猨猴然乎哉？三者孰知正处？民食刍豢，麋鹿食荐，蝍蛆甘带，鸱鸦耆鼠，四者孰知正味？猿猵狙以为雌，麋与鹿交，鳅与鱼游。毛嫱丽姬，人之所美也；鱼见之深入，鸟见之高飞，麋鹿见之决骤，四者孰知天下之正色哉？"②（《庄子·齐物论》）

迟子建《额尔古纳河右岸》即是类似浑沌开七窍而亡的故事，现代性方案为世居山林的鄂温克人建设了定居点并制定了迁居山下走向文明的

---

① 主要观点参见何怀宏主编《生态伦理：精神资源与哲学基础》，河北大学出版社 2002 年版，第 50—51 页。

② 以上《应帝王》《至乐篇》《齐物论》，分别参见孙通海译注《庄子》，中华书局 2007 年版，第 62、152、16 页。

方案，但当这一切陆续实现时，山民本然的生活和生命形态却遭到了毁灭性的破坏。因而文本中明显体现出庄子的思想倾向，反对人类按自己理解的方式来对待动物，比如将驯鹿赶到山下圈养，不符合鹿的天性，虽安定安逸且居食无忧，亦不足取。

> （激流乡的干部来劝说下山）……鲁尼说，你们以为驯鹿是牛和马？它们才不会啃干草吃呢。驯鹿在山中采食的东西有上百种，只让它们吃草和树枝，它们就没灵性了，会死的！哈谢也说，你们怎么能把驯鹿跟猪比，猪是什么东西？我在乌启罗夫也不是没见过，那是连屎都会吃的脏东西！我们的驯鹿，它们夏天走路时踩着露珠，吃东西时身边有花朵和蝴蝶伴着，喝水时能看着水里的游鱼；冬天呢，它们扒开积雪吃苔藓的时候，还能看到埋藏在雪下的红豆，听到小鸟的叫声，猪怎么能跟它相比呢！……（《额尔古纳河右岸》，第 205 页）

在这里，猪和驯鹿分别对应着不同的生活方式，对待不同的物种应遵从其天性，既不虐待亦不人为地违背天性给予想当然的"厚待"。

叶广芩秦岭系列小说中亦反对人类以自以为是的方式来对待动物，熊猫碎货逃离人类的救助和保护，狗熊淑娟的悲剧则证实了当年地质队员收养淑娟之举的错误，《老县城》中更是对所谓的"动物保护"产生了深刻的质疑；郭雪波小说中人类看到苍鹰驱逐鹰之子时产生怜悯以及随之而来对此行为的自省：人类自以为是爱，但爱的方式是错误的；《怀念狼》中生态保护者对狼进行彻底的调查和保护的过程给所剩无几的狼群带来灭顶之灾；《狼图腾》中正是陈阵和杨克对小狼的珍爱断送了小狼成为真正草原狼的机会甚至使其失去生命，而将草原开垦为农场的计划也最终葬送了草原，"从前草原最怕农民、锄头和烧荒，这会儿最怕拖拉机"；以上种种立场表明，人类自以为是的干预，事实上在很大程度上成为摧毁生态原初平衡的至关重要的因素。

《无土时代》（赵本夫）中通过林教授阐述的绿化理念，从城市行道树和草坪过于单一问题切入，分析"林至纯至净则无鸟，无鸟则树木易生病虫害"，论述现有绿化工程的"好心办坏事"从而导致的"绿色污染"，主张尊重和维护自然的多样性特质，尊重物种间天然的差异和联系，才能保持真正意义上的生态平衡。

　　林教授在发言时并没有明确表示子午路上应当栽什么树，而是大谈了一通城市绿化理念。他说来到木城不久，就发现城市绿化有问题，表现在行道树过于单一，一条马路只栽一种，而且都是乔木。当然这种现象在国外也存在。他主张应当种杂树，像森林一样，有各类树种，不要品种统一化。要有乔木，还应当有灌木。树下要多留地皮，地皮上要允许杂草丛生。这样才能保持生态平衡。……我们的城市里看不到鸟，就是因为植被太单一，地面都铺成水泥地，清扫太干净。有时候并不是越干净越好。咱们自己的老祖宗早就说过水至清则无鱼，这话既是古老的又是现代的。一样的道理，林到纯至净则无鸟，无鸟则树木易生病虫害。"（《无土时代》，第144页）

（二）生态伦理精神中的本土原始信仰元素

　　除充分吸收儒释道的伦理体系中独特的生态伦理思想外，新时期生态写作在本土化进程中还借鉴了大量中国本土原始文化中富有生态伦理意义的精神资源。

　　原始信仰是指现代国家的原始民族中尚保存的原始先民思想和行为的遗迹，如万物有灵、自然崇拜、动物崇拜、植物崇拜等。

　　自然崇拜是指"原始人类对无生命的自然物及自然现象的崇拜"[①]。姜戎《狼图腾》中蕴涵着自然崇拜的思想，以长生天为父，长生地为母，"腾格里"是主宰自然间智慧、仁爱与正义的至高无上的力量，"草和草原是大命，剩下的都是小命""草原上的狼是腾格里派到这里来保护白音窝拉神山和额仑草原的，谁要来糟践山水和草原，腾格里和白音窝拉山神就会发怒""蒙古人不仅信奉'天人合一'，而且信奉'天兽人草合一'，这远比华夏文明中的'天人合一'，更深刻更有价值。就连草原鼠这种破坏草原的大敌，在蒙古人的天地里，竟然也有着如何不可替代的妙用"（第267页）。草原伦理的伦理对象涉及"天兽人草"，其范围超过传统文化中的"天人合一"。

　　动物崇拜是由于先民对动物的独特认识所形成的与动物相处的模式：

---

　　① 何怀宏主编：《生态伦理：精神资源与哲学基础》，河北大学出版社2002年版，第102页。

认为动物有恩于人类，是人类的亲族，是动物教会了人类生存技能与智慧，动物比人更聪明更勇敢，人类应该感激和崇拜动物。① 叶广芩秦岭系列小说和散文集《老县城》所涉及的民间传说中充满动物崇拜的思维，动物与人类是亲族关系，"山里人忌讳多，出于对大自然的敬畏，头生孩子从不称'大'，长子都从第二开始排，把第一让给山里的大树、石头、豹子、狗熊什么的，都是很雄壮、很结实的东西，跟在它们后头论兄弟，借助了它们的生命力和力量，意为好养活，能长命百岁。这一地区的孩子每人都有属于他们自己的'杨树大哥'、'豺狗大哥'"（《老虎大福》）。"……老县城人的心是和大自然相通的，这里的老汉、孩子可以对着猫儿狗儿说话，对着太阳小草说话，一切都是那么自然，没有谁觉得奇怪。在他们的潜意识里，植物、动物都是有感情、有生命的，是和他们一样生长在太阳底下的'人'。……"② 这样，文本叙事在对非人类生命的亲族指认中，使人类与非人类的关系获得一个全新的定位。

迟子建《额尔古纳河右岸》书写了鄂伦春人在猎取和食用熊时的禁忌和仪式，崇敬火神，敬畏白查那山神，"火中有神，所以我们不能往里面吐痰、洒水，不能朝里面扔那些不干净的东西"，被称为玛鲁王的驯鹿"平素是不能随意役使和骑乘的""将某种动物看做是自己的血缘亲属，不准加以伤害，并制定各种禁忌加以保护，这是原始先民动物崇拜的一种方式""为了生存，人类不得不取食于动物。但即使在猎取、食用动物的同时，原始先民们也依然怀着一种对动物的崇敬之情"③。当不得不取食时，举行仪式以安慰和求得谅解。《长虫二颤》中当山民们对颤充满了敬畏，在称呼中不直接呼为蛇，而是尊称为"颤"，他们在山间行走时以棍子轻轻拍打草叶以表示对颤的避让，当不得不取用蛇胆以治病时，也从不伤害其生命，而是带着虔诚的敬畏之心在取胆后为蛇包扎伤口并放在疗颤池中让其养伤之后再放回山林，并相信这样做可以取得颤的谅解，"要是为了治病救命，用多少蛇胆长虫坪的人都不在乎，长虫坪的颤们也不会在乎，那是积德行善的功德"。

郭雪波小说中"与蒙古族的诞生和发展息息相关"的"孛"教"信

①　杨学政：《原始宗教论》，云南人民出版社 1991 年版。转引自何怀宏主编《生态伦理：精神资源与哲学基础》，第 105—106 页。

②　叶广芩：《老县城》，中国工人出版社 2004 年版，第 252 页。

③　何怀宏主编：《生态伦理：精神资源与哲学基础》，第 107 页。

奉长生天为父，长生地为母，信奉大自然、信奉闪电雷火、信奉山川森林土地"，崇拜长生天、长生地；《大漠魂》展示了民间安代舞的内在之魂与现代生态伦理精神的相互呼应，《银狐》挖掘了民间宗教"孛"教教义在"对天、地、自然、万物的认识"中所蕴涵的现代生态伦理立场，并通过白尔泰的思考在宗教教义与科学治沙之间寻找到精神层面的相通之处："你对长生天长生地的崇拜，你对大自然的认识，以及对大漠的不服气、在黑沙坨子里搞的试验等等，你全是按照'孛'教的宗旨在行事"（《银狐》，第 364 页），即阐明了民间宗教的生态伦理意义。

蒙古人最早信仰的原始宗教萨满教"崇拜大自然，崇拜长生天，认为大自然中的雷、火、树木、河流山岭都有神灵，都要拜祭；同时崇拜祖先灵魂，认为永不消逝的祖先灵魂和精神关照后代。这些正是现代人所缺少的。尤其崇拜大自然，人们现在肆意破坏大自然，破坏山河峡川草原绿林，这不正是不崇拜大自然造成的吗？现在的人，不信天不信地，对大自然疯狂地掠夺和豪取，对祖宗的许多遗训和箴言忘得一干二净，现在还真需要重扬一下萨满教的宗旨哩！"（《狐啸》，第47页）这些均是对本土原始信仰的阐扬。

（三）创作主体文学与思想资源中的本土元素

中国生态写作起步于直接译介西方生态伦理思潮，西方生态伦理的不同理论派别，不同理论观点、道德原则和要求至今为我们所沿用，其中固然有许多精彩和合理之处，但由于受历史文化背景的限制，缺乏现实国情的联系，硬性的模仿或移植是会有不适应的。要促进中国文学中的生态伦理精神真正扎根于中国本土，就必须实现生态伦理立场的本土化，使其获得中国化的气度和风格，与自己民族的文化精神和人们的价值心理相吻合。

新时期具有生态伦理立场的作家中，就其伦理思想资源而言，受西方现代生态伦理思想的影响是不争的事实，但在创作主体伦理价值体系的建构过程中，具有清晰的本土思想资源与文学资源的惯性影响。

《狼图腾》引用包括《史记》《汉书》《资治通鉴》等中国史著 15 种共计 27 次，引外文史著 4 种共计 10 次。郭雪波《银狐》中的引文有两类，一是流传于科尔沁草原的古语、民歌、说唱故事和萨满教唱词；另一类是古典文化典籍，如《蒙古秘史》《清史稿》《蒙古游牧记》、骆宾王《代李敬业讨武氏檄》《朝野金载》《太平广记》《聊斋志异》《历代狐仙传奇全书》等，亦有浓郁的本土色彩。

　　叶广芩在《老县城》中多次引用利奥波德、边沁、劳伦斯等人的生态思想，但其秦岭系列文本中部分人类与非人类关系的情节，与中国古典小说呈现出明显的"互文性"。如《长虫二颤》中提及千年大蟒为颤坪众颤之祖，有传说：

　　　　传说汉武帝刘彻过长虫坪，见路边一大蟒，当即用箭射之，蟒负伤而逃。第二天他在射蟒处看见许多青衣童子在捣药。武帝问何故捣药，童子说昨天我主为刘寄奴射伤，命令我等在此捣药治之。武帝问，你主何人？皆不答。武帝大声呵斥，童子纷纷逃窜，一时全无踪影。汉武帝将所捣之药传于世人，皆不认识，便将此药名为"刘寄奴"……

　　用于文中的这段传说，与刘敬叔《异苑》[①] 中的一则故事极为相似：

　　　　宋武帝裕字德舆，小字寄奴，微时伐获新洲，见大蛇长数丈，射之伤。明日复至洲里，闻有杵臼声，往视之，见童子数人，皆青衣捣药。问其故，答曰："我王为刘寄奴所射，合散傅之。"帝曰："王神何不杀之。"答曰："刘寄奴王者不死，不可杀。"帝叱之，皆散，乃收药而返。

　　两文本在情节逻辑、叙述视角上均极为相似，除主人公名称略有差异外，"见蟒—射之伤—次日见数青衣童子捣药—问答—斥之，皆散，收药返"的情节铺演皆对应整齐，句式亦基本一致，二者之间有着极强的互文性。由此可见创作主体在写作过程中直接受到古典文学典籍的影响。

　　另有部分文本通过不同的形式体现出对庄子思想的借鉴与接受，创作主体亦在不同场合明确表达了对庄子思想的认同。《狐啸》通过具有生态意识的人文知识分子白尔泰的思考，将庄子思想中崇尚自然的元素与古老的"孛"教思想打通，凸显本土元素中的生态元素："古时老庄如此，近代消亡的'孛'的贤哲们也如此，他们都是崇尚大自然。"（第317页）

①　（南朝·宋）刘敬叔著，范宁校点：《异苑》，中华书局1996年版。

贾平凹的散文集甚至直接以庄子著名的典故"浑沌"命名，并在扉页加上引文："倏与忽时与遇于浑沌之地，浑沌待之甚善。倏与忽谋报浑沌之德，曰：人皆有七窍，以视、听、食、息，此独无有。尝试凿之。日凿一窍，七日，而浑沌死。"① （《庄子本纪》）作家张炜更是直接表达了对庄子思想的认同，将其上升到"世界的希望"高度："我们认为，一个能够理解庄子，能够包容庄子的人又同时是一个积极入世的人，那么他就是我们这个世界的希望。"②

此外，创作主体在写作过程中，多处提及本土文化中富有生态意识的其他元素，如风水、中医与神话传说等。祖国医学是中国本土文化的重要组成部分，新时期生态写作常借助中医的理论阐述自然万物之间相生相克的内在逻辑。具有深厚本土文化功底的满族作家叶广芩曾在长篇家族小说《采桑子》中大量提及风水、建筑、中医里的生态思维，其《长虫二颤》等文本更是通过中医学专家对中医知识的阐释，传达生态认知。风水，又称堪舆，是一门古老的国学。早在五千年前，中国氏族村落已体现出堪舆观念；两千年前，已有了堪舆理论的基础，如阴阳五行、天地人观念。堪舆是中国历史上有关天地人关系的一种生态文化。从意识形态来说，人们崇拜自然界的山石水土草木风水，崇拜灵魂不死，相信超自然、超人之神灵，相信命理，人们试图协调人与自然的各种关系。③ 贾平凹的《怀念狼》、赵本夫的《无土时代》借"风水"思想传达人与自然和谐。《银狐》中，铁家的墓地成为风水宝地，而胡、包两家的"借风水""断风水"则成为几大家族相争的焦点。诸多文本通过本土化的风水知识，传达生态理念，充分将本土风水文化中的生态思维渗透在生态写作中。

当然，新时期生态写作的本土化过程，并不是将传统文化、民间原始文化等元素各自为营或生硬拼贴，而是经过分析、比较并重新思考其整合的可能性。如姜戎《狼图腾》在对民族文化重建过程中，即分析过各种文化的融合与现代品质建构的思路：

狼图腾的精神比汉族的儒家精神还要久远，更具有天然的延续性

---

① 贾平凹：《浑沌：贾平凹散文随笔集》，湖南文艺出版社 2007 年版。
② 张炜：《葡萄园畅谈录》，作家出版社 1996 年版，第 211 页。
③ 关于风水的论述，参见王玉德《堪舆文献与生态观念》，选自张全明、王玉德等《生态环境与区域文化史研究》，崇文书局 2005 年版，第 82—83 页。

和生命力。儒家思想体系中，比如"三纲五常"那些纲领部分早已过时腐朽，而狼图腾的核心精神却依然青春勃发，并在当代各个最先进发达的民族身上延续至今。蒙古草原民族的狼图腾，应该是全人类的宝贵精神遗产。如果中国人能在中国民族精神中剜去儒家的腐朽成分，再在这个精神空虚的树洞里，移植进去一棵狼图腾的精神树苗，让它与儒家的和平主义、重视教育和读书功能等传统相结合，重塑国民性格，那中国就有希望了。(《狼图腾》，第 253 页)

以重塑国民性格的启蒙话题，对传统的儒家文化进行反思，并对重新整合儒家文化与狼图腾文化作了较为理性的规划。

在新时期文学生态伦理精神的建构过程中，研究者们较多地注意到了西方文化和西方生态观研究的影响，用西方生态观的研究进展对照、发掘中国本土文化中的生态意识，这是一种"引入"与"输入"意义上的生态观，它并不是从中国的文化土壤中生长出来的，总不可避免地带有西方标准的影子。而事实上，纵观新时期写作中生态伦理精神的建构过程，可以看到生态伦理精神的形成，大体就是在这种外在的观念输入与内在的文化需求张力中不断较量、冲突、融合中逐渐产生的，通过在本土文化资源中寻求对接点，在生态伦理立场上以传统儒道思想为依据，实现了在生态伦理立场上的本土化。又通过对本土叙事模式中"动物报恩""杀生报应"和"弃猎行善"等模式的回应，实现审美特征的本土化。

新时期生态写作受到西方生态伦理思想影响，这是不争的事实，亦是不可回避的，但在将西方生态伦理思想与中国传统文化中富有东方特质文化特点的部分相结合的过程中，开辟了具有本土化特征的生态写作维度，亦为全球化进程中本土文学与世界的接轨探索了新的思路与可能性。

第二节　诗性话语的建构与生态伦理精神的本土化生成
——以《额尔古纳河右岸》为中心

世界范围内的生态科学和生态文学最初都源于西方现代自然科学的发展与生态观念的传播，在与中国本土语境的对接中需要经历本土化过程才能建构真正属于中国文学的生态写作，而在本土文化资源中寻求生态呼应是对接的重要途径。

在既有的对于新时期生态写作的研究中，过多强调外源性生态意识的影响，即作家如何接受外来的现代生态观和生态思想，如何将习得的西方生态学理论应用于对中国生态问题现状的分析和判断，并以理性的伦理立场和自然科学的话语体系，建构生态写作的美学形态。对于本土资源在生态写作生成中的能动性，尤其是生态书写的本土化审美形态关注不够。事实上，在新时期大量的生态写作中，科学话语及其承载的理性生态认知并未真正获得作为文学话语的主体性，而很容易滑向对自然科学生态观、生态伦理观的被动演绎。本节试图通过对《额尔古纳河右岸》等作品的分析入手，解读在世界生态写作的宏观视域下，本土生态写作如何通过在自然中"感悟"的方式获取生态理念，并通过诗性话语、意象思维等方面的审美建构，呈现出生态写作的本土化特质。

《额尔古纳河右岸》讲述了古老的鄂温克民族的生存方式及其逐渐走出山林的故事。在这一蕴涵着人类学、文化学、生态学等多重命题的文本叙事中，以天人合一的诗性生存、自然维度的诗性隐喻、感悟式的思维，实现了诗性话语的建构，并以东方式的生态伦理立场，为生态写作的本土化策略提供了重要思路。

一　诗性生存：天人合一的生命观与时间哲学

在故事层面，《额尔古纳河右岸》的本土化特征体现在叙述天人合一的生命形态上。

对于理想生存形态的建构，是生态写作中的核心命题。人如何与自然、与非人类的其他生命共生，是生态写作中切入核心命题的重要维度。在新时期生态写作中，郭雪波的草原系列、叶广芩的秦岭系列、贾平凹的《怀念狼》、张炜的《刺猬歌》、赵本夫的《无土时代》等文本的切入点皆在农业文明与现代化进程交会之后的生态灾难，伦理立场上激进的生态意识使叙述视角凝聚在现代文明之下人类生命的粗陋与麻木上。与前述文本不同，《额尔古纳河右岸》将视点放在山林中的自然生命形态———一块现代文明的"飞地"上。前者关注破坏之后的失序、慌乱与急迫，后者则呈现破坏到来之前的宁静与和美。

与西方文学从《圣经》到培根、笛福、歌德、海明威等始终将人与自然关系的书写作为对立状态的传统相比，中国文学传统是以"天人合一"为核心书写人与自然的关系。"天人合一"是中国哲学的核心命题，

"'天'的含义大致有三：一是指主宰之天，也就是通常所说的天神；二是指自然之天，通常也称为天然；三是指义理之天，也称为天理"①。在故事层面，"天人合一"的诗性生存，融合上述多重含义，体现为天人合一的生存方式（人类的全部日常生活都与自然界联系在一起）和天人合一的思想体系（人类的生命观、时间哲学具有与自然的同构性）。

"天人合一"的环境产生"天人合一"的生命观。生活在额尔古纳河右岸的人们，以天然之材自制衣、食、住、行的日常生活用品，用兽皮换取盐，自己生产，用萨满跳神治病，"我的医生就是清风流水、日月星辰"，并最终通过风葬回归自然。他们取食山间的生命同时又为另一部分生命充当食物，用这样的方式使自己的生命嵌入大自然的森林与河流："我不愿意睡在看不到星星的屋子里，我这辈子是伴着星星度过黑夜的。如果午夜梦醒时我望见的是漆黑的屋顶，我的眼睛会瞎的；……听不到流水一样的鹿铃声，我一定会耳聋的；我的腿脚习惯了坑坑洼洼的山路，如果让我每天走在城镇平坦的小路上，它们一定会疲软得再也负载不起我的身躯，使我成为一个瘫子；我一直呼吸着山野清新的空气，如果让我去闻布苏的汽车放出的那些'臭屁'，我一定就不会喘气了。我的身体是神灵给予的，我要在山里，把它还给神灵"②。"星星""流水一样的鹿铃""坑坑洼洼的山路"和"山野清新的空气"，分别对应了人体的视觉、听觉、触觉、嗅觉，共同滋养着生机盎然的生命形态——神灵给予而最终也必将回归神灵的身体。只有与自然融为一体的生命，才会弥漫着无与伦比的清新气息。《额尔古纳河右岸》呈现了人与自然合一的诗性生命形态：人是自然界的一环，而不是外在于自然的某个他者。

"天人合一"的生命观，决定了作为生命终点的死亡被视为对自然的回归并转化为另一种生命形态。死亡是对自然界的回归，重新与自然融为一体，并是下一次生命轮回的开端——"叶子变了颜色后，就变得脆弱了，它们会随着秋风飘落——有的落在沟谷里，有的落在林地上，还有的落在流水中。落在沟谷里的叶子会化作泥，落在林地的叶子会成为蚂蚁的伞，而落在流水中的叶子就成了游鱼，顺水而去了"。在对自然季节变化

① 宋志明、姜日天、向世陵：《中国古代哲学研究》，中国人民大学出版社1998年版，第25页。

② 迟子建：《额尔古纳河右岸》，北京十月文艺出版社2005年版，第4页。

的叙述中，融入了对生命的诗性感悟，通过树叶与泥、与蚂蚁、与水的丰富关联，隐喻了不同物种之间的循环往复、生生不息。人的生命和万物一样，可以在生命的季节轮换中化作"种子"重新发芽："妮浩在离开母亲风葬之地的时候说：她的骨头有一天会从树上落下来——落到土里的骨头也会发芽的"；安葬妮浩因为救人而失去的孩子时，我们"用手指为他挖了一个坑，把他埋了。在我们眼中，他就像一粒种子一样，还会发芽，长成参天大树的"；至于优莲，则是"你不要以为优莲是死了，她其实变成了一粒花籽，如果你不把她放进土里，她就不会发芽、生长和开花"。死亡叙述在这里是如此天然和富有诗性：生命的死亡是以一种形态转化为另一种生命形态——化为种子重新回归大地再次生根发芽开花，或者升到天空和小鸟一起飞翔（比如列娜和老达西）。一种生命形态的结束并不意味着长久的终结，而是转化为另一种形态实现生命的续接，这样的解读方式足以淡化生者对死亡的畏惧和伤痛，从而在面对死亡时更为从容淡定："我想起尼都萨满说列娜是和天上的小鸟在一起了，就觉得她是去了一个好地方，而不怕再想起她了。"

在中国传统文化中，"对万物流逝、变化和不断生成的欣然接受，是中国思想的特质""死不是绝对的，它只是宇宙生命过程中的一个环节。在道的展开过程中，先是逝，是远，最后是反，反也是返，即回到本原的道中。宇宙生命是一个大循环。个体生命之死，只是回到宇宙整体生命这个大熔炉中，投入整体生命的再造之中。从个体看，死亡是一种毁灭，然而，从全体看，死亡是生命的另一面，另一环节，另一阶段"①。对于死亡的解读，使人类回归自然界万物之一员，是自然循环中的一环，人类取食其他生命，并最终将自己的肉身返还自然，"号物之数谓之万，人处一焉"②。如同姜戎《狼图腾》中草原人通过死后将身体交由狼群食用来回归腾格里，《额尔古纳河右岸》中列娜和拉吉达被严寒冻死、林克被雷击身亡、狼吃掉达西、熊杀死瓦罗加、毒蜂刺死交库托坎，都和人饮桦树汁、取熊胆、猎杀堪达罕一样，是生命之间的自然关系。以本土化的生态立场，绕开了激进的生态主义理论中的尖锐话题，比如反对"狩猎"、肉食和以皮草为衣等。

---

① 吴国盛：《时间的观念》，北京大学出版社2006年版，第40—41页。
② （晋）郭象：《庄子注·秋水篇》，上海古籍出版社1987年版，第87页。

　　上述生命观背后是以自然坐标为参照的时间哲学。在整部作品中有两种时间维度：诗性时间与历史时间。其中与鄂温克民族生命形态密切相连的是诗性时间。在纵向时间之流的建构中，它的时间坐标是以四季轮回作为刻度的，自然界的循环运转成为确立时间的参照系，时间的存在与天空和大地相连的，是"天人合一"关系在时间维度中的体现。在"上部·清晨"中，时间的行进是以季节轮换、物候变迁和月亮的圆缺为参照的。开篇"我是雨和雪的老熟人了，我有九十岁了。雨雪看老了我，我也把它们给看老了"，把主人公置于与自然万物对视的定位中，人与雨雪的互相"看"意味着双方互为时间参照，意味着在时间的流逝中人与自然间相互依存的关系。在诗性时间哲学的背后，是人与自然相互依存和谐共生的状态。

　　此外，与现代时间中具体时刻／一天的划分以钟表的不同刻度为参照不同，在诗性时间的测度中，具体时刻的划定是依照一天之中日升日落予以标注的，"太阳和月亮在我眼里就是两块圆圆的表，我这一辈子习惯从它们的脸上看时间"。张炜散文《人生麦茬地》中母亲在儿子指着腕上的手表告诉她到了正午时，"疑惑地盯着指针——指针没有指向太阳，怎么就是正午？"① 日月星辰和钟表的对立，是两种天人关系的对立。迟子建在《时间怎样地行走》② 一文中说："挂钟上的时间和手表里的时间只是时间的一个表象而已，它存在于更丰富的日常生活中——在涨了又枯的河流中，在小孩子戏耍的笑声中，在花开花落中，在候鸟的一次次迁徙中，在我们岁岁不同的脸庞中，在桌子椅子不断增添新的划痕的面容中，在一个人的声音由清脆而变得沙哑的过程中，在一场接着一场去了又来的寒冷和飞雪中"，区分了两种时间的差异并认同诗性时间与生命之间的内在关联。诗性时间以自然为参照系，因而它是循环的。对自然时间的认同，使个体生命顺天应时，在自然时间序列中从容自适，由此支撑了对死亡淡定与从容的生命观。

　　到"中部·正午""下部·黄昏""尾声"部分，依次出现民国、"康德"（伪满洲国年号）和公元纪年的时间刻度，回响着战争、建设、开发等时代的足音，时间的维度以重大历史事件以及与之相应的历史进程

---

① 张炜：《人生麦茬地》，《张炜散文》，人民文学出版社 2008 年版，第 4 页。
② 迟子建：《迟子建散文》，人民文学出版社 2008 年版，第 138 页。

作为参照，人的命运与历史的方向密切相关，时间远离自然的生命节律，转而附着于人类社会无限前行的、不可逆转的单向时间，由此形成历史时间。在历史时间对诗性时间的替代过程中，具体时间测度方式的转变成为重要参照。在历史时间中，具体时间的测度则依靠作为现代科技产物的"钟表"。"人们同样地感受着黄昏　这个词不是来自树林的间隙或阳光的移动/而是来自晚报和时针　从前　人们判断黄昏是根据金色池塘　现在/这个词已成为古代汉语……"① 晚报和时针作为时间刻度，挤走并取代了树林、阳光和金色的池塘。作为现代科技产物的"钟表"以机械设置取代了原本时间测度中人对自然的观察和仰望，人与自然在时间维度上的关联由此被割裂和阻断。历史时间的介入，意味着人与自然之间单纯的天然互动关系的终结，在使时间的测度脱离自然坐标的同时，也使人与自然的关系被人为地割裂和疏离。人的命运受历史进程的影响与掌控，丧失了生命的从容，生态平衡也由此被打破。

由此生态伦理问题被以时间哲学的方式提出，逐步展示了历史进程与生态失衡之间的对应关系。时间维度的变迁清晰地凸显了文本对生态问题的逻辑归因，时间哲学中涵蕴较为明确的生态伦理立场。

二　诗性话语系统：形态、本土性及其天人合一的生态伦理内涵

诗性话语是指"通过描写一个具体的自然事物来给人一种感性的启示，以诗的形式阐述抽象的哲学问题，这就是中国独特的诗性智慧"②。在以自然科学为指归的生态写作中，在生态认知的催生下，大量使用自然科学的生态知识、术语，理性地解释生态灾难的起源并严谨地推理论证，寻求解决的方案，由此形成富有理性气质的自然科学话语系统，曾是新时期生态写作话语层面的突出特质。《额尔古纳河右岸》等文本的存在，以独特的诗性话语语法对应文本中的诗性生存，通过以自然为喻的诗性话语建构，沟通人与自然之间、自然万物彼此之间的内在关联。

（一）诗性话语形态

文本诗性话语形态的特点之一，是以具体的自然物象作为喻体，实现对抽象概念的界定。与自然科学话语的生态写作中大量使用科学术语不

---

① 于坚：《在钟楼上》，《于坚的诗》，人民文学出版社 2000 年版，第 128 页。

② 傅道彬：《〈易经〉与中国文化的诗性品格》，《华夏文学论坛》2009 年第 4 辑。

同，诗性话语中对抽象概念的界定多通过形象比喻：

> 在上学的问题上，我和瓦罗加意见不一。他认为孩子应该到学堂里学习，而我认为孩子在山里认得各种植物动物，懂得与它们和睦相处，看得出风霜雨雪变幻的征兆，也是学习。我始终不能相信从书本上能学来一个光明的世界、幸福的世界。但瓦罗加却说有了知识的人，才会有眼界看到这世界的光明。
>
> 可我觉得光明就在河流旁的岩石画上，在那一棵连着一棵的树木上，在花朵的露珠上，在希楞柱尖顶的星光上，在驯鹿的犄角上。

"光明"无疑是个抽象的概念，但文本并未试图用抽象逻辑推演和理性思辨作缜密的阐述，而是用"河流旁的岩画""一棵连着一棵的树木""花朵上的露珠""希楞柱尖顶的星光""驯鹿的犄角"这样取自自然生活具有鲜活生命质感的感性形态予以描述，以飘忽而意义不确定的审美形态对本应抽象严谨的理性思考做出诗性的置换。由此强调了人与自然之间的本质联系："光明"应存在于自然生命之中，存在于自然之美的引领中，存在于自然的生机与活力中。此类例证在文本中大量存在，如以"黑夜中跳出的一轮明月""雨后山间升起的彩虹""傍晚站在湖畔的小鹿"等灵动丰盈意象的叠加来对应马伊堪的"美"等。与之相呼应，郭雪波、陈应松等作家的生态写作中亦有以大量诗性话语来界定抽象概念的例证："仇恨，的确让人变得古怪和失常，把人的血搅得紧绷绷、黑糊糊、冷冰冰；而爱的感情，则完全不同，就像那明媚的春光，和煦的暖风，淙淙的山溪，清脆的鸟鸣"[①]，对于抽象的"恨"与"爱"的情感，以"春光"（季节）、"风"（物候）、"溪"（地舆）、"鸟鸣"（动物）等天地之间的自然物象，以生动鲜活的喻体传达感性启示，以此替代对抽象概念的阐述与理论建构。

诗性话语形态的特点之二，是以熟知的自然现象蕴涵的内在逻辑取代复杂而抽象的理论推演过程。逻辑推演是对概念界定的进一步拓展，类似从组词到造句的递进关系。

---

① 郭雪波：《银狐》，漓江出版社 2006 年版，第 371—372 页。

　　……娜拉说，他们跟额尔古纳河没有关系，怎么会来这里？依芙琳说，如果没有好的猎手，有肉的地方就有狼跟着。

　　……我又到尼都萨满那里去，我说娜杰什卡带着吉兰特和娜拉跑了，你是族长，你不去追啊？他对我说，你去追跑了的东西，就像用手抓月光是一样的。你以为伸手抓住了，可仔细一看，手里是空的！

　　上述两例所要表达的认知/逻辑是抽象而复杂的：前者是日本人为什么入侵鄂温克人聚居的额尔古纳河右岸，这是一个复杂的军事、政治乃至历史问题，其间蕴涵着深层的理性逻辑，依芙琳用"猎手—肉—狼"三者关系的类比，形象而又举重若轻地完成表述；后者讨论是否要追已经跑了的东西，则是一个蕴涵着深刻哲学思考的情感和心理难题，尼都萨满用手抓月光的感性经验给予了锐利而到位的类比和判断。类似的话语逻辑还有，以自然万物之间的物理关系喻抽象复杂的人际关系：用额尔古纳河右岸的人们异常熟悉的物象"光着脚在冰河上走过"喻玛利亚对杰芙琳娜的难以接受；以"两块对望着的风化了的岩石"喻坤德夫妇关系的恶化；以云彩给盛夏带来的阴凉、穿透阴云的明媚阳光、驱散湿柴水气的火苗等与生活息息相关的物象分别传达父母/子女、夫妻、祖孙、朋友等人际关系细微的差异，等等。

　　诗性话语形态的特点之三，是以一种自然物象比喻另一种物象的某种特质，以此实现自然万物之间语义的跨领域衔接、衍生与创造，进而沟通万物之间的生命联系。"驯鹿很像星星，它们晚上眨着眼睛四处走动，白天时回到营地休息"，以星星的特点对应驯鹿的生存状态，将自然的灵性引渡至生灵，让天空与大地相连；"如果说篝火在白昼的时候是花苞的话，那么在苍茫的暮色中，它就羞羞答答地开放了。黑夜降临时，它是盛开，到了深夜时分，它就是怒放了"，以花朵的开放过程，对应篝火在夜间不同时刻的意义，使篝火弥漫着生命感；"如果说夕阳是一面金色的鼓的话，这些晚霞就是悠悠鼓声了"，以鼓和鼓声的关系喻夕阳和晚霞之间的亲密关联。本体和喻体均来自自然界，这意味着，一方面，在话语系统建构层面，该话语系统拥有自足的逻辑推演方式，不需要外在的话语引入用以解读他们的世界；另一方面，在深层关系上，自然万物之间存在着息息相通的生命关联："在我们的生活中，狼就是朝我们袭来的一股股寒流。可我们是消灭不了它们的，就像我们无法让冬天不来一样"，在"狼的消灭不了"和"寒流的无法阻止"之间，以季节与气候的关系为喻，生成独特的诗性的逻辑关系，表明每种生命的存在就像四季轮回和雨雪风霜一样各有其位置，并被纳入整个自然界的运行、交替和转换中。

上述诸形态的诗性话语，并不是散落在文本中彼此孤立存在的修辞手法，而是通过不断延展、衍生、交织和连缀，建构内在的宏观逻辑并生成整个话语体系。以文本的第一段为例：

> 如今夏季的雨越来越稀疏，冬季的雪也逐年稀薄了。它们就像我身下的已被磨得脱了毛的狍皮褥子，那些浓密的绒毛都随风而逝了，留下的是岁月的累累瘢痕。坐在这样的褥子上，我就像守着一片碱场的猎手，可我等来的不是那些竖着美丽犄角的鹿，而是裹着沙尘的狂风。

对于"生态恶化"这一抽象问题的叙述，先是以具有时间堆积感的"磨得脱毛的狍皮褥子"喻逐年稀少的雨雪，之后在作为喻体的"褥子"上衍生出"坐"的动作，并由此延伸出新的物象"守着碱场的猎手"，再借猎手的身份牵引出鹿的消失和狂风肆虐。叙述通过喻体在动物（狍、鹿）和气候（雨雪、风沙）之间的流动、转换不断向前推进。象喻的密集、叠加，不断衍生又切换呼应，表明上述话语形态特点并非仅仅是语言层面上的修辞策略，而是贯穿全文的叙事特质，是支撑整个话语系统的经纬。

（二）诗性话语的本土性与生态伦理意义

生态写作中诗性话语系统的本土性体现在，它延续了"立象尽意"的汉语诗性传统。"在言、意之间插入一个'象'，是中国古人对语言学、符号学、诗学、哲学等不同学科的重要贡献。"① 西语以逻辑推理实现对语义的论证与穷尽，而中国诗学则以"立象"实现对语言的模糊化感知与延展，实现不同领域的对接与沟通。作为文化源头的《易经》，"对自然、社会、人类、哲学等现象的种种论证，总是立足于具体的意象表达，

---

① 朱玲：《文学符号的审美文化阐释》，安徽大学出版社2002年版，第108页。

因而形成了从具象性事物向抽象性哲学演化的表达特点"①。

与西语的逻辑中心而隐喻边缘不同，汉语是以隐喻为中心的。"如果说西方诗学是以'是'为其话语方式的核心，是'焦点'式的；那么，传统汉语诗学则是以'似'为其基本言说方式，是'散点'式的。传统汉语诗学因此也就没有'……是……'之类'属加种差'而形成的明确的定义，它的言说是'隐喻性'的，常用'形象化'的表达方式，是一种非聚焦的方式。"② 如《道德经》整个话语体系皆是将缜密、抽象的哲学思考作飘忽、形象的审美置换，"古之善为道者，微妙玄通，深不可识。夫唯不可识，故强为之容：豫兮，若冬涉川；犹兮，若畏四邻；俨兮，其若客；涣兮，其若凌释；敦兮，其若朴；旷兮，其若谷；混兮，其若浊；〔澹兮，其若海；飂兮，其无止〕"③，以隐喻式的描述，取代定义式的解说。以"豫""犹""俨""涣""敦""旷""混"等飘忽而语义不确定的语词，来构建"古之善为道者"的诸多特质，以"冬涉川""畏四邻""若客""凌释"等跨度较大的具体情境作喻体，对应不同的性状，全方位多层次地诠释其丰富复杂的内涵，体现出中国文化诗思同源的诗性哲学品格。在生态写作中，确实存在着大量以自然科学的生态认知作为价值参照的作品，因而自然科学话语一度成为生态写作的突出特质，叶广芩、郭雪波甚至贾平凹的部分作品皆存在此倾向。但《额尔古纳河右岸》等作品的存在，在话语方式上，承继了汉语的诗性思维，在新时期生态写作的自然科学话语系统之外，重建汉语的诗性话语系统，实现了生态写作在话语层面上的本土化特质。

语言语法背后通常蕴涵着深刻的思想语法。诗性话语系统背后蕴涵着深层的生态伦理意义，通过恢复语言的有机性，不断召唤语言背后深刻的生态伦理精神。"隐喻的基础是：人与自然的基本相似性。"④ 《世说新语》曾以大量自然风物作喻体，比喻人的风貌，彰显了魏晋时代对自然天性的张扬："太尉神姿高彻，如瑶林琼树""王公目太尉：'岩岩清峙，壁立千仞'"；嵇康"肃肃如松下风，高而徐引""岩岩如孤松之独立"；

---

① 傅道彬：《周易的诗体结构形式与诗性智慧》，《文学评论》2010 年第 2 期。

② 张小元：《"似"：隐喻性话语——传统汉语诗学的基本言说方式》，《文学评论》2006 年第 3 期。

③ 饶尚宽译注：《老子》，中华书局 2006 年版，第 37 页。

④ 耿占春：《隐喻》，东方出版社 1993 年版，第 5 页。

"时人目右军：'飘如游云，矫若惊龙'""有人叹王恭形茂者，云：'濯濯如春月柳'"①，以"树""壁""风""松""游云""惊龙""柳"等为喻体，通过隐喻的话语方式，赋予本体以放诞飘逸的自然天质。现代作家张爱玲的笔下，却用"娇嫩的雪里蕻""绣在屏风上的鸟"等大量无生命的物象比喻本应活生生的生命，呈现出那些虽然活着但活力早已流失殆尽的生命状态。"雪里蕻""鸟"虽则作为植物、动物而具有生命，但"盐渍""绣"等技术工艺的施加，已使其生之气息荡然无存，徒剩下空洞的躯壳，甚至连躯壳亦已扭曲变形。

　　生态写作中诗性话语的建构，通过自然喻体的隐喻设置，在话语层面抵达人与自然的诗性沟通。其喻体主要取自树木花草山川河流雨雪阴晴等人类生活中熟知的自然现象：属于山川河流等地舆范畴的"冰河""淙淙的山溪"等；属于花草树木的"一棵连着一棵的树木""花朵上的露珠""湿柴"等；属于气候等阴晴雨雪的阳光、月光、"希楞柱尖顶的星光"，微风、夕阳、星星、明月、山涧彩虹、寒流、闪电、初春的小雨、盛夏飘来的一片云；属于飞禽走兽虫鱼的"驯鹿的犄角""湖畔的小鹿""鱼"等；属于日常中自然现象的篝火、火苗、灯等。在自然喻体和它所指涉的本体之间，通常借助自然界的生机与灵性为本体赋予强烈的生命气息和天然质感。"哲学上的感应或意象思维最明显的好处就是：活力呈现，生命感突出。"② 在诗性隐喻的话语系统中，大量的喻体源自山林的植物、动物和自然现象，成就了独特的生态审美形态。

　　"在存在论的角度，隐喻指示了人与自然之间一种更原始的存在状态，语言的发展就是对这种存在状态的一种遮蔽，而语言义无反顾的使命就是不断以隐喻的话语方式，召唤日渐远去的隐喻关联。"上述隐喻的存在，"能把语言与存在的源始关联时时唤回现场"③，从而在语言层面上使人类在前行的途中不断反顾自身。以自然万物作为喻体，来比喻人、人与人、人与万物之间，万物彼此之间的关系，将人类情感与自然表象通过隐喻整合，保持了人与自然在深层机制上的密切关联，沟通了深隐在松散表

---

① 　（南朝·宋）刘义庆撰，（南朝·梁）刘孝标注，余嘉锡笺疏：《世说新语笺疏·容止第十四》（修订本）上海古籍出版社 1993 年版，第 605—625 页。

② 　余治平：《中国的气质：发现活的哲学传统》，中国社会科学出版社 2004 年版，第 145、127—128 页。

③ 　范爱贤：《汉语言隐喻性质》，山东大学 2005 年文艺学专业博士学位论文。

象背后的世界万象之间的血脉渊源。通过沟通不同物体、现象之间的相似性，建构人与自然、人与其他生命之间万物合一的诗性特质。在文本形态上实现人与自然的浑然一体、天人合一的美学品格。

三　诗性思维：推己及人、感悟与天人合一的本土化认知

思想语法的背后是较深层面的思维语法。诗性话语的生态伦理维度背后，是"天人合一"的诗性思维方式。"天人合一"是中国哲学的基本思路，"在中国传统哲学中，天道是指对世界的认识，而人道则是对人自身的认识"，在思维方式上，"中国哲学家特别重视认识世界与认识人自身的一致性。中国哲学家在处理思维与存在、人与世界的关系问题时，不大注意双方的对立方面，而特别注意双方的统一方面"①。对于生态认知问题而言，这种一致性一方面体现在，人类常通过对自身情感的体悟来获取对待万物之理，即"同理心"，推己及人，将心比心，由此确立生态伦理的原则与立场；另一方面，人通过对外部物象的体悟，实现对自身的认知，从而建立自然生态与精神生态之间的理论关联，即主体通过自然现象实现对生态问题的"感悟"。前者是由内及外，后者是由外及内，二者共通之处在于人对天的信念依赖和人与天的交流沟通。

首先，是"推己及人"的中国式感性认知方式，通过将个体感受迁移至外部世界，获得生态伦理理念和立场。

与西方理性思维"以范畴、概念判断为基点，以逻辑、演绎、推理为方法，以确定性、清晰性和统一性为目的"不同，诗性话语背后的意象思维，则几乎"不用逻辑、演绎、推理的方法，甚至连确切的范畴、概念、判断都找不出来，更谈不上思维过程与最终结果的确定性、清晰性和统一性了"。其依据是"人同此心，心同此理。也就是中国人常说的推己及人、将心比心。这在中国人的观念里、在中国传统哲学里几乎是不言自明的道理，根本无须任何实证化的理论分析与解释"，即"人心内在的想象力以及由此而引发出的建基于物莫无邻、以类相召之上的感通与应

---

① 宋志明、姜日天、向世陵：《中国古代哲学研究》，中国人民大学出版社1998年版，第42页。

和"①。

在新时期生态写作中，作为主体的人类生态意识萌发通常源自三个维度的触动：自然科学中生态学知识、人文理论中的生态伦理观念与诗性立场中的生命感悟。其中数量较少的以人文精神的价值维度作为依托的文本中，保护生命和自然的意义在于建构人类的精神高度并以此实现人类自身的完善，如贾平凹《怀念狼》、张炜《刺猬歌》等。占较大比例的以自然科学话语为支撑的文本，通常以生态学知识论证生态保护的合理性，以自然科学中生物相克相生的理论反驳人类中心的伦理立场，进而重新定位人类和万物在自然界里的生态伦理关系，提醒人类对其他物种的敬畏："狼要吃羊，是因为它的生理需要，因为它的食物链所安排"（叶广芩《老虎大福》）；"沙漠里的动物和植物互相都有依附关系，形成特殊的生物链，不能随便伤害其中任何一物一草的"（郭雪波《沙葬》）。姜戎《狼图腾》中，以老鼠、野兔、旱獭、黄羊乃至草原马对草场的祸害，叙述草原狼存在的巨大价值与合理性，依据的都是生态科学结论影响之下的生态认知。人类对生灵的关爱源自生态维持的理性需求，以此确定对待自然和不同生命的生态策略，以科学的认知取代一己的情感好恶，通过理论的引用和逻辑推演获得结论。

与前述两种立场的理性色彩不同，《额尔古纳河右岸》等文本对生态伦理的认同，来自与意象思维相对应的"人同此心"式的情感主导下的认知迁移：触动放生念头的，是源自人类内心的情感偏向——不希望小水狗一睁开眼睛就看不到妈妈，"那四只小水狗还没有见过妈妈，如果它们睁开眼睛，看到的仅仅是山峦、河流和追逐着它们的猎人，一定会伤心的"，所以放过它们，并在此基础上形成保护行为的长期性，"我能够怀孕，生下第一个孩子维克特，我想与水狗有关。从那以后，我就不打水狗了"；同理，"因为我在那片碱场受了孕，我不想让一只母鹿在那儿失去它的孩子"，所以不愿捕杀幼鹿；"我"因为自己热爱与自然相合的山林生活，而相信让驯鹿下山圈养是对生命的戕害，等等。对自然和其他生命的关爱，缘于对人类自身伦理取向的领悟和迁移，与本土文化中"老吾老以及人之老，幼吾幼以及人之幼"，或"己所不欲，勿施于人"，具有思维方式上的内在一致性。与科学思维的理性、实证不同，"人同此心，

① 余治平：《中国的气质：发现活的哲学传统》，第145、127—128页。

心同此理"式的伦理确认，具有明显的感性定位特征，是通过人类自身的情感体验，推及自然和其他生命的情感需求，通过认识自身实现对自然准则的觉察和认定，并在此层面上实现天道与人道的统一。

在现代西方生态伦理理论中，对人际伦理与种际伦理的区分，是其理论的进一步拓展和细化，是生态伦理主体性建构的前提。但在对人际伦理和种际伦理作截然区分的同时，人为地割裂了人类与万物之间血缘与情感的通约性。而在以《额尔古纳河右岸》为代表的中国本土生态写作中，将人际伦理中的情感维度适度平移至种际伦理，将人类的仁爱之心惠及万物，这并非走向理论的误置，而恰恰构成对西方生态理论的补充：以直觉的智慧和情感元素来弥补西方生态理论体系的抽象和理性带来的不足，以此实现科学关怀和人文精神的统一。

其次，"天人合一"的思维特征还体现在，通过对自然现象的"感悟"获得对人类行为准则的认知，进而建构创作主体的生态观，在自然生态和精神生态之间建立关联。意大利学者克罗齐（Benedetto Croce）指出："知识有两种形式：不是直觉的，就是逻辑的；不是从想象得来的，就是从理智得来的；不是关于个体的，就是关于共相的；……总之，知识所产生的不是意象，就是概念。"① 在获得知识的认知过程中，与西方经由逻辑推演的思维方式不同，中国的传统则强调直觉与沟通，重视以直觉来感悟，尊重自然感官的直接体悟，淡化形式的、抽象的结构逻辑。

在新时期生态写作的本土化进程中，创作主体在对自然的亲近与认同中，获取对人类生命的感悟和对世界的认知，是其本土化思维建构的重要体现。在新时期作家中，通过现代西方生态科学、生态哲学与生态文学的影响形成生态观是常见途径：叶广芩在其散文集《老县城》② 中多次提及利奥波德、边沁、劳伦斯以及《多疑的环境保护论者》的作者——丹麦学者比尤恩·隆伯格的理论，苇岸、韩少功等对于《瓦尔登湖》亦多有推崇和吸收。另有部分作家在领受西方生态认知的同时，努力从本土文化资源中寻找呼应：郭雪波小说大量借鉴蒙古萨满教教义中的生态元素，于坚认为"中国古代的思想越来越成为一种现代思想"③，贾平凹、张炜对

---

① ［意］克罗齐：《美学原理美学纲要》，朱光潜译，外国文学出版社 1983 年版，第 7 页。
② 叶广芩：《老县城》，中国工人出版社 2004 年版。
③ 于坚、谢有顺：《于坚谢有顺对话录》，苏州大学出版社 2003 年版，第 267 页。

传统文化的执着钟情等。而在《额尔古纳河右岸》等具有诗性话语特征的生态写作中，生态理念和作家内在的契合，是经由东方式的独特认知方式——感悟，在对自然万物的感悟中熔铸、生成创作主体的生态观。

　　从作家本人的散文作品中可以看出，尽管迟子建的阅读视野开阔，对俄罗斯文艺①等西方文化颇为推崇，但在作价值判断时，"和谐""内敛""含蓄"等本土化审美标准仍是其取舍的依据和使用频率较高的理论话语："在林间空地，一抹金色的斜阳飘动着，整个画面看上去生动、凝练而又和谐……我喜欢这种不充斥着剑拔弩张的内敛的艺术。"② 非洲木雕对"根"的处理，蕴涵着"内敛的激情和含蓄的美"③，"水冬瓜和锯的关系如同琴弓与琴弦的关系，非常和谐，所以我最爱听这样的伐木声，跟流水声一样清亮""月光洒在白桦林和雪野上，焕发出幽蓝的光晕，好像月光在干净的雪地上静静地燃烧，是那么地和谐与安详"④ "我们用木制吊灯照耀居室，使垂落的光明带着一份安详与和谐"⑤，在对音乐、美术、自然情境的肯定中，其立足点仍是对本土文化的认同。因而她对西方文化的接受，着眼于其美学品格，而非生态观或生态科学知识的直接移植。其生态观的形成更多地基于童年时期的生活经历和对自然的亲近，是由个体体验出发，借助东方式的直觉和"感悟"获得的：

　　　　我小的时候住在外婆家里，那是一座高大的木刻楞房子，房前屋后是广阔的菜园。短暂的夏季来临的时候，菜园就被种上了各色庄稼和花草……我经常看见的一种情形就是，当某一种植物还在旺盛的生命期的时候，秋霜却不期而至，所有的植物在一夜之间就憔悴了，这种大自然的风云变幻所带来的植物的被迫凋零令人痛心和震撼。我对人生的最初的认识，完全是从自然界的一些变化而感悟来的。比如我从早衰的植物身上看到了生命的脆弱，同时我也从另一个侧面看到了

---

　　① 如列宾的《伏尔加河纤夫》、柴可夫斯基的《悲怆交响曲》、艾特玛托夫的《白轮船》、屠格涅夫的《白净草原》、阿斯塔菲耶夫的《鱼王》等，参见迟子建散文《是谁扼杀了哀愁》《那些不死的魂灵啊》《多美的夜色啊》等篇目，选自《迟子建散文》，人民文学出版社 2008 年版，第 160、162—164、168—170 页。

　　② 迟子建：《艺术之"缘"》，《迟子建散文》，第 228—229 页。

　　③ 迟子建：《非洲木雕的"根"》，《迟子建散文》，第 244 页。

　　④ 迟子建：《伐木小调》，《迟子建散文》，第 50 页。

　　⑤ 迟子建：《木器时代》，《迟子建散文》，第 105 页。

生命的从容。因为许多衰亡了的植物，在转年的春天又会焕发勃勃生机，看上去比前一年似乎更加有朝气。①

对人生和宇宙规律的认知不是源于先验的理念或自然科学知识的研习，而是来自感性的体认，来自对日月星辰季节流转生命轮回中的感悟，这是中国式的思维特点。赵本夫在书写人类与土地精神渊源的长篇小说《无土时代》中表达过类似的认知途径：

> 如果有秋天的衰败、冬天的枯萎，一年中有一段时光能看到地上的落叶和枯死的草棵，我们就会珍惜生命，也尊重死亡。会感到生命的短促和渺小，会看淡世俗的一切，用一种感恩的心情看待我们的生活。人也由此变得平静、淡定而从容。大自然会给人许多暗示的，千万不要小看这些暗示，这种暗示如清风细雨浸润着我们的身心，不知不觉间已经改变了我们，也改变了这个城市。②

在自然与人的关系中，"暗示"和"感悟"分别对应了自然的蕴涵/赐予和人的领悟，共同呈现了人类从自然的盛衰枯荣中探询人生规律的认识途径。通过人对自然变化的感应，获得对自然的认识和对生命的敬畏，进而获得正确处理人类社会问题的准则，这是感悟式认知思维的基本过程。以"融入野地"的情怀参与生态写作的作家张炜，谈及与野地的关系时，亦表明对自然的领悟是其获得生态意识的重要途径：

> 辽阔的大地，大地边缘的海洋。无数的生命在腾跃、繁衍生长，升起的太阳一次次把它们照亮……当我在某一瞬间睁大了双目时，突然看到了眼前的一切都变得簇新。它令人惊悸，感动，诧异，好像生来第一遭发现了我们的四周布满了奇迹。
> 我极想抓住那个"瞬间感受"，心头充溢着阵阵狂喜。我在其中领悟：万物都在急剧循环，生生灭灭，长久与暂时都是相对而言的；

---

① 迟子建：《我的梦开始的地方》，《迟子建散文》，第148—152页。
② 赵本夫：《无土时代》，第145页。

但在这纷纭无序中的确有什么永恒的东西。①

　　赵本夫的"暗示"以自然为主体，强调自然发出的信息和启示，自然生态中涵蕴的精神生态命题。迟子建的"感悟"、张炜的"领悟"则强调人类"悟"的行为和结果。其共通之处在于，都强调了自然之道与人类之道的可沟通性、可迁移性。体现在思维特点上，在从自然获知结论的过程中，都"不是来自对事物的唯一的、本质的抽象，而是一种奇特的'隐喻'和联想。它不必遵守形式逻辑的基本规律，而主要的是靠'直觉'和'顿悟'"②。这种思维方式可以在中国传统哲学和科学思维中得到印证，是构成中国思维的主要方式。学者杨义在对"感悟"做出深入研究之后，肯定其在本土文化中的核心地位："感悟是在具有丰厚的文化资源的中国土地上，借助印度佛教内传而在中国化的行程中滋生出来的一种诗性哲学。它融合老庄之道、儒学心性论，尤其是禅宗以及理学的终极理念，形成了宇宙万象与心之本原互照互观、浑融超越而有得于道的本体参证的智慧生成过程""感悟思维已成了中国诗学中几乎无所不在的思维方式，成了中国诗学关键词中的关键词"③。"感悟"式思维方式的存在，是生态写作本土化生成的重要指征。与中国古代哲学"格物致知"的认知方式，诗歌传统中的"心物相感""感物兴怀"，具有内在思维运转方式的一致性，并以此区别于自然科学话语中的"科技理性思维"。
　　新时期生态写作经历了对生态科学的演绎和对西方生态写作的借鉴之后，终于寻找到属于自身的本土美学形态，并以此实现与中国式诗性智慧的对接，在世界生态写作的宏观格局中实现本土化特质的生成。

---

　　①　张炜：《融入野地》，《张炜散文》，第 5 页。
　　②　傅宗洪：《东方的感悟与西方的思辨：从哲学人类学看中西方不同的理论形态》，《四川师范学院学报》（哲学社会科学版）1993 年第 1 期。
　　③　杨义：《"感悟"的现代转型》，《学术月刊》2005 年第 11 期。

第七章　创作主体的精神渊源与个案分析

新时期文学中生态伦理精神的存在，与创作主体自觉的生态意识的形成之间有重要的关联，因而对作家精神渊源的整体考察成为重要的研究视角。以代表作家的知识谱系为切入点，通过分析创作主体生态伦理思想产生的可能性途径，解读创作主体与生态伦理精神之间的逻辑生成关系。

第一节　创作主体的知识谱系与生态伦理
精神建构的关系

如前所论，在新时期最初的生态写作中，具有自觉生态伦理意识的作家并不多，绝大多数写作都是偶然涉足该领域的自发性行为。因而对创作主体知识谱系的考察主要集中在具有自觉意识并在创作题材领域和伦理立场上保持一定稳定性的作家群体上。

在对该创作群体作粗略的了解后可以初步发现：从生态创作主体的第一学历专业背景看，依照比例多少依次为中文、历史、哲学、新闻、政治经济学等人文或社会科学专业（具体数据参见表7—1），而具有生态科学专业背景的数据为0。这意味着从第一学历背景看，自觉的生态作家并不具备生态科学等自然科学方面的知识，于是一个问题被提出：是否可以认为，他们生态意识的形成是经由其他途径？如果是，这些途径是什么？不同作家之间在生态意识的形成机制方面是否有明显差异及规律性？

一　创作主体的知识谱系考察

进一步的研究从下面一份关于代表性作家知识谱系的数据统计（见表7-1）开始。

表 7 - 1　　　　　　　　代表性作家知识谱系数据统计

作家	出生年月	出生/生活地	受教育情况	思想资源与文学资源	知识领域	文化归属
徐刚	1945	上海崇明	中文系（北京大学，1974）	"自学了生态学、动植物学、地质学等"	自然科学	中西方
郭雪波	1948.6	内蒙古（"文化大革命"后期在达尔罕旗插队）	戏剧文学（中央戏剧学院，1980）	（1）流传于科尔沁草原的古语、民歌、说唱故事和萨满教唱词；（2）古典文化典籍，如《蒙古秘史》《清史稿》《蒙古游牧记》、骆宾王《代李敬业讨武氏檄》《朝野佥载》《太平广记》《聊斋志异》《历代狐仙传奇全书》等	史学、民间文学	中国
叶广芩	1948.10	北京（1968年至陕西插队）	新闻（中国人民大学、1986年函授）、法经（日本千叶大学）	（1）利奥波德、边沁、劳伦斯等人的生态思想；（2）中国古典文化，如（南朝·宋）刘敬叔的《异苑》中的故事等；（3）生物学（参见《老县城》等散文介绍）	西方哲学、自然科学	中西方
迟子建	1964	黑龙江	中文（大兴安岭师范学校，1984）	（1）俄罗斯文学与艺术：艾特玛托夫、屠格涅夫、阿斯塔菲耶夫、契诃夫、普希金、蒲宁、列宾、柴可夫斯基；（2）中国文学：《红楼梦》《聊斋志异》、白居易、苏轼、陶渊明、黄庭坚、鲁迅、白先勇、郑愁予（参见《迟子建散文》及相关创作谈）	文学、艺术	西方、中国

续表

作家	出生年月	出生/生活地	教育情况	思想资源与文学资源	知识领域	文化归属
张炜	1956	山东	中文（烟台师专，1980）	（1）里尔克、黑塞、托尔斯泰、尤瑟纳尔、杰克·伦敦、马克·吐温、乔治·桑、叶芝、卡夫卡等，以及日本紫式部的《源氏物语》（2）儒家思想，齐鲁文化（庄子等）（《冬天的阅读》《时代：阅读与仿制》等多篇散文提及）	文学	西方、中国
苇岸（马建国）	1960.1	北京昌平	哲学（中国人民大学，1984）	（1）梭罗、列夫·托尔斯泰、泰戈尔、惠特曼、爱默生、纪伯伦、安徒生、雅姆、布莱克、黑塞、普里什文，谢尔古年科夫等；（2）陶渊明、范仲淹、苏轼、鲁迅、丰子恺、巴金、张承志、一平（《一个人的道路》）	文学	西方、中国
姜戎（吕嘉民）	1946.4	北京（1967年内蒙插队）	政治经济学（中国社会科学院研究生院，1979）	（1）《史记》《汉书》《资治通鉴》等中外史著（《狼图腾》引15种共计27次，引外文史著4种共计10次）；（2）苏联小说与哥萨克人的文化	史学、文学	中西方
贾平凹	1958.2	陕西	中文（西北大学，1975）	（1）老庄禅道、笔记志怪；（2）孙犁、沈从文；（3）海明威、川端康成、西方现代派	文学	中西方

作家	出生年月	出生/生活地	教育情况	思想资源与文学资源	知识领域	文化归属
方敏	1949	重庆（1969年至云南插队）	中文（河南大学，1982）	为写《熊猫史诗》，用12年的时间，辗转了十几个大熊猫保护区，采访了100多位与大熊猫有关的人物，从政府官员到国际组织、保护专家、保护区居民甚至猎杀大熊猫的犯罪分子家属	自然科学、实地考察	中西方
阿来	1959	川西北藏族	教育学（马尔康师范学校）	"我作为一个藏族人更多是从藏族民间口耳传承的神话、族部传说、家庭传说、人物故事和寓言中吸收营养。这些东西中有非常强的民间特质。藏族书面的文化或文学传统中，往往带上了过于强烈的佛教色彩。"（阿来《穿行于多样化的文化之间》）	藏族民间文学	中国

除了表7-1中列入的作家外，尚有生于1954年并于1984年毕业于云南大学中文系的于坚，生于1948年先后毕业于鲁迅文学院、北京大学作家班和南京大学中文系的赵本夫，生于1948年并于1982年毕业于北京大学历史系的张承志，等等。

从上述数据看，自觉从事生态写作的新时期中国大陆作家，具有如下特点。

从出生时间看，主要集中在20世纪40年代至60年代初，其中尤其以50年代出生的作家占多数。将该状况与创作主体的人生经历相结合，则进一步可以看出，绝大多数作家有农村生活或下乡插队的知青经历，有机会近距离接触自然和其他非人类生命。这在一定程度上影响了作家生态意识的感性倾向和审美经验的自觉性。

从专业背景看，创作主体所学专业主要为中文、历史、哲学、新闻传播、政治经济学等人文与社会科学专业，这在一定程度上表明，新时期中国大陆生态写作的文学资源与思想资源及其生态意识产生的知识谱系分布情况，但从创作个体走向生态立场的途中，生态科学等自然科学知识的学习成为获得生态伦理立场的重要途径。这一知识谱系的特点直接影响到生态写作中自然科学话语的大量存在。

从区域分布看，生态写作创作主体以西部及其他边地省份为主，部分作家出生于文化中心城市，但有长期农村生活的经历，如内蒙古之于姜戎、张承志等。而作家的区域分布情况，又与地域文化在一定程度上存在着关联，如内蒙古、西藏、东北等少数民族聚居的区域，因宗教文化以及人与自然亲密关系等历史渊源，较容易产生自发的生态意识。而在既有作家群中，广东等东南沿海嗜食生猛海鲜及各种野生动物的粤文化分布区域则很少产生。

从文学资源与思想资源的获取途径看，绝大多数作家有西方文学、史学、哲学的接触途径与阅读背景，这一点使得在生态写作的本土化过程中，可以不断地实现超越古典与走向现代，能在对本土资源既有母题的吸纳中完成超越并建立现代维度。

二　生态伦理精神的建构途径

即便是可以在上述维度下梳理出一些共性，依然不能有效地解决创作主体与生态意识接近的方式、视角及内化程度的差异，以及这些差异是否会直接影响其文本美学特质的形成问题。因而对创作主体的进一步研究，对理解不同形态的生态写作形成机制具有重要的穿透力，对创作主体的精神渊源进行细化、探讨具有重要的学术价值。

通过对大量文本及作家本人创作谈的梳理，可以发现，上述作家生态伦理精神的获取途径并不相同，大致可以分为如下两种：

第一种是具有明确的生态意识，在其思想资源与文学资源获取过程中，曾接触大量生态伦理、生态科学与生态文学作品，其创作着眼于生态现状和具体生态问题的书写，代表作家有徐刚、郭雪波、叶广芩。北京大学中文系毕业的徐刚，是中国大陆最早关注生态问题并持续写作大量具有清晰生态意识的报告文学、散文等多文体文学作品的作家，其生态伦理立场的获取源于对生态科学的关注，"为了从事环境文学创作，每天阅读十几种报刊杂志，自学了生态学、动植物学、地质学等"，因而在其创作中

"以诗人的语言、哲人的思考、科学的严谨和历史的深邃，发人深省"①。徐刚的报告文学大量使用科学数据来呈现严峻的生态现状，具有明显的自然科学立场特征。郭雪波则是通过大量了解关于草原沙化的自然科学知识，关注沙化的具体问题，呼吁保护草原，保护草原上的各种因生存艰难而稀少的生灵。

如果说徐刚、郭雪波是通过生态科学的学习，全面了解生态现状并在此基础上深入思考形成自己的生态伦理立场的话，翻译过日文科普读物《生物》的叶广芩则是在一定的自然科学基础上，更多的是通过阅读西方的生态伦理著作，从中获取生态伦理思想，以此作为参照系，关注秦岭地区生态环境，并将其对生态问题的思考通过小说文本予以传达。在其散文集《老县城》中，多次提及利奥波德、边沁、劳伦斯等人的生态思想，其创作关注具体的生态问题，如濒危动物的保护及自然保护区对动物影响的利弊，如《老虎大福》《山鬼木客》《熊猫碎货》《猴子村长》等，亦探讨自然生态问题对人的精神生态的影响，如《黑鱼千岁》《长虫二颤》《狗熊淑娟》。在其价值体系中，一方面对生态破坏问题极为痛心，同时对现行的动物保护措施产生怀疑，具有较为清晰的科技思维与科学精神。

此外，曾写作《大迁徙》《大绝唱》等具有诗性特征的生态作品的作家方敏，亦曾经自觉地学习生态科学知识，了解不同物种的相关科学，"从1996年到2000年，她通过啃书本，已经把大熊猫和它们的演化过程搞清楚了"，并"用了12年的时间，辗转了十几个大熊猫保护区，采访了100多位与大熊猫有关的人物，从政府官员到国际组织、保护专家、保护区居民甚至猎杀大熊猫的犯罪分子家属"，最终实现了"把科学转换成文学，把科学史编成故事"②，因此撰写出生态文学作品《熊猫史诗》。

这一类型作家的共通特征是，从科学或者伦理出发关注生态现状，以生态现状为题材，传达既有的生态伦理思考。

第二种是创作主体本人并无明确的生态思想阐述，亦很少有材料证明其曾与生态科学和生态伦理思想有接触，其文学资源与思想资源主要体现为，在古典文学诗性情怀的浸润中，从审美取向的角度切入生态问题，通

---

① 《环境文学作家徐刚》，北京环保公众网，2012年10月24日，http：//www.bjee.org.com。

② 《"熊猫晶晶代言人"方敏为熊猫写史诗》，中国网，2008年1月22日，http：//www.china.com.cn。

过对自然的审美和人与自然和谐之美的艺术追求，对现存问题进行思考和批判，并试图从审美的角度寻求拯救之途，代表作家有迟子建、苇岸。在具有生态伦理立场的作家群体中，迟子建是个独特的存在，她的多部作品传达出对生态问题的关注，但其关注方式始终停留在对生命的敬畏和审美上，是从纯粹诗性的角度关注，而始终未明确提及生态问题。

从阅读资源看，迟子建的涉猎较为广泛，包括文学、音乐、绘画、电影等领域。在文学方面，其散文中提到的文学作家主要有中国古典诗词小说（白居易、苏轼、陶渊明、黄庭坚、辛弃疾等人的诗词；《红楼梦》《三国演义》《聊斋志异》等古典小说），以及现代文学中鲁迅、周作人、白先勇、郑愁予等人的作品。关于中国文学，迟子建认为"中国那些好的文学作品，从来都不乏优雅、闲适的气息"，优雅与闲适是其对中国文学进行甄别与择取的重要指标。

在西方文学中，迟子建一再明确地表达对俄罗斯文学的推崇，多次提及艾特玛托夫的《白轮船》、屠格涅夫的《白净草原》、阿斯塔菲耶夫的《鱼王》、契诃夫的《第六病室》和《萨哈林旅行记》等，还有《在乌苏里莽林中》。其中对《鱼王》《日瓦戈医生》和《在乌苏里的莽林中》三部作品尤为肯定："两部前苏联的伟大作品让我视为神灯：一盏是阿斯塔菲耶夫的《鱼王》，另一盏是帕斯捷尔纳克的《日瓦戈医生》。同样具有神灯气质的还有阿尔谢尼耶夫的《在乌苏里莽林中》"，称普希金和莱蒙托夫为"俄罗斯两个人格高贵的诗人"，多次引述莱蒙托夫的《我爱那层峦叠嶂的青山》等作品；而拉斯普京是"俄罗斯当代最具代表性的作家"并盛赞其作品《伊万的女儿，伊万的母亲》。此外，对蒲宁、托尔斯泰的创作，对《猎人》《木木》《罪与罚》《白痴》《卡拉玛佐夫兄弟》《复活》《包法利夫人》《神曲》《红与黑》《悲惨世界》和安徒生、格林的一些童话等经典作品亦颇为赞赏。在对上述作品的评价中，关注其对人性探索的深度，对大自然之美的展示、敬畏与迷恋："……我发现哀愁特别喜欢在俄罗斯落脚，那里的森林和草原似乎散发着哀愁之气的气息，能把庸碌的生活发酵了，呈现出动人的诗意光泽，从而洞穿人的心灵世界。他们的美术、音乐和文学，无不洋溢着哀愁之气。比如列宾的《伏尔加河纤夫》、柴可夫斯基的《悲怆交响曲》、艾特玛托夫的《白轮船》、屠格涅夫的《白净草原》、阿斯塔菲耶夫的《鱼王》等等，它们博大幽深、苍凉辽阔，如远古的牧歌，凛冽而温暖。……"①

　　在其赞美的品质中，屠格涅夫的作品"宛如敲窗的春风，恬适而优美"，俄罗斯文学被喻作"就像落在雪地上的星光一样，在凛冽中焕发着温暖的光泽，最具经典品质"，因为"根植于广袤的森林和草原，被细雨和飞雪萦绕"而具有"朴素、深沉、静美"的质地。

　　在上述资源的接受中，更是具体地介绍了文学资源与创作主体生理年龄之间的对应接受顺序："屠格涅夫的……《猎人》和《木木》，使十七八岁的我对文学满怀憧憬……二十岁之后，我开始读普希金、蒲宁、艾特玛托夫和托尔斯泰的作品。……三十岁之后，我重点读了契诃夫、果戈理和陀思妥耶夫斯基，这位对人类灵魂拷问到极致的文学大师，使增加了一些阅历的我满怀敬畏……"②

　　除文学作品外，迟子建在音乐、绘画、电影等方面多有涉猎。如柴可夫斯基的《悲怆交响曲》，列宾的《伏尔加河纤夫》，③ 米勒的《晚钟》《拾穗者》《牧羊女》《月光》，④ 电影有费穆的《小城之春》和瑞典电影大师英格玛·伯格曼的《呼喊与细语》《野草莓》《夏夜的微笑》等，⑤而《图雅的婚事》和《老井》被称赞为"朴素、自然、苍凉而又温暖"⑥"……我偏爱古典音乐，其中对莫扎特和柴可夫斯基尤为钟情""弗雷得里克·麦卡宾创作的油画《在沃勒比小路上》……整个画面看上去生动、凝练而又和谐……我喜欢这种不充斥着剑拔弩张的内敛的艺术"⑦。

　　上述文学艺术作品中被其肯定的共同元素，有"温暖""朴素""深沉""静美""和谐""静穆"和"苍凉辽阔"。其中"和谐""静穆""温暖"等词被多次使用，由此可以看出迟子建在审美取向上对这些品质的肯定。而正是这种肯定形成其特定的生态伦理立场，以此判断人与自然、人类与其他生命之间应然的关系状态。

　　与迟子建较为类似的是作家苇岸（马建国）。毕业于中国人民大学哲学专业的苇岸，曾清晰地梳理了自己成长过程中启迪较大的文学和思想资

①　迟子建：《是谁扼杀了哀愁》，《迟子建散文》（插图珍藏版），第160页。
②　迟子建：《那些不死的灵魂啊》，《迟子建散文》（插图珍藏版），第162—164页。
③　迟子建：《是谁扼杀了哀愁》，《迟子建散文》（插图珍藏版），第160页。
④　迟子建：《石头与流水的巴黎》，《迟子建散文》（插图珍藏版），第220—222页。
⑤　迟子建：《午夜的费穆与伯格曼》，《迟子建散文》（插图珍藏版），第128—129页。
⑥　迟子建：《两个人的电影》，《迟子建散文》（插图珍藏版），第179—181页。
⑦　迟子建：《艺术之"缘"》，《迟子建散文》（插图珍藏版），第228—229页。

源，"我喜爱的、对我影响较大的，确立了我的信仰，塑造了我写作面貌
的作家和诗人，主要有：梭罗、列夫·托尔斯泰、泰戈尔、惠特曼、爱默
生、纪伯伦、安徒生、雅姆、布莱克、黑塞、普里什文、谢尔古年科夫
等。这里我想惭愧地说，祖国源远流长的文学，很少进入我的视野"，而
否定中国文学的理由是"在中国的文学里，人们可以看到一切：聪明、
智慧、美景、意境、技艺、个人恩怨、明哲保身等等，惟独不见一个作家
应有的与万物荣辱与共的灵魂"。不过在另外一文中，他又说："我比较
喜欢的中国古今散文作家，主要有陶渊明、范仲淹、苏轼、鲁迅、丰子
恺、巴金、张承志、一平等。"① 其中被排在首位的梭罗尤其对其影响巨
大："《瓦尔登湖》是我唯一从版本上多重收藏的书籍，以纪念这部瑰伟
的富于思想的散文著作对我的写作和人生的'奠基'意义""我对梭罗的
文字仿佛具有一种血缘性的亲和和呼应"②。

　　但与文学资源与思想资源同样引起关注的是，所有上述作家的另一共
同之处，就是与大自然有着较为亲密的接触和具有长时间乡村或山野的生
活经历，并在这种经历中感悟生命、敬畏自然。例如作家张炜，虽然亦多
次提及外国文学阅读对其创作的影响，如在《冬天的阅读》里提及里尔
克、黑塞、托尔斯泰、尤瑟纳尔、杰克·伦敦、马克·吐温、乔治·桑、
叶芝等作家，以及日本紫式部的《源氏物语》，在《时代：阅读与仿制》
中提及卡夫卡等，③ 但更多的是强调成长过程中山野生活经历对创作的滋
养，"我觉得作家天生就是一些与大自然保持紧密联系的人"④，迟子建亦
表示"我对文学和人生的思考，与我的故乡，与我的童年，与我所热爱
的大自然是紧密相连的"⑤ "我对人生的最初的认识，完全是从自然界的
一些变化而感悟来的。比如我从早衰的植物身上看到了生命的脆弱，同时
我也从另一个侧面看到了生命的从容。因为许多衰亡了的植物，在转年的
春天又会焕发出勃勃生机，看上去比前一年似乎更加有朝气"⑥。

　　自然万物的变化对人提供生命的启示与生态伦理启蒙，因而部分作家

---

① 苇岸：《大地上的事情》，中国对外翻译出版公司1995年版，第161—162页。

② 苇岸：《我与梭罗》，[美] 梭罗：《瓦尔登湖》，许崇信、林本椿译，译林出版社2009
年版，第1—2页。

③ 张炜：《张炜散文选集》，百花文艺出版社2012年版。

④ 张炜：《绿色遥思》，《张炜散文选集》，第3页。

⑤ 迟子建：《我的梦开始的地方》，《迟子建散文》（插图珍藏版），第151—152页。

⑥ 同上书，第148—152页。

创作中的生态伦理精神不是源于理性的认知，而是来自对日月星辰季节流转生命轮回的感性体悟。

从阅读视野上看，他们的文学资源与思想资源并未体现出明显的本土特色，但在其生态伦理思想中却异常清晰地凸显着典型的中国式思维，是站在浓厚的传统文化立场上接受外来生态文明的影响，传统的感悟式审美倾向是其与自然契合的主要基石，而对外来文学与思想资源的接纳则是外源性因素。

事实上，还有另外一种立足于传统文化，从传统文化的立场感悟人与自然、与其他非人类生命的关系，其代表作家有贾平凹、阿成等。这类作家彼此之间生态伦理立场形成机制仍有较大的个性化差异，因而将另文作单独论述，在此不再作共性归纳。

第二节　于坚：诗学理论中的生态伦理精神

于坚诗歌中的生态伦理精神体现在，通过"拒绝隐喻"的诗学理论，在对非人类生命细节关注中建构其审美主体性，用以区别人类中心哲学指引下的将自然和非人类生命象征化的诗学传统。

2005 年，诗人于坚在《关于敬畏自然》一文中慨叹："三十年前，我还像马匹那样弯腰直接饮滇池的天赐之水，现在它已成为死水。那些敬畏自然的人太虚弱了……"[1] 该文在表达了敬畏自然的历史渊源和现实诉求的同时，也成为对于坚诗歌中丰富和扑面而来的生态伦理立场的呼应。

对于自然生命的关注，是于坚诗歌世界中一个持久而深刻的话题，这一话题的开启和深入，甚至成为其诗学理论的深层基点。于坚写作中对自然的审美化关注，是从两种不同角度和途径抵达的：其一，通过对自然生命的细节摹写展示其本身的魅力；其二，以"拒绝隐喻"的自然书写来抵御象征传统的语词覆盖，进而完成对自然的复魅之旅。而在其诗学理论建构的背后，是对工业文明时期自然工具化思维所引发的诗意沦陷和大地危机的忧虑。

---

① 于坚：《关于敬畏自然》，《天涯》2005 年第 3 期。

一　细节与生命质感的产生

于坚对自然的敬畏，是从诗歌中对于人类之外的其他生命的发现、敬畏和审美化关注开始的。对细节敏锐的于坚，正是从细节处入手，衍生出对非人类生命的温热与脉搏的感知，甚至时时飘溢着青草和树叶的清新，从而形成一种湿润而敏感的文本质感。

> 我们听到它在风中落叶的声音就热泪盈眶/我们不知道为什么爱它，这感情与生俱来（《避雨之树》）①

一棵树的死亡会引起对生命的战栗："谁见过那阵风碰落了那么多树叶//谁在晴朗而明亮的下午//看见那么多的叶子//突然落下 全部死去//谁就会不寒而栗"（《作品112号》）而来自大自然和世界的声音足以引起热泪盈眶的感动："秋天的下午 我独坐在大高原上/巨大的红叶 飘在阳光和天空之中/世界的声音涌来 把我的耳膜打湿/那是树叶和远方大海的声音/那是阳光和岩石的声音/那是羊群和马群的声音/那是风和鹰的声音 那是烟的声音/那是蝴蝶和流水的声音/……这伟大的生命的音乐/使我热泪盈眶"（《作品105号》）

于坚把人类放在和其他生命相同的处境中，并俯身倾听那些看不见的声音，进而在对其他生命的平视中重新定位人类与这个世界，与其他生命之间的关系。

在共同生存的辽阔空间中，"我"在对另一种生命的倾听中反观人类自身时产生了渺小感："昨夜在云南高原/我和一群大树呆在一起/我们并不相称/我是附着在世界表面的植物/说不定什么时候就被一阵风带走/而它们和大地血肉相连/它们是大地的手"（《昨夜当我离去之后》）"我"以一种"说不定什么时候就被一阵风带走"的"附着在世界表面的植物"的身份，谦逊地与一棵树对视，在对视中感受到别一种生命的力量。

树是作为大地之手而与大地血肉相连的，相比较而言，人类更像是大地上随意闯入的过客与陌生人。"我"总是在向往着抵达它们的世界，渴

---

① 于坚：《于坚的诗》，人民文学出版社2000年版，第26页。下文所引于坚诗均出自该书，不再加注。

望与另一种生命一起呼吸大自然青草的香气，与它们共舞，"我奔跑在两群马之间/……我要完全进入一匹马的状态"（《在马群之间》）"我"渴望"像一匹马那样驰骋"，提出"黑马　你来看电视　我来嚼草"，但"它站在我的道路之外　对我无动于衷""它站在我的道路之外/另一个宇宙 我永远无法向它靠近"。"我"对那个世界无限向往，"它"诱惑着我，但我却永远没能抵达。"我撒些饭粒　还模仿着一种叫声/青鸟　看着我

又看着暴雨/雨越下越大　闪电湿淋淋地垂下/青鸟　突然飞去　朝向暴风雨消失"（《避雨的鸟》）我渴望着它的停留，并以饭粒相邀，但在人类的窗子和暴风雨之间，它毅然选择朝向暴风雨飞走。

　　诗人设想着在别一种生命眼里，人类亦不过渺若尘埃，并以迥异于它们的方式显示着无可置疑的滑稽："你在暗处　转动着两粒黑豆似的眼珠/看见我又大又笨　一丝不挂　毫无风度"（《灰鼠》）"我的耳朵那么大，它的声音那么小/即使它解决了相对论这样的问题/我也无法知晓　对于这个大思想家/我只不过是一头猩猩"（《一只蚂蚁躺在一棵棕榈树下》）

　　与在大自然空间中的渺小相对应，人类在时间长河里的存在亦只是偶然和短暂的停留。在《避雨之树》中，一棵树在人类世界中不忧不惧的活着，它的生命比人类更久远，"我们甚至无法像报答母亲那样报答它　我们将比它先老"。在人类世界的沧海桑田之后，一棵树将超越时间和空间淡然地站立着："它站在一万年后的那个地点，稳若高山"；它是人类最后的拯救和归宿，"像战争年代　人们在防空洞中　等待警报的解除//那时候全世界都逃向这棵树"。"我知道我会先于你死去……/在死亡的秩序中　这是我惟一心甘情愿的/你当然要落在最后　你是那更盛大的　你是那安置一切的……"（《哀滇池》）滇池是比母亲更富涵母性的自然，它的生命比人类要永久，这是作为人类的"我"所心甘情愿认可的秩序。

　　于坚的诗作以一种仰视之姿和倾听之态，重新调整了人类在看待自身和其他生命之间关系的姿态：人类原本就不是这个世界的中心和万物的主人。"我们"或"他们"和"它们"一样，只是大自然中的一个小小物种和匆匆过客，是芸芸众生中的一员，甚至"它们"是比人类更早和更长久的居民。姿态及其背后心态的调整，锐化了诗人对人类之外其他生命的全新和审美化感知。诗人希望人类从自以为是的虚拟高处回到地面，重新关注和感悟那些被我们忽略已久的众生。

　　正是由于对自然生命的关注，于坚对人类之外的其他生命与事物的摹

写，变得分外的细致，写出了它们的细节、肌理和质感。

于坚对于生命展示的关键动作是"看"，因为看，使那些非人类生命获得细节的呈现："我看见那些绿色的手指/为春天之水洗净的手指/在抚摩大理石一样光滑的阳光"（《阳光下的棕榈树》），"它不是一种哲学或宗教　当它的皮肉被切开/白色的浆液立即干掉　一千片美丽的叶子/像一千个少女的眼睛卷起　永远不再睁开/这死亡惨不忍睹　这死亡触目惊心"（《避雨之树》）。在这里，用人类的身体和动作来描摹一棵树的细节，"手指""抚摩""皮肉""眼睛""死亡"等与人类的肢体和行为相关的语词，使树在这些语词的点燃中有了生命的形体和气息。

在对生命的生理细节关注的同时，《避雨之树》还写出了亚热带丛林中一棵执着于生命的树的超然：它不关心外面世界的沧桑风雨，不关心"天气""斧子"抑或是"鸟儿"，不关心生命之外的哲学还是世界——只关注那些"从树根上升到生命中的东西"，那些让它们生命更美的东西。除此之外，人类是叫它伞还是风景，把它当作春天、柴火或是乌鸦之巢都忽略不计。诗作以独特构思写一棵树对那些在人类世界里至关重要的东西视而不见，展示了树之为树的生命主体性和尊严。

长期以来在过多的言说和命名覆盖之下，生命的生物性及其审美性已遭到长期悬置、忽略进而事实上形成空白和表达的盲区，于坚对于其丰富的生物性细节的关注改写了这一状况。于坚诗中的"树"，不是意象、象征或者隐喻，不意味着某种人类惯常赋予非人类的意义，比如坚忍与沉默，比如无私和伟大，等等。一棵树就是一棵树，是和人类、蛇、鼹鼠、蚂蚁、袋鼠、蝴蝶、鹰以及小虫们一起活在这个世界上的生命。它为后者挡住突如其来的风雨，然后在风雨过后从容而淡定地看它们离去，继续平静地享受着雨过天晴后的缕缕阳光。

于坚立足于人和人类之外自然生命的平视，自然之魅力由遮蔽走向澄澈。这是他在自觉放弃人类中心意识之后获得的一种审美能力。

二　去象征化与敬畏生命的审美取向

于坚诗作中对于人类之外的其他生命的发现、敬畏和审美化关注，是与其关注细节的诗学理论密切相关的，并通过"拒绝隐喻"的"去象征化"努力而抵达的：

　　一个声音，它指一棵树。这个声音就是这棵树。Shu！（树）这个声音说的是，这棵树在。这个声音并没有"高大、雄伟、成长、茂盛、笔直……"之类的隐喻。在我们的时代，一个诗人要说出树是极为困难的。Shu 已被隐喻所遮蔽。

　　如果一个诗人不是在解构中使用汉语，他就无法逃脱这个隐喻系统。（《从隐喻后退》①）

　　20 世纪以降，以主/客体二元对立的哲学为基础的实践美学，在将自然人化的审美惯性中，使一棵生命之树被隐喻的积淀覆盖得异常苍白。于坚的忧虑正是源于对实践美学在诗歌领域内影响的深刻体悟。无数人类之外的生命体曾经在 20 世纪汉语诗歌的长河中被抽象成名词的薄片，漂浮在各种深层隐喻的表层。

　　以"树"的形象为例。我们把目光沿着于坚面对"阳光下的棕榈树""避雨之树"所凝成的瞬间姿态，向更远处眺望，会发现在 20 世纪现代汉语诗歌中，一个人面对一棵树的凝视之姿在百年诗歌长长的路途中风景各异。

　　早在遥远的世纪之初，一棵树曾出现在沈尹默的《月夜》里："我和一株顶高的树并排立着，/却没有靠着。"但此诗表现的是"不依不靠，独立自主的人格和心境"②，是五四时期个人意识觉醒之后的象征。在对人/树关系的书写中，《避雨之树》是"我"对一棵树的阅读、理解、赞美和倾听。人类在此成为表现树的一个视角，"树"才是真正闪烁着光华的被瞩目的主角；而《月夜》则强调"人"的人格独立与尊严，诗中的树，显然不是与人类相对视的别一种生命，而更多的是作为一种参照物和富有隐喻意义的道具，以供主体在对与树关系的选择中彰显人格的独立。如果说"五四一代"睁开眼睛发现了人自身，而于坚则是拨开了人类中心的重重文化迷障，发现了"树"，发现了其他非人类生命的存在。是人类自身姿态的一个优雅转向和重新调整。

　　而在沈尹默和于坚这两点之间，"树"的身影亦时时闪现：曾卓和牛汉分别写于 1970 年和 1972 年的《悬崖边的树》和《半棵树》，正如牛汉

---

① 于坚：《棕皮手记》，东方出版中心 1997 年版，第 241—244 页。
② 孙玉石主编：《中国现代诗导读 1917—1938》，北京大学出版社 1990 年版，第 22 页。

在对曾诗的评论所言，是"用简洁的手法，塑造出了深远的意境和真挚的形象，写出了让灵魂战栗的那种许多人都有过的沉重的时代感。……那棵树，像是一代人的灵魂的形态（假如灵魂有形态的话）"①。舒婷的《致橡树》②（1977）通篇以树的意象，从根、叶、干和花朵等属于树的细枝末节，宣告"我必须是你近旁的一株木棉/作为树的形象和你站在一起"，以两棵并立的树尽管靠近却各自独立的形态，写出在人性苏醒的季节里，女性在爱情中的独立和在性别意义上的尊严。从世纪之初人的独立，到此时的女性独立，树的意象所指称的内涵在时间的长流中不断地漂移。但树依然未能摆脱它的意象身份。

树的影子频频出现在诗人的视野中。一个人面对一棵树，不同的时代和诗人有不同的解读，进而形成各自的切入视点和内在的抒情结构。但在长长的行程中，那棵被凝视的树从来没有作为生命而存在过，人类的目光习惯穿越它所有的枝繁叶茂和清新挺拔而直指一个遥远的虚拟中的某个象征点。它们是人性的独立，是女性的独立，是人类在历史的风风雨雨中饱经风霜的倔强身影，唯独不是一棵树。在政治、经济、思想、文化、宗教及科学的层层围裹之下，一棵树的生命显得模糊、可疑、繁杂和具有多向度的含义。

和一棵树的宿命一样，在《蝴蝶》（胡适）、《秋蝇》（戴望舒）、《蛇》（冯至）、《华南虎》（牛汉）、《野兽》（黄翔）、《疯狗》（食指）和《马》（欧阳江河）等诗歌中，那些飞翔的蝴蝶、秋蝇、乌鸦或者老鹰，那些爬行着的蛇与虫，那些奔走飞跃的虎、豹和马，它们从来没有作为真正的生命体被注视过，它们总是被当作某种人类品质或关系的象征，当作某种事件和现象的隐喻，等等。

　　　　从未有人注意过这生物的细枝末节/比如它那红色的　有些透明的蹼/是如何猛扑下来　抓牢了大地的/一点点（《赞美海鸥》）

对于这些树和其他生命的不同凝视、理解、处置和书写方式，实际上

---

① 牛汉：《一个钟情的人》，张新颖编选：《中国新诗：1916—2000》，复旦大学出版社2001年版，第301页。

② 舒婷：《致橡树》，张新颖选编：《中国新诗：1916—2000》，第401页。

体现了集结于具体生命之上的复杂向度。人类之外的其他生命是沉默的，它们长时间无声地承受语言的涂抹和覆盖，承受着修辞对生命的视而不见和遮蔽。

于坚"拒绝隐喻"的诗学理论，正是建立在对实践美学传统二元论模式突破基础上的，实现对自然生命的审美化关注，让人类之外的自然和其他生命重新恢复被忽略已久的魅力。

这与他关注细节的诗学理论亦是密切相关的。于坚主张"一种具体的、局部的、片断的、细节的、稗史和档案式的描述和 0 度的诗"①，又说，诗歌的口语写作应该"具有细节、碎片、局部，对个人生命的存在，生命环境的，基于平常心的关注"②。

如果说，诗歌写作中漫长的象征之旅是对自然的祛魅过程，于坚则通过拒绝隐喻的"去象征化"完成了对自然生命的重新"复魅"。因而，可以说，对自然本真状态的审美关注，是对 20 世纪诗歌写作中"人化"自然的惯性思路的改写："也许它们早已和文学史上那些已被深度抒情的益鸟无关／高尔基已死　它的海燕已死　那个二十年代的象征已死／死了　旧世纪命名一只海鸥的方式／事实上　只要把目光越过海鸥这个名称／就可以看出　它们是另一类鸟"（《赞美海鸥》）。

重重象征修辞遮蔽了人类之外自然生命本身的生命之光，于坚通过拒绝隐喻的方式，使被遮蔽的生命获得了"解蔽"的过程，由遮蔽通过解蔽获得了生命本真的呈现，因而诗中出现了前文所述的生命本身的质感和光泽。

《对一只乌鸦的命名》展示了那些把生命覆盖成看不见的声音的层层语词："对付这只乌鸦　词素　一开始就得黑透／皮　骨头和肉　血的走向以及／披露在天空的飞行　都要黑透／乌鸦　就是从黑透开始　飞向黑透的结局／就是从诞生就进入孤独和偏见"。

无数的命名曾经铺天盖地汹涌而来，把原本生动而富有质感的生命体覆盖得形象异常模糊和可疑。于坚诗作中对生命的诉说冲动，使他总在努力拨开重重话语的覆盖，让生命回归生命本身："我要说的　不是它的象

---

① 于坚：《拒绝隐喻》，赵祖主编：《中华今文观止》第 6 卷，中国社会出版社 2000 年版，第 24 页。

② 于坚：《诗歌之舌的硬与软：关于当代诗歌的两类语言向度》，《诗探索》1998 年第 1 期。

征　它的隐喻或是神话/我要说的　只是一只乌鸦　正像当年/我从未在一个鸦巢中抓出过一只鸽子/从童年到今天　我的双手已长满语言的老茧/但作为诗人　我还没有说出过一只乌鸦。"

于坚在拆解传统命名方式和试图言说自己对于一只鸟的理解的同时，感到超越的困境。"……诗人应当怀疑每一个词。尤其当我们的词典在二十世纪的知识中浸渍过。"①

于坚的写作致力于把生命从言语的覆盖中拯救出来，从文明的遮蔽中解救出来。让生命历经重重突围之后，重新绽放出属于生命本身的质感与光泽。《赞美海鸥》和《对一只乌鸦的命名》表达了类似的诗学构想，海鸥只是海鸥，让它们从文学史上语词暴风雨的重重包围中冲出来，回到生命自身。

让一只鸟像鸟那样在天空飞翔，让一棵树像树那样在大地上挺立，是对生命之为生命的审美独立性的尊重。拨开诗歌传统中隐喻的重重积淀，人类以平视的目光才能实现与其他生命的真正重逢："我梦想着看到一只老虎/一只真正的老虎/从一只麋鹿的位置　看它/让我远离文化中心　远离图书馆/越过恒河　进入古代的大地/直到第一个关于老虎的神话之前/我梦想回到梦想之前/与一只老虎遭遇。"（《我梦想着看到一只老虎》②）梦想中的老虎是真正的活生生的生命之虎，它在语词之外，在时间之前，在人类文明长河的源头之前，没有被任何神话的色彩所沾染过的生命。而"我"和老虎对视的角度，亦不是作为一个背负着重重文化烙印的"人"，而是在人类习以为常的视野之外，从麋鹿的位置，从另一来自荒野的生命视野与之相遇。

三　自然的祛魅及其审美溯源

自然生命本真之美被诗歌表达的惯性忽略，更深层的原因在于工业文明时期对自然审美传统的失落。自然的"工具化"是其审美性失落的最根本的原因。

中国文化传统中是有着对自然的敬畏的，"中国历史当然也有对自然征服和改造的这一面，但它更是'道法自然'的文明史。中国文明可以

① 于坚：《于坚的诗》，人民文学出版社 2000 年版，第 402 页。
② 同上书，第 121 页。

说就是敬畏自然的、道法自然的文明。自然对于中国来说，是道之所在，是文明的灵感源泉"。但"二十世纪以降，汉语教科书日复一日，通过政治、语文、地理、物理、化学、生物等课程，用这种思想——'自然不过是一个可资利用的对象'，教育着一代又一代的中国人。无须敬畏自然的思想，是'五四'以来教育的基本核心，没有人可以逃避这种教育"①。

　　于坚所指的 20 世纪以降的时段，正是现代性工程的启动和开展的时期。而在这一漫长和持久的现代性进程中，"科学技术是第一生产力"，而生产力的定义则是"人类改造和征服自然的能力"。工具理性和二元论哲学习惯以人类为主体，自然始终被当作人类奴役和使用的对象。

　　"那一年我还是在校的学生/我写不出关于你的作文/在干燥的词典中你是娱乐场　养鱼塘　水库/天然游泳池　风景区　下水道出口/谁说神灵在此？"（《哀滇池》）现代性工程赋予滇池以"娱乐场""养鱼塘"和"水库"的使命，它们分别对应了娱乐、养殖和灌溉等服务设施和生产资料的功能。同样，"在当代诗人那里：'黄河像一个巨人，在这里困囚了千万年……'如今：'它把光明和动力，通过没有尽头的输电线，远远地送入大戈壁，高高地送上祁连山'（冯至）。这是近代以来文学对自然的新认识"②。滇池的生命之音被工业文明导引下的实践美学话语所掩蔽、简化甚至异化为娱乐场、养鱼塘、风景区和下水道的出口。而黄河亦被书写成现代化建设的灌溉工程。

　　《事件：棕榈树之死》中那棵作为"材料和电线杆中惟一的一棵树"的棕榈树，在诗人的视野里与人类一样富于勃勃生机和丰盈的生命力，"坚硬挺直圆满充盈弹性和汁液"。但它"根部已被水泥包围""它种植在一个要求上进的街区　革命已成为居民的传统""这是个无神论的街区"，一棵树先是被革命的象征秩序忽略，然后被无神论的视野失去敬畏，并最终被以现代化的名义夺去生命："那一天新的购物中心破土动工 领导剪彩 群众围观/在众目睽睽之下　工人砍倒了这棵棕榈。""这不是凶杀　也不是暴行　不会招致公愤　也不会爆发欢呼/……这种事与鬼神无涉/图纸中列举了钢材　油漆　石料 铝合金/房间的大小　窗子的结构　楼层的高度　下水道的位置/弃置废土的地点　处理旧木料的办法/没有提及棕榈。"

---

① 于坚：《关于敬畏自然》，《天涯》2005 年第 3 期。
② 同上。

在汹涌而至的现代化工程面前，一棵棕榈树无声地倒下。在这样的工程中，精心设计了材料、结构甚至废弃物品的处理方式，唯有棕榈的生命被忽略不计。

现代工业文明在带来机械、自动化、速度和效率的同时，也破坏了人与自然和谐共生的共同家园："我问的不是一个/环境保护的问题/那位叫做'现代'的时髦女神　我们跟着你走/也请稍微问一句　你的家那边/有没有河流　有没有夏娃和亚当家里/那类常备的家私？"（《读康熙信中写到的黄河》①）

早在 1982 年，于坚就写下过他所向往的那个有着"夏娃和亚当家里常备的那些家私"的世界："发白的鸟蛋蹲在树叶的天空/唱一支小雨的歌子/绿荫荫的阳光筛过我的思想/和甲壳虫和草叶和一条蛇一起躺下/我用松树的头发编着一个弹弓/痒痒的浆果味长满我的双耳/长角的黄鹿在山坡上猜测着我/兔子笑眯眯地告诉熊我不是一只蜜蜂/那钟声听不见了听不见了/一只母狼多情地望着我　秋天落在地上/那时候我看见一棵树后面生下了夏娃的声音"（《作品 3 号》）。诗人对理想世界的构想中，关注的重点是不同生命在大自然怀抱中的和谐相处。正是工业时代的到来，人类永不满足的入侵，结束了人与自然和谐共生的伊甸园模式。而无休止欲望所引发的汹涌开发潮，使大地上无数的生命甚至物种不断地死亡和消失。

诗作《空地》写"我"在"高山的西面"发现一块空地，这空地上有过的森林、阳光、树木，甚至一头豹子在风吹过的泉边饮水。但"我"因为喜欢上了这样的居住之地，而开始设想着在此处建别墅，挖水池，筑家园写作，于是除草、挖沟、锯树、筑墙并呼朋引伴招来亲友谈论城市的欢声笑语。然而，人类以自我为中心的侵入并自以为是地按自己的意愿设计之后，"那头高傲的豹子，再也没有出现"。这首诗寓言般地呈现了"现代性进程"中欲望不加节制之后的结果：人类的自以为是和无休止地拓展自己的领地，构成对其他生命的侵扰，人类按自己的一厢情愿筑墙砍树，终究隔开了与其他生命之间的交集。

四　大地与精神栖居地的坚守

事实上，于坚真正质疑的并不是现代性进程本身，而是痛心人类在此

---

①　于坚：《诗集与图像 2000—2002》，青海人民出版社 2003 年版，第 16 页。

过程中无休止的贪欲释放之后，对自然敬畏之心的不断缺失将会引发人类精神最后栖居地的沦陷。

生命的光泽除了曾被语词覆盖的异常黯淡和被"自然工具化"解读之外，更会被人类中心观念所扼杀。人类习以为常地关注人与人之间的规则与秩序，关注由来已久的文化所重构的狭隘利益。缺乏对于自然的谦敬和对生命的敬畏，缺乏对湖泊、天空和大地的注视和疼惜："世界啊　你的大地上还有什么会死？/我们哀悼一个又一个王朝的终结/我们出席一人又一个君王的葬礼/我们仇恨战争　我们逮捕杀人犯　我们恐惧死亡/歌队长　你何尝为一个湖泊的死亡唱过哀歌？/法官啊　你何尝在意过一个谋杀天空的凶手？/人们啊　你是否恐惧过大地的逝世？"（《哀滇池》）

诗作《哀滇池》从滇池生机的消散中发现大地的危机。人类的文明记载着王朝的终结和君王的葬礼，哀悼过辉煌的沦落和人类自身生命的死亡，但因为缺少对于自然生命的敬畏之心，人类从来和一直未能注意到大地的被伤害："那一年　在昆明的一所小学　老师天天上语文课/教会我们崇拜某些高尚的语词　崇拜英雄　但从未/提到你/在人民的神之外　我不知道有另外的神……"滇池作为自然的精灵被排斥在一个民族的母语之外，意味着彼时的文明从未注意到它的存在，时代的上空高亢嘹亮着的是别一种旋律，让人类无暇倾听生命之声。人类以万物灵长的主人身份自居，他们傲慢的眼神闪烁着英雄主义的兴奋，却从未光顾过大地。

在20世纪的诗歌中，有过艾青《我爱这土地》[①]中"为什么我的眼里常含泪水？/因为我爱这土地爱得深沉……"式的对"土地"的抒写，但这些曾被书写的土地，更多的只是一个介质，由土地的抒写很快会滑向对那些土地上生长着的人们的情感。在这里，土地有时候是国土，有时候是作为人类用以谋求温饱的生产资料，是附属于人类的物质与财富，被当作以人类为中心的环形生存结构中的某个点。相应地，与土地密切相连的"河流"和"山川"亦是经常披裹着象征的外衣，或是被当作地理意义上的"国土"的一部分进而指称着整个祖国。写于20世纪之初的周作人的《小河》和写于五六十年代之交的贺敬之的《桂林山水歌》，皆写到山川

---

① 艾青：《我爱这土地》，谢冕、钱理群主编：《百年中国文学经典（1937—1949）》第4卷，北京大学出版社1996年版，第251页。

河流，但前者是"五四精神"与河水流动性之间的对接，后者则是国家话语和国土象征思维的延续，是土地古老的国土观念和现代国家观念融合的产物，都与于坚说的大地不同。当周作人写小河以及河边的稻田桑树和田里的蛤蟆时，他其实只不过是在思考社会问题时所作的一次拟人化的分角色朗读，而非具体的河床和流水的组合。同样，当贺敬之面对桂林山水展开神思飞跃的抒怀时，亦非真正聚焦于水光山色，而是很快滑向"山水—国家—人民"的赞歌时代的惯性思维模式。在现代性的进程中，人类/我们/人民是土地的主人，土地是我们的财产附属物，是生产的资料。

于坚关注的"大地的逝世"中的"大地"则是不同的概念。它不是一个农业文明的范畴，更不是生产或技术和功利改造开发的对象。相对于"土地"在二元对立中的客体身份而言，它更接近于指称一个元概念，是万物之源的大地之母，是精神家园的最后守护者："你是大地啊/我亲爱的妈妈　所有我热爱过的女人们　都会先于你死去/在死亡的秩序中这是我惟一心甘情愿的/你当然要落在最后　你是那更盛大的　你是那安置一切的……"（《哀滇池》）

大地逝世意味着人类生存视野之内诗意的干枯与委顿。那个"山上有松树柏树　黄河两岸柽柳/席茇草　芦苇中有野猪　马　鹿等物"（《读康熙信中写到的黄河》①）的诗意弥漫的世界已退出大地，退出人类的视野："旧街区在阴暗中充满垃圾　派生着同样肮脏的黑话和日常用语/人们同样地感受着黄昏　这个词　不是来自树林的间隙或阳光的移动/而是来自晚报和时针　从前　人们判断黄昏是根据金色池塘　现在/这个词已成为古代汉语……"（《在钟楼上》）晚报和时针是现代文明的意象，它们作为时间刻度，挤走并取代了树林、阳光和金色的池塘。这意味着日益发展的工业文明，越来越深地阻挡了人类与自然对视的视野，使倾听自然的姿势无所适从。在失去了大自然气息之后的人类生存空间，充斥着肮脏的语词和空气。人类离自然越来越远，离生命的气息越来越远。

长久以来，大地以及那些在大地之上生生不息的生命成为诗意葱茏的文学园地里绵延不绝的灵感之源。大地和湖泊消失，带走了滇池原本的宁静、清新，诗意随之无从安放："怎么只过了十年　提到你　我就必须启用一部新的字典/……/为什么我所赞美的一切　忽然间无影无踪？/为什

---

① 于坚：《诗集与图像 2000—2002》，青海人民出版社 2003 年版，第 16 页。

么忽然间　我诗歌的基地/我的美学的大本营　我信仰的大教堂/已成为一间阴暗的停尸房？/……我从前写下的关于你的所有诗章/都成了没有根据的谣言！"（《哀滇池》）一连串的问号，从没有标点的长诗中突兀而出，诗人的质问从平静的诉说中突然响起，异常的醒目。在漫长的质问之后，频频出现的感叹号成了对诗性沦落后的声声叹息。自然景物的消失引发的诗意沦落，终将在世界的荒芜之后将荒芜蔓延到人类的心灵："如果黄河消失了/中华民族是否要再次游牧？连黄河/（永恒的另一个绰号）都有/死到临头的一天　一个诗人　即便/姓李名白　又有什么可以有恃无恐？"（《读康熙信中写到的黄河》）

于坚在对工业文明的质疑中，表达了自己以诗意栖居取代技术栖居的理想。人类无休止的贪欲已使我们前进的脚步一往无前无所畏惧，科学技术的长足进展亦使人类在自然的怀抱里长驱直入所向披靡，人类对非人类的胜利更使征服自然的信心得到了前所未有的膨胀，而人类的目光在日趋加快的步伐中渐次短视。因而，一种来自少数清醒者的声音的适时响起也成为必需，人类必须在敬畏自然和敬畏生命中重新反省和定位自身。以敬畏之心修正现代文明方案设计中对自然的掠夺破坏以及由此形成的对人亲近自然本性的异化，进而获得一种更为辽阔的仁爱之心。人类只有在与其他生命的和谐共处中，才能获得长久的审美生存和诗意栖居。

而诗人的职责是"通过'存在'的再次被澄明，让那些无法无天的知识有所忌讳，有所恐惧，有所收敛。让那些在时代之夜中迷失了的人们有所依托。如果大地自己已经没有能力'原天地之美'，如果大地已经没有能力依托自己的'原在'，那么这一责任就转移到诗人身上。诗人应该彰显大地那种一成不变的性质"①。

第三节　迟子建：生命意识中的生态伦理意义

迟子建写作中的生态伦理立场，是从对"生命"的书写开始的，从对人类自身生命的审美化关注，到对非人类生命的尊重，在与其他生命的对视与倾听中，将生命意识升华出自发的生态伦理立场。

对于生命与写作的话题，迟子建在 1996 年的《逝川·跋：雪中的炭

---

① 于坚：《于坚的诗》，第 403 页。

火》中说：

> 我觉得无论是生命还是创作都应该呈现那种生命的自然状态：裹挟着落叶、迎接着飞雪，融汇着鱼类的呜咽之声，平静地向前，向前，向前……

这正是我想要表达的对迟子建作品的阅读感受：灵动、湿润和充满生命的勃勃生机。

一　质朴与飞扬：生命本身的审美化关注

生命意识体现在对生命本身的审美化关注上：生命的魅力在于生命本身，而不在于生命之外的任何东西。

在迟子建的文本世界里，展示了生命本身的朴素质感。《日落碗窑》中，关小明希望小狗冰溜儿能成为一条"不一样"的狗，爷爷想要烧出一窑红彤彤的碗，木匠王嘘嘘希望自己做的碗模能够好用……这些朴实的愿望，把生命充实得丰盈而有质感：爷爷衰老的身躯为此焕发出巨大的活力，大自然的灵气似乎是和麻雀一起降落在老人的身边，而木匠的想象力和创造力也似乎在一夜之间得到了充分的调动。

文本在缓慢而又湿润绵长的生命质感展示即将结束之时，似乎每个人的愿望都受到了阻滞：冰溜儿眼睛瞎了使关小明的理想破灭了，一整窑破碎的瓦片打击了爷爷从夏到秋又到冬的激情。但这一切最终随着王张罗老婆在碗窑中生下一个活生生的婴儿而豁然开朗：冰溜儿因找人的才能而声名大振，爷爷和王嘘嘘因为一只美丽红碗的被发现而重新鼓胀了一度泄了气的信心。活生生的生命诞生在埋过无数死婴尸体的碗窑之中的构思，使文本溢满了强烈而丰沛的生命意识——生命就是无数残损之后倔强的新生，正如一堆碎瓦片中脱颖而出的那只粗朴却美丽无比的金红色的碗。

《原野上的羊群》中，一个鲜嫩的新生命带给画家白絮飞母性焕发的同时，也让灵感悄然降临，创作出《午后童车上的芦苇》，画上那些柔和的光影，是生命中质地柔软的瞬间。而林阿姨讲述的那个对金黄色异常迷恋的桑桑的故事，则是在纵情恣肆中把生命燃烧得淋漓尽致。此外，《银盘》中吉爱的朴实生命带着的麦子清香，《亲亲土豆》中和土豆花一样弥漫着若有若无而又经久不衰香气的质朴的生命终结时的平静，是别一种对生命的尊重和安置。在这样的叙述中，生命本身所拥有的那种超越了功利色彩的朴素质感，推开所有的喧嚣让笔触直抵内心。

除了对生命的朴素凝视外，文本世界也对生命中瞬间飞扬的诗意作了展示，迟子建的写作往往更喜欢把这些诗意不动声色地涂抹在女性平常的生命之上。

《逆行精灵》中的鹅颈女人，总是被某些瞬间的某种颜色或者气息，诱惑着想走出生命惯常的轨道，走出那些日复一日的陈旧、单调和麻木：比如大雪之夜的篝火，比如金黄色的麦地弥漫出来的香气，比如那些鱼鲜活的生命气息。那些瞬间看似伦理意义上的所谓出轨，在迟子建的文本世界里被叙写得荡漾缥缈仙乐飘飘。生命中的诗意与飞扬正是用某些瞬间的脱离常规，去安抚在陈旧与单调中逐渐腐烂和苍老的呼吸。

《秧歌》中的小梳妆，因不愿意看到曾经风情万千的生命走向衰老之后的苍凉而亲自动手结束了它。这是另一种意义上对于生命的理解和珍惜——在转瞬即逝的风华中定格成美丽的一刻。她说"我养了只猫，它跟了我大半辈子，它老得走不动路了，我真不想再看见它的这副样子，它年轻时是那么美！我想买点砒霜毒死它"，文本就这样从容而淡定地让她在对猫生命的述说中完成了对自己的述说。

《逝川》中"逝川日日夜夜地流，吉喜一天天地苍老，两岸的树木却愈发蓊郁了"，泪鱼、河流、人和两岸的树木，不同的生命形态就这样在时光的流转中沿着各自生命的轨道顺流而下。双眼流出珠玉般的泪珠鳞片泛出马兰花光泽的泪鱼，水平如镜袅袅水雾不绝如缕地向两岸林带蔓延的逝川，和年轻时美丽能干生机勃勃中年后歌声像泪鱼的哭声一样令男人心如刀绞的吉喜，都在展示着生命中的丰富和诗意。诗意是素朴生命的偶尔飞扬，生命的素朴和偶尔飞扬恰好对应了生命惯常节奏和偶尔放纵的不同瞬间，是文本世界对生命本身丰富性的审美化关注。就这样，在迟子建的写作中，生命或质朴或飞扬，因质地和动感而缥缈荡漾，充满了温热和芳香。

二 残缺与向死而生：生命意识的深层体悟

生命意识的更深一层的体悟，在迟子建的文本世界里体现为对残缺生命的关注——表面残缺的生命，实则有着常态生命不能企及的动人之处。

在迟子建的生命视野中，所谓的生命残缺，实则蕴涵着对生命的别一种触摸方式。

《雾月牛栏》中失去记忆的孩子宝坠，生活在与心爱的牛"地儿""扁脸""花儿""卷耳"日夜相伴的简单、纯净和温暖中，没有人世纷扰的芜杂，没有生与死的感慨和伤痛。这个身体残缺的孩子，宁静而快乐地活着，似乎在关上一扇门之后拥有了另一扇通往生命本源的窗户。

正是在这种对"非常态"世界生命的审美关注中，在更深层面上展示了迟子建对于生命本身的感悟。《盲人报摊》中盲人夫妇经历了对正在孕育的小生命可能会继续沦入没有色彩和光明的世界的无比恐惧之后，终于豁然开朗。残缺的生命在此时散发出秋阳般的澄澈、平和与庄严。他们在没有光与色的平静生活中，用心灵获得启悟：

> "不能把孩子的一切都给准备好了……"王瑶琴抚摸着腹中的胎儿说，"要让他有点什么不足，缺陷会使人更加努力。"
>
> "就像我们一样"，吴自民说，"全院子里只有我们是不吵嘴的夫妻，因为我们相互看不见。在我心目中，你是世上最美最好的女人。"

一对盲人夫妻孕育生命过程的独特之处在于，他们因对外界完全没有意识而更关注生命本身。"指出这种差异并不是为了证实正常人生活的富有，相反是为了澄清盲人们也拥有着这个生命世界的另一部分生存秘密。"①

《鱼骨》中的旗旗大婶，《逝川》中的吉喜，都是一辈子未能孕育出生命的女性，但她们的捕鱼和助产过程被叙述得满蕴着生命和母性的光华；看起来是非常态的生命，却因闪耀着生命的光泽而一样流光溢彩。《疯人院的小磨盘》更是迟子建对残缺生命的集中展示。被老师认为傻，并且生活在遗传性精神病阴影之下的小磨盘分明是生灵鲜活和充满迷人的想象力的。他"和疯子在一起用木棍在地上画了不少东西，有鸡，有帽子，有菜缸，有娃娃头，还有鞋、剪子、花瓶、板凳，他们在一起玩起了过家家，有滋有味……"疯人院中灶房师傅和疯子们被隐喻般地划分为

---

① 李师东：《遭遇与情结——迟子建中短篇小说集〈逝川〉跋》，《当代作家》1995 年第6 期。

常态/非常态世界。呈现在文本中的作为正常人生活空间的灶房乏味和一成不变，而被目为非常态的疯人世界中，弥漫着极富想象力的诗意，蓬勃而充盈。正如迟子建在《必要的丧失》①一文中所感叹的：

> ……精神失常者却表现出一种使人迷醉的冷静、平和及愉悦……他们战胜了抑郁、焦虑、暴躁和惊慌，他们的心中也许仅存一种纯粹的事物，他们在打量我们时，是否认为我们是有病的，而他们却是正常的？因为我们所说的正常是以大众的普通人的行为作为尺度的，所以我只能认为他们是精神失常者，或者说是精神漫游者。

这种在残缺中发掘的生命秘密，是需要别一种高度和更为辽阔的仁爱与智慧才能体悟到的生命意识。

与残缺相比，死亡是生命中更为彻底的丧失。迟子建作品中的部分文本惯常采用"向死而生"的情节向度，在死亡即将来临之时凸显生命的质感。《亲亲土豆》中秦山在自知不久于人世时，对土豆的迷恋正是对生命本身的依恋不舍。他离开医院回到弥漫着土豆花香气的土地上，坦然地安排了生命的最后一段，"午后的阳光沉甸甸地照耀着他，使他在明亮的阳光中闪闪发亮""秦山一家收完土豆后便安闲地过冬天……他常常痴迷地望着李爱杰一言不发，李爱杰仍然平静地为他做饭、洗衣、铺床、同枕共眠"。生命在大雪之夜的最后弥留，平静而动人："秦山在下雪的日子里挣扎了两天两夜终于停止了呼吸……李爱杰在屋里穿着那条宝石蓝色的软缎旗袍，守着温暖的炉火和丈夫，由晨至昏，由夜半至黎明……"甚至结尾处那个尾随李爱杰滚出很远的圆土豆，也似神来之笔，使生命的气息在最后的瞬间仍绵延不绝。

与之相对，《白雪的墓园》中的母亲，则是在面对死亡的豁达和淡定中，散发出对生命的通脱与达观。《青草如歌的正午》中的陈生，日复一日地在正午的青草清香中为死去的妻子一件件地置办着家当，是把死亡当成了生命的另一种形态。

这样，在那些死亡的足音渐次接近或远去的时刻，生命的魅力和秘密瞬间抵达。生命的温热在死亡冰冷的寒光映衬下熠熠生辉。

---

① 迟子建：《迟子建文集》，长江文艺出版社 2003 年版，第 439 页。

三　倾听与对视：生命视野的辽阔与博大

除了对人类生命的赞赏之外，迟子建写作中更值得关注的是对人类之外其他生命形态的注视。

生命不独属于人，自然界的万事万物都有生命，唯有细心倾听，才能感觉到其他生命的节律。迟子建在自己的写作中表达了这种倾听的迷人之处，人类之外的生命在文本的世界里生机勃勃和诗意葱茏。

那些灵气充沛的水土都是有生命的："如果让我说出对生命的认识的话，那么我会说漠那小镇是个有生命的地方"。《鱼骨》中的漠那小镇，《逝川》中的阿甲渔村和逝川，《朋友们来看雪吧》中的乌回镇，都和生存其间的人类生息相共。在《日落碗窑》中，我们阅读到这样的文字："土地真是奇妙，只要是点了种，到了秋天就能从它的怀里收获成果……它们出生时姿态万千，可见这土地有多么奇妙，让它们生什么它就生什么。圆鼓鼓的白土豆出来了，它的皮嫩得一搓即破。水灵灵的萝卜也出来了，它们有圆有长，圆的是红萝卜，长的是青萝卜。宛若荷花骨朵一般的蒜出土时白白莹莹的，而胡萝卜被刨出时个个金红……"土地在滋养出万物的生生不息中升腾着自己生命的活泼泼。

麻雀是和人类一样好奇和怀旧的小生灵，"人吃饱了还爱看个好看的东西呢。……鸟还不是一样？……那么多年不烧窑了，它们想得慌"。对麻雀的许诺甚至成为《日落碗窑》中关老爷子后来坚持下去的理由："我都跟麻雀说了，出窑时让它们来看碗，我不能说话不算数。"在这里被老人当作多年老友的麻雀，和《逆行精灵》中的傻狗，《北国一片苍茫》中的唔唔，《雾月牛栏》中花儿、地儿、扁脸和卷耳，《逝川》中能发出呜咽之声的泪鱼……都同样拥有生命的质感和温热。

而《越过云层的晴朗》则通篇以一条在不同时期分别叫过"阿黄""旋风""夕阳"的狗的视角旁观并且叙述这个世界，展示非人类生命对这个世界的独特理解和感应方式，"刘红兵说，这围裙共有七种色。在我眼里，它也确实有很多色，只不过那色都是由黑色和白色派生出来的。黑的有深黑和浅黑，白的有雪白和灰白。它是我见过的色彩最为晃眼的围裙了""他们哪里知道我这狗眼和他们看到的不一样啊。在我眼里，黑白两色就够热闹的了。……除了形态，花还有香气可以记住它们。……所以我觉得人单单从颜色上看花是傻瓜"。文本的努力在于，以非人类生命的叙述视角，给万物生灵一个展示和表达自己的空间，让人类了解和关注它们的存在。

其至当人类肯与一棵松树对视时，也同样能感受到生命的呼吸与脉搏：

> 直立而无绿意的松树给人一种孤寂的感觉，仿佛它每天都想与上帝对话，而终无结果一样面目冰冷。……我相信树还有舌头，它能品尝朝露细雨。那么树的眼睛呢？它也一定在树身闪烁，领略着大自然的风云变幻。既然树有眼睛……当阳光突然把触角从它们身上收回，它们会有顿失温暖的忧伤吗？当太阳完全被遮住，短暂的黑暗中有一颗彗星精灵般飞来，它们会感动得落泪吗？树如果落泪了，大地上空是否就会呈现出流星雨一样的气象？那肯定是一种达到极致而破碎了的灿烂……我不敢再看这些有声有色、内蕴丰富的树。虽然它们现在是单调的，但我相信它们比我更富有激情。它们的根能在泥土中像银蛇一样浪漫的飞舞……（《观彗记》）

这些充满生机的文字，源于一种生命对另一种生命的对视、感应和好奇，是两种生命之间的吸引。一棵沉默的树是在历经了漫长的被某些作为人类意志品质的意义覆盖之后，终于以一个鲜活的生命形态，与人类面对。生命意识的流露在这样的文字中湿润清冽，汁液饱满。

四 从生命到生态：生命意识的反省与升华

或许，用"生态"来描述迟子建写作中的某种取向还为时尚早，抑或是那种学理层面上的生态意识是迟子建事实上无意为之的。我们甚至很难知道迟子建是否愿意自己的写作被这样的理论所收纳，那似乎并不是她的兴趣所在。她真正关注的，其实是自然，是生命，是生命和生命之间的彼此凝视和关爱，她只是无意间从生命的角度误入了生态伦理的话题。

当迟子建的目光凝视着这个不同生命共同生存的世界时，事实上已经超越了人类中心的意识，而把人类放在与其他生命平等交流的位置，这样的视点给文本世界的生命意识以敬畏生命和生命中心的伦理定位。

在这样的参照系中，万物都有生命，但是人类却曾经、正在和继续着对其他生命的视而不见，并将自己置于万物之上，不屑与之对话。于是人类在变得单调和孤独之后，也逐渐丧失和其他生命交流的能力。《关于家园发展历史的一次浪漫追踪》① 寓言般地展示了这一过程：我们建造房屋，使我们逐渐疏远了那些动物和其他的生命……我们正在越来越远离生命的本源，失去与其他生命对话的可能性。文中一对怀着热爱动物和自然生命的愿望而来到森林里定居的夫妇，带着城市的疲惫厌倦和对自然生命的忧伤追寻，到森林寻找猎人少和生命丰沛之处，不建院子，以期待与其他生命的相遇。然而目之所及，是河流的干涸，鹿消失了，只剩下半个世纪前留下的兽骨。人类与非人类生命之间的关系走向一个怪圈：明明相互需要，却又在相互提防。于是文本在结束之际感慨万千："……地球上出现第一座房屋的时候，房屋的主人与自然之间，一定订立了某种契约，后来是谁负了箴言使得另一方恼怒起来，我们已无法探清了。平衡失落了，世界就一直倾斜着，尽管我们驻守家园，可我们却在滋生和发展着那些敌意、困惑和谜。"

如果说，写于1990年的此文对该问题的思考还尚显困惑与犹疑的话，到2003年的《越过云层的晴朗》② 中，已经明确地指出，是人类的愚顽与傲慢，使我们失去了与不同生命之间相互倾听的机会。

人的名字，原本跟万物是何等的息息相关，"有跟树有关的，如松树、柞树、小树；有跟花有关的，如荷花、百合、菊花；有跟我们这些动物有关的，如大牛、小马、小鹿、二狗；……有跟水和山有关的，如大江、小河、泉水、大山等"，命名方式的不分彼此，似乎暗示了众生的平等，暗示了人类与非人类生命的共生，可惜自以为高高在上的人类一如既往地认识不到这一点。人类原本可以因为生命间与生俱来的息息相关而有可能和万物对话的，但他们傲慢地拒绝和抛弃了这个权利，"我们心中的忧愁和幻想人类是一无所知"。

不但如此，人类对非人类生命毫不怜惜地进行着绵延不绝的屠杀。"我忘不了人是怎样杀我们这些动物的。以前我只见过他们杀鸟，用枪……但没有哪一次能比得上那次杀狍子给我带来的伤痛大。"上述文字事实上默认了人类的某些屠杀在一定程度上的合理性，但问题在于人类的屠杀方式经常是虐杀，人为地把生命终结之点的痛苦无限地放大和定格：

---

① 《天津文学》1990年第6期。
② 《钟山》2003年第2期。

"我看见孙胖子把狍子骑在身下，将它摁倒在地。狍子没有反抗，大约以为人在和它戏耍吧。接着小优大叫一声，把刀插进了狍的脖颈！……黑色的血一汪一汪地从狍子身上涌了出来……狍子瘫倒在地，拼命动着四蹄，突然，它站了起来，站得不直，歪斜着。它哆嗦着，看着我，满眼都是泪"，而此时作为罪魁祸首的人类小优居然在一旁漠然地说："这傻狍子，倒能挺。"

人类的屠刀所到之处，非人类的生命便纷纷坠落："那铁锯也真是厉害，它那一排尖尖的白牙齿，把大树咬得吱吱叫，白色的锯末像雪花一样从树心中飞出来。我真替这树疼得慌。我不明白树怎么得罪了人，它们活得好好的，却要一棵一棵地被弄死？……我更为那些小树疼得慌，大树毕竟活得年头久了，听风见雨多了，小树是多么年轻啊，它们可能还没认全林中的飞鸟走兽呢。""被伐过的林地，有的只剩下小树，看上去光秃秃的了。我感觉这些小树就像是失去了爷爷奶奶、爸爸妈妈的小哑巴，孤孤单单的。"

于是，文本以一条狗的视角愤怒地控诉了这些肆意屠杀其他生命的人类：人指使一条叫芹菜的狗去咬死黄鼠狼后却又杀之以灭口，其狡诈真是令狗类自叹弗如："我讨厌人这么对鸟发脾气。人对待我们这些动物，总是居高临下的，动不动就骂。……我觉得人这样对待我们很不好，因为我们没法还嘴骂他们。"它对于自己没有话语权而深深慨叹："人敢明目张胆地当着狗的面撒谎，就是欺负我们说不出人话来。"众生是平等的，不应该因为话语权的有无而有尊卑之分，这是一条狗的见识，可惜自诩为万物灵长的人类竟是意识不到的。"我们随时随地要为人献身，可人为什么不为我们而死呢？"

在这个我们生息繁衍的大地上，人类之外的其他生命也一样活泼灵动，爱生恨死，富有尊严感。这样，迟子建的写作给予我们倾听不同生命的机会，寻找与不同生命对话的可能。既书写了这种与万物对视和对话之后人类的丰富与辽阔，也写出了对那些无视其他生命存在的人类的愤慨和悲悯。生命的概念因展开怀抱涵蕴万物而获得了一个全新的维度，使文本世界的生命意识显得饱满而润泽。因关注不同生命的共同生存而获得了生态思考的意识。

五　忧伤而不绝望的抵达

迟子建在文本世界中无比忧伤地慨叹了人类与其他生命之间的交流之门在时间的长河中被不断关闭的过程。但在这忧伤的前行中，依然有并不绝望的努力在为那些可能倾听到生命呼吸的人开启了一扇又一扇的窗户。

在她的叙述中，当作为物种意义上的人类群体距离其他生命越来越远的时候，他们之中的那些透明而充满灵性的儿童和能够接近自然的人们，依然能够触摸到生命本身的质感，感知到生命中不可言说的秘密。

《朋友们来看雪吧》中能够聆听到死亡悄然而至的足音和泪水跌落之时的破碎声响的鱼纹，《清水洗尘》中宣称"星光还特意化成皂角花撒落在我的那盆清水中了呢"的天灶，《观彗记》中粗朴鲜活的龙子，都是那么的灵动剔透。而在疯人院的小磨盘眼里，"柳树在风中也是唱歌的"；字是有生命的："那五个生字……'大'字长得还不难看，像是一个人甩开双臂在飞跑，很有生气。而其他的四个字，不是看着老气横秋，如'爸'字；就是招摇过分，如'兴'字……"铅笔也是有生命的："铅笔和李亮的地位是同等的，他们都是有生命的，只不过没有人承认铅笔也有呼吸而已。"

迟子建作品中，孩子特别是有缺陷的孩子更能接近自然和聆听到来自其他生命的律动。《雾月牛栏》中的宝坠，在生命的一部分缺失之后，被赋予更多感悟生命倾听大自然的灵性；《逆行精灵》中的豁唇，能和一只同样有残缺的狗，用彼此能够懂的方式交流。抱琴人拉琴的时候，生病的豁唇在心里希望狗也能听到，当听说狗当真在门外时，他流下了泪水："我知道，它是来听琴的。"一个残缺的孩子和一只残缺的狗心有灵犀的瞬间，使大自然中的生命流溢出迷人的光泽。

作品给孩子豁唇一个能看见林子上空飞行着的白衣女人的梦。同样，这个梦还惊人地出现在老哑巴的睡眠中，然后又被优美地呈现在一张粗糙简单的纸片上。除此之外，能感受到这份灵性的，还有那个为了让腹中的孩子能够在大自然中诞生和成长而逃离城市的孕妇。

文本中那个飞翔着的诗意的梦，就这样慷慨地洒向那些最能接近和朝向生命本源的人。生命的秘密和庄严也因此更容易被他们感知。作者在亲吻有着"神灯般的眼睛"的孩子时慨叹：我知道在城市里是不可能孕育出这样的孩子的。这样灵气逼人的孩子和成人，只能散落在大自然的怀抱之中。或许，这样的慨叹会在某些仰望星空的瞬间不期而至地启示我们：尊重自然万物是人类一个优雅的姿态，对其他生命的忽略与傲慢只会让人变得日益狭隘。人类只有通过对自身行为的反省，重新到大自然和生命长河的最初源头，找回那些童年时期对生命的疼惜，才能找到倾听天籁的途径，然后与万物共生，与生灵共舞。

这也正是环境伦理学家霍尔姆斯·罗尔斯顿在他著名的《环境伦理学》中大声呼吁的："人应该有一种伟大的情怀：对动物的关心，对生命的爱护，对大自然的感激之情。"① 这种情感可以使人类获得一种更为辽阔的胸怀，以穿越那些因生命意识匮乏而留下的道德空白地带。

第四节　郭雪波：自然书写中的生态伦理立场

文学作品中的生态意识（Ecological thinking），是指蕴涵于文本叙事中对生态问题的思考。从草原生态视角写沙漠的蒙古族作家郭雪波，无疑在此方面因题材优势而有更多可能接近对生态话题的表述。

生态伦理与传统人际伦理的区别在于，它是以自然和其他非人类生命作为伦理关怀对象，探讨人类与它们的关系。文学作品中的生态伦理精神，则通过上述两种维度，建构相应的叙事模式，并完成对生态伦理问题的审美探询。

尽管郭雪波本人说，"当 1985 年第一次发表《沙狐》时，自己并没有想过什么'生态文学'之类的命题，只是想把老家人与动物的生存状况及命运展现给世人而已"。但这种"血管里流的是'沙子'吐出来的也是沙子"② 的写作分明时时处处都弥漫着沙漠的叹息和草原的哭泣。

从早期《沙狐》《沙灌》等中短篇小说，到后来的长篇小说《狐啸》《大漠狼孩》，郭雪波近年来的作品几乎无一例外都写到沙漠。除《荒漠枪事》等极少数作品中沙漠仅仅是作为背景而主要叙述沙漠中人的故事外，其余基本上是写沙漠，写沙漠中的生态命题，不倦地探询自然与人类内心荒芜之后的救赎之道。

---

① ［美］霍尔姆斯·罗尔斯顿：《环境伦理学》，杨通进译，中国社会科学出版社 2000 年版，第 20 页。

② 郭雪波：《哭泣的草原》，《郭雪波小说自选集·狐啸·自序》，百花洲文艺出版社 2002 年版，第 2 页。

一　生态伦理的两重困境：人与自然、人类与非人类

在对沙漠的执着注视中，郭雪波小说涉及众多的生态命题并进行了深入思考。

其一，是对人与自然关系的书写。

在这里，自然是曾经的草原，现在的沙漠。正如生态伦理学家霍尔姆斯·罗尔斯顿所指出的："尽管我们的科学和文化驯服了自然荒野，但我们仍然是流浪者，不知道如何评价大自然的价值。"① 在长期以来的文化传统中，人类在面对自然时习惯以主宰和征服者自居，以万物灵长的身份任意奴役和驱使大自然与其他生命体。在人与自然这一话题上，郭雪波的作品发出了别样的声音：自然本身是有审美性和生命力存在的，而不只是人类奴役和征服的对象。

《哭泣的沙坨子》《沙葬》《狐啸》《大漠狼孩》等作品，一再喋喋不休地讲述着曾经的科尔沁草原的绿浪滚滚、水肥草美，叙述着"科尔沁草原"变为"科尔沁沙地"过程中的种种血泪和伤痛。他笔下的大自然是壮美和瑰丽的，《大漠的落日》和此后的《大漠狼孩》等文本，不厌其烦浓墨重彩地书写能够"驱除我心中的恐惧领我走出这黑暗沙漠"的落日："它变得硕大而滚圆，卸去了金色的光环，卸去了所有的装饰，此时完全裸露出真实的自己……和大漠连成一体，好比一面无边的金色毯子上浮腾着一个通红的大茸球，无比娇柔地，小心翼翼地，被那美丽的毯子包裹着，像是被多情的沙漠母亲哄着去睡眠。此时的大漠也一片安谧和温馨，又是那样庄严而肃穆地欢迎那位疲倦了的孩儿缓缓归来……我的眼角有些湿润，突然萌生出想哭的感觉……"这是一段出自文本中孩子眼中的美景，对美景赞赏的激情掩盖了叙述的稚气。

而这种美丽却因为人类日复一日地不懂欣赏和不加珍惜而失落和正在失落着："这沙地是从那美丽富饶的科尔沁草原退化演变来的。这是近几百年贪婪地、无计划开垦草地荒原的恶果。"（《苍鹰》）"最早，这儿还是沃野千里，绿草如浪……后来，渐渐拥入内地的农民，开始翻耕草原种庄稼，蒙古各旗王爷为供应在京都王府的大量开销和抽大烟也把草原大片大片卖给军阀和商贾们开荒种地。由此，人们为自己种下了祸根。草地植

---

① ［美］霍尔姆斯·罗尔斯顿：《环境伦理学》，杨通进译，第 4 页。

被顶多一尺厚，下层的沙土被铁犁翻到表层来了，终于见到天日的沙土，开始松动、活跃、奔逐，招来了风，赶走了云。沙借风力，风借沙势……这里成了沙的温床、风的摇篮，经百年的侵吞、变迁，这里几千万公顷的良田就变成了今日的这种黄沙滚滚。"《哭泣的沙坨子》和《狐啸》还讲述了为保护草原不被破坏的嘎达梅林起义的悲痛、壮烈与最终的失败。

在历史的影影绰绰中，现代人仍然继续着祖先的短视而不管不顾地只知掠夺不知反省。"五十年代末的'大跃进'红火岁月，呼喇喇开进了一批劳动大军，大旗上写着：向沙漠要粮！他们深翻沙坨，挖地三尺。这对植被退化的沙坨是毁灭性的。没多久，一场空前的沙暴掩埋了他们的帐篷，他们仓皇而逃。但这也没有使人们盲目而狂热的血有所冷却，又把坨子里零星生存的野杏树疙瘩、野桑林等可烧的木柴全砍来'炼钢铁'……"（《狐啸》）

从草原变为沙漠，《苍鹰》中解释为"大自然惩罚愚蠢先人的无辜后代"。先人曾经的无知是事实，而后代却未必真的无辜。《哭泣的沙坨子》中队长白金山依然领着村民在瓜分沙坨子，因为"这沙坨子只能种打瓜，一斤打瓜子八毛七……至于老种打瓜，用不了几年坨子就完蛋，连打瓜都不长了，他们并不关心"。除了无知之外，更可怕的是永无休止的欲望。因而在生态命题中对于人与自然关系的叙述中，蕴涵了欲望批判的立场。《狐啸》《哭泣的沙坨子》《沙葬》一再强调的是人类"像一群旱年的蝗虫，吃完这片田地又飞往那片田地""人像一群蚂蚁，掏完了这一块儿地，再搬到另外一块地儿去掏，全掏空拉倒"。贪婪的人类只知道向大自然无休止的索取、索取、索取……人类不断膨胀的欲望，逐步侵蚀了人与自然之间曾经的和美。"人失去了对神佛的敬仰，也就失去了天地神佛对人的庇护。"（《沙葬》）在对人与自然关系的讲述中，自然本身是美丽而无辜的，人类与自然之间关系的和谐抑或是紧张是人类自身选择不同行为的结果。

其二，是对人类与非人类关系的思考。

在对人类与动物植物等非人类生命关系的反复讲述中，事实上涉及一个敬畏生命的伦理问题。在郭雪波的作品中，出现最多的非人类生命是狼、狐，有时还有鹰。以狼的野性、狐的灵性和鹰的高贵来对照人性的贪婪、自私和猥琐。

非人类的生命是如此的流光溢彩，它们无一例外地坦荡、豁达、勇敢和仁义。公狼的勇敢、母狼的慈意和狼子对人类主人的情感共同彰显了狼族生命的魅力。而无论是《狐啸》中弥漫着神秘气息的姹干·乌格妮的风情万千，还是《沙狐》中老沙狐母性的温润，狐类总是充满灵性和风姿绰约的美丽……它们的存在除了维持生态平衡之外，总是对人类友善的。《大漠魂》中的跳兔黑老总，《狐啸》中的白狐，《沙狐》中的老沙狐，《大漠狼孩》中的白耳，《沙葬》中的白孩儿，它们因更熟悉沙漠而有更多的生存之道，在人类被流沙掩埋或是因水的匮乏而面临生命危险时总是勇敢相救。

而人类却无视它们的善意和对于生态和谐的作用，只为猎取美丽的皮毛而将一个又一个非人类生命、家族乃至种族赶尽杀绝："人类对它们、对动物都快杀绝了，从来不留情……"（《狐啸》）"狼家族系列"中村长山郎明明知道是冤假错案却依然借助话语权滔滔不绝地发表着捕狼宣言，带领着为利益所驱遣的村民们捕狼食肉、猎狐卖皮甚至连幼崽也不放过。

郭雪波作品中有三种人类形象异常醒目，从他们与自然和非人类的关系看，分别为：保护者、破坏者和外来者。作为沙漠和生态保护者的是《大漠魂》中的老双阳、《沙狐》中的老沙头、《苍鹰》中的老郑头、《狐啸》中的老铁头、《空谷》中的秃顶伯、《苦沙》中的"骆驼"铁根、《沙葬》中的老喇嘛和白海、《沙漠三魂》和《哭泣的沙坨子》中的疯子……在众多的作品中，他们可以排成并不算少的一队，但当他们的身影活动在各自的作品空间时，却总是单数，他们面对着大漠的无情和人类的无知贪婪而孤军奋战。破坏者却总是复数，是携带着先进武器蜂拥而来的群体，他们高举着枪前呼后拥络绎不绝。

枪在郭雪波的作品中，几乎无一例外地作为"人类文明的象征——罪恶的武器"（《母狼》）。人类以现代先进的武器面对非人类的赤手空拳，因而"持枪的现代人"在郭雪波的小说中有着特殊的意味。"人类也只有靠枪了，不靠枪他们什么也干不成。"（《沙葬》）

面对人类的贪婪残暴和非人类的无辜，郭雪波从来不曾给人类生存更多的理由。众多的作品否定了人类中心的观念，强调众生平等，大声地呼吁着非人类的平等生存权。"谁也说不清，这天底下因为不止生存着人类这单一物种。"（《母狼》）当因人类的过失致使沙漠中灾难降临时，众多小生灵被迫与人类聚在一起以求生。酷爱猎杀动物的铁巴宣扬"啥时候了还管它们死活！我们人是重要的！"并欲驱赶前来避难的非人类，一直敬畏自然和爱护生灵的云灯喇嘛愤怒地驳斥："人重要？那是你自个觉得。由狐狸看呢，你重要吗？所有的生灵在地球上都是平等的，沙漠里凡是有生命的东西都一样可贵，不分高低贵贱。"（《沙葬》）这是一个现代版的诺亚方舟的故事，接下来的情节发展寓言般地印证了这一点："人平时以万物之灵自居，不可一世……而此刻……不比那些小动物高明多少。"

在叙述视角的使用上，郭雪波的作品提供了诸多与人类视角对等的非人类视角，让它们发出自己的声音以完成对贪婪无知的人类的控诉："在狐狸看来，人类是一种不讲信义、自私狂妄、以强凌弱的两条腿大野兽。"（《狐啸》）"……狗们的哀嚎表达着：人是一个多么不讲情义，自私狭隘的家伙啊！"（《沙葬》）"那悠远而泣诉般的声音中透出一股对天地间遭遇的深深不满和控诉，是一种绵绵的哀怨和忿怒……这是经历过旷古的大悲大哀之后才会产生的哀鸣长嗥。"（《狐啸》）这是对人类缺乏对自然和生命敬畏的控诉……人成了非人类眼里"这个可恶的，没有翅膀却有两条腿的长条动物"（《苍鹰》），"狡猾的背信弃义的不如我们狗类的人"（《大水》）——天地万物齐声谴责人类的贪婪自私和背信弃义。

甚至人类这一群体内部的觉醒者也对自己的同类们痛心疾首和不齿。"这种对动物的群体杀戮，这种残忍、凶恶，这种违背天道自然的兽行……天啊，人类变得多么无可救药"（《狐啸》），"它们有啥罪，人为啥对它们赶尽杀绝……我有时真希望宇宙中也冒出一个比人类更厉害的生命群体，把人类也杀它个片甲不留、鬼哭狼嚎……"（《狐啸》）"我决不让它沾染上人的恶习。人是个太残忍太霸道的肉食动物……人啊，早晚要把这个地球吃个干净吃个光！唉，你说说，人这玩意儿还有救吗？"（《沙葬》）

在人类与非人类的关系问题上，郭雪波的小说发出了反对"物种歧视主义"和"人类沙文主义"的另一种音质：人类生命和非人类生命都拥有其存在的理由，他们理应共同生存于大自然恩赐的生物圈中。

二　救赎之路的不倦探询

在人类与自然、与非人类的斗争中，表面上是人类取得了胜利。但事实上，不加节制的资源开发和对非人类生命的滥杀无辜，终将使人类因一时胜利后的得意忘形而遭到来自自然的报应。"生物圈是以它与人类较量的失败来打败人类，或者人类以他对生物圈力量的战胜来战胜他自己"

"人类在总体上失败于他局部的胜利"①，人类在对自然和非人类的"征服"中，局部的胜利最终将会导致全局的失败。

长篇小说《大漠狼孩》②中容纳了"狼家族系列"和《大漠落日》《狼子本无心》等文本，以多个中篇叠加似乎意在加重力度集中火力，是人类与非人类之间一场旷日持久的交战。人类用狡诈的伎俩和先进的武器诱杀了公狼，驱逐了母狼，残忍地杀死了狼子，但当人类最终夺回了被母狼哺育多年的人之子龙儿，试图用人类的文明和一厢情愿的母爱将其召唤回来时，被狼抚育了多年的人之子在经过漫长的情感和意识的拉锯战之后，终于选择荒野而弃绝了人类的文明。只剩下一个破碎的铁笼，一个惊呆了的老人和绝望发疯的母亲。

在对大自然不加节制的资源开发终将破坏生态系统的平衡之后，人类对非人类的滥杀无辜也将会引起道德的失序，人类必须在敬畏自然和敬畏生命中完善自身。因而救赎之路的探询在文本世界里显得异常迫切。

首先，这种完善需要的是对自然的敬畏。

在郭雪波的作品中，对自然的敬畏来自一种宗教的力量。《狐啸》中白尔泰和众多对于萨满教文化的追随者一样，"想做一种文字的记录和研究，告诉大家，北方，蒙古人曾创立和信奉过一种宗教——萨满教，这个教信奉长生天为父，长生地为母，信奉大自然、信奉闪电雷火、信奉山川森林土地；同时也想告诉大家，现在也许正因为失去了这应信奉的教义，人们失去了对大自然的神秘感和崇敬心情，才变得无法无天，草原如今才变得这样沙化，这般遭受到空前的破坏，贫瘠到无法养活过多繁殖的人族，这都是因为人们惟利是图，急功近利，破坏应崇拜的大自然的结果！所以现在大自然之神正在惩罚着无知的当代人族！""现在的人类，缺少的就是这种崇拜，缺少对自然和宇宙的神秘感。"（《狐啸》）

后来他找到的记载萨满教·孛历史的奇书《孛音·毕其格》中的内容，刚好印证了这一点："'孛'教崇拜长生天、长生地为父母的传统风俗，其中有很多深奥又奇异的观点，如'人对万物自然不可征服，只有依附或融入'、'人与兽虫一样，都是地球之母身上寄生的虱子'、'人不可失去对自然、对宗教的神秘感；一旦失去了将变得无法无天、无所不

---

①　李工有：《生物圈：人类历史发展的怀抱》，《读书》2000 年第 7 期。

②　郭雪波：《大漠狼孩》，中国文联出版社 2001 年版。

为，所以在人类头顶要永远高悬不可知的大自然神秘之斧刀'等等，同时处处流露着对蒙古人正在失去'孛'教信仰的忧虑，认为没有了'孛'教的信仰，等于将失去长生天、长生地对自己的保护，将跌落无限的黑暗中。"

人类内心的黑暗与荒芜和狼孩多次重复出现的"我是谁？我来自何方"的迷惑一样，成为人类迷失自我的隐喻。人类必须在对自然的敬畏中超越这种黑暗和荒芜。

其次，是回归和融入自然。

永无休止的欲望和肆无忌惮的攫取带来现代人人性的搁浅，因而在敬畏自然中走向对自然荒野的回归和融入，成为人性回归的必然选择。《狐啸》讲述了三个故事：老铁子和村人致力于猎狐的故事；白狐姹干·乌妮格及其家族的故事；历史上老铁子的祖父以及"孛"教为保存自身和草原而斗争的故事。三个故事的共同结局是作为现代文化使者和历史文化探寻者的白尔泰，弃现代文明和现代女性白桦而选择白狐和与白狐为伴的珊梅一起退居沙漠："于是，人和兽都融入大漠，融入那大自然……"文本对此的解释是："她已经融入了狐的世界，融入了大自然，融入了大漠学会了狐类的生存方式，其实说开来，她只不过重新恢复了人类远祖们的生存功能而已。"

这更像是一个关于人类历史的现代寓言，给心灵迷失的现代人指出一条人类与自然与非人类和谐相处之路。

而此时，文本世界众多的人类开始厌倦文明社会而选择回到自然。除了《狐啸》中的珊梅和白尔泰不愿再走出大漠外，《大漠魂》中老双阳在沙坨子里守着红糜子嫩绿的苗而获得快乐，《大漠狼孩》更是一个隐喻：人之子在文明社会与自然荒野之间经历长期的拉锯战之后，为选择自然荒野而失去生命，"他不需要文明"。只是，人类是否真的必须依靠回到荒野才能回归人性本身，才能实现人类与自然与非人类的和谐相处？抑或是，这仅仅是作为一个寓言和给现代人的启示录。

最后，是对科技力量的企盼。

如果仅仅是给现存沙漠生态问题与现状一个回归自然的结局，似乎又重新轮回了反现代文明的田园主义的怀想。作为环境文学研究会重要一员的郭雪波，对人与自然问题的注视未止于此。

他的思考显然是在两种视角的观照之下：一是对"孛"与宗教文化

的挖掘；二是现代文明和现代科技发展之下的生态伦理思考。两种思考在众多的作品中相互缠绕，时时弥漫着对自然科学及其尚未覆盖部分的探索和对宗教文化的困惑。郭雪波似乎试图给出一个解决问题的方案："孛"精神（宗教力量）＋现代科技。

科技的发展无疑在总体进程上标识着人类的进步，把科学技术和工业发展以前的人类状态作为一种逝去了的天堂来念念不忘和无休止的怀想显然是不现实和不理智的。人类的发展最终指向是要不断地重新认识自然的价值和调整人类与非人类的关系，最终走向理想中敬畏生命的和美，而不可能是蒙昧时代人类与自然的低层和谐。局部的失误不应也不能牵制总体走向上的逆转。

尽管郭雪波也许不是刻意要探讨自然和人文学科交叉的生态问题，但其作品对于沙漠问题的思考分明时常闪现着现代科技的思维与生态伦理的价值判断。众多的作品在对沙漠生态不断被伤害的原因和出路探询中时闪烁着科技思维：《沙葬》中"沙漠里的动物和植物互相都有依附关系，形成特殊的生物链，不能随便伤害其中任何一物一草"。这种审视人和万物的视角，和对白海治沙的重大创举"诺干·苏模生物圈"的描述一样，完全是科学思维和科技话语的叙述。"生物圈"和"生物链"一样，都是用现代科技术语来解释不同生命之间的关系。而《狐啸》中，白尔泰在寻找"孛"教的时候，耳畔时时回响着旗长古朗正探讨着的亟待实验的治沙方案。

现代科技的解释和"孛"的宗教文化叙述共存共生，两种话语并未交锋。或许正如《沙葬》中老喇嘛跟随科学工作者白海同居沙漠陋室并一起按科学方法努力治沙一样，宗教话语最终和科学发现合二为一了，抑或是科技的发展事实上伴随着一种伦理的思考二者殊途同归。如同作为科技探索成果的生物圈以"诺干·苏模"庙之名而名之那样，以宗教的精神来辅助科学的努力，正是郭雪波在文学叙事中的独特视野。

三　"环境文学"与生态意识的限度

在 20 世纪风起云涌的生态思潮中，史怀泽的敬畏生命理论，罗尔斯顿的生态整体主义思想等，先后影响了欧美生态文学的发展。欧美生态文学的思考主要集中在欲望批判、工业与科技批判、征服统治自然批判等价值立场，以及对人类生态责任和重返自然的呼唤上。集中批判人的欲望和科技发展给地球带来的危害，以及进一步发展的灾难性预见。

　　与欧美生态文学中生态伦理思考的明确性和系统性相比，中国当代文学中的生态意识相对零星和感性。甚至在一些以生态批评自诩的理论中，把"环境"与"生态"不加界定地相互置换与混用也时有存在。概念的未能廓清是思想乃至思维有待进一步深化的一个明证。

　　对自然和非人类的关注，是"生态文学"和有着生态意识的"环境文学"共同关注的话题。区别在于，"环境"这一概念本身带有人类中心的意味——是人类作为"中心"，自然和万物才成为为人类而存在并为其所用的"环境"。"'环境'是一个人类中心的和二元论的术语。它意味着我们人类位于中心，所有非人类的物质环绕在我们四周，构成我们的环境。与之相对，'生态'则意味着相互依存的共同体、整体化的系统和系统内部各部分之间的密切关系。"① 环境文学的概念中，保护是为了利用，说到底，还是一个变短期利益为长期利益的问题。

　　因而作为环境文学研究会重要一员的郭雪波，"环境文学"的定位给予其文本世界生态意识视野的同时，又在一定程度上限制了这种视野。在对人与自然的思考和定位中，还时时闪现着诸多矛盾与困惑：一方面执着信仰对自然的敬畏，对人类中心的否定，另一方面，又提供了众多苦战不休并坚信人一定能征服自然的奋战者；一方面给出了回归并融入自然的解决方案，"人对万物自然不可征服，只有依附或融入"，另一方面，又用现代科技的思维苦苦探寻征服自然的出路；一方面，指责现代社会发展带来的人的贪欲，另一方面寄希望于现代科技的进一步和充分发展来解决尚在途中的种种问题。其间的矛盾是颇有意味的。即便是一再被称道的《大漠魂》也在对自然的敬畏中流露出征服的激情："他内心始终鼓荡着一个迷人的希冀：驾驭那种神秘力量，就能征服这沙坨子"，而"安代舞"中更是被赋予了"人的骄傲，人的尊严，人的不屈服……"

　　生态意识的限度，使不同文本之间在救赎之路上的分歧与对话隐而不显。在对自然敬畏和对非人类生命激赏的间隙，亦时时流露着以科技和人的力量来征服自然的豪情和期盼。于是，在征服自然与回归自然之间，在科技依赖与科技批判之间，不同文本的价值取向时有游移。或许，郭雪波

---

　　① Cheryll Glotfelty, Harold Fromin, *The Ecocriticismc Reader: Landmarks in Literary Ecology* (The University of Georgia Press, 1996).

写作中的生态意识和他的文学资源思想资源一样，都还在自发的状态中，还是"在路上"。我们有理由期待一种有着明确和系统生态思想的写作正在走来。

第五节　叶广芩：空间话语中的生态伦理

空间意识的强化，是近年来诸多具有生态意识写作中的一个醒目的特征。郭雪波对大漠草原的书写，陈应松对"神农架"的关注、杜光辉的"可可西里"展示，都曾各自形成了不同特色的空间特质。曾以家族小说写作而备受关注的叶广芩，以往关于空间的自觉书写并不多，《采桑子》9 篇系列文本中，直接涉及空间的文字总计只有 8 处。而秦岭系列 8 篇小说中，因生态思考的出现，使空间展示的频率大幅度增加，直接展示的文字共计有 25 处，其中《山鬼木客》和《长虫二颤》中单篇即分别有 7 处和 8 处。

在具有生态意识的叙事中，空间不仅具备一般叙事中衍生故事、推动情节和传达行动结果等功能，更重要的是空间设置体现了人与自然、人类与非人类的相对关系。叶广芩的空间书写不仅展示了独立而醒目的生态伦理特征和相应的话语形态，更重要的是在时间的序列中，书写空间的裂变以及由此形成的话语冲突，并以其清醒而理性的叙事立场超越同时代人实现对百年中国文学话题不同层面的续接。

一　空间的伦理特征及其话语形态

空间的叙事功能是衍生故事，在秦岭系列的文本世界里，衍生故事的空间具有鲜明的生态伦理特征。

在人类文明的伦理体系发展进程中，"人类的伦理关系经历了从最初的血缘关系扩展到亲缘关系再扩大到种族、国家及全体人类的历史发展过程"①，其伦理结构也随之不断发生变化。"在儒家那里，在行为规范的方向上，除人类之中的由父母、兄弟、夫妻、家族到朋友、邻人、乡人、国人、天下人这样一个推爱的圆圈，在人类之外，还有由动物、植物到自然

---

① 雷毅：《生态伦理学》，陕西人民教育出版社 2000 年版，第 34 页。

山川这样一个由近及远的关怀圆圈，前一个圆圈优先于后一个圆圈。"①中国传统文化中，虽然有天人合一等对自然尊重的朴素传统，但其伦理体系的总体构架是对人际伦理问题的思考。

20 世纪一百年文学的伦理思考中，从对人的权利的呼唤，到对阶级、民族权利的探求，加之此后急促的现代化进程中工具理性的影响，自然和非人类存在物一直是既有伦理结构尚未覆盖到的人类的使用对象和附属物。直到 20 世纪 80 年代以后，伴随着思想领域内生态意识的产生，文学叙事才开始把伦理对象的范围从人类社会扩展到非人类的自然界，关注人类之外自然和其他非人类的生命，作为该体系思考核心的伦理结构从"人与社会"到"人与人"，延伸至"人类与非人类"的关系。

叶广芩的写作从家族小说到秦岭系列文本的转换，亦是在其个人的创作历程中不经意地演绎了这种从人际伦理到种际伦理的伦理关怀的时代转向。在其特定的自然空间内蕴涵着独特的生态伦理精神和自足的伦理体系，用以处理人与自然、人类与其他非人类生命之间的伦理关系。这一伦理体系的核心是人类对自然及非人类生命的敬畏。

首先，在处理人类与非人类生命的关系时，强化二者之间的"亲族关系"。

与"家族"系列小说中以家族内部人伦关系作为故事的伦理支撑相比，文本的"亲族"理念则是将人类自身种群个体之间处理血缘与伦理问题的准则延伸到了处理人与自然、人类与非人类关系的立场上。在叶广芩家族小说中，大家族兄弟姐妹们的名字各有含义并相互呼应，如《采桑子》中的舜铻、舜锔、舜铭等。而秦岭系列文本中，老虎"大福"被二福认作"大哥"，与人类有了兄弟式的排序，"山里人忌讳多，出于对大自然的敬畏，头生孩子从不称'大'，长子都从第二开始排，把第一让给山里的大树、石头、豹子、狗熊什么的，都是很雄壮，很结实的东西，跟在它们后头论兄弟，借助了它们的生命力和力量，意为好养活，能长命百岁。这一地区的孩子每人都有属于他们自己的'杨树大哥'、'豺狗大哥'"（《老虎大福》）。小说《老虎大福》与纪实性散文集《老县城·华南虎》中关于最后一只华南虎的故事有很明显的互文性，两者所述情节

---

① 何怀宏主编：《生态伦理：精神资源与哲学基础》，河北大学出版社 2002 年版，第31 页。

极为相似，恰恰是在这种相似中可以看出其中的修辞策略：小说给老虎取名为大福，把现实活中的学生、九娃子、屈匡寒等若干与老虎打过交道的人，重组成一个叫"二福"的孩子，在对虎与人的重新"命名"中增加两者之间的亲族关系，强化自然空间的伦理倾向。文本叙事在对非人类生命的亲族指认中，使人类与非人类的关系获得一个全新的定位。

与之相应，当人类使用非人类的生命作为食物、药物时，有其稳定的伦理准则。跨越种际的人类与非人类的关系，毕竟要面临着人际伦理所无法覆盖的命题——人类在自身的生存和发展过程中，不可避免地存在着对非人类身体的使用。人类对非人类生命是否拥有管理权，是否有择取非人类身体或身体的部分为人类所用的权利，是厘定人类和非人类伦理关系必须面对的一个难题。文本世界特定的自然空间以其朴素的立场和自足的伦理体系，在利用和尊重之间寻找到了很好的平衡点："三老汉说，长虫坪的人从来不吃颤，以前就是取胆也从不杀颤。""三老汉说，要是为了治病救命，用多少蛇胆长虫坪的人都不在乎，长虫坪的颤们也不会在乎，那是积德行善的功德，怕的就是无辜杀生……"（《长虫二颤》）长虫坪居住的人类有着久远的剖蛇取胆历史的同时，亦有着源远流长的对于蛇生命的尊重传统。作为"这一地区的评论家和诠释者"，三老汉的"治病而不杀生"的观点无疑代表了这一空间用以处理利用和尊重之间伦理困境时所持的立场。取胆行为因出自"治病"的动机而具有"积德行善"的价值，辅以取胆之后送颤回山上调理养伤的配套措施，文本据此推测颤应该会因为这种道德认可而"不在乎"，使"取胆"因兼具主观意愿和客观的救人功能而获得合理性，由此在"救人"与"杀生"之间寻找到了一个合适的平衡点，从而将对非人类身体的"利用"与"尊重"作了恰到好处的对接。

其次，与上述伦理规则相适应的是文本世界建构和凸显出一套具有明显生态意识倾向的话语系统，在语音、词汇和话语修辞诸多方面，都有其鲜明的生态伦理倾向。

在语音方面，《长虫二颤》中，长虫坪人把蛇读作"颤"的语音改变中蕴涵深层生态意识："陕西民间将'蛇'称为'颤'，写出来仍旧是'蛇'，读出来就变成'颤'了。有姓'蛇'的，要是真把它当'蛇'来念，'老蛇'、'小蛇'地叫，姓蛇的人会以为你不懂规矩，缺少文化，就像有人把姓'单'的念成单，把姓'惠'的念成'惠'一样……这种变音的读法有敬畏、隐讳的意思在其中，跟古代不能直呼大人的名姓是一个道理。"特定自然空间内话语使用过程中语音和语义的分离，产生和保存了对生命的敬畏。而文本中对这一传统起源上溯到从汉至唐、明、清朝的时间序列，则从另一侧面论证了这一观念的深入和持久。

在词汇方面，亦可寻找到对上述语音特点的呼应。"在山里……话不能随便说，要用特有的术语，比如管石头叫'胡基'，管风叫'雯雯'，管鱼叫'顶浪子'，老虎叫'大家伙'……这中间不排除有土匪黑话的流传，但更多的是对山野神明的敬畏和崇拜。"① 对自然万物和各种生灵的独特称呼，形成了特定话语体系中的词汇系统。在这一系统中，称熊猫为"花熊"，以传达对山野精灵的认知，"花熊是熊，活跃在山野间的那些黑白相间的东西只能是熊……花熊是山野的精灵"（《熊猫碎货》）；将老虎称为"彪"则是表达"对大自然的敬畏"（《老虎大福》）。词汇的语用特征体现了人类与自然之间，人类与其他生命之间特有的伦理关系。

在话语修辞方面，上述生态伦理精神体现为叙事过程中对民间传说的选择和使用。民间传说的选用之于话语系统建构的意义，类似于诗词中的用典，以一种抽象了并积淀其中的深层含义隐寓于具体故事中。《黑鱼千岁》以"汉武帝捕熊"的传说，解释了儒热爱猎杀的深层动因。《山鬼木客》和《猴子村长》中父辈对山间生灵忏悔的"传说"，则启示人类对生命的怜惜与敬畏。散落民间的各种传说本身是驳杂的，不同传说之间的价值立场往往是混乱和相互拆解的，在纪实文本《老县城·山与水》中收录的秦岭关于蛟的三则传说，后两则分别讲述蛟的"知恩图报"和"恩将仇报"，在对蛟善恶判断的价值立场上是相反的。但《长虫二颤》在叙事中舍弃了非人类"恶"的一面，而强调在非人类与人类的关系问题上，人类所持的立场决定最终的结果：刘秀杀蟒遭报应，而殷家姑娘护颤被全山长虫朝见，表明人类对颤加害，则颤报复；人类对颤友善，则颤必回报。在民间传说对小说空间的营造中，作者有意识地选择、保留了其中具有生态伦理倾向的部分，使特定空间的伦理取向得到净化与提纯，锐化了自然空间的生态伦理色彩。

这样，在这个衍生故事的自然空间中，素朴的生态伦理精神和鲜活的话语系统合二为一，这片"少被人侵害的残存下来的幸运土地，人们的

---

① 叶广芩：《老县城》，中国工人出版社 2004 年版，第 110 页。

生活观念虽落后，但是与动物相处的和谐自然，平等、共存的生态观念绝对是世界超前的"①。

二　异质话语的产生与伦理体系的破碎

空间在叙事功能上，除衍生故事外，还通过其自身的分裂推动故事情节的发展。秦岭系列文本中的空间分裂之后，引发既有的伦理立场遭受到前所未有的冲击，在话语层面上体现为异质话语的不断涌现。

所谓"异质性话语"，是指在原有空间的话语系统内部，出现在对待自然、非人类生命、人类和非人类关系的看法上，不同于前述话语系统中审美、敬畏和亲族意识的话语，导致价值观重组出现不和谐的声音。异质话语的产生主要来自与现代文明的知识体系和外来价值观念的接触。作为话语层面裂变的结果，异质话语背后是现代文明附着的深层伦理意识的改变。它的出现，对既有空间形成了压力乃至尖锐的挑战，进而导致原有的生活经验、人与自然／非人类生命的相处模式、人类的生态伦理立场四分五裂。

首先，规范化的现代汉语话语引入，引发自然诗性的消解。诗性的存在，是自然空间魅力得以存续的内在动力，也是既有话语系统得以持续有效运转的深层保障。异质话语的出现，分裂了话语和自然之间的对应：

> 爹把猎杀叫"枪毙"，这是爹的叫法，爹常运用一些新名词，比如把"花熊"叫"熊猫"，把"娃娃鱼"叫"大鲵"，把"爬坡"叫"上海拔"，把"柏羊"叫"羚牛"什么的。
>
> 爹是桦树岭大队的队长，队长的语言应该是和普通老百姓有所区别。(《老虎大福》)

在规范化的现代汉语引入之前，秦岭系列文本所书写的空间内是有一套自足的话语来表达和判断自然和其他生命的审美价值的："当地人管熊猫叫花熊，祖祖辈辈都这么叫，山里人认为，叫花熊比叫熊猫更准确，熊猫是什么，熊猫是猫，花熊是什么，花熊是熊，活跃在山野间的那些黑白相间的东西只能是熊……花熊是山野的精灵。"(《熊猫碎货》) 动物分类

---

① 叶广芩：《老县城》，第202页。

学的专业知识在把花熊定义为"熊猫"并对其进行纲目规范的同时，也使名称本身丧失了作为生命体来自荒野的自然属性，失去了它勃勃生机和盎然的诗意与灵气。队长所用的词汇和普通村民词汇的差异，在于前者是现代汉语的规范化。前者对后者的替代，是现代社会语言规范化作出的处理，经过处理的语义更明晰和富有理性色彩，但却过滤/抽去了其中固有的生机、活力和清新的诗性特征。话语和自然的日渐疏离，隐寓着人与自然关系的隔膜与断裂，语言规范化的同时意味着机械化，并最终导致审美性的衰退和枯萎。

其次，科学话语的传播，导致神秘性的消解、自然的祛魅与敬畏之心的淡化。

使置身其中的人类对其产生敬畏的诸多因素之一，是自然本身神秘感的存在。既有自然空间内科学话语的不断传入，使许多原本不可知的现象得到了自然科学的解释。于是，自然的神秘性渐渐消失。《长虫二颤》中前来长虫坪调研的中医学院教师王安全，用中医学知识重述了殷姑娘用扁豆花下蛊的传说，消解了山间巫蛊之术的神秘性。《黑鱼千岁》中捕熊馆村每年夏天蛮霸狠厉的风雷大作，一直被作为汉武帝的巡视以引起百姓的长久敬畏与惶恐，而"现代气象学将此叫做'气流涡旋'"，则用气象学知识消解其神秘色彩。《老虎大福》中黑子扑朔迷离的野性背景，在二福从杨陵农学院获得基因杂交知识后被终结，"豹和犬是两个科目，受基因限制，它们之间不可能有任何杂交成果，黑子就是黑子……没有任何野性背景"。《狗熊淑娟》中王老剩卤煮火烧店的衰落与店面扩充冲撞神灵之间的因果关系，被林尧岳母的现代经济学和心理学知识所拆解："生意红火的关键在于店面的挤和吃主的等上，站在那里看着别人吃，越看越急，越急越吃不到嘴，好不容易挤个座位吃上一碗，花费的代价非同一般，自然觉得格外珍惜。"科学话语的传入，使自然的神秘性消解，人类对自然的敬畏之心也由此淡化。

在总体情节上，《黑鱼千岁》《长虫二颤》都有类似民间传说中恶有恶报式的"因果报应"故事模式，前者是杀鱼的人类最终与鱼同归于尽，后者则是杀蛇的人类最终被死掉的蛇头咬而中毒失去一条腿。但科学话语则用生物学和物理学知识做了解释，以使其因果逻辑符合科学认知："被身首分离的蛇头撕咬，听起来是奇事，但据动物学家解释却不足为奇，离开身体的头在一定时间仍可存活，这是脊椎动物的本性，人不行，可是蛇可以……"（《长虫二颤》）"死了的儒和鱼被麻绳缠在一起……人们在解那根绳时才知道这项工作的艰难，浸过水的麻膨胀得柔韧无比，非人的手所能为，只好动用了刀剪，于是大家明白了水中的儒为什么在最后的时刻也没有解开绳索逃生。"（《黑鱼千岁》）这样，原本扑朔迷离的"因果报应"文本被解构，在赋予科学的理性色彩的同时，自然空间中原有的神性逐渐消散。

自然空间在继诗性之美沦丧之后，又遭遇了神性光辉的黯淡。于是，基于诗性和神性基础上的以敬畏之心为核心的伦理系统失却了原有的内在支撑点，商业话语伴随着经济价值观念长驱直入，改变了生存其间的人类原有的对自然和其他非人类生命的伦理禁忌和制约。

最后，商业话语对欲望的催生和既有伦理体系的冲击。

一种伦理观念在特定空间得以存续，是与其长期稳定的生活方式、生活节奏以及相对稳定的价值体系相联系的。伴随着现代化进程中经济发展的辐射力通过各种信息渠道和外来人员的传播，原有自然空间内的价值体系总体上受到了全新的冲击，由此产生话语系统的裂变和伦理观念的受创。《熊猫碎货》中，四女爹以熊猫是国宝来劝导四老汉继续为之提供奶源，被"我那羊能卖钱，花熊谁敢卖，变不成钱的东西就一钱不值"所驳斥。金钱成为衡量生命价值的一般等价物，取代了对生命的关爱和敬畏。二老汉对羊奶由大方到吝啬，源于商业话语引进了"价值""价格"与"交换"的理念，使原本大方地让兔儿随时来取奶的二老汉产生了赔偿观念和交换意识，用金钱来弥补损失，用利益来重新理顺人类与非人类生命之间原本天然相依相亲的关系。如果说，交换意识带来的还只是对其他生命关爱的淡化的话，利益诱惑之下则产生对自然和其他生命理直气壮无所顾忌的掠夺："笼里的猴对村民来说都是钱，活的钱，不能随随便便地丢到山里去"（《猴子村长》），迫切的脱贫致富的欲望和精明的物质利益计算，使村民对猴群进行了灭绝式的捕杀；"谁都在为钱伤神"更是成为推动所有情节集中暴发从而使狗熊淑娟最终丧命的关键性因素（《狗熊淑娟》）。"钱"成为新的话语系统中使用频率颇高的词汇的同时，亦承载了欲望催生的功能，渐次改写了人类与其他非人类生命之间的"亲族"之爱。

在秦岭系列文本特定的自然空间内，原本对非人类生命的使用，仅限于"救命"等"积德行善"行为，但随着商业意识的萌发，这一有效节制被冲破。长虫坪长老们的取胆救命而不杀生的伦理观念也遭遇了佘震龙商业话语的冲击："老佘说，观念得改改啦，北方的馆子以前也不做蛇，现在不也卖得很红火，油煎、清炖、红烧、黄焖，人家日本还做成了生的撒西米，吃的花样多了……"（《长虫二颤》）在这里，"以前"和"现在"以时间的刻度形成了不同时段间的对比。在一个习惯把时间的前行和"发展""进步"相对应的话语系统中，"现在"因时间上的进步而使其附载的价值观念比"过去"更具有合理性。这样，空间的分裂引发的时间错位，使原本并存于同一时段的空间产生了时间意义上的落差。这种落差又很容易被理解为进步/落后或者文明/愚昧的差别。于是，"观念"需要"改改"就成为异质话语冲击下价值立场重组的合理诉求。

商业话语以一种强有力的姿态，在已然失却诗性与神性的自然空间内长驱直入所向披靡，在使既有话语系统更加支离破碎之后，又使得原本开始松动的生态伦理坐标进一步坍塌。空间分裂和各种力量的重组成为推动故事情节向前推进的叙事动力。

三 叙事的立场：百年探索的困惑与整合

前述话语冲突中分明蕴涵了传统与现代的分歧、对峙、妥协和矛盾。话语分裂与伦理体系破碎的背后，是现代化进程对原有空间的冲击与改变。因而，如何叙述这种改变体现了文本世界的叙事立场。

在20世纪一百年的文学叙事中，从对"民主"与"科学"关注的核心逐渐衍生出更为复杂的价值立场和伦理体系。在"西方"与"民族"之间，在"现代"与"传统"之间，在"科技"与"伦理"之间，文学的叙事一再寻求自己合适和合理的支点，来参与历史进程的思考。20世纪80年代以来，伴随着现代化进程飞速运转所带来的生态问题日趋严峻之后，生态伦理与人文精神，生态立场与科技发展，生态关怀与现代化走向等问题随之浮现。尤其是对现代性方案的反思和疑虑，更是使文学叙事中的价值立场变得复杂而多向，一大批作家用自己的书写来传达对生态问题的文学思考。除叶广芩之外，郭雪波、于坚、贾平凹、张炜、迟子建、陈应松等人都在不同程度上以不同的角度介入其中，或对自然科学的生态理念作文学阐述，或对自然和非人类生命作诗性审美。叶广芩正是从秦岭这一特定自然空间的生态伦理特征和话语形态的书写中，在与同时代写作者就生态问题对话的同时，体现了对百年中国文学叙事中若干话题的续接。

首先是对人文精神的理性拓展。20 世纪初以来，中国文学以不断书写对人的价值和权利尊重的人文精神追随着"德先生"的指引。在秦岭系列文本中，叶广芩的写作把人文精神中尊重的对象拓展到人之外的自然和其他非人类生命，实现了生态伦理与人文精神的对接。从人文精神发展至生态伦理精神，使自由、平等、博爱的理念由对人与人之间关系的调整惠及自然和非人类，拓展了人文精神的理论内涵："……'生态伦理'，给一个陈旧的话题又赋予了许多新的含义，在理论家们探讨人与人、人与社会的伦理关系时，'伦理'的外延扩展得更为广泛，人与自然何尝不存在着伦理道德的约束，在我们谈论保持人类尊严的时候，人与自然的和谐、共处、发展，对动物的尊重，何尝不是保持人类尊严的一个重要部分。"①

叶广芩是有着自觉的生态伦理意识的，但在对待人与自然、人类与非人类的关系问题上，其生态伦理立场却显示出难得的客观和理性。这种清醒的理性体现在，当人类和非人类的利益产生伦理冲突时，并未如激进的生态中心主义者所主张的那样，一味地强调自然和非人类利益的至高无上，让人类无条件地退出荒野。《熊猫碎货》《山鬼木客》等文本在关注山民们精心种植的农作物和饲养的家畜被保护区的野生动物不断的损坏中，敏锐地意识到"保护区"这一现行动物保护方案中人类利益的被忽略。与此同时，文本还通过老王们撤退前的担忧谈及人类从山野的撤退，同样会使非人类的生存更加艰难。与诸多生态写作者主张人类将山野归还给非人类的激进态度相比，叶广芩的伦理立场是宽容而实际的，她不主张任何一方为另一方放弃既有的生存空间，而是主张一种在"敬畏生命"前提下，在互利和共存基础上的"共生"。

其次是对现代科技的清醒审视。"科学"和"民主"一样，在一个世纪以来一直散发着激动人心的光华。然而现代科技在带来舒适、方便和快捷的同时，渐渐显示了它在赋予人类征服自然能力之后对生态环境的负面影响。因而如何评价现代科技成为生态写作者叙事立场的一个重要维度。叶广芩对待现代科技的态度是双向的。一方面，是对自然科学的信赖，体现在用科学知识来援助民间伦理对非人类生命权利的尊重，运用现代科学

---

① 叶广芩：《老县城》，第 228 页。

话语对既有伦理体系进行重新解读和修补等方面。比如，文本用来自民间的命名方式肯定非人类生命与人类之间的"亲族"关系，但在证明大福"吃饭"的合理性时，使用"食物链"这种现代科学的理论："狼要吃羊，是因为它的生理需要，因为它的食物链所安排，动物有动物们的秩序和规则……"（《老虎大福》）从科学的角度，论证既有民间伦理的合理性。

另外，对高科技对自然生态的修复和拯救功能表示怀疑。在现代科技发展对生态的毁灭性破坏上，叶广芩和很多生态写作的作家一样，认为现代科技给人类提供了征服自然的能力，是生态破坏的技术帮凶，"人类掌握了高科技，'征服'了自然，也彻底改变了人与自然的关系，带来了人类的辉煌，也带来了人类的灾难"[1]。但对希望在科技进一步发展中寻求拯救途径这一生态写作中普遍存在的倾向，却并不认可。在这一点上和同样致力于生态写作的郭雪波亦有不同之处。在对生态损害的原因分析方面，他们同样认识到近百年来权力运作和现代化发展过程给生态带来的破坏。但在对高科技的自然生态修复和拯救功能态度上，郭雪波一方面批判现代社会的发展破坏了既有的生态平衡，另外，又期待科技的进一步发展以解决现有的生态危机，叶广芩不同于郭雪波式的寄希望于更先进的科技治沙方案来解决草原的沙化问题，而是认为自然生态的最终获救并不是完全来自生态保护技术的更发达，更多地相信拯救最终依靠人类的自省——来自人类内心精神生态和精神空间的重建，"世界的希望不是在政治家们手里，不是在企业家们手里，甚至不是在科学家们的手里，而是在我们的手里，在你我的手里"[2]。《猴子村长》中长社在失掉村长之职后在父辈故事中的自省，《长虫二颤》中佘震龙在失掉腿之后的"自新"，都是一种全新的伦理关系重新建构的希望的出现。"生态危机源于人的心态危机……"[3]"人类不是万物之灵，对动物，对一切生物，我们要有爱怜之心，要有自省精神。"[4] 既然是人类"在生存的过程中，逐渐生成了以自然为敌、以征服自然为目的的理念"[5] 导致自然生态的灾难，因而拯救之

---

① 叶广芩：《老县城》，第 243 页。
② 同上书，第 256 页。
③ 同上书，第 254 页。
④ 同上书，第 231 页。
⑤ 同上书，第 243 页。

旅的起点也应源于人类精神理念的改变，"……一切的症结所在，在于人心"①。在于人类在漠视自然和非人类的利益并受到严厉的教训之后的自省。

现代科技本身不具备善恶品质，区别在于如何使用，其关键点在操控它的人类。在接受现代科技的同时，要尊重传统的生态伦理，破除迷信但尊重其间蕴涵的伦理立场，并最终以精神生态的重建来实现自然生态的恢复和保护。从这个认识上看，叶广芩比同时代的生态写作者具备更多的理性和深度，在历史理性和道德感性之间，寻找到了很好的平衡点。

最后是对现代化发展的冷静反思。

与激进的田园主义者面对现代发展过程中的诸多问题时的伤感和重返农业文明时代以恢复人与自然良性关系的诗性诉求不同，叶广芩对于现代发展的反思是冷静的。

一方面意识到现代文明对既有伦理体系与清洁精神的冲击。在《长虫二颤》《狗熊淑娟》《老虎大福》等文本的人物书写中，总体倾向上是对富有经济头脑擅长经商者的批判：精明商人佘震龙，成功企业家代表丁一和三福、四福，无一例外的都在金钱利益的诱惑之下，失去了对生灵的怜惜和对生命的敬畏。与此同时，对甘于固守清贫、生性淡泊的王安全、林尧和二福等人则给予了很大的肯定，在他们身上依然保留了对生命的敬畏和与生灵的交流能力。而《山鬼木客》中回归山林的主人公，更是被赋予了与山野和不同生灵和谐共处的灵性与魅力。对两种人物的不同书写在，很大程度上体现了叶广芩对现代化进程中金钱与欲望导致人性堕落的忧虑。

另一方面，这种忧虑并未导致对现代发展的总体否定和怀疑。文本世界亦认识到荒野生活的粗糙和改善的必要性，对走出山野投奔文明的出走者们表示了应有的理解。从故事情节设置看，尽管《熊猫碎货》《长虫二颤》对人们弃置山野流露了无限惆怅，但同时也对大山中四女母女两代对外面世界的向往和失落显示出伤感，对四女们离开荒野投奔现代文明表示了一定程度的理解。《山鬼木客》中回归山野者的最后死亡，也使文本流露出对回归自然的疑虑。叶广芩对现代文明是质疑的，但质疑的是其带来物欲膨胀和由此导致的人性的沉沦，而不是现代发展本身。因而在文本

---

① 　叶广芩：《老县城》，第 229 页。

的叙事立场上，认为追随现代文明弃置山野和放弃文明重新回归自然都不是出路，叶广芩的思考最终定位在"……不是人要走出大山，是我们的目光想法要走出大山"①。

在关注现代发展对人的精神栖居地的毁灭，以及这种毁灭延伸到话语层面的影响方面，诗人于坚同样意识到现代文明对既有话语和审美体系的影响，"诗人应当怀疑每一个词。尤其当我们的词典在二十世纪的知识中浸渍过"②"怎么只过了十年 提到你 我就必须启用一部新的字典/……"③ 等文字，都表达了现代性进程对既有的人与自然的审美联系断裂的批判。但于坚对现代文明的批判更多的是诗人式的忧伤和情绪化，叶广芩则在长期的基层生活中更多地接触到封闭和粗糙生活带给山民的贫穷与痛苦之后，有了更多的理性的思考和立场，也因而在批判的时候少了立场鲜明的尖锐，多了于坚所没有的冷静和宽容。

在对当下的生态关注中，融入对人文精神、现代科技和现代发展等问题的清醒而理性的深入思考，这一叙事立场在很大程度上体现了对百年中国文学困惑已久的若干命题的探索与整合，从这个角度来说，叶广芩的秦岭系列文本是对 20 世纪一直被热烈而持久的谈论的文学和思想话题继续深入的"接着说"。

---

① 叶广芩：《老县城》，第 137 页。
② 于坚：《于坚的诗》，人民文学出版社 2000 年版，第 402 页。
③ 同上书，第 113 页。

结　语

　　美国学者霍尔姆斯·罗尔斯顿在他的论著《环境伦理学》中论述关爱自然与其他生命的意义时说："人应该有一种伟大的情怀：对动物的关心，对生命的爱护，对大自然的感激之情。这种伟大的情感有助于稀释和冲淡人们对个人利益的过分关注，有助于把人们从对人际利益永无休止的算计和纠纷中解救出来。"① 本书所关注的生态伦理，事实上就是在探讨人类作为生物圈中的一员，与其他生命乃至整个生物圈的合理相处方式，进而在文学叙事中建构出一种区别于既有人际伦理的新的伦理规范。这种规范与此前的人际伦理的本质区分在于，伦理关怀对象不仅仅是人，还包括人之外的其他生命和自然。

　　新时期文学中生态伦理精神的出现，是文学叙事以自身的方式实现对哲学、社会学等领域内生态伦理思考的追随。

　　从新时期到新世纪，文学中的生态伦理精神历经了从无到有，从匿名登录到最终浮出历史地表，从最初的星星之火到后来的渐成燎原之势的发展历程。

　　与其他文学思潮相比，这一历程在新时期以来的文学总体格局中呈现出加速度、渐进式的发展特点。伴随着生态问题的日趋严峻，从政治经济领域国家发展规划政策的制定，到全民精神文明程度总体水平的提高，人类的生态意识已然觉醒并在与其他思潮的相互渗透中蓬勃生长、蔓延。

　　文学作品中的生态伦理精神既是宏观的生态伦理体系的重要组成部分，又有其自身的呈现特点。它以文学叙事为支点，在对古典文学资源的汲取中与西方文学对接，并通过对人与自然、人类与非人类生命之间关系的不同叙事模式的建构，以生态伦理立场的存在更新既有的叙事母题；以

---

① 　[美] 霍尔姆斯·罗尔斯顿：《环境伦理学》，杨通进译，第 20 页。

时间、空间和身体等不同维度的书写，呈现出话语系统的全新质感；以科学的理性精神和诗性的话语形态的融合，完成文学叙事对科学立场的接近与远离。并最终以文学的审美性特质，在对生态伦理哲学思考的回应中，实现自身品质的建构。

当然，在前现代、现代和后现代并存的复杂语境中，生态伦理精神在文学中的呈现方式与渗透程度亦面临多元共生的格局。从创作主体的因素看，当代作家群体中，既有清醒自觉的生态写作者，亦有生态伦理立场不断摇摆的自发性创作。在自觉的生态写作中，因文学资源与思想资源的差异，接近生态伦理的途径不同，因而形成创作主体不同的知识谱系，进而产生在文本审美品格方面的细微差别。这种差异的存在，在昭示着从新时期到新世纪以来生态伦理的辽阔而充满潜力的发展空间的同时，亦是生态伦理在文学创作中全部复杂性与丰富性的合理呈现形态。

生态伦理精神的出现，是新时期文学中一个全新的审美维度，这一维度已然出现，并展示了前所未有的特质。它的存在因拓展了人文精神的内涵并与科学思想衔接，而与一个世纪以来的文学话题实现了对接，它已经、正在并会持续给一个世纪以来中国文学的发展带来全新的审美视角和伦理维度。

人类是整个生物圈内唯一的道德代理者，"动物和植物只关心（维护）自己的生命、后代及其同类，而人却能以更为广阔的胸怀关注（维护）所有的生命和非人类存在物，人能够培养出真正的利他主义精神：不仅认肯他人的权力，还认肯他者——动物、植物、物种、生态系统、大地——的权益。这种终极的利他主义应该是人的特征。在地球上，只有人才具有客观地（至少在某种程度上）评价非人类存在物的能力，人的这种能力应该得到实现——饱含仁爱地、毫无傲慢之气地，那既是一种殊荣，也是一种责任，既是赞天地之化育，也是超越一己之得失"[1]，这是人类和其他非人类物种的一个真正有意义的区别。

在一个世纪里，新文学探讨的核心问题就是对人的建构，从鲁迅对国民性的思考，沈从文对人性小庙的执着，再到男权视野中女性话语建构，关于"人"的思考维度不断拓展和细化，因而在文学叙事中，从人与人的关系、人与阶级的关系、个体与民族的关系，到不同性别之间的关系，

---

[1] ［美］霍尔姆斯·罗尔斯顿：《环境伦理学》，杨通进译，第18页。

在多重维度中不断丰富"人"之为人的内涵。

生态伦理问题的提出，是在对人性探讨与合理化建构中增加了生态的维度，在既有关系之外，延伸出人与自然、与其他生命之间的关系，并在这种全新关系中提升"人"的精神层次。

正如史怀泽所说，文学的叙事应将知识的发现与一定的伦理态度结合起来，以调整人类集体意识的进化方向。对于人类与非人类之间关系的考察和伦理困境的剖析，最终是为了让人类有一种更为辽阔的情感，以穿越现存文学的陌生地带。

地球是所有生命的共同家园，在人类之外，动物的生存也是有意义的。高科技发展越来越深入地触及人类的日常生活乃至人类自身，新的伦理道德和具有人性意义的命题必将会伴随着科技前行接踵而至。在不加节制的资源开发破坏了生态系统的平衡之后，人类的"滥杀无辜"终将会引起道德的失序。而文学的使命之一，就是在对生命的审美中承载和渗透必要的敬畏之情，让人类在"敬畏生命"中完善自身。

在课题研究即将完成之时，中共十八大的召开和《政府工作报告》的发布，美丽中国的建设成为我们并不遥远的方向。这不是文学对政治的攀附，恰恰相反，是在现代性进程中，经济建设终于追赶上并回应了长久以来沉潜于文学世界的精神吁求。我们有理由期待一种更为和谐的生态伦理精神体系的不断完善，它产生于西方启示之后的本土对接，然后，在经过本土化历程之后再以更为浑厚的声音向世界输出和传播，并收获持久而热烈的回应。

附录 代表作品*初刊本来源及分布年表
（1976—2005）

年份	作品	作者	期刊名/期数	生态伦理	备注
1976	捕鹤的风波	杨更新	黑龙江文艺，9	否	
1978	白唇鹿青青的故事	陈士濂	人民文学，1	否	
	猎人	叶希	四川文艺，4	否	
1982	七岔犄角的公鹿	乌热尔图	民族文学，5	是	82'全国优秀短篇小说奖
1983	猫死了	水运宪	人民文学，6	否	
	人与兽	栈桥等	四川文学，9	否	
1984	大公鸡悲喜剧	谌容	人民文学，5	否	
	哦，小公马	邹志安	北京文学，11	否	
	野狼出没的山谷	王凤麟	人民文学，9	是/否	85'全国短篇小说奖
1985	那——原始的音符	赵本夫	清明，5	是	
	沙狐	郭雪波	北方文学，4	是	
	捕雕少年	许和平	中国西部文学，2	否	
1986	蜘蛛	洪峰	作家，4	否	
	北京失去平衡	沙青	报告文学，4	是	全国第四届1985—1986年优秀报告文学奖
	慕士腾格冰峰的雪豹	东苏	江南，4	是	

---

* 在本课题研究过程中，从1976年后在中国大陆文学期刊公开发表的文学作品中，共整理出以人与自然、人类与非人类关系作为切入点的各科文本计1000余篇（部），此处因容量所限，仅列举其中具有标志性意义的部分初刊本作为代表。另，所列初刊本中有部分与后来不同修订版本的单行本之间亦形成较有意义的版本谱系关系，此处未能予以体现，特此说明。

年份	作品	作者	期刊名/期数	生态伦理	备注
1987	梦中苦辩	张炜	文汇月刊，10	是	
	红狼	许和平	中国西部文学，10	否	
	猫事荟萃	莫言	上海文学，11	否	
1988	三想	张炜	小说家，4	是	
	伐木者，醒来	徐刚	新观察，2	是	"中国潮"征文一等奖
	只有一条长江	岳非丘	报告文学，5	是	
	沙狼	郭雪波	花城，4	是	
	祭奠红马	苏童	中外文学，5	否	
1989	问母亲	张炜	青年文学，1	是	
	野人野马野狼	景俊	中国西部文学，1	否	
1991	饲养毒蛇的小孩	残雪	收获，6	否	
1992	银色老虎	鲁羊	收获，2	否	
	两只兔子，一公一母	朱文	北京文学，12	否	
1993	一条名叫人剩的狗	徐坤	中国作家，6	否	
	对于一只乌鸦的命名	于坚	十月，1	是	
	白狗	郭雪波	十月，1	是	
1994	人类动物园	毕飞宇	雨花，4	是	
1995	怀念黑潭中的黑鱼	张炜	上海文学，7	是	
	褪了鳞的鱼	李洱	作家，4	否	
	狼与人	（维吾尔族）托乎提·阿犬甫	天尔格塔，1	是	
1997	狼行成双	邓一光	钟山，5	是	
	狗熊淑娟	叶广芩	芳草，2	是	
	猎杀天鹅	中英杰	十月，2	否	
1998	父与子与天鹅	商河	上海文学，8	否	
	公狼	郭雪波	雨花，2	是	
	母狼	郭雪波	同上	是	
	一只狗离开了城市	邓一光	湖南文学，1	是	
	水淹动物园	海力洪	百花洲，4	是	

续表

年份	作品	作者	期刊名/期数	生态伦理	备注
1999	大绝唱	方敏	绿叶/小说选刊，2	是	
	鱼的故事	张炜	中国作家，1	是	
2000	狼来了	荆歌	人民文学，2	是	
	鱼	阿来	花城，6	是	
	一只狗的遭遇	王立新	小说家，2	否	
	最后一名猎手和最后一头公熊	叶楠	人民文学，5	是	
2001	哦，我的可可西里	杜光辉	小说界，1	是	
	豹子最后的舞蹈	陈应松	钟山，3	是	
	老人和森林	季栋梁	朔方，9	是	
	猎人	（柯尔克孜族）吐尔逊·朱玛勒	民族文学，9	不定	
	一条来自22世纪的狗	刘文华	滇池，2	否	
	鸟语（随笔）	熊兴祥	滇池，5	是	
	悬浮的鱼	陈富强	滇池，8	不定	
	白房子争议地区源流考	高建群	解放军文艺，1	是	
	善待家园：中国地质灾害忧思录	吴岗	啄木鸟，6	是	
	红蚂蚁	红柯	山花，8	否	
	好大一对羊	夏天敏	当代，5	否	
2002	狂犬事件	陈应松	上海文学，10	否	
	鹰之歌	海男	花城，2	否	
	叩问长江：对中华民族生态环境的一次生死访谈（报告文学）	哲夫	北京文学，7	是	
	猎人	贾平凹	北京文学，1	是	
	人民的鱼	苏童	北京文学，9	否	
	狗命	刘可	北京文学，9	否	

年份	作品	作者	期刊名/期数	生态伦理	备注
2002	老人鱼	严歌苓	北京文学，11	否	
	城市猎人	陶纯	江南，5	不定	
	疯狂老鼠	张弛	清明，3	否	
	关于一座城市的兽话	张浩文	黄河，3	不定	
2003	烧花生	张炜	上海文学，11	是	
	喜剧人物老白	谢友鄞	北京文学，5	是	
	猴子村长	叶广芩	北京文学，5	是	
	鼠缘	冉正方	滇池，2	否	
	东北森林状态报告	朱鸿召	上海文学，5	是	
	红豺	李传锋	民族文学，1	否	
2004	白熊	红柯	上海文学，7	是	
	人·狗·狼	姜卫华	滇池，1	是	
	画家与狗	王瑞芸	收获，7	是	
	乌鸦诗篇	但及	滇池，1	否	
	我爱蝌蚪	肖克凡	北京文学，1	否	
	让八哥发言	北北	北京文学，2	不定	
	白色的蓝鸟	虹影	北京文学，3	否	
	养兔手册	莫言	江南，1	不定	
2005	"大地上的村庄"之《两条狗》	王新军	上海文学，9	是	
	净土上的狼毒花	李存葆	当代，6	是	
	动物世界	陶纯	北京文学，4	否	
	鲶鱼	阿成	北京文学，6	否	
	太平狗	陈应松	人民文学，10	否	

参考文献

一　文学期刊类

《人民文学》（北京），中国作家协会主办。

《民族文学》（北京），中国作家协会主办。

《中国作家》（北京），中国作家协会主办。

《北京文学》（北京），北京市文联主办。

《当代》（北京），人民文学出版社主办。

《十月》（北京），北京出版社主办。

《解放军文艺》（北京），解放军文艺出版社主办。

《青年文学》（北京），中国青年出版社主办。

《作品与争鸣》（北京），文化艺术出版社主办。

《收获》（上海），上海市作家协会主办。

《萌芽》（上海），上海市作家协会主办。

《上海文学》（上海），上海市作家协会主办。

《小说界》（上海），上海文艺出版社主办。

《上海小说》（原《连载小说》，上海），解放日报社主办。

《天津文学》（天津），天津市作家协会主办。

《小说家》（天津），百花文艺出版社主办。

《红岩》（重庆），重庆市作家协会主办。

《鸭绿江》（沈阳），辽宁省作家协会主办。

《芒种》（沈阳），沈阳市文联主办。

《作家》（长春），吉林省作家协会主办。

《短篇小说》（长春），吉林市文联主办。

《北方文学》（哈尔滨），黑龙江省作家协会。

《长城》（石家庄），河北省文联主办。

《山西文学》（太原），山西省作家协会主办。

《黄河》（太原），山西省作家协会主办。

《山东文学》（济南），山东省作家协会主办。

《时代文学》（济南），山东省作家协会主办。

《清明》（合肥），安徽省文联主办。

《钟山》（南京），江苏省作家协会主办。

《雨花》（南京），江苏省作家协会主办。

《青春》（南京），南京市文联主办。

《江南》（杭州），浙江省作家协会主办。

《福建文学》（福州），福建省文联主办。

《中篇小说选刊》（福州），福建人民出版社主办。

《莽原》（郑州），河南省文联主办。

《长江文艺（长江）》（武汉），湖北省作家协会主办。

《当代作家》（武汉），长江文艺出版社主办。

《芙蓉》（长沙），湖南文艺出版社主办。

《百花洲》（南昌），百花洲文艺出版社主办。

《作品》（广州），广东省作家协会主办。

《广州文艺》（广州），广州市文联主办。

《花城》（广州），花城出版社主办。

《特区文学》（深圳），深圳市文联主办。

《广西文学》（南宁），广西壮族自治区文联主办。

《飞天》（兰州），甘肃省文联主办。

《青海湖》（西宁），青海省文联主办。

《中国西部文学》（乌鲁木齐），中国作家协会新疆分会主办。

《四川文学》（成都），四川省作家协会主办。

《青年作家》（成都），成都市新闻出版局主办。

《大家》（昆明），云南人民出版社主办。

《山花》（贵阳），贵州省作家协会主办。

《花溪》（贵阳），贵阳市文联主办。

《朔方》（银川），宁夏文联主办。

《天涯》（海口），海南省作协主办。

《小说选刊》（北京），中国作家协会主办。

《小说月报》（天津），百花文艺出版社主办。

《小说月刊》（长春），吉林省文联主办。

二　文学作品（集）

（宋）李昉等：《太平广记》（1—10 册），中华书局 1981 年版。

（晋）干宝：《搜神记》，中华书局 1979 年版。

（南朝·宋）刘敬叔撰，范宁校点：《异苑》，中华书局 1996 年版。

（晋）王弼：《老子注》，《诸子集成》（三），中华书局 1954 年版。

（唐）李鼎祚：《周易集解》，上海古籍出版社 1989 年版。

（清）王先谦：《庄子集解》，《诸子集成》（三），中华书局 1954 年版。

（清）李斗：《扬州画舫录》，中华书局 1960 年版。

鲁迅：《鲁迅全集》，人民文学出版社 2005 年版。

谢冕、钱理群主编：《百年中国文学经典》（1—8 卷），北京大学出版社 1996 年版。

陈思和主编：《逼近世纪末小说选》（1990—1993），上海文艺出版社 1995 年版。

人民文学出版社编辑部选编：《中华戏剧百年精华》，人民文学出版社 2005 年版。

玛拉沁夫、吉狄马加主编：《中国少数民族文学经典文库》，云南人民出版社 1999 年版。

高桦主编：《碧蓝绿文丛·放生（小说卷）》，中国环境科学出版社 1997 年版。

高桦主编：《碧蓝绿文丛·愿地球无恙（散文卷）》，中国环境科学出版社 1997 年版。

高桦主编：《碧蓝绿文丛·地球·人·警钟（报告文学卷）》，中国环境科学出版社 1997 年版。

贾舍主编：《新时期小说争鸣丛书》，青岛出版社 1994 年版。

周晓枫等：《与生灵共舞》，当代世界出版社 1998 年版。

徐刚：《沉沦的国土》，人民文学出版社 2005 年版。

徐刚：《伐木者，醒来！》，吉林人民出版社 1997 年版。

徐刚：《中国，另一种危机》，春风文艺出版社 1995 年版。

哲夫：《长江生态报告》，花山文艺出版社 2004 年版。

哲夫：《淮河生态报告》，花山文艺出版社 2004 年版。

哲夫：《黄河生态报告》，花山文艺出版社 2004 年版。

李青松：《遥远的虎啸》，中国和平出版社 1997 年版。

周明等编选：《一九八七年报告文学选》，作家出版社 1988 年版。

中国作家协会编：《全国优秀报告文学评选获奖作品集：1985—1986》，
　　人民文学出版社 1989 年版。

萧乾、何西来编著：《中华人民共和国五十年文学名作文库·报告文学
　　卷》（上、下册），作家出版社 2001 年版。

上海文艺出版社编：《探索戏剧集》，上海文艺出版社 1986 年版。

迟子建：《额尔古纳河右岸》，北京十月文艺出版社 2005 年版。

迟子建：《越过云层的晴朗》，上海文艺出版社 2003 年版。

迟子建：《福翩翩：迟子建最新小说》，湖南文艺出版社 2008 年版。

迟子建：《世界上所有的夜晚》，人民文学出版社 2006 年版。

迟子建：《迟子建散文》（插图珍藏版），人民文学出版社 2008 年版。

郭雪波：《银狐》，漓江出版社 2006 年版。

郭雪波：《大漠狼孩儿》，中国文联出版社 2001 年版。

郭雪波：《郭雪波小说自选集·天出血》，百花洲文艺出版社 2002 年版。

郭雪波：《郭雪波小说自选集·天之魂》，百花洲文艺出版社 2002 年版。

郭雪波：《郭雪波小说自选集·狐啸》，百花洲文艺出版社 2002 年版。

叶广芩：《老虎大福》，太白文艺出版社 2004 年版。

叶广芩：《黑鱼千岁：叶广芩中篇小说新作》，中国广播电视出版社 2005
　　年版。

叶广芩：《老县城》，中国工人出版社 2004 年版。

叶广芩：《采桑子》，北京十月文艺出版社 1999 年版。

叶广芩：《青木川》，太白文艺出版社 2007 年版。

于坚：《于坚的诗》，人民文学出版社 2000 年版。

于坚、谢有顺：《于坚谢有顺对话录》，苏州大学出版社 2003 年版。

于坚：《暗盒笔记：图像与思》，中信出版社 2006 年版。

张炜：《你在高原·鹿眼》，作家出版社 2010 年版。

张炜：《刺猬歌》，人民文学出版社 2007 年版。

张炜：《张炜散文·插图珍藏版》，人民文学出版社 2008 年版。

张炜：《世界与你的角落》，昆仑出版社 2003 年版。

张炜：《远行之嘱》，长江文艺出版社 1996 年版。

张炜：《葡萄园畅谈录》，作家出版社 1996 年版。

方敏：《大拼搏》，新蕾出版社 1994 年版。

赵本夫：《无土时代》，人民文学出版社 2008 年版。

贾平凹：《怀念狼》，作家出版社 2000 年版。

姜戎：《狼图腾》，长江文艺出版社 2004 年版。

陈应松：《豹子的最后舞蹈》，春风文艺出版社 2004 年版。

杨志军：《藏獒》，人民文学出版社 2005 年版。

刘亮程：《一个人的村庄》，春风文艺出版社 2006 年版。

鲍尔吉·原野：《草木精神》，百花文艺出版社 2006 年版。

苇岸：《大地上的事情》，中国对外翻译出版公司 1995 年版。

安妮宝贝：《素年锦时》，作家出版社 2010 年版。

金学种：《寻找鸟声》，北京出版社 1999 年版。

汪曾祺：《汪曾祺文集》（小说卷），江苏文艺出版社 1993 年版。

池莉：《池莉文集》，江苏文艺出版社 1995 年版。

中国基督教三自爱国运动委员会、中国基督教协会：《圣经》，南京爱德
　　印刷有限公司 2010 年版。

［美］梭罗：《瓦尔登湖》，许崇信、林本椿译，译林出版社 2009 年版。

［美］杰克·伦敦：《野性的呼唤》，刘荣跃译，上海译文出版社 2003
　　年版。

［苏］维阿斯塔夫菲耶夫：《鱼王》，夏仲翼、肖章、石枕川译，上海译文
　　出版社 1982 年版。

三　理论专著类

［美］霍尔姆斯·罗尔斯顿：《环境伦理学》，杨通进译，中国社会科学出
　　版社 2000 年版。

［美］霍尔姆斯·罗尔斯顿：《哲学走向荒野》，刘耳、叶平译，吉林人民
　　出版社 2000 年版。

［法］阿尔贝特·史怀泽：《敬畏生命》，陈泽环译，上海社会科学出版社

1992 年版。

［英］阿诺德·汤因比：《人类和大地母亲》，徐波、徐钧尧、龚晓庄译，
上海人民出版社 1992 年版。

［法］米歇尔·福柯：《癫狂与文明》，刘北成、杨远婴译，三联书店
1999 年版。

［法］米歇尔·福柯：《规训与惩罚》，刘北成、杨远婴译，三联书店
1999 年版。

［法］米歇尔·福柯：《福柯集》，杜小真译，上海远东出版社 1998 年版。

［法］米歇尔·弗伊：《社会生物学》，殷士才、孙兆通译，商务印书馆
1997 年版。

［美］爱因·兰德：《新个体主义伦理观》，秦裕译，三联书店 1993 年版。

［美］奥尔多·利奥波德：《沙乡年鉴》，侯文惠译，吉林人民出版社
1997 年版。

［美］J. 希利斯·米勒：《重申解构主义》，郭剑英等译，中国社会科学
出版社 1998 年版。

［美］彼得·辛格：《一个世界：全球化伦理》，应奇、杨立峰译，顾肃
校，东方出版社 2005 年版。

［美］芭芭拉·沃德、勒内·杜博斯：《国外公害丛书》，编委会译校：
《只有一个地球：对一个小小行星的关怀和维护》，吉林人民出版社
1997 年版。

［英］克莱夫·庞廷：《绿色世界史》，王毅、张学广译，上海人民出版社
2002 年版。

［美］阿尔·戈尔：《濒临失衡的地球》，陈嘉映译，中央编译出版社
1997 年版。

［美］蕾切尔·卡逊：《寂静的春天》，吕瑞兰、李长生译，吉林人民出版
社 1997 年版。

［美］戴斯·贾丁斯：《环境伦理学》，林官明、杨爱民译，北京大学出版
社 2002 年版。

［法］莫斯科维奇：《还自然之魅：对生态运动的思考》，庄晨燕、邱寅晨
译，三联书店 2005 年版。

［美］纳什：《大自然的权利》，杨通进译，青岛出版社 2005 年版。

Cheryll Glotfelty, Harold Fromin. *The Ecocriticism Reader*: *Landmarks in liter-*

ary Ecology，The University of Georgia Press，1996.

杨春洗、向泽远、刘生荣：《危害环境罪的理论与实务》，高等教育出版社 1999 年版。

梁从诫、梁晓燕主编：《为无告的大自然》，百花文艺出版社 2000 年版。

俞卓立、张益辉：《目击：二十年中国事件记》，经济日报出版社 1998 年版。

杨志今、刘新风：《新时期文坛风云录：1978—1998》，吉林人民出版社 1999 年版。

朵生春：《二十年目睹之现状：1978—1998》，中国社会科学出版社 1998 年版。

董小英：《叙述学》，社会科学文献出版社 2001 年版。

王岳川：《文化语境与意义追踪》，四川人民出版社 1997 年版。

周宪：《二十世纪西方美学》，南京大学出版社 1997 年版。

戴锦华：《隐性书写》，江苏人民出版社 1999 年版。

戴锦华：《书写文化英雄》，江苏人民出版社 1999 年版。

戴锦华：《犹在镜中》，知识出版社 1999 年版。

张新颖：《栖居与游牧之地》，学林出版社 1994 年版。

马力主编：《建构与解构：一个文学史现象——20 世纪年代两岸童话范式转变研究》，中国社会科学出版社 2004 年版。

杨春时、俞兆平主编：《现代性与 20 世纪中国文学思潮》，广西师范大学出版社 2005 年版。

郑春：《留学背景与中国现代文学》，山东教育出版社 2002 年版。

余谋昌：《生态哲学》，陕西人民教育出版社 2000 年版。

何怀宏主编：《生态伦理：精神资源与哲学基础》，河北大学出版社 2002 年版。

吴国盛：《时间的观念》，北京大学出版社 2006 年版。

刘为民：《科学与现代中国文学》，安徽教育出版社 2000 年版。

汪民安、陈永国编：《后身体：文化、权力和生命政治学》，吉林人民出版社 2003 年版。

黄永林：《中国民间文化与新时期小说》，人民出版社 2007 年版。

夏可君：《幻像与生命：〈庄子〉的变异书写》，学林出版社 2007 年版。

耿占春：《叙事美学：探索一种百科全书式的小说》，郑州大学出版社

2002 年版。

张岱年等：《中国观念史》，中州古籍出版社 2005 年版。

余治平：《中国的气质：发现活的哲学传统》，中国社会科学出版社 2004 年版。

宋志明、向世陵、姜日天：《中国古代哲学研究》，中国人民大学出版社 1998 年版。

朱玲：《文学符号的审美文化阐释》，安徽大学出版社 2002 年版。

陈伟华：《基督教文化与中国小说叙事新质》，中国社会科学出版社 2007 年版。

伍茂国：《现代小说叙事伦理》，新华出版社 2008 年版。

谭光辉：《症状的症状：疾病隐喻与中国现代小说》，中国社会科学出版社 2007 年版。

李培超：《自然的伦理尊严》，江西人民出版社 2001 年版。

吕乃基：《科技革命与中国社会转型》，中国社会科学出版社 2004 年版。

王诺：《欧美生态文学》，北京大学出版社 2003 年版。

刘湘溶：《人与自然的道德话语》，湖南师范大学出版社 2004 年版。

雷毅：《生态伦理学》，陕西人民教育出版社 2000 年版。

雷毅：《深层生态学思想研究》，清华大学出版社 2001 年版。

张全明、王玉德等：《生态环境与区域文化史研究》，崇文书局 2005 年版。

李民、王健撰：《尚书译注》，上海古籍出版社 2000 年版。

周振甫：《〈周易〉译注》，江苏教育出版社 2006 年版。

俞理明：《〈太平经〉正读》，巴蜀书社 2001 年版。

王立：《佛经文学与古代小说母题比较研究》，昆仑出版社 2006 年版。

王立：《中国古代复仇文学主题》，东北师范大学出版社 1998 年版。

丁帆主编：《中国西部现代文学史》，人民文学出版社 2004 年版。

章罗生：《中国报告文学发展史》，湖南人民出版社 2002 年版。

洪子诚：《中国当代文学史》，北京大学出版社 2004 年版。

朱栋霖、丁帆、朱晓进主编：《中国现代文学史（1917—1997）》，高等教育出版社 1999 年版。

后　记

　　我是在一个雾霾天气连续红色预警的第三天开始写后记的。在这一天的微博里，我写下了一句：在这个雾霾重重的日子里，我是多么的怀念自由的呼吸和奔跑。

　　这个冬天，我开始频繁地用五笔输入法打出这个我以前几乎没有机会用到的"霾"字，我五岁的儿子已经习惯每次出门前自己去找口罩——我真的害怕我们会对没有新鲜空气的日子习以为常然后麻木。

　　用这样的感慨作为开头来写一份探讨生态伦理相关课题的后记，在情感和逻辑上应该是暗合的。我总是这样，从对世界的感悟出发，到文学中寻找一个合适的突破口来安放自己的思考，借此尽量在赖以生存的学术研究和个体生命的精神需求之间寻找到一个相对的平衡点，并希望穿越重重困境走向更远的地方。

　　本书是国家社科基金青年项目"新时期文学中的生态伦理精神"的结题成果（证书号：20131049），鉴定等级是良好，我后来在此基础上又补充了一些资料和章节。但有些问题依然没有能够像预期的那样落实，而重新沉入其中又将是一次漫长的破开之旅。还是放它走吧，这个课题已经在我手上纠缠很久了，它可能更需要在独自上路之后面对更多的审视，然后在不断的审视中更好地呈现和调整，当然，这其中也会需要时间的沉潜。

　　后记应该是用来表达感激之情的。用言辞来表达感激常常会让我觉得羞赧，还好这本书给了我一次用文字说出那些言语不能恰当抵达的心意。我该如何感谢我的导师丁帆先生对我长久的宽容和指引呢？记得攻读博士学位期间，我在自己散漫的阅读中对书写人类和非人类之间关系的作品产生了兴趣，并决定以"非人类的弱势生存与新时期写作"为学位论文的选题。这是一个无论在开题还是在答辩时都招致过诸多质疑之声的题目，即便对于当时的我本人来说，那也只是个懵懂的兴趣，完全谈不上理性的学术自觉，但是老师以他足够的宽容和对学术的远见给予它自始至终的支持。甚至在若干年后，指引我将这粒懵懂的种子，引向"生态伦理"的宏观理论框架，进而开启一小片新的学术天地。

我有时候想，在学术道路上，对于像我这样常常听从自己的突发奇想而不按常理出牌的学生，宽容、指引和等待是其得以存活并生长的空气和水，对此我应该心存长久的感激。

从博士论文出发，我已经走出了很远，在长长的行程中，有时候也会困惑于大至价值立场，小至某些细节的处置，每至此，我都会在自己举步不前的地方回望老师的高度和方位，然后定定神，重新找到可以向前的路，继续走。在老师满天下的弟子中，我着实不算是一个努力的学生，我常常反省并为此羞愧不已，在此一并表达深深的无以为报的愧疚。

我还要感谢我的硕士导师曾华鹏先生、叶橹先生和吴周文先生，是他们打开一片天空，让我在最初的百般茫然中看到文学之光。感谢东南大学人文学院强大的伦理学背景和海纳百川的气度，使我经由伦理学的窗口打开通向文学的视野。本书的出版得到"985"二期工程"科技伦理与艺术"出版基金的资助，在此一并谢过，感谢来自这所百年老校的所有认可和友善。

我也应该感谢这个课题本身，它让我在持续的阅读和思考中，不断地寻找我和自然万物之间的关联，寻找自己在这个世界上的位置和活着的姿势，寻找一种感知其他生命气息的方式。在这种不断的寻找中，学习仁爱，学习宽容，学习对生命的敬畏和悲悯，学习那些我原本没有的在季节轮回中的淡定和从容，它是我的成长之旅和源源不断的修行。

在得知课题立项的 4 天之后，我接着知道一个小生命的悄然而至，我是在孕育和养育一个生命的过程中体会到在生命本身萌动与生成过程中的万物同理。感谢我的先生一直以来的全部宽容和肯定，在课题完成的过程中，我深深地体会到身为女性的全部艰辛和幸福。

感谢我的父母给我的对生命的朴素的爱、善良的本质和清晰的道德底线。课题在接近完成阶段，恰逢我父亲身患重症和手术之后长达数月的住院，在那段时间里，我常常是看着吊瓶里的水一滴滴地流向我浑身插满各种管子的父亲的身体里，从夜半到黎明，深深地感受生命的脆弱和坚强……

　　我知道，一本小书承载不了那么多的所谓意义，我只是借此机会表达那些我所不擅长表达的谢意。所有的经历都是生命给我的礼物，尽管它们面目各异，我都将用欣喜或淡定照单全收。

　　终于写下后记的最后一个字时，这个世界正在如火如荼地讨论关于狗肉节的话题。而事实上，那些不论支持还是反对的声音，多还只是在法理和人性的层面纠缠，很少有人从生态伦理这一种际伦理的立场寻找切入点，这让我觉得，我们离生态伦理确实还有很远的路。文学能一路引领我们踏实和稳健地向前走吗？但愿。

李玫

2014 年 7 月

　　又及：本书的部分内容，曾在《文学评论》《中国现代文学研究丛刊》《民族文学研究》《江苏社会科学》等学术刊物发表，感谢他们给予一个在路上努力前行的人最温暖的认可和鼓励。

李玫

2015 年 12 月